白玉兰文学丛书

主 编 王安忆 孙 颙

白玉兰文学丛书

金融家

程乃珊 著

東方出版中心

白玉兰文学丛书

序一

听——黄浦江的涛声

上海市作协党组书记　孙　颙

王安忆与东方出版中心商讨出一个很好的设想，那是祝君波先生主持东方出版中心之后的事情，他们商定，为新时期以来上海专业作家的创作，出版一套代表性的丛书。安忆说，想尽量选择各位作家处于创作巅峰期的作品。当然，不是说以后就不再有更好的作品。山外有山，天外有天，假如有超越巅峰之作，肯定是被热烈欢迎的好事。安忆希望，我也关注此事，于是就有了一点感慨。

前些日子，我有事去五原路，那是我小时候居住的地方。忽然童心大发，决定去穿越一条小弄堂。那是从我的老家旁边通往安福路的狭窄的弄堂。让我惊讶不已的，是那条弯曲的窄弄，竟全然不顾外面世界的翻天覆地，甚至淡漠地应对身边的明显的变迁。比如，乌鲁木齐中路与安福路一带建造的众多豪华的大厦，它依然简陋而安静地蜿蜒着，那破旧的墙壁，那杂乱的树木，乃至那废弃的老井，与五十年前我读小学时几乎一样，连呼吸到的潮湿而带点霉味的空气也与半个世纪前的记忆相似，时间在这里好像凝固了。

当我穿过小弄堂，面对安福路沿街高档的建筑群，据说，那是香港地产巨商的得意之作，星空下，亮丽的灯光从众多窗户喷射出来，我才长长地透过气，明白毕竟已经过去了五十个年头，我也早就从一个天真无知的少年，演变为品味过人世沧桑的感叹者。

这套书的作者，有比我年长的，也有年轻几岁的，大体算同代人。听着差不多的黄浦江的涛声成长起来，体味着大同小异的上海人的甘苦走上文坛。上海，有着她的变与不变，我们也有着自己的变与不变。丛书中的小说，记录着各种各样的变，街景的变，风俗的变，时尚的变，乃至人物内心、社会世态的变等等；同样，这些小说还证明着许多的不变，梧桐树、老洋房、石库门之类，是外在的保留，上海人的精神世界，是否也有许多难以改变的基因存在？我想，肯定有不少，上海的文化可以区别于其他地方的，除了特别的方言之外，肯定相当丰富。至于比较优劣长短，那就很难简单说清楚了。文化方面的情况，当然比数学物理的公式要模糊得多。

对于时代和社会的变迁，小说家们的记录，各有侧重不同。程乃珊与王小鹰均从所谓的大户人家走出来，但是，《金融家》与《丹青引》，是主旨、人物、艺术很大不同的作品；沈善增与阮海彪都在反映底层的生活，不过，其角度、思考的差距也是相当大；陈村和孙甘露，在先锋文学方面全有过引领风尚的美誉，但他们的创作特点，也真难归类。正是作家们散漫的观察与书写，把城市的画像丰富起来。作家的个性张扬与社会的前进脚步，在丛书里无意识地和谐起来。

在我的记忆中，有一张照片始终很新鲜，可能是某个西方商人或旅行者拍摄的，那是一百多年前，上海刚开埠的时刻。黄浦江畔，没有高楼大厦，没有马路栏杆，只见沿江排列的帆船和连接船与陆地的长长的木跳板，泛着暗光的江水奔流不息，苦力们扛着沉重的货物艰难地跋涉在那狭窄的木板上……

今天繁华的上海，源于黄浦江上的那些木跳板。我曾经为一百多年前的照片产生灵感，有过写一部小说的冲动。后来因为懒惰而没有动笔。因此我感激这套丛书的作者们记录下来的上海的昨天与前天，由此，我们还能联想到上海的明天。

白玉兰文学丛书

序二

七月在野，八月在宇

上海市作协主席　王安忆

这套丛书所收的是上海作家协会中，绝大部分写作小说的专业作家的长篇小说，希望能够代表我们的写作。上海作家协会专业作家制度始于一九八五年，那是一个文学的繁荣时期。经过荒芜的十年，又经过百废待兴的几年，其时，停刊的期刊复刊了，关于文学本质的论争突破了最初的关隘，老作家重新拿起笔，新的一代则初露锋芒，文学奖项诞生，批评日益活跃……十年的彻底沉寂，恰形成有力的反弹，不仅释放着十年里压抑着的声色，还将之前十七年里被删节的思想与情绪一并迸发出来。上海作家协会，这所殖民风格的楼房，在它长年失修而斑驳的穹顶与四壁之间，穿梭往来着脚步声、话语声、笑声，年轻狂妄的声音冲击回荡着。那就是我们的声音。

专业作家制度将我们这些分散在各处的写作者纠集于作家协会麾下，以防流失，谁知道呢？方才崭露的那点点征兆，许是脆弱得很，稍不谨慎，略有风吹草动，便销声匿迹，从此不再。在这一支新创的队伍里，大多是初习者，被新时期文学的浪涛推波助澜，登上舞台，同时又承当起新时期文学的主力，振兴高潮，那就是知青作家。所以专业作家制度的建立，不只在于对写作者负责，还是对新时期文学负责。叶辛，竹林，赵长天，王小鹰，陆星儿，沈善增，蒋丽萍，陈村，我，倘要算上后知青时代的阮海彪和孙甘露，在此长篇小说丛书，占到百分之七十以上，可见出知青作家人数之众、比例之高、在文学图景中身影之活跃。

二十世纪七十年代与八十年代交替之际，也是新时期文学发轫之初，叶辛的《我们这一代青年人》和竹林的《生活的路》，可说是领知青文学风骚。如今回过头看，或可看出认识与表现上的浅陋，然而，一场规模巨大的政治运动，终于显现出较为具体的细节。知识青年上山下乡，覆盖在政治意识形态话语之下，其中个体的生活形态及命运，只是流传于坊间巷里，此时，却诉诸文字，以小说的形式，生出另一种叙述，是更为生动、更接近事实的真相，也更包含同情心。这场背景于“文革”大时代，波及全社会的运动，人们的遭际多少具有着普遍性，于是，便在极大范围内引起共鸣。每个人都在小说里找到自己的影子，听到自己想说的话，反应是极其热烈的。在这普遍性底下，更深刻的差异，也就是这场运动所涉及历史、社会、人的复杂性，则要等待之后更长时间的开掘，在此，事情刚刚开头。

这两部作品并没有入我们的丛书，叶辛，选的是他后一部知青题材的长篇《蹉跎岁月》；竹林，则根据她本人的意见，选《女巫》，这又汇入了另一个文学潮流，将在后面谈到。其实，叶辛的写作，基本不出知青生活的领域，我说的“知青生活”，不仅指描写知青自身，还是指插队所在乡村里的人和事。一九八〇年，我与叶辛同学于中国作协第五期文学讲习所，也就是后来的鲁迅文学院，常听他讲述下乡的故事，讲述中有一个情景，一再出现在眼前，那就是他在山村小学上课，教学生们朗读普希金的抒情诗，他读一句：秋风来了！孩子们跟一句：秋风来了！——他一直非常遗憾他教不会他们普通话，他们是用山地话念：秋风来了！一位十九世纪俄国诗人的诗篇的中国译文，被贵州山地话朗朗地吟诵，是经过何种途径传递的启蒙啊！这情景可象征知识青年上山下乡运动最富理想的一面。在最初的伤痛与控诉平静下来以后，我们多少获得了理性，能够较为客观地看待我们的经验，我们的经验随之扩大，面向更为广阔的生活。

《蹉跎岁月》里那一伙上海学生，背负着他们各自的历史，这历史包括父辈遗下的阶级地位、家庭出身，自小生长的城市给予的教化养育，以及“文化大革命”中的遭际，来到了百万大山的腹地，安家落户。主人公柯碧舟的负荷尤为沉重，他的父亲是一名“历史反革命”。这一个污点使他在他们的集体户内当然也受到了歧视，但是却远不如邻大队的上海知青杜见春来得反应强烈，因为杜见春出身于干部家庭，将自己视为革命的正传，社会的主流。尽管对柯碧舟有特殊的好感，也不能使她跨越阶级的隔阂。而对出身于同样阶层的苏道诚，她却本能地趋于认同，并不计较他道德上明显的缺陷。这于柯碧舟无疑是摧毁性的打击，他本来寄希望这个看来不同寻常的姑娘能带给他不同寻常的际遇，事情却并无转机。可是，非常戏剧性地，这一种肤浅的阶级观念很快被接踵而至的厄运质疑了，杜见春的父亲在进一步深化的运动中被逐出革命队伍。于是，她的地位急转直下，处在了社会的负面，原本为理想主义驱动的插队落户，此时变成惩罚。从处境到认识，她的世界分崩离析。先后来拯救这两个沉沦的男女的人是谁呢？是山村姑娘邵玉蓉。在这个偏僻的山村里，固然也有着象征性的阶级斗争，以大队革委会主任左定法为代表，但起主导性作用的依然是质朴的世故人情，即便是阶级斗争，最终还是归为善与恶的对决。邵玉蓉无疑是一个完美的体现，她的人生观——“劳动换来蜜甜的生活”，对柯碧舟、杜见春身处不得已的境遇，不谓不是化被动为主动的良药；她的道德观，其实是最基本的，却被政治斗争搅混了，这时发现还是她最辨是非；她的感情也是最自然，那些城里来的人，不已经不自然了吗？就靠她去伪存真。小说的结尾是杜见春的父亲官复原位，他们一家重新回归社会的正统，可杜见春经历了嬗变，毅然追随柯碧舟，回到贵州山村，“驶向初现春意的大自然中……”

这是一个浪漫的结局，很难用现实去检验它的合理性，事实上，多年后，叶辛又写了《孽债》。那被遗弃在西南乡村，长大了来上海寻找生身父母的孩子中间，不定就有柯碧舟们的儿女。然而，那一份青春热血依然是可纪念的。我并不以为叶辛矫情，我们这些知青作家中，他是最迟归来的，他对异乡异土最为认同。有一回，“收获”笔会，登峨眉山，人们挽袖掖襟，扶杖牵绳，他只在上衣胸袋插一柄牙刷，抱了胳膊对群山说一声：我们贵州有的是！插队的生活在他许是得了柯碧舟们正面的教育，留存下温煦的记忆，也不排除对命运的驯服。相比之下，陈村的知青写作，则要尖锐得多。

陈村最先引起注意的小说，就是描写知青生活的《我曾经在这里生活》。这一个短篇小说在当时知青文学的宏大叙事里，以个人经验的视角呈现独特的面貌。它并不负起对这场运动的价值评定和社会批判，它关心只在其中的人，个别的渺小的人，在他们根本无法知情的历史中，微如草芥的欢喜悲哀，生活的严肃性并不因此放过他们，他们依然面临了爱、生存与死亡的大事情。这是对知青生活的审视中一双别样的目光，它着眼点不大，但是深邃。陈村收入丛书的长篇《从前》，看起来有些像是从《我曾经在这里生活》扩展出来的，无论是哪一种元素：故事，情节，细节，思想，观念，感情，都由小至大，由轻至重，由简至繁，体量的增加最终改变了存在的性质，它的面貌变得庄严和肃穆。我还注意到《我曾经在这里生活》的结尾是凄楚的，留在农村结婚成家的昔日恋人小文死了，“我”在小文墓前发誓：“永远不再踏上这块土地”；而在四年之后写成的《从前》，女生小风最终还活着，与“我”温柔地告了别，

"我"乘船离开曾经生活的地方，心中涌起的感情是悲悯的："在这块不甚富饶的土地上，生活着千万个后财，他们在这里繁衍生息。""后财"是"我"插队村庄里的乡人，在这充满怨怼的经历过去多年之后，我们终于可以平静到留意乡人们的生活。我们在那里只是"曾经"，他们却是过去和将来。

《从前》里，所有的人物只分成两类，乡下人和城里人，其他的社会属性都退去了，或者说变得不重要。"我"这个城里人正在向乡下人蜕变，身心都起着抵抗。他经不起一点诱惑，略有提醒便奔回上海，不顾车马劳顿。在上海，他过的是一种知识的生活，一群年轻人，拉帮结伙地，聚集着谈诗论文。这些诗与文，于他目下的处境，其实是轻佻的，可正因为此，才可缓解现实的沉重。还有爱情，也许都谈不上是爱情，只是朦胧的一些儿吸引，也可疏松一下结实的生活。在那个非常时期，这城市谈不上华丽了，可依然是光滑与润泽。柏油马路，掩在灯影里的小楼，嵌着洁白的纤巧的闺房，而他们又还没有走进人生，这城市便以它表面的亮度来蛊惑人心。对照于此，乡下的景象就是灰暗的。贫瘠的田地，泥泞的村路，凌乱的屋舍，狡黠的乡人；劳动是艰苦的，农具似乎从天工开物之始再没有变革过，挑战着文明进化以后的人体；超负荷的承重，水土不服，身上长着疮；没有电，没有娱乐，没有书籍……可是，不期然地，大自然崭露出壮观的景象，那就是田地里的收成——"大地真够奇异的，那一粒粒谷子，居然真的长成了稻子"，他写道："我向来的大地概念，是用来承载重物。比如房子、汽车、人。"但是这些并不是从大地长出来的，现在他看见大地里长出了稻子。这稻子又不单是自己长出来的，而是经过人的驯化，它们与人"相依为命"。这也是文明，这文明比上海城市里的文明更为本质，更接近起源，也更感性。乡下终于给城里人上了一课，在抗拒中完成，它最终也没有驯化城里人，这一种异质的动物，但是，它裸露出生存的严肃性，还是震撼了城里人。当“我”病重，在公社卫生院暂缓危急，然后送回上海，乡人们前一晚便来到镇上，在黎明时分抬“我”走向码头，打着马灯，“就像一支出殡的队伍”。这个场面无比庄严，带了一种神喻，那就是，生命不可轻薄。

从时间上说，《从前》写作的一九八三年已是在知青文学大潮的余波上，现实中，知识青年多已回城，四散于社会，汇入更广大的人世，继续积累各自的历史。上山下乡的记忆，在我们的生活中，渐渐被新的经验覆盖，同样，在我们的写作中，它也趋于弱化。比如沈善增的《正常人》，这一部自传性质的小说中，知青的经历是作为成长的一个阶段，置于“我”从儿时到成年，再到结婚生子，也就是从人子到人父的过程。和个人经验和性格有关，也和其时文学写作面向开阔有关。在这部小说中，知青的生活并未被着力渲染，在它身前背后，是连绵一片的城市市井的风俗图景，那是生机勃勃、意趣盎然的图景，里面有着一种比任何时期的意识形态都更为长久的价值，它的生动性甚至超过这长篇的成长主旨。在这片图景之下，知青生活不是说褪色，而是融入进日常状态之中，成为人生的一种遭际。市井就是有这种通融的能力，以不变应万变。小说中的阿爷，可说是一名市井英雄。

我很喜欢写阿爷的那一笔，就是阿爷对《浮士德》的评价：“这本书好，这是经，句句都是箴言。”这个老头，出身于宁波小商贩之家，念过私塾，抗战时候跑过单帮，富裕时积攒下全堂红木家具，三年困难时期全部卖光，已经历练得能够融会贯通各路知识和理论，虽然他无法将自己的一生安排得更妥帖一些，他安排儿女的生活也终是事与愿违，可他有信仰呀！他信奉观世音，他相信人到绝处自有救星，天无绝人之路。阿娘呢，就像是阿爷精神的实践者。“我”中学毕业，分配去崇明农场，由于家庭出身问题，被取消领取棉花票补助，大吵一场无果，回到家中诉苦，阿爷嘱咐阿娘陪“我”

去学校说理。阿娘梳头洗脸更衣，隆重出门，走到中途却要求歇脚，坐在台阶上，然后与“我”商量，是不是不去了？意思是阿娘去了，兴许会气倒，反而不划算，留得青山在，不怕没柴烧。于是，祖孙俩又返上归途。这样变通的人生哲学，是小人物的生存之道，多少有一些苟且，可是没有失大节，基本保持精神完好。阿爷的葬礼，很有些象征性，那些琐细的礼数和差错，造成一种滑稽的效果，像是对命运的自嘲。而“我”的母亲，则有一些异数的意思，她不服命，总是在挣，却又挣得不彻底，往往半途而废，反使事情更加糟糕，人受了苦不算，最后还得在父母的荫护下过活。这是市井里失败的人生，也是市井的哀容。“我”呢，出于年轻的心，总是向往外面的大世界，于是，知识青年上山下乡，在某种程度上，成了救赎，将“我”引出逼仄狭隘的市井，使“我”的“正常人”命运里增添了一些未知的变数。

就这样，知青生活渐渐淡出我们的写作，可是这知青的身份，却成了一种宿命，背负在身。赵长天的《不是忏悔》，里面那一个饱受情欲折磨的中年男人，每当欲望受阻，便发出一声喟叹：“我们这一代人！”是指“我们这一代人”的伦理道德观念，还是“我们这一代人”特殊的经历遭遇，作者没有多加解释，似乎是不言而喻。而我们所看见的这个中年人，形貌精神都离“我们这一代人”相距甚远。“我们这一代人”已经定格为风华正茂的面目，而眼前的卞海亮，却是如此疲惫倦怠。他在所任职的工厂，是一个单纯的事务主义者；家里，亦琐事缠身。既没有社会理想，对个人幸福也不存指望。人在中年，虽然谈不上有什么远景，但要打发日子也还很漫长。于是，邂逅叶磊，旁开一个空间，急骤地蓄积起行将殆尽的激情。事实上，激情的储量已经有限，是因为压力而变得汹涌。有一个细节令人动容，就是有一次分手时，叶磊看着人流中卞海亮的背影，恍惚想：“这个挎着过时的旧包，步履缓慢的人，就是刚才和我睡在一起，和我做爱的男人吗？”于是，情欲里生出了哀悯，这哀悯是向着人生和人世的，也因此，就像小说中人物感叹的，本来是为缓解生活的重压，结果呢，又添一份负荷。小说中还有一个情景富于隐喻，两人做爱以后，裸着身体各自给单位里的下属打电话。这是一个游戏，戏谑自己的社会身份，事实上呢，受戏谑的却是对方，领指示的下级职工。游戏的策划者将他们的权力形象换一个形式重新认识一遍，于是很微妙地享用了一回。他们已不是年轻的男女，即便是情欲，也不可能多么纯粹了。他们携着各自的历史，这历史不谓不是成功，可是其中无论人还是事，都已陈旧，灰暗了颜色，令人心生倦意。假如生活从头再来一遍，结果也是如此。因此，“我们这一代人”又不止是“我们这一代人”，更是许多代，甚而可能是每一代必将经过的周期。与赵长天年龄相差一轮，几近后半代的孙甘露的小说《呼吸》里的一代，他们还没有开始生活，在开放的年代里成长，也没有道德的禁锢，可他们并不快乐，也很倦怠，似乎疲惫期提早来临，是周期缩短，抑或变形？这是下一个话题了。总之，“我们这一代人”，在此涉入多事之秋，时代的特性已被更加普遍性的人生遭际同化。与《不是忏悔》形成鲜明对照的，是陆星儿的写作，她坚持“我们这一代人”最富积极意义的特性，她始终抱着知青作家的情怀，面对社会、时代、个人的无常变故，难免陷于困惑，就是因这困惑，她的写作才变得较为复杂。

在这套丛书中，我选陆星儿的是她最近也是最后的长篇《痛》。令人欣慰的是，陆星儿在这部小说中，最大规模地表现了她的复杂性，完成了她的写作和写作中的她的告别演出。陆星儿崇尚英雄，知识青年上山下乡运动可说正是一个英雄的舞台：青春，热情，离乡，受苦，奋斗，牺牲，小我服从大我……相比之下，前一个青年运动——红卫兵运动，有着太多的政治色彩，尤其经历过了潮起潮落，多少带着一些创伤和阴影。而这一回，性质单纯许多，背景则更为宽阔，宽阔到山川大地——就连陈村这样染着虚无的人生观，都不能不注意到大自然的神力，于是，陆星儿的浪漫主义便和历史风云际会。然而，就像方才说的，陆星儿的英雄渐渐走出青春岁月，走出大革命时代，进入平庸的日常人生，昔日里壮阔的幸和不幸，全平均分配成琐细的事务，就是赵长天《不是忏悔》里卞海亮所应对的那些，最能磨蚀英雄气概了。在陆星儿更早的长篇小说《精神科医生》里，那一名野路子出身的精神科医生，为病态人格包围，社会的痼疾被病人们进一步畸化，他的常识都被质疑着，更何况改良社会的雄心，处境颇为尴尬，显得十分滑稽可笑。雨果的《巴黎圣母院》里，那丑陋的卡西摩多，其实是埃及的神祇，沦落在芸芸众生之间，就像圣母院梁壁上的一条爬虫。英雄在俗世里的遭际总是孤独的，他们被逐出人群，处于边缘。而陆星儿的，胚胎于特定历史中青年运动的英雄，和真正古典意义的英雄又不同，他们具有主流阶级社会的属性，这种属性阻碍他们往异体变形，他们终还是现实中人，这就注定陆星儿写作的现实性，她必须关注现实。

《痛》里的主人公邱大风是当代英雄——感谢这一个激变的时代，社会模式还在摸索中，没有最后成形，依然需要由一些个人来承担进步的代价，于是就有了邱大风这样一个角色——社会主义意识形态之下，公有制体制内的企业家，以国家政府的身份，循资本经济规律，创现代化图景。无论理论还是实践，都有着过不去的关节口，就看邱大风如何来变通。说实在，这并不是一个英雄的合适舞台，空间太过逼仄，处处掣肘，不得不屈抑人格，面目变得鄙俗了。就是在这里，陆星儿的浪漫主义遭遇现实主义，这一个挑战，是对观念也是对写作能力。终于，我们看见了什么？我们看见这一位弄潮儿，纵横于各种对立的关系之间，有时玩权，有时弄术，有时攻城，有时攻心，竟然左右逢源，一路披荆斩棘，直逼目的——

将这城市最为经典的沐恩路翻新改造为现代城市消费型大街。这条新街规划体现了邱大风新生资产阶级式的价值观——邱大风，就是一个世界后发展地区的新贵典型，鄙俗却生气勃勃，有着粗野的活力。这个人物的诞生，可视作理想和现实协商的结果，而我宁可理解为相持不让，这符合陆星儿的性格，也是她的愿望之实现。

可以见出，知青文学具体到个人的写作，早已经分流成不同的道路，向着各自方向发展而去。作为一整个文学潮流，它却酝酿成又一场新时期文学史上的革命，就是寻根运动。这场运动，可说东西南北合围，燃起烽火遍地，即成燎原之势。我以为这是上山下乡经历不期然的馈赠。我们这些城市孩子，带着半生不熟的书本知识去到农村，与乡土邂逅，不自觉间，戒除着教条主义。山川河流乡村，藏匿着另一本历史的大书，以隐秘的符号记录，更合乎生命存在的本义。知青文学开发了政治意识形态的地表，掘进到人类文明发生的地质层，那是更接近真相的一层，许多故事从它发端，由它塑造形象，我想，这大约就是寻根文学的来由。比较中原和西部，应承认上海是“寻根”的弱镇，这或许可归因于这城市的地理和历史。上海地处长江三角洲平原，成陆较晚，文明史开端便推迟了，时至四百年前，还只是个荒凉的渔村。一旦开埠，一蹴而就近代都市，省略了自然发展的过程。作为文学创作，难免“寻根”的资源不足，缺乏材料。但这只是从狭义上看，在广义上，“寻根”的影响深远，不是单就题材可以概括。在我私心里认为，多年后“上海”这一写作的惊现，亦和“寻根”的思想精神有关，这又是后面的话题了。现在，我还是来谈与“寻根”关系比较直接的作品，就是竹林的《女巫》。

我原本打算选《生活的路》进丛书，因前面提过的理由，《生活的路》几可说开知青文学先河，在当时引起极大的回响，证明上海作家在新时期文学中的位置不容小视。但竹林本人坚持要选《女巫》，自有她的道理，我最后服从的原因是，《女巫》这部长篇，正可填补“寻根”在丛书中的空缺，体现上海作家在新时期文学版图上占据的面积，纵向上则体现上海作家写作的发展源流。虽然，从时间上说，《女巫》写作的一九九一年，寻根运动已过了高潮期，我亦很难断定竹林是追寻行踪而来，她完全可能有着自己独立的取向。但是，《女巫》又确实表现出寻根文学的特质，那就是它将一个乡村的社会发展史融解在风土民俗的传说之中，使其完全脱离政治意识形态的解释，呈现出某一种不可知力量的神秘定律。

《女巫》为我最重视的是它的体量，在四十五万字的篇幅里，密密匝匝、层层叠叠、扣中扣、套中套，网络着大量民间的传说志异，这就不再是风土性的装饰色彩，而是成为整部作品的结构，以及结构后面的关照世界的方法。小说开头，那一行放学的孩子鼻梁上顶着柳枝，乡俚称作“仙人挑担”，摇摇歌行而来，犹如点灯引路的童子，带入“太虚幻境”。“太虚幻境”有一个特质，就是它虽然在世外，但是决定着世上的事理人情。《红楼梦》里荣宁两府的兴衰起伏都是写在“太虚幻境”的册子里，尘世中人的真实身份也是在这里。当然，《红楼梦》里都是贵人，照民间说法，就是有仙缘的；《水浒传》一百零八将，则是天上有星宿；《女巫》却是草民，演绎的故事要粗粝得多，所来自“太虚幻境”里的前世，也要阴暗得多，不是风月情怨，也不是英雄气概，而是关乎生存繁衍。这冤孽虽不像“石头记”，一演几万年，不过区区数十载，可难也就难在事端的具体靠实：抗战，内战，建国，人民公社合作化，“文化大革命”……竹林将这铁打的事实以虚幻的方式历历写来，一直坚持到底，没有松懈和中断，终于自圆其说，建构了另一部历史。

王小鹰的写作也是从知青文学起步，在知青文学中留下了抒情的笔触。我觉得王小鹰对写作有一种节制的态度，她从不无度放任个人情绪，她的写作几乎不涉入自身经验，难免会损失感性的独到之处，但却有另一般好处，那就是写作面向广阔。王小鹰很早就脱开与自身经验最有关的知青文学，另起章节，这也表明她有能力处理客观性质的题材，我以为《丹青引》就是她写作观念和创造性能力的极优表现。《丹青引》的结构非常奇妙，看似繁复，千头万绪，但其实很单纯，线头一抽，贯彻全局。

《丹青引》的线头我想应是韩此君这个人物，要借陆星儿的英雄观来论的话，韩此君也可算一名英雄，但要是将他和《痛》里的邱大风作比较，就看出邱大风是入世英雄，韩此君则是出世英雄。画圣韩无极被现代旅游业重新开发出来，自此便有无数人攀附：据传韩氏家世早已式微，嫡系里只一名第十代孙女，却已是疯人；于是女婿陈亭北尽占传人风头，眼见得要成无极掌门人；忽然间又冒出一个韩疏林，自称韩无极次子韩细布的后裔，事实上呢，韩无极的正宗后人，长子韩细舟的子息，就是韩此君，默默无闻于市井坊间，由无极门下生出的恩怨情仇都与他无关。韩此君人在小学校做一名教师，他的画却兀自在世上流传，遭遇各种，或被画界泰斗扣下，以防盖己名声；或被画界少壮当参照，取其精华，又别开生面，创出新流派；画商瞿老板瞄准他的是生意眼，低价收购，囤积居奇……无论画坛政治市场经济风起云涌，他一概木知木觉。再说到情爱，也是功名利益的连环套，美协主席魏了峰的情人由美协艺术办公室主任马青城善后为妻子，只得放弃所爱陈良渚；陈良渚本是对韩此君有爱，无奈他不接茬，要知道陈良渚不是别人，正是陈亭北的女儿，被他当作圣女仰慕；韩此君爱的姑娘辛小苦置他于陷阱不说，还投别人怀抱，此人为中国画研究所所长安子巽——真是当爱不爱，不当爱偏爱，如此轰轰烈烈，最后还是女工花木莲伴他的惨淡日月，度柴米人生。要是用《红楼梦》里妙玉说法，韩此君就是位“槛外人”，这位“槛外人”一旦涉入“槛内”，立即祸从天降。他到底经不起世人撺掇，动了凡心，举办个人画展。那画展说来也可怜，借了旧文化馆的遗址；由他任职的小学校和瞿老板的“小蓬莱字画贸易公司”主办；开幕式程序颠倒，七零八落，靠花木莲的小姊妹和街坊邻居充场子；美术界的头面人物倒是送来了花篮，夹在其中，并没有增添庄严感，反显得不伦不类；开幕式结束，已是曲终人散，一片萧条，就在当夜里，一场大火，连人带画，统统烧为灰烬。这也有些像《巴黎圣母院》，地牢门一开，卡西摩多和爱斯美拉达两具搂抱着的尸骨，立刻灰飞烟灭，无形无影。神祇是不能在人世间存身的，韩此君其人其画，本来只应天上有。陈亭北的仕女图，最后的点睛之笔，墨遮笔洇，好比天机不可泄漏。凡此种种，都好像有一双天眼俯瞰，俯瞰人间百丑，活活糟蹋神赐，然后一网打尽，全部收回。

我还觉得有意味的是，韩此君的世外，那一个市井社会，似乎并不全是“小隐隐于野，中隐隐于市”的意思，一条天池街，可说藏污纳垢，却接近生活的实质。当韩此君逝去后，辛小苦来到天池街，看见公用自来水龙头底下，蹲着韩此君的遗孀——花木莲——“两条粗壮的胳膊在搓衣板上使劲搓着衣服，肥皂泡沫白花花地溅了一地，她的脚边还放着菜篮和淘米箩。”此情此景映照下，那些纸上春秋，无论《红粉君子图》、《城春草木深》、《山龟图》，都显得如此苍白，早已淘空了内瓤，众声喧哗也难以掩饰凋敝的事实了。而韩世家九涵妙姑的真迹《观音出道图》，却是在天池街花木莲做工的成衣车间的壁上，那是当年玄黄庵的佛龛。就此看来，最后的大败局并非天意，实是人事。

蒋丽萍也是一个有效地脱离私人经验的写作者。她同样有着知青的经历，早期也写过一些知青生活的小说，但很快就越行越远。这或许和她曾经从事记者职业有关，使她锻炼成向外的眼光，对客观世界比较关心。更可能是领新时期文学真谛，那就是历史批判和现实批判精神。她的长篇小说《女生·妇人》，与“五四”老人程俊英先生合作，所写是程先生们的故事，与她的时代相距有半个多世纪，人和事都已泯灭在时光的烟云之中，必须有历史的目力，还有对他人生活的想象力，但其实都是出于对恒定意义的认识，那是无论何时何地都不会大改的人世人生的本义。生活再是演绎出多少种戏剧，外形中的内核就是一个。

依蒋丽萍自序中介绍，《女生·妇人》前半部，是将庐隐的《海滨故人》重写一遍，后半部，则是将程先生所写的续《海滨故人》重写。而程先生的续《海滨故人》严格说是本人的回忆录，虽然沿用了《海滨故人》里主人公的名字。《女生·妇人》呢，继续沿用这四个人物的名字。这看起来很像是一场接力赛，一棒传一棒，蒋丽萍当然是最后一棒，她跑到终点，完成全程。但事实上，更像是领了火种，重新开垦一片田地，长出自己的庄稼。无论怎么说，这都是一次有风险的出发，因有着太多的据实的人物和材料，又与自己的经验隔阂着，稍不留心，便会滑入记录性写作，可说走在纪实的边缘，蒋丽萍终于走到彼岸，完成了虚构的旅行。我说它虚构，是因为它的完整性，真实的生活不负责给我们结尾，也不负责提升意义，这就是我们所以需要虚构的理由。

就像方才说的，《女生·妇人》是以《海滨故人》里的人物为故事展开，那是北京高等师范学校的四个女生，人称“四公子”，从这雅号就可看出她们是风流人物。那是在二十世纪初，一个旧到底的中国生出新气象，青年也生出新向往。青年，向往所在总会是爱情和婚姻，这与个人幸福关系最紧密，“个人”和“幸福”的概念都是“五四”启蒙的果实。尤其是女生，这里面就又有男女平权的争取，所以才会有“四公子”的称谓。在“女生”的日子，闺阁和书斋里，革命还处于理论阶段，比如李大钊先生的“伦理课”，她们很大胆地提出将来孩子可不可以从母姓，还提出男性是否也有贞操的问题，各人的恋情也在朦胧的初期。总之，新生活是在务虚中。然而，就是这务虚，为她们勾画了一个新人类的摹本，这摹本在现实中则成为妄想。“四公子”中，露沙是最坚执这妄想的，其他人，或是比她命好，像宗莹，与师旭的师生恋，是新型婚恋，可总归不伤大雅，两人相携相契，妇唱夫随，虽遭子殇，亦是乱世中的寻常事故，终不失为“五四”一段佳话；玲玉的婚姻实际只抄袭了个新式的“外壳”，内里仍然是旧式的陈规，旧式的男人和旧式的性观念，倒是那“外室”柳蝶依有新人类的气息——出身小公务员家庭，职业女性，裸露的情欲，理直气壮地挑战“正室”，有趣的是这新气息并不是来自“五四”，而是来自上海这近代城市的市民阶层；再有云青，她似乎是在家庭中承起了男孩的角色，养家糊口，抚育弟妹，但方法则是嫁个有资财的先生，当然，先生受的是德国教育，有强国思想，这些至少合乎“五四”精神的某些符号。当她们进入现实的命运之后，大时代给予的人生蓝图都变形了，惟有露沙，以一种近乎偏执的坚决，牢牢守着这蓝图，结果是，飞蛾扑火。

回望二十世纪初反封建的男女，女性总是全力以赴，男性呢？颇令人寻味地，他们多是先向封建制度交了差，然后再革命。好像贾宝玉先科考，再出家。甚至于鲁迅，也有朱氏；还有萧军，认识萧红之前也完成了父母之命、媒妁之言。新女性常是处在半妻半妾的位置，多少有些孤军奋战的意思，露沙就是其中一名。她终于争到了梓青，却只是一半，而且名不正言不顺。梓青患结核病早逝，倒使得这段尴尬婚姻获有悲剧的了结，合乎了时代的名义。她的第二段情爱，比第一段更大胆，与年轻自己许多的寄尘相恋，在世人舆论中，难免是不伦的垢病，一旦进入实际生活，则更有无穷的麻烦。露沙和寄尘真是位置颠倒，无论物质还是精神，露沙都承起了男性的角色。她有事业，在社会挣得地位，因而得经济自主，还为寄尘筹谋生计。但这似乎又并不真正意味着男女平等，寄尘虽然样样靠露沙，却依然持有男性的特权。就比如她们在李大钊课上讨论过的，男性应不应有贞操的观念，即便孱弱如寄尘，都可以不遵守贞操。女性独立最终似乎只是更给男性方便，而且这情景一直延续到今天。赵长天《不是忏悔》中，那一对中年邂逅的男女之间有这样一段对话，关于叶磊要不要做全部的女人的讨论。叶磊说："因为你太好了，所以，我不敢在你面前做得完全像个女人。"卞海亮客气了一番，诚邀叶磊放纵她的女性属性，但同时他又肯定了她没有女性的一般弱点，这弱点被他归结为"会使男人有不安全感"，于是，叶磊就有了这样的疑惑："如果我一半是女人，另一半也是女人，你吃得消吗？"从"五四"以来，女性始终没有放弃成长，却使得男性越来越怠惰。然而，强悍如露沙，最终死于难产——萧红也是死于难产，这是积贫积弱的二十世纪初，无论独立不独立的女性共同面临的危难。这一个最具革命性的女性，还是落入了传统的命运窠臼。

现在，我应该提到我们的一位前辈作家，白桦先生。我很感谢白桦加盟上海作家协会专业作家队伍，让我们上海的这批知青作家与前承的关系变得具体和直接。新时期文学是由白桦一代，也就是人称"右派作家"作率先，他们经历了共和国的坎坷，最具批判力——感谢上苍，当政治生活终于进步到正常的时代，他们尚年富力强，而且，没有丧失信心。照理说，他们最有理由不信任生活，可反倒是我们，对诸事生疑，这使得我们在批判中，有时会模糊正面的观念。他们年长于我们，阅历也丰富过我们，伤痛更深于我们，为什么恰恰是他们，保持着积极性？那或许是出于一种性格，我将它称作"共和国性格"，长在新朝开元时候的人格，往往清明开朗。而白桦先生又是一位诗人，我觉得，在白桦先生，"诗"不只意味一种文体，更是世界观，从白桦先生眼睛看出去的，总是有一种光明。经过如许世事艰厉之后，很难说是天真，这更可能是一种辨析力，从氤氲、阴霾、浊尘中辨析出光的穿透。这辨析力也许不是出于唯物史观辩证法科学社会学，而是诗情洋溢。

白桦先生的这部长篇小说《每一颗星都照亮过黑夜》，以第一人称写给儿子的二十二封书信构成。他带着一种诉求，诉求子辈倾听，倾听父辈的历史。事实上，无论听与不听，都是子辈的前承与后传，可说是宿命。你听了，就可能有自觉性；不听，便身陷盲目，这是有责任心的父亲们所不忍的。小说中的第五封信，他写家乡被日本军队占领的日子里，从他家门口经过一小队日本宪兵，押解着一个受伤的青年往城门外行刑，一群小孩呼啸尾随而去，他也夹在其中，忽然间却被街坊王大娘拖出人群，斥道：“你起什么哄？你爹被他们活埋才几天？”我想，白桦们要告诉我们的，就是这个！还有，第一封信，也是小说开篇之际，写到与儿子发生的第一次冲突，那是在儿子三岁的时候，儿子要求买一挺玩具机枪，“我”不同意，因为“我”对枪从来没有亲近感，生气的儿子突然挥起小手在父亲脸上掴了一掌，使“我”无比伤心，这又是白桦们要告诉我们的——我知道他说的不是伦常之理，而是有关于“我”是谁，“我们”又是谁的话题。

“我”是谁呢？一个中原古城里开明绅士之家的子孙；还是拒不做汉奸、最终死于日本宪兵屠杀的冤魂之后世；是在天主教堂躲空袭时候，从修女指下的琴键，与舒伯特邂逅的小男孩；是抗日队伍里的少年兵，抗美援朝的志愿军；然后是一名右派；再然后是摘帽右派……“我们”是谁呢？是呵斥“我”不许跟人起哄的豆腐坊王大娘；是卑微地活着又卑微地死去，用死魂灵吓死一个日本鬼子的冯二；是没出息了一世，在“文革”的冬夜，登临废墟疾奏京胡“夜深沉”的柳家大少爷；是“笑话”，一个纨绔、玩世的人生，在急等着点火起炊的日本兵跟前，戏耍地将干火柴一根根划着，再一根根吹灭，结果脑门吃了子弹，闹了个天大的笑话！还有小蚂蚱、六指儿媳妇、静云寺的妙聪师父……“我”和“我们”又有一个总的命名，就是“诗人”，他们将历史演绎成了诗。在动荡与莫测的世事中，许多正义的观念变得模棱两可，模糊着判断，然而在诗的境界中，边缘却明晰着。“诗”这一个华界，以一种说来虚无其实却肯定的标准鉴别着优劣是非，那就是美和高贵。小说里的“我”，这一个父亲，就这样从昏晦的经验中析出光明，企图开启儿子的知性，他几乎是以谦卑的目光，注视儿子，等待回应。

这是历史讲述中的个人性，不只是经验，还是情感。新时期文学逐渐拓进个人主义领域，白桦先生一代人可说是先行者，为争取个人在公共写作中的合法性，付出了代价。我们都是受益者，他们打开禁地，我们在其间嬉戏，不晓得底下藏着什么样的牺牲。所以我庆幸有白桦在我们的队伍中，他可时常提醒——就像小说中提醒那儿子，我们究竟是什么人。

这样，我就要想到孙甘露。孙甘露大约正是与那儿子同龄，我方才称他作“后知青作家”，是指他的成长正处于知识青年上山下乡运动末潮，而教育体制还未重新建立，因此，他的命运在另一部分与知青汇合，就是中学毕业即走上社会。其时，青年运动早已平定，日常生活也恢复秩序，所以，历史又进入了下一个阶段。在变化的时日，相距五六年就可能划为另一代人。我想，孙甘露开始写作的时间，许多激烈的意识形态纷争基本经纬清浊，白桦们的遭遇倘要写入小说，就是归荒诞派一类，新时期文学已经进步到“先锋”的阶段，开始文本的实验，孙甘露就是在这一节上登场了。

对于先锋文学，我个人以为是一次输入的革命。在离群索居数十年之后，其时敞开了空间，八面来风。外面世界一百年里演变和积攒的思想一夜间涌进，那么多新鲜的概念，充满耳目，我们都来不及攫取。形势难免是混淆的，但是，就是这混淆，酝酿成了本土的又一次文学浪潮，它几乎全面性冲击着汉语言写作的成规。当然，在所难免地，泼洗澡水将澡盆里的婴儿一并泼了出去。在它们企图突破限制的时候，将叙述艺术的形式也取消了；拆除了藩篱，同时失去了自己的领地；破除迷信，将“信”也破除了，这将使以后的进取陷入困境。但是在当下，它如此令人激动，号召着年轻的叛逆心，义无反顾地向前奔腾。屡次文学运动已为它铺平道路：题材的禁区几呈全面性打开，文学有效地脱离意识形态，获有自主权，个人主义不仅合法，还是进步的表征……还有什么可顾忌的呢！由于这一切反传统的特征，先锋文学更像是一场青春文学，它无拘无束，自由自在，轻松上马。

孙甘露是先锋文学的一名翘楚，虽然他写作量并不大，以短篇为主。说实在，你很难想象如他这样，纯粹依赖语言文字自身的逻辑推动叙述，能够充实多少篇幅。孙甘露小说中的人物，面目往往是模糊的，社会身份不明，没有清晰的历史来源，行动也没有一定目的，总之是暧昧。这就是人和事完全脱去意识形态的结果。他将他的人物放在纯粹的语言环境中活动，这在理论上无疑是极有挑战性的实验，但在事实上困难重重。尤其是孙甘露连语言，这人和事惟一的寄存也要颠覆，他要以唯美的方式重新组织叙述。而语言其实是比任何存在都更社会化的物质，它没有一刻能够脱离公共性的叙述活动，在约定俗成中规定和改变形状，不是孙甘露单枪匹马可以推倒重来的。所以，他在颠覆中不断需要作出妥协，就像一场拉锯战。在这拉锯战下，也确实生出一种别致的文体，语言从讲述的事实浮上最表层，你甚至可以放弃叙述的内容，单纯享用语言。这是危险的蛊惑，因为不知觉中，思想消失了，作为小说质地的生活状态也消失了。孙甘露又为什么要执迷于小说，而不是继续做一名诗人——他曾经写过新诗，总归还是小说的某些特性吸引着他，让他舍弃不下，那是什么？我想，还是人和生活。

《呼吸》是孙甘露迄今为止惟一的长篇，字数长达十三万多，对于这么一种纯化了的叙述方式，几乎可看成巨作了。在此，他不得不遵循某些小说的纪律，比如有人物和故事。《呼吸》里的故事主要讲的是罗克的爱情。罗克是谁？一个年轻男人，据称曾在军队短期服役，然后回到城市，不固定地从事橱窗设计工作，这样，罗克就可能社会关系极简，同时解决生计来源问题。这样的人物特别适合孙甘露的文体，或者说是孙甘露的文体适合这样的人物，因为得以赦免社会生活的客观叙述。就这样，孙甘露赦免了罗克的社会生活，放任他独自一人，于是，他镇日相守的就只剩下他自己的身体，而他的身体又是怠惰的，兴奋不起来。与赵长天《不是忏悔》里那中年男人饥渴的身体相反，罗克的身体就像患了厌食症，是被过于丰饶的美食败了胃口。一个一个女性走进他的生活，来不及消化上一个，下一个就已经赶到，而他，并没有因此成长起来，获得什么样的嬗变，因为这些女性的面目也是暧昧的，很难给她们规定意义——这就是罗克的故事，一切戒律消失，意义也消失，在无节度的自由中，没有什么决定我们和谁在一起，又和谁不在一起，结果是，究竟谁和我在一起？当女性们滑溜地穿行过罗克的生活，罗克也在滑溜地穿行过她们的生活。小说中写道："尹楚个人历史上的这场情感大混乱花去大约十年时间。她意识到从出了中学校门到现在几乎没干别的事：'真他妈的不上算。'"要是拿罗克的身体与《死是容易的》里的身体相比，罗克的感官生活是多么奢华啊！需要是剩余需要，满足也是过剩，也因此，陷于虚无。

阮海彪的《死是容易的》，写一个患血友病的孩子，就是小说中的"我"，也叫"弟弟"。身体对于弟弟，是个需要时刻警惕的存在，必须防止碰撞、创伤，甚至于少许的震动，因为一旦出血就很难止住。屡次为止血而做的治疗，已耗尽家中所有的财物，使这个温饱家庭陷入赤贫。因此，出血，发病，不仅给肉体带来苦痛和危险，还危及整个家庭的经济财政，增添了精神的压力。弟弟的身体不像罗克的，是一种附丽，而是巨大的现实，关于身体的疑问：身体究竟是什么？生存究竟是什么？如何维系？究竟又有什么必要维系？对于弟弟是具体的日常生活，对罗克，则是纯精神活动。在《死是容易的》里面，身体的戏剧就是那么残酷，它时时上演着生存和死亡的较量，这种较量又并不完全以力量的强弱优劣为胜败，似乎是有一个更加巨大的意志在操控局面。那相邻的于家伯伯，前一日夜里还推出黄鱼车，让弟弟去医院急诊，隔日晚上回来，他却上吊自尽，死亡如许不期然地降临了。再有那剽悍的“外国人”，主张优胜劣汰，言称像弟弟这样的孱弱者，不值得怜恤，应统统消灭，可是，偏偏是他死于盛年，弟弟却活着。当然，更大量的死亡因循着普遍的规律发生，比如他的病友肖虎，死于酒后脑血管出血。所以说，对于生命，我们既不能放松责任，但也只能尽力而为，至于结果，就听凭上天的选择了。弟弟，以及弟弟的家人，就是在这未知中全力以赴，争取生存。父亲从劳改农场请假归来，将病危的弟弟连夜移出医院，决定自救的一幕，真是无限的惨烈，可说是全书的高潮，那是孤注一掷，背水一战。

弟弟的父亲，有点像沈善增《正常人》里的祖父呢！我想，在上海老城厢，那些旧式的房屋里，住着无数的祖父和父亲。他们来自周边乡镇，宁波或者绍兴，有过短促的发家史，然后在战乱和灾荒中破产，来到新开埠的上海，虽不像传说中遍地黄金，挣一份嚼吃还是有的。他们洞察世事，人情练达，狡黠里藏着乡下人的耿劲。就像《正常人》里的祖父一样，弟弟的父亲想必也读过一些旧书，他的主攻方向在《黄帝内经》。当父亲将弟弟移回家中，自己在阁楼上翻检医书，煎制草药，就像一个古代的炼丹师，这也让我想起《正常人》里祖父读《浮士德》的情景。这大约就是民间和经学的关系，也是上海市井的知识景象。当我写到此处，不禁想起法国作家普鲁斯特的《追忆似水年华》，那一个病人出身于贵族阶层，生活优渥，疾病将他锁在床上，限制了外部行动，迫他在精神中漫游，搜索记忆和思绪，构成空中楼阁，灿烂辉煌。这里的弟弟也是在病痛的禁闭中，可他无法纵容他的精神在虚空中漫游，温饱，治疗，就业，立足社会，都是具体的困难，如何来应对，占据了所有的闲暇。在他的周围，都是同他一样的市民，柴米生涯。这城市里的老住户，物质与精神都已式微，小说写到那天夜里，父亲向医院签下生死状，将弟弟从病房移出，回到家中，“我忽然发觉，我的家竟然这样低矮，破旧，凌乱，潮湿。我闻到了一股蟑螂味，那是从那只没有抽屉的抽屉洞里发出的”。于是，弟弟的病苦似乎不只是病苦，而是象征了整个人世的悲哀。

编这套丛书的时候，我发觉在我们上海作家的写作中，常常有一个绰约的背景，就是市井。比如叶辛的《蹉跎岁月》，在柯碧舟插队的那一个集体户，成员多来自上海中下层市民家庭，从某一方面来说，他们要比那两位主角更显其生动，表现出他们所来自的城市的价值观和性格；陈村的《从前》，也有一个集体户，扁头，阿发，女生小风——她考虑自己的归宿，是否要嫁给乡下人之前，她对上海的男生说：“你们最凶的是张嘴，他最强的是一双手。”这种面对现实的态度，正是华丽的城市表面之下的芯子；前面已经说过，《正常人》是正面表现市民阶层的生活；陆星儿《痛》里的那个邱大风，更是真正出身市井的现代新贵；王小鹰的《丹青引》则有着一条喧喧腾腾的天池街……若干年以后，我们或许会发现，这是与“寻根运动”某种方式的遭遇，又迎来关于上海写作的热潮，在当时却多出于不自觉，但这不自觉也是在新时期文学的开放思想中发生。上海的市井生活，最早多出现在民国小说“鸳鸯蝴蝶派”写作中，到了一九四九年以后，就渐渐淡出，偶尔地，就像阴魂不散，突然在某一隅闪出。比如，二十世纪六十年代有一部话剧改编的电影《小足球队》，里面有一个社会青年，诨号“爷叔”。这个形象何其有趣，都市浮华里的坊间人生，他吸引了一帮小萝卜头在弄堂进出，当然，是作为颓废的代表而遭到社会的唾弃。凡这类人和事，在那时多是以负面的形象登场。胡万春先生的小说《家庭问题》，后来改为电影，其中那一个青工，穿毛料裤，买绸缎被面，受到父亲——一个产业工人家庭的家长的严厉批评。这种日常生活的趣味，来自安居乐业的人生，其实是含有普遍性的人道价值。

胡万春先生属上海二十世纪六十年代崛起的工人作家队伍中的一名，他们多是以描写产业工人的劳动与生活而活跃文坛，然而我觉得，当我们强调他们社会主义写作身份的时候，往往忽略了他们另一个也许更加鲜明的特质，就是他们的本土性。胡万春先生是工人作家中领先的一名，他的短篇小说《骨肉》和《过年》，引起过热情的反应。小说中描写的城市底层生活，在阶级矛盾与阶级斗争的观念之下，人和事都被简化了，但它们依然以人间常情打动了读者。这一回，入丛书的是胡万春先生写于一九八三年的自传体长篇《苦海小舟》，顾名思义，写的是穷人的飘零生涯。小说中这一个穷人的履历却是复杂的，若是按社会各阶层分析的划分，他可先后占据多个阶层。大约从清代算起，他家便是失地农民，到了祖父，则在宁波一带经营小本买卖，渐渐积累资财，成家立业，也有了教育的意识；所以父亲先读私塾，再上公学，接受强国思想，决心做一名海员，学习航海；结果是被骗子卖了猪仔，去到外国轮船做水手，其间参加了一次海上罢工，算是还了革命的夙愿；然后，带了一口洋泾浜英语回到家乡，接下了祖父一个行将倒闭的小百货公司，却无起色，只得将生意盘给舅丈，收拾收拾来到上海；所剩最后的一点资金投进米行生意，还是血本无归，这一回彻底死心，从此息了发家的念头，做杂役糊口，家中一贫如洗，于是，小说中的“我”，这上海城市的无产者降生了——经历逃难，乞讨，跑单帮，打工，学生意，间歇地上小学，读《圣经》，唱圣诗，终于在十六岁时进工厂学徒，走入产业工人队伍——看起来，不怎么合乎共运史中作为革命力量的无产阶级形象，可是，历史却呈现出丰富性。农村萧条，小型经济崩溃，资本型城市崛起……这些政治社会经济概念全演化成具体可感的生活状态。

小说中那个英国人戈尔门先生，是父亲做杂役的爱文义路救火会的职员，应属上层社会，可事实上，却也为生计困扰，他甚至娶不起本国的女人做妻子，也娶不起会说英语的中国妻子，只能娶不会说英语的中国女人。在张爱玲的小说里，我们常能见到这些帝国公民，多是落寞的表情，他们是殖民地占领者，同时呢，也是寄人篱下，身份颇为尴尬。比如《红玫瑰与白玫瑰》，有一日，振保和娇蕊一同上街，遇到艾许太太，张爱玲写道："艾许太太是英国人，嫁了个杂种人，因此处处留心，英国得格外道地。"还有《桂花蒸·阿小悲秋》里那个住公寓的单身外国人，悭吝又落魄，还滥交。当然，戈尔门先生是个好人，是父亲的知交，可自身难保，援助也有限。上海市井的戚色里，也有着异族人的面容。还有那些连环画家们，作坊样的生产方式，小说写到"我"去拜师傅学手艺，来到沪上著名的大师府上，境况竟十分窘迫，不只是贫寒，而且潦倒。作者写道："他们夫妻俩年纪都不大，只能算作年轻人吧！可我却感到他们都很老了。"就是这样黯淡的营生，却发源成日后绘画的一个重要门类，多少可见出海派文化形成过程现象之一斑。我们可以在《苦海小舟》中找到《过年》和《骨肉》的故事轮廓，就像是这两篇小说的素材，显露出感性的面目，过去的生活这一回以私人经验的性质进入胡万春先生的写作，不期然地，展现出更为宽广的社会场景。

程乃珊的《金融家》则面向上海中产阶级社会。说来很有意思，《金融家》中，华行董事长总经理祝景臣也是浙江人氏，出身贫寒，父亲在杭州大户封家当差，封家老爷开恩，让祝景臣、祝景文兄弟在封家开办的洋学堂开蒙读书，这一步便将他们推上事业人生的康庄大道。祝景文考上庚子赔款公费生出洋留学，祝景臣通过封家的交好——华行开山祖魏久煦进华行做练习生，之后一路攀爬，坐到高位。封家则已衰落，后人封静肖，只得在外国人诊所挣月薪，自糊自口，最后给祝家做女婿，多少有些像吃软饭的。与祝景臣同时进华行做练习生的范先生则终身只是个小职员，但儿子范仰之却是才俊，走上另一种人生道路，成长为另一路精英，终于能与祝景臣平起平坐，相辅相成，共渡民族危难。所以，上海这地方其实是英雄不问出身，公平竞争的场所。各人时运不同，资源占有也不同，但终究是以才智心气为决定，不断重新调整划分阶层。在这些跌宕起伏的命运之下，更普遍的还是平凡的人生，就像祝景臣的公子隽人和儿媳芷霜，由父辈们荫护，从战乱中挣出一份安稳且道德的日子。这些保守的人生，经过了危亡的时日，既没有错过生活，也没有损失良心，因循时令开花结果，不由要感慨祝景臣们的栉风沐雨。先是业内倾轧，华行遭遇大挤兑，道高一尺，魔高一丈；再是日本占领军要挟融资华行，逮捕银行职员，一波未平，一波又起；祝景臣几方受制，又要保人，又要保节，几回山重水复，又柳暗花明——在这潮起潮落时节，育秀女塾的女生们，也就是祝景臣们的女儿们，度着她们的娟阁时代。

这群女生使我想起蒋丽萍《女生·妇人》里的“四公子”，“四公子”是她们的先驱。她们显然要轻松得多，没有“四公子”的思想的重任。她们生活在“五四”新思想运动发生的二十年之后，又是在新开埠的上海，领风气之先。对异性的态度相当开放，甚至有几分佻侻。小说里也写了一堂课，题目是“小儿疾病预防”，老师就是那位没落世家的大少爷封静肖，身材颀长，穿一身白夏克斯西装，谈吐活泼，引得她们都不安分了。他在上面讲课，女生在下面传字条，内容关于这一位是不是理想中的“黑漆板凳”。沪语“黑漆板凳”与英语“HUSBAND”谐音，然后就有人在字条上写：“这不是只黑漆板凳，是张沙发，起码要替这张沙发做一套沙发套，还要配上靠垫……太奢侈了。”联想《女生·妇人》里，李大钊给女生们上的“伦理课”，上海和北京多么不同，上海的女生和北京的女生又多么不同，它是现实的人生，缺少庄严感，甚至带几分粗俚，可也是积极的。

《金融家》写于一九九〇年，这个年份对于这部上海题材的小说，很不幸地过于早了，没有人注意到它的地域性。倘若晚上几年，“海派”写作起篷，它是可拔得头筹的。一九九〇年，是探索小说形式的先锋文学热潮时节，贯穿整个新时期文学的批判现实主义继续向深处掘进，这一部在形式上并无新奇，思想上也不以尖锐为胜数的小说，很自然地被忽略了过去。等到上海话题成为时尚，那些充满上海想象的写作且又潮涌，遮蔽了大众的阅读，这部小说依然没有进入潮流。所以我寄希望这套丛书，能让它再次登场亮相，让“海派”写作认识它们的前辈；我还寄希望《金融家》能以它的沉重来改变“海派”的轻佻气质；它所描写中国民族工商业者，从积贫积弱的社会挣扎起来，在这城市的流光溢彩底部，是命运多舛，时事艰厉。

本人写于一九九五年的长篇《长恨歌》，可说迎头赶上风潮，但又带来另一种不幸，它被安在潮流的规限里，完全离开小说的本意。在此，趁作序近水楼台，当为自己辩解几句。我想说的是，小说的第一部应是不尽如人意，小说家陈村曾批评过，这一部里尽是想当然，片厂试镜想当然，“沪上淑媛”想当然，选美胜出想当然，上海小姐当然要被金屋藏娇，藏娇人当然要遇不测……但恰是这一部最为看好，因最合乎大众的上海想象，而这一部我又跨越不过去，大量的交代任务要在这里完成，否则便无法开展故事。重要的情节是发生在第三部，王琦瑶和她的下一辈人邂逅，就如苏青说的，在人家的时代里，就好比寄人篱下。第二部是一个过渡，可是我却自觉得这一部写的最称心，这就和感性有关了。二十世纪六十年代，在我是知觉初醒，人和事渐渐浮向水面，轮廓绰约，气息悠然弥散，无处不至。这一部，一旦开头便从容而下，就像自己会生长一样，枝叶藤蔓盘错。这是写作中最好的状态，所有的人物都在自由活动，主动走向命运。我被自己所感动，在程先生身体落地后的那一节，我至今能背诵出来："你有没有看见过卸去一面墙的房屋，所有的房间都裸着，人都走了，那房间成了一行行的空格子。"故事到这里似已倾向终止，事实上，我的目标还未抵达，于是，重振旗鼓，再向第三部进发，是第三部里的情节决定我写这个小说。女主角的结局十分不堪，损害了她的优雅，也损害了上海的优雅，可是倘没有这结局，故事就将落入伤感主义，要靠结局来拯救，却又力量单薄，所以，略一偏，就偏入浪漫爱情小说，与时尚合流。我选它入丛书，期待的是新一轮的阅读，能归回我的初衷。

孙树棻先生的长篇小说《末路贵族》，大约可称作海派写作的实至名归，它有着奇峻的人物和情节，以及社会风俗风貌。小说所写的是"二战"时期，上海这远东城市，有些像北非的卡萨布兰卡，各国各系的政治军事的力量在此侵入，然后交织。英国、美国、日本的谍报人员，以各种身份为掩饰，围绕着流亡上海的白俄姑娘娜塔莎，演绎出爱恨情仇的戏剧。这多少令人联想起上世纪四十年代徐纡先生的《风萧萧》，记得里面有一个化装舞会的场景，各路间谍在此汇合，面具底下的人究竟是谁？真好比《红楼梦》的玄机："假作真时真亦假，无为有处有还无"。这场面实是华丽，流光溢彩，又扑朔迷离。我想孙树棻先生就是看《风萧萧》长大的一代人，新小说对于他一定有潜移默化的影响。但同时，我又觉得他接受了批判现实主义思想，那应当来自于俄国文学，这也是孙树棻们的时代声音。就在这本《末路贵族》小说中，奇情异志之间，不时浮现起日常景象，透露出了生活的严峻。那位"萨巴罗夫上校"，在犹太人开的酒吧做门童，住就住在弄堂房子中的一间，过着寂寞的生活。他让我想起小时候，与我们家相距一百米的弄堂口，住着的一位白俄，以教授英语为生。父母亲曾经带我们去过他家谈话，想把我和姐姐交给他。他那房间是处于房屋的末端，正是一个尖角，于是，便呈斗状，是真正的“斗室”。屋内家具简陋，临时居住的样子。他站在我们跟前，内心却不知在什么遥远的我们完全不了解的地方。小说详细地描绘着这些被祖国放逐的人，如何谋生计，如何在异国建立起社会关系网络，彼此依赖生存。那个“卡特琳娜·康斯坦诺维奇伯爵夫人”有些让人想起陀思妥耶夫斯基的小说《白痴》里的交际花，她年老色衰，流亡异乡，如《末路贵族》里写道：“在市区北部租下了一幢房子，又搜罗了几个白军军官和士兵的女儿，在那里开设了一家妓院，当起了鸨母来。”由于和萨巴罗夫上校特别的乡谊，她将他的女儿娜塔莎，安排在办公室工作，不让她涉入风尘。为了取得保护，伯爵夫人不得不为日本人提供情报，故事就这样从日常的图景走向传奇，可是依然没有放弃生活的严肃性。日本特务蒙索洛夫——真正的俄国贵族，而不是像“上校”和“伯爵夫人”，这些头衔都是杜撰出来唬人的，命运难料，这位真正的贵族沦落到给日本人当差。他向日本人去领旨，态度卑微，内心想的是：“当你们还在吃奶的时候，老子已经在马背上冲锋陷阵了……”娜塔莎与英国军官劳伦斯的邂逅是好莱坞电影的套路，灰姑娘遇见王子，但其间纠葛着的种种细节，却不再是童话的性质，而是艰难人世的意味。娜塔莎和劳伦斯最终走出危境，所受援助多来自她那个白俄侨民社会：鲍德罗斯基叔叔，马思罗夫先生——他们从各自的经历走来，汇集在这个城市，这也就是上海这个国际化都市隐匿着的世界史。

看起来，我们这批写作者，主要的特征是现实主义，但已含有现代主义的变征。我们前后大约跨越两代，远至“五四”新文学，近到新时期文学，可说是我们共同的养料，我们都怀有对生活和人的关怀。同时，在我们之间，还包含着承继的关系。从一九八五年七月吸纳第一批专业作家，到一九八九年的最后一批，上海作家协会集合起我们。我们的写作，大致可以勾画一个文学时期，这个文学时期，蓬勃兴旺。我们在新时期文学的背景下成长，又汇入进新时期文学的图景，且带着我们自己独有的表情。然后我们一同走入下一个时期，面临着丰富却复杂的新挑战：价值观急剧变化，消费时代起来，市场经济蔓延各个角落，再迅速纳入全球化；文学观念也在变化，经典取消，大众审美上升为主流，文学不再呈运动浪潮式地前进，而是分散为各个局部……而我们渐渐告别激情洋溢的青年时代，我们的队伍不断减员，胡万春，陆星儿，孙树棻，相继离去，情景多少有些凋敝。在这时刻，重新回顾走过的道路，检阅我们的写作，不只是为缅怀，更是振作精神，坚定决心，这就是编辑这套丛书的用意所在。

2007 年 9 月　上海

一

1937 年 4 月 1 日，正值西俗愚人节。在沪上第一流的教会女中——育秀女塾园内。

随着阵阵上课钟声，草坪上，一批穿着墨绿色棉绸面旗袍——育秀校服的女学生，正挟着讲义，三三两两鱼贯进入位于大草坪东端的阶梯教室内。她们是高三毕业班的学生，这一节，是她们讨厌的家政课。

育秀这样的上流女校，视家政课，与英文同等重要，虽说它并不属主修课，却为着它似乎更能有助于学生将育秀的精神和淑女风范带向社会，因此无论是校方还是学生本人，都不敢轻视这门学科。校方常在社会上请些各界著名人士来给学生上课。

这节家政课题目为：《常见小儿疾病预防》。谁知是哪个老太太来念这本经。女孩子们最怕上这种老女医师、老护士的课，她们口齿既不清爽，讲得又啰嗦，还严厉得不许下面有一丁点声音，这样的课，简直在受难。

“我们的教务长沈先生目光真远大，已经想到要给我们上小儿疾病预防了，好像我们一跨出育秀校门，就会忙着——”一个女学生，怏怏地叹了口气，说了上面一番话后，就哼起了《结婚进行曲》。她叫朱蓓蓓，虽然与众人一样一身绿棉绸旗袍，但她那卡得紧紧的腰身、一头及肩的烫得蓬蓬松松的鬈发，以及那高高耸起的胸部，多了几分与学生身份不符的媚态和风流。亏得育秀所属是比较活泼开放的美国教会，否则，早就不能容纳这样的女学生了。

“不过我看呀，说不定还是朱蓓蓓第一个‘扫哆哆哆，扫莱西哆’①呢！全班就是你的电话和信最忙！”一个长着一对丹凤眼，却是一点没有古典气韵，俏丽中透着聪慧、还带着几分咄咄逼人的傲气的女孩子祝隽敏，在边上揶揄着她。

“不要憨了！我才不结婚呢。一结了婚，女人就像离了柜台的商品，不值铜钿了！我是抱定独身主义的。”朱蓓蓓扬起双臂，在窄窄的走廊里做了个漂亮的葡萄仙子式的转身，老练又不失可爱之态。冷不防，手臂甩到一匆匆走过的穿灰布长衫的老先生脸庞上，差点把他的眼镜给打落了。

“轻狂！”那老先生匆匆整了整镜架，眼睛看也不敢看朱蓓蓓那对绷得紧紧的胸脯，加紧了脚步往前走。这时，另一位女学生抢先走了几步，为他推开前面的玻璃门，一边轻声说：“走好，徐先生。”

徐先生疼爱地看看她，随后感激地对她点点头：“谢谢你，席芷霜。”就穿过玻璃门上楼了。几乎同时，走廊里的女孩子们，爆出一阵不可抑止的笑声，同时有人拿腔拿调地学着念道：“余逝将西迈，经其旧庐；于时日薄虞渊，寒冰凄然……”

这位国文老师徐先生，是育秀园中惟一的穿长衫的先生，也是惟一的男性先生。他原为青浦一前清举人，也不知怎么被校方聘来这里教国文。在育秀这班洋小姐中教国文，想像得出有多艰难无趣，更何况这样一位寒酸的老朽。女学生们当他是假的，在课上看英文小说，在课桌肚里做毛线活。人说“不为五斗米折腰”，但这位徐先生，硬碰硬，就是为着育秀园较一般中学高得多的薪水，含羞忍辱地留下来了，成为一届又一届不懂事的女孩子们开玩笑的对象。

“你们不作兴这样的，人家徐先生学问多好，年纪又这样大

① “扫哆哆哆，扫莱西哆”，《婚礼进行曲》开头两句。

了，不要这样取笑他嘛。我们都快毕业了，彼此留下一个好印象嘛。”席芷霜制止着大家。

这个席芷霜，脸庞圆中见方，饱满白皙，一对不大、却是汪汪的顾盼生姿的秀目黑白分明，很是活泼。虽说 18 岁的女孩子尚有几分稚气，却已是活脱脱的一个美女雏形了。再配上一副浑圆柔和的下巴，使她的美貌，很有几分老太太们中意的富态相，怨不得学校里从舍监猫头鹰到教务长沈先生乃至洋校长密司帕力，都很偏爱她。

芷霜是个用功的学生，不止英文好，国文也优秀，特别是她的作文，常被国文徐先生选出作范文在班里朗读，为此，她还是 37 届育秀年刊的总主编呢。在育秀，一个漂亮又功课好的女学生，是享有绝对威信的。她这一番话，倒让那班女孩子们安静下来了，大家默默走进教室，无趣地等着一场冗长的报告会。

一阵橐橐的皮鞋声，教务长沈先生，领着一位身材颀长、穿着一身白夏克斯西装的年轻先生进来了。

“这位就是彼得·高博士……”沈先生话音未落，即被另一匆匆赶来的学生请出去了，想来，又是哪个班在与国文先生过不去，要请教务长去熄火了。

整个教室的气氛，似都因着这位年轻先生而为之一振，没想到，在沪上享有盛名的彼得·高博士，原来这般后生英俊。只见朱蓓蓓把身子一挺，一对晶亮的眼睛，挑逗地直逼视着他。他却很沉着，也十分得意。只见他左手手指叉开往讲台一撑，右手撩开敞着的西装上衣下摆往裤兜里一插，摆出一个十分潇洒倜傥的造型，然后微微一笑，用一口流利的牛津音英语开口了：“诸位，我来贵校上这小儿科常见病预防，真是笨得可以了，待你们把各自的小宝宝养得白白胖胖的，我的财路可要断了！”

女孩子们吃吃地笑起来了。

他的字体，也如同他的人一样潇洒，那“f”“t”“l”等字母，都给他拉得长长的，就像他的身材一样。

顷刻，满满一黑板都给他涂满了，他就从口袋里摸出一方浆洗得笔挺雪白的大手帕，“啪”地一抖，将口鼻一掩，然后略略侧着身子擦黑板。那一下，姿态又文雅又潇洒，把台下这些高傲的女孩子都给压住了。

女孩子们面面相觑，似在无声地说：

“看见哦？”

“看见了。”

祝隽敏与席芷霜，是班里公认的“这一半”和“那一半”，要好得有如刎颈之交。此刻，隽敏悄悄给芷霜传过去一张纸条：“这位高先生很是神气洋派，他是否符合你的‘黑漆板凳’要求？”因着“丈夫”一词的英文发音，与上海话“黑漆板凳”一词十分相似，因此女学生们都以“黑漆板凳”替代丈夫之词。隽敏还在纸条上，用钢笔画了张四平八稳、结结实实的小板凳，然后打了个大大的问号。

芷霜接过条子不经心地看了看，再抬头打量下台上那位西装头抹得光光的、英气自信的先生，低头在纸上嚓嚓几笔：“这不是只黑漆板凳，是张沙发，起码要替这张沙发做一套沙发套，还要配上靠垫……太奢侈了，我是吃不消的。”又把纸条送回去。

隽敏接过纸条一看，一掩嘴差点笑出声。

台上，这位先生对着一室女学生，劲道越来越高，话题也越扯越远了：“……其实，生活中充满各种哲理，这种生活哲理，同样可以用科学定理来解释，比如：作用力与反作用力，同性相斥异性相吸……”讲到这里发现开了无轨电车，又忙忙再摆出一张正儿八经的脸补充着：“因此，留心一下这些科学现象，就可以避免在生活中发生一些不幸事件。比如当你怀抱幼儿而高空正有重物下坠时，你一定要冷静地往风向逆方逃避，因为任何重物的下垂，都是按风向成抛物线状的。明白这个道理，不管你是避下坠的花盆还是炸弹，都是一样的。”说着他一抬手，在黑板上画了一长条上下去向的长弧形，雪白的西装衬衫袖口上，闪烁着一对耀眼的白金纽扣。

下课钟声又当当响起来了，正在诧异这节课怎么过得这般快，只见这位先生轻轻拍拍沾满粉笔灰的双手，狡黠地一笑，说：“我讲的这一套，还是不解决问题，要真正解决问题，除非到彼得·高的诊疗所来。另外，我姓封，小名封静肖，是彼得·高的助手。刚才你们沈先生来不及介绍完毕。好在今天是 April Fool，愚人节，权当我只是与诸位小姐做了次 April Fool 的游戏！”

在一片哗然中，他下了楼，待女孩子们清醒过来扑至落地窗边，他那颀长雪白的身影，已走过林荫道，不久，就在拐角处消失了。

隽敏长长透了口气，感到一丝淡淡的怅然：

“我是奇怪呢，怎么这位儿科专家，竟这么年轻！”

下午 4 点，是育秀的学生自由活动时间。育秀女塾，归属一个十分富有的美国教会，因此校舍设施，均十分讲究舒适。每两人或三人一间房间，每层宿舍楼，还配有两大间起居室，由各房间学生轮流负责布置打扫，如是既陶冶了学生的品味，又可让那些向来五体不勤的小姐们，躬身处理一些日常琐事。

起居室终日窗明几净，两组大小不一，式样各异的沙发，分置在房间两端，靠墙一张黑橡木大餐桌上，铺着女孩子们自己编结的蕾丝台毯，上面堆满了各种稿纸，芷霜正在埋头忙碌着。她是 37 届育秀校刊的大主编，离毕业还有三个月，她正忙着要发稿呢。

课余闲暇，女孩子们都喜欢带着课本或编结物在这里小坐。今天谈话的中心，似都围绕着这位年轻的冒牌彼得·高。

“他的英文讲得真漂亮，完完全全一口标准的牛津音。他完全可以凭他的仪表，做挂牌律师。为啥偏偏要选小儿科医师？”隽敏不解地问。

“做小儿科医师容易出名。做律师，没靠山没背景的，上海滩上的律师又多如牛毛，哪能这么容易出名？律师没有名气，饭也没有吃呢。”不知谁插嘴道。

“这位先生会没有靠山？也是讲讲的。”朱蓓蓓丰满的胸脯一挺，有点卖关子地说。

“他是哪一家的公子？”隽敏仗着自家父亲是沪上屈指可数的私人商业银行中华银行的常务董事兼总经理，金融界上赫赫有名的祝景臣，自认也是个名门闺秀，因此语气颇有点居高临下。

“我猜，他这个封家，就是蒲石路上的大户封家。杭州封家老太爷，打倭寇有功，皇帝赐了良田万顷，黄金万两，就这样发起来的。”朱蓓蓓是班里出名的社交界能手，她肚里似搁着一本账，上海滩上名门大户的家产秘史，好像她都能略知一二。“……不过人讲，好不过三代，这个封家，老派守旧，除不多的几个后代出洋留学外，大多是喜欢孵在家里吃老本钱的，早几十年就分了家，也不知今天这位封先生是封家哪一房的。”朱蓓蓓叨叨地说着。

“那……他有太太了吗？”隽敏先是怔怔地听着，后来，猛然冒出这么一句。

“怎么？送我18只蹄膀，我就去跑一趟，一五一十替你打听来。”朱蓓蓓扫了她一眼，说。

“你不要瞎三话四！”隽敏当即紫涨着脸，拎起一只沙发靠垫就向朱蓓蓓扔过去，靠垫擦过芷霜堆满稿纸的台子，飞到桌子那头一位一直默默无语地埋头做钩针活的高颧骨女孩身上。她只是好脾气地把靠垫挪开，芷霜却跳了起来：“哎唷，我的稿子！你们这班人不来帮忙，还要给我捣乱，真是吃饱了饭没事干了。对了，朱蓓蓓，托洪枫的事你办了吗？”

洪枫，是当时红得发紫的一位电影明星。育秀的年刊需要拉大批广告，电影明星交际广，与厂家熟，朱蓓蓓又与洪枫极熟，因此芷霜就全盘拜托给她了。

“这位大明星，一天到晚不在家里，电话老是没人接，我再打一只试试看。”朱蓓蓓说着就去墙角边打电话了。

芷霜头一回，目光落在那位颧骨高高突起的女学生身上：

“刘彩珍，你的‘37级的最爱与最恨’呢？”

“我还没有想好呢。”刘彩珍哭丧着脸说。

刘彩珍是南通棉纱大王刘家的千金，因为刚从南通转过来不久，身上多少还带着点外省人的土气，再者英文程度也不好，因此神态举止之中，总显得木然呆滞，在这些标致活泼的洋小姐中，不免很有几分小家小户的腔调。她所以还能转学转进来，全因为育秀春夏两季的麻纱及棉绸校服料，一直由刘家经营的裕盛纱厂优惠提供的，于是，校方也对她的入校实行优惠。反正现今，向来有清高之称的学府，也不再仅是一片朗朗书声，洋钿的叮叮噹噹声，也时有听见的。花钱混一个名校校籍或文凭，已不是什么不得了的事了。

“不成，今日你非得想出来。否则，我们的年刊在毕业前出不来，这责任你担当得起吗？就差你的了。”芷霜将一叠文稿纸掀得稀里哗啦的，一副公事公办、不得通融的腔调，对着刘彩珍说。

人的习性，都有点欺软怕硬的势利眼，即使这位长相甜甜，举止娉婷的芷霜。芷霜原非富家出身，父亲虽为英国留学生，在中华银行任信贷课协理，但为人中规中矩，从不做啥标金或票证投机之营生——银行里捞这种外快的人有的是，就靠几个死薪水过活，不过家道小康而已。而育秀的女孩子又大多非富则贵，因此席芷霜在育秀的六年，置身在一群阔小姐中，为着自己没有昂贵的皮大衣和钻戒，在被窝里也偷偷流过几次眼泪。芷霜生性高傲，她是宁可十指光光，也不屑用次等的首饰来装饰自己，正如她在学业上，一定要争个第一名，而不甘屈居第二或第三的。由于美貌加上聪慧和好成绩，使席芷霜在育秀园内，也属佼佼之辈，但内心里对那种富家之女，总有点酸溜溜的。好容易遇上一个暴发户出身的土里土气的刘彩珍，因此有事无事的，席芷霜总要用言语刺她几下。

看到众人目光一下都集中在自己身上，刘彩珍很显得有点不安。她放下钩到一半的网纱台毯，咬咬嘴唇，再看看手中的编结物，说：“最爱钩台毯……”

芷霜和其他同学忍住笑，又逼着刘彩珍回答“最恨”。

“最恨……最恨历史考试，”刘彩珍很认真地说：“那英国皇室家谱，比我们刘家门祖宗十八代的族谱都难懂，我是一生一世也弄不清楚的。”

“算啦算啦，”芷霜忍住笑打断了她，“就把你这个‘最爱最恨'写上去蛮好的。十分自然。"

那边，朱蓓蓓电话已拨通了。芷霜竖起耳朵仔细地听着。

"……洪枫小姐，帮帮忙啦。你晓得，我们 37 届校刊的本钱，都要靠这点广告铜钿，现今的纸张又贵……你大明星呀，那些'格林好斯'、'康福'[①] 的大老板，只要你洪枫小姐关照一声，不就成了……"朱蓓蓓笑眯眯地瞋了一眼正在一边对她挤眉弄眼的隽敏，又对着话筒讲："过天我两个同学来看看你。一个是好朋友祝隽敏小姐，中华银行祝景臣的千金，非常崇拜你，还有一位是我们年刊的大主编，你送两张签名照给她们嘛……"

隽敏高兴得在边上拼命地点头。

朱蓓蓓刚搁下话机，隽敏又拿起来了。她 14 岁丧母，为了宽慰沉浸在悲痛中的父亲，主动挑起长女的担子，从日常开支到雇辞佣仆之事，倒也管得像模像样，俨然就是个女管家了。因此虽说寄宿在学校里，仍不时要打只电话回去关心一下家里诸事。都说她聪明能干，像煞她的父亲祝总经理。

"发根老伯是哦？我是大小姐……叫二小姐听电话。"只见她两片轮廓分明的嘴唇一撇，笔挺的鼻子一抬，很有一股不容延俄的威势。

晚上，快摇熄灯铃了，芷霜疲倦地合上沉甸甸的《英国历史》，打了个长长的呵欠，对着身边还是一脸茫然的刘彩珍说："历史这东西，只有靠死背，我的帮助，也只能到此为止了。"

趁着熄灯前还有几分钟时间，芷霜冲了个淋浴，雪白的毛巾高高地盘堆在头顶上，颇像 18 世纪法国贵妇的裘皮帽子。

"唷，芷霜，你这样真漂亮，就像嘉宝在《大饭店》里的镜头。"隽敏冲口说道。

"我自己看看，活像个印度红头阿三。"芷霜双手拍拍头上的毛巾，说。

---

① 格林好斯：旧上海著名的时装店。康福：旧上海著名的皮鞋店。

这是一间约25平方的房间，东墙下一溜三张单人床，垂着三顶珠罗纱蚊帐。刘彩珍插班进来前，这里一直只隽敏芷霜俩住的。这时，最靠边的那张床上，垂着的罗纱帐里，已传来刘彩珍轻微的鼾声。

“她倒还睡得着。她的英国历史，从‘玫瑰战争’起，就已经是一笔糊涂账了。”芷霜对着那张床嘐嘐嘴，哑声对隽敏说，“历史不及格，她要拿不到文凭了。”

“她岂止历史要不及格，我看她英文、圣经，都要不及格了，今年是无论如何毕业不了的。不过她是天生的好福气，什么都不上心。听，都在打呼噜了。”说毕，隽敏深深叹了口气。

“怎么了，隽敏？”芷霜被朋友那声沉重的叹气声惊住了。她不要让那位封静肖先生给迷住了？

“刚刚大妹在电话里告诉我，爸爸与蒲小姐的事，定下来了。”隽敏说着，眼圈都泛红了。

隽敏也真命苦，讲起来千金小姐一个，偏偏亲娘死得早，可见天下事，本难全呀。

“算啦，”芷霜从后面环抱着自己的朋友，轻声安慰着她：“你爸爸才四十几岁，事业又这般发，你还指望他这辈子就此不娶了？”

“不是的，不过……”隽敏喃喃地也说不出个所以然。

“算啦，这总归是迟早的事。”芷霜依旧絮声劝着她。

“一想到那姓蒲的女人，要从我手里接过钥匙，我这口气就透不过来。”

“就是蒲小姐不进门，不见得你还要为着这串钥匙在家里守一辈子。”芷霜拍着朋友手背说。

隽敏却又“嗤”一下笑出来。“你就那么要紧想出嫁呀！是看上那个大医师了吧？呃，他到底是不是蓓蓓讲的那家封家？”

芷霜把脸一沉，生气了，“我才看不中那个西崽呢。”说毕一撩帐子，就钻进去了。

“我倒真有点欢喜他。”隽敏却一边开始用牛皮纸卷头发，一边对着镜子说。

“这种黑漆板凳，我讲过了，只有朱蓓蓓这样的人才有本事去配他的。”芷霜头伸出帐外，说。

这时，门外响起一阵沉重的钥匙的桑桑声。接着，就听到厉声的催熄灯声，是舍监猫头鹰来查夜了。舍监先生其实有个极文气的芳名：莫婉莹，但女孩子们称她为猫头鹰，除了因为她的长相像外——滚圆多肉的黑皮肤上，架着一副滚圆的近视镜片，还因为她的生活习性也像猫头鹰：白天是看不到她身影的，只待华灯初上之时，她就摇着那副深度近视片出来了，忙碌又尽责。

“哼，对我们口口声声说要保持夜间安静，也不想想她自己那串钥匙，就像只铜匠担似的，哗啦哗啦，声音最响。”隽敏灭了灯，一边不满地咕哝着。

半天不听见隽敏上床，芷霜将头伸出帐子一探，只见隽敏出神地伫立在阳台上，她忙披了件晨衣也走出去。这样的季节这样的气候，外边还有点沁寒之意。月亮躲在云层后面冷漠地照着，月色朦胧中，隽敏一对丹凤眼亮晶晶地闪着光。她头也不回地问芷霜：

“你认为……朱蓓蓓很漂亮？”

“哦，至少，她的风度举止不错，见识广嘛。”

“你不认为今天那位先生很不错吗？”隽敏很激动地问着，猛地发现自己的嗓音在这夜的沉寂之中显得太清晰了，忙用手掩着嘴巴，惊恐地四下张望一下，只听见不远处喷水池的水柱，发出单一、重复的湍湍声。

芷霜只是恬淡地一笑。“我也不知为什么，这就像在橱窗里看见一件很漂亮的衣服，或许看见它时我会很赞赏它，但我决不想得到它；这可能有种种原因，或许它不适合我的肤色，身材，气质……对，气质！”

“我可不管，”隽敏把身子伏在沁凉的石栏杆上往下探着身子。“只要我喜欢，我就要把它买下，哪怕穿不了锁在箱子里，我也要买下来，买下来了，它就是我的了。”

芷霜没有吭声，只是与隽敏一起俯在石栏杆上眺望着。或许因为她不是富家之女，因此她在许多方面，要比自己的女友想得实际多了，这决定她不会盲目地“迷”任何人和事。

云层散开了，一轮清辉照亮着铺着碎瓷的幽径及用各色花草拼镶成的花坛，这就是上海无数女孩子神往的育秀园。她在这里生活了六年，从初中到高中。育秀园宛如一个窗口，让她窥见了一整套辉煌高雅的生活品味，她已习惯它了。再过两个月，她却要离开这里了，但她希望自己能像取得文凭那样，取得一个得以永久进入这个社会层次的资格。她不知道自己能否成功，但她想她会不懈地去努力的。

“阿敏，你将来打算读什么？”芷霜问。

“新闻系。”

“一个女人，跑来跑去做记者？”芷霜连连摇着头。“你又不是朱蓓蓓那样的人！”

“你今天是怎么了，老让朱蓓蓓与我过不去。”

“我意思是，朱蓓蓓处处兜得转，你又没这点本事，怎合适做新闻记者呢？再讲一个女人家……做记者要到处跑的……”芷霜有点畏怯地说。

“这又有啥关系？跑跑人头就会熟，跑跑也就跑惯了。沪江的新闻系很好。你呢？”

“我考‘家政’。”

“哎哟，这‘家政’有啥读头？还不是教你如何烧菜理家？就像培训娘姨一样。”

“别瞎三话四。我总觉得，我就合适读家政。‘家政’‘家政’，顾名思义，总归是不会离‘家’太远，像新闻记者这样满天飞。”芷霜嘴上这么说，心里却是一直认为，惟家政系，是帮助她步入这她向往的那个层次的一种牢靠资格。再退一步讲，每年育秀，都要从当届升大学的育秀毕业生中物色个别品学兼优的学生，作将来育秀师资的待聘。一个女子能在育秀这样的学府谋得一份职，是十分体面的。芷霜来自薪水阶层之家，自然也要考虑到将来毕业后的谋职之难。而据她近年来留心观察，育秀师资在英文、史地方面已人满为患，惟家政、数理及音乐，尚有希望可以待聘。而这几门科目中，她对“家政”是最有兴趣和有把握的。

“呃，”隽敏却叹了口气：“我可巴不得离家远一点，越远越好。待那姓蒲的女人踏进我们祝家门，我保管会一天都呆不住。”

“那好办得很，快点嫁人吧。”芷霜逗着她。隽敏一把搂住她，两人哈哈笑起来，又忙屏住嘴巴。

那缱绻的花香，在夜色月光之下，越发显得浓烈醉人，湿雾似的，又粘又浓地渐渐弥散开来。那是她们的第十八个春天。她们以为，每一个春天，都会是这样的：馨香、绚丽、醉人和充满希望……

二

中华银行总经理祝景臣那辆半旧不新的别克，徐徐拐进僻静的贝勒路。

这里西靠新城隍庙，东与大世界相近，却丝毫没有那种毗邻闹区常有的嘈杂。两侧马路并不宽，沿街都是清一色的青灰或赭红砖砌成的石库门房，窗上嵌镶着斑斓的七彩玻璃，配有坚固厚实的木质百叶窗，是那种建筑十分讲究的宅第。清末民初，这一带是有名的公馆街。

街上行人稀少。一辆擦得一尘不染的私家黄包车，从沿街弄堂里奔出来，车侧的马灯，切切壳壳地敲着车身。车上一女佣打扮的，领着个小孩坐在里面，小学生不时顽皮地踩着踏脚板上的铃，的铃铃、的铃铃地一路过去了，马路又恢复了原先的宁静。

“阿义，你再往前开过去看看，我已记不清刘家是哪幢房子了。”景臣在车里探着身子，对司机讲。

他已有好一阵没来这里了。从前他刚进华行做练习生之时，跟着师兄到这一带来，给银行的客户送过年礼。那时这里跑的还是马车，沿街那垂着大铜环的配着精工细作石雕门框的大门，令他生畏又自卑。

俗话讲：六十年风水轮流转。其实不过这么二三十年时光，还是这条马路，不知是因为今天的祝景臣已不再是个小学徒了，还是因着现今的豪门新富，都渐渐向西区聚居了，反正现在，在景臣眼里，还是这条马路，当年的显赫和威风，已淡薄了不少，沿街那油漆已剥落的木栏杆，沉甸甸地垂着的百叶窗，兀自带着一种陈旧伤感的味道。

当汽车驶近一扇巍峨的拱形西式大门时，景臣手一拍司机座："对了，就是这里。"

这里是南通棉纱大王刘家的宅第。刘家是在欧战(第一次世界大战)时发的财，独资经营裕盛纱厂。然近年来，因着英商日商棉纱的大量倾销，不少纺织厂屡有破产的厄运。因此商界人士多视经营纱厂为畏途，不愿再投资经营纺织业。在以纺织业闻名的常州，一遭破产的纱厂商家曾在县志上留言："若修武进县志，当以'劝邑人不经营纱厂'一语，修入县志之内。"足见商家此时对经营纺织业已缺乏信心。

刘老先生激流勇退，果断地结束了南通的产业，转而投资上海房地产，近年合家由南通迁至上海，索性吃起地产来了。现在刘老先生因年事已高，渐渐不大管事，一切由他独生子刘同钧经营——外边自有那班气量小又嘴损的，流传这个独养儿子，也是育婴堂里抱来的，到底怎样，那就不晓得了，再考证也没意思。

中华银行为私人商业银行，行员不少是原钱庄银号业出身，与江浙一带老商家都熟稔，华行在他们之中，信誉极好，因此华行与裕盛厂是有过交往的，可谓老主顾了。但自刘老先生退隐后，渐渐华行与刘家的交往，又淡薄了。

这次是裕盛厂的少东家刘同钧，特地送帖子请祝景臣来"茶点"，这"茶点"也是新花头，景臣向来只知有饭局，或上茶楼像广东人"饮茶"，倒也有的，而在家里开 Tea Party(茶点)，景臣就觉着太小儿科，就像他那在育秀读书的女儿爱搞的那种洋白相，不想刘家这个少东家，也会出这种洋花头。

这个刘同钧，虽说年纪与景臣不相上下，但自己尚未成气候，不过依仗着父亲的名声和财力，在上海滩博得个阔少爷的虚名。这种小开，本是不在景臣眼里，然而既然人家诚心诚意来相请，也就顺势与他敷衍一番。这种大户人家，华行与他们多结点缘，吸收点游资充实一下自己库房，也好的。

墙门间内，早有一男佣人候着，遂领着景臣穿过铺着虎皮纹图案的小卵石的天井，走进宅内。

刘家屋宅属那种中西合并的格局：三开间两厢房的布局，屋深楼高，恁是三伏天里，也不用电风扇，阴沁通风，凉气习习。景臣十分中意这种中西合璧的屋宇，敞亮又谨慎，合着“不露财”的老法讲法。

底层花厅铺着方青砖，配着一堂红木嵌镶大理石面客堂家具，中堂条几，一一俱全，颇是一副殷实气派的大户人家架势。

男佣人领着景臣穿过花厅上了楼，刘同钧已候在楼道口：

“哟，祝大班请到了，财神菩萨，财神菩萨呀！”说着，将景臣引进客堂楼。这里一切陈设与底下花厅又不同，是洋派西式的；一长四短的桃木框黑皮沙发围成只半圆圈，壁炉架上，一个丰满的裸体西洋美女高高举着一口钟，钟摆在她肩头左右来回晃动着。一张蝶翼沙发，像皇帝宝座似的置在壁炉架前，看来，这是刘同钧的专座了。朝南一排层层叠叠的窗帘，全用金黄流苏挽起，整个房间敞亮光生得很。

刘同钧也有四十好几了，却吹了只飞机头，一件白底蓝条麻纱香港衫，配着条白哔叽西装裤，一双白色拷花尖头皮鞋，活像个娱乐圈里混饭吃的。在生意场上，这样的装束会给人一种欠稳重之感。

不过，他人倒挺谦和，没有一般阔少的骄狂之态：“论年纪，我们是同辈，不过论资格，祝大班则可谓前辈了。今朝肯赏光跟我们一起吃午茶，真是蛮给我面子了。”

说着，就一一将在座几位介绍给祝景臣。其中一位高先生，是沪上颇有名气的万国俱乐部会长，虽说专管跑马、网球等不务正业之事，却又是处处少不了他。看来他的出场，纯粹是为刘同钧助助威的，否则客厅里没有一个场面上的人来压阵脚，总归不大登样。其他的人，照景臣看，不过都是一般的清客幕僚，捧捧场的人而已。只是其中一个后生，文气中透着几分精明，静静坐在一角，一身灰布长衫，配着赛璐珞眼镜，很显得不一般，景臣免不了多对他看了几眼。刘同钧当即向他介绍，原来这后生名蔡立仁，是南通纺织专科学校毕业的，刘同钧新聘的工程师兼厂长。

厂长？景臣心里一愣。裕盛厂不是已停业了？哪又来一爿厂？

“不瞒你讲，祝大班，”刘同钧也就开门见山：“向你讨口饭吃吃。”

原来，内地A城，有爿纱厂有出盘之意，刘同钧欲将其盘下来。

“这爿厂有纱锭七八千、布机百来台，有一定规模了，出价只30万，便宜的。”他说。

30万盘一爿纱厂，便宜倒是便宜的。但自“九一八”后，内地日货贱价倾销，“一·二八”淞沪之战后，上海市面更萧条，连刘同钧的父亲都知难而退，落篷收场了，他倒要蠢蠢欲动，还要把厂开到内地去，如是悬天八只脚的，如何管理经营得清？这个刘小开，可有点小热昏了？

“我忖过了，我出道迟了几年，上海的地盘，看来是再也插不进了，我索性也不来轧这个闹猛，干脆到内地去开码头。”刘同钧随手抓起一只算盘，一边说一边拨：“我这笔账已算过了：内地纺织皮棉就是直接来自农村，棉纱的主要销售也是在内地初级市场，这样一来，原料及成品的周转经营费用，不就省下了？而且，这里还有个地区差价。内地棉花进价可以压得比沿海乡下低一点，而棉纱的售价，却又可开得高一点，这一进一出，不又赚了？再讲，上海地方外国人势力大得很，我们不跟他们斗，就跑跑开算了。而内地，因为原料成本低，真要与外国人竞销起来的话，我们放手杀价也赔得起。”说着，又拨上几只算盘珠。

唔，这个小热昏有点道理。“不过，”景臣沉吟着：“A城有发电设备哦？不像上海，可由电厂供应的……”

“噢，”一直沉默不语的那位后生开口了：“我去那边看过了，A城附近有个煤矿，我们可以自行解决发电问题，不过就是麻烦点。”

“把厂办在内地，最大的好处是，内地人工比上海嗝多了，上海一个人工可抵内地三个到四个呢。”刘同钧哗啦啦一阵，又把拨好的算盘珠打乱了。

“刘先生这算盘是打得不错。只是不能一只手捏如意，一只手打算盘的。先不说，把厂办那么远，鞭长莫及的，妥当吗？”祝景臣反问他。“再讲上海有租界地、有工部局。内地土匪横行，劣绅敲起竹杠来，吃得消他们？”

“我们早想到这一层了！”刘同钧哈哈一笑，说：

“喏，密司脱高在这里，”那一直坐着一声不吭、有点矜持傲然的高先生略略对着祝景臣颔了下首。刘同钧得意地往下说：“密司脱高已与我介绍了比国的义品银行一位经理，我们已与比国谈妥，让他们派一比国人常驻我厂，以证明裕盛为比国产业，代价为，送义品银行5万元手续费。”

唔，这位万国俱乐部会长，本事就在这里，怨不得在上海滩市面可以做得这般大。如是凭他再高傲，景臣也要敷衍他一下，日后兴许也有用得上他之处。景臣遂递上自己名片，用英语与他敷衍着。

“你看，这笔交易可以敲定吗？”同钧怕话题扯开了，紧盯着祝景臣问。

尽管刘同钧这棋子走得蛮合理，但他毕竟还没到资格，华行向他放款，万万要谨慎。

“东洋人现今棉纱市面做得邪大，你们有把握做得过他们？除了压价外，你们棉纱货色做得过他们哦？”景臣一对眼睛，很锐利地上下估量着这个小老板。

“这个，”刘同钧即转身对蔡立仁讲：“让我们蔡工程师解释给你听，他懂行的。”

蔡立仁瘦瘦长长，一副白面书生模样，却没一点书呆子的“迂”。他以一种不紧不慢的声调解释着：“关于货色，完全有把握可以做得好。我们制定了严格的配料比例，对棉纱暗中加码：

比如16支纱原来规定每捆重10.7磅，每只80根。我们厂，就纺每捆10.9磅重，每只83根。现在麻烦的，就是操作工人我们不大放心。他们不如上海江浙一带招来的工人灵活聪明，我们也只有加强验收，好的奖不好的罚，恩威并施，这样不怕织不出好纱。”

景臣摸着自家下巴打量着这个年轻的厂长，很是赏识他。

“我们这个蔡先生，学徒工出身，在纺织厂做了一段工再自学，最后再去读纺织大学，我就喜欢这样的人，”发现景臣颇欣赏自己的助手，同钧很是得意，“我这个人，用人不一定非要留学生，但一定要对整个生产过程环境熟悉的……”

同钧的话有道理。用人，就要用这种实实惠惠，有真才实学的。华行现在用人，似乎有点非沪江或圣约翰不收，结果新来的一批后生，因能进圣约翰之流的大都家境非富则贵，再顶着个名牌大学文凭，高不成，低不就，任职非得带个“理”不可，结果像请进一尊菩萨，差也差不动，此风万万不可长。还是像蔡立仁这种后生，最合适。

看同钧启用的这位厂长，景臣对这项贷款增强了信心，但又总归觉得，刘同钧这个花花小开，给人一种不牢靠的感觉，还是把细点好。因此他神态从容，口风依旧一点不松地说：

“自然，扶助民族工业，抵制外国经济侵略，本是我们华行的职责。改日我们派个行员去A城实地看一下。你们注册资金是多少？”

刘同钧狡黠地一笑，索性把话挑明了：“现今纱厂集资不容易。我最近又向英国定购了一批纱机和线机，起码需有70万的流动资金方能周转。我注册为80万，实则只筹得40万资金，头寸有点兜不转。”同钧贼忒嘻嘻地说。景臣发觉自己太小看这位花花少爷了，他的精明能干，都藏匿在他那貌似马大哈的花花少爷之中呢。因此景臣也不松口，说：

“我们华行贷款是月息一分，三个月转息一次。”

“客气点嘛。”同钧开始讨价还价了：“不瞒你讲，”他报了个资金雄厚的官办银行名字，“大中银行信贷部那位龚副理，盯黄包车样盯牢我呢。他们答应低息长期信用贷款给我们厂，以裕盛股票抵债，”他顿了顿，留心下景臣的反应，又继续说：“我都没答应他呢。道理嘛，讲穿了也很简单，一来我家老太爷向来对华行有很好的信誉，是华行的老客户了。二来，我忒个人天生不欢喜跟姓官的打交道。龚副理的心思我啥不晓得，就想通过贷款认股，插手渗入我厂，他们已用这一招控制了许多企业。龚副理，花点子蛮多的，他是一门心思想将那个‘副’字扔掉呢。我可不吃他这一套，我不欢喜让姓官的插手进我的企业。因此今天除了想向你们中华银行贷点款外，还想邀你们也出几股股金。话说白了，我对裕盛的前途，信心甚足。我早有话给我们的董事们：各位如对裕盛厂前途不放心，可将股款改为存款，我刘某人有信心在一年到两年后还本。”说毕他用手轻轻触触景臣衣袖，摆出一副推心置腹的腔调接下去说：“我苦就苦在没有自己的银行。现在国家的金融都捏在这些姓官的手里，其实现今社会游资充斥，但我们却得不到应有的扶助。其实我们两家完全可以合作，一旦裕盛厂发达了，就作你们中华行的基础。本来嘛，国家强盛必须振兴实业，而实业发展，又有赖于金融界的扶持，而金融界反过来，也要以工商业为基础始能发扬光大。”

刘同钧的话实在是讲得一点也不错，颇有点同仁会宣言的味道。但苦就苦在，不错的话一经要化为行动，则动辄即错，有时还会错得令人一败涂地。自“一·二八”后，上海市面如惊弓之鸟，银行放出大笔贷款，因法币的不断贬值，到收回时实效已属有限了。因此景臣为华行客户往来，定了个近期原则：依靠基本客户，暂缓发展新户，现在再要由自己来破这个例，总得谨慎点为好。

景臣默默吐了口烟。

刘同钧的自信，也有他的道理。“九一八”后，因国人抵制日货的高潮，令国产纱布销路有了希望，再者自废除银元制实行法币后，小地方的城乡百姓，都相信购买可以储存的商品，像棉纱纱布，也属此类商品。由此看来，他祝景臣是可以投机一下，凡事总有正反两面嘛。

“……棉花原系由印度传播而来，但中国究竟是从哪一年代开始植棉，则已无从稽考了。日本国纺织工业虽发达，但国内缺乏原棉，就不得不依仗中国棉花输入。其他如德、法、美等，也常需用中国的粗绒棉。向来，棉花为我们一项出口大宗。奇怪的是，近年来棉花出口量岂但逐年递减，还大有江河日下之势，而棉花和棉制品的输入却与年俱增，”那边，年轻的工程师兼厂长蔡立仁，正慷慨激昂地与万国俱乐部的高先生说：“其中自然原因种种，主要的，我看，是众人缺乏国家民族观念；鼠目寸光，只图眼前利益。商人弄虚作弊，对外信用丧失殆尽，市民则贪图洋货价廉物美。因此裕盛厂产品只要抓住这两条：信用与价廉，定能打响……”

蔡立仁瘦削的脸庞上，近视眼后面一对不大的眼睛，沉静地闪烁着，好一个锋芒不露的能干后生，要他祝景臣有这么个儿子，那就好了！

景臣起身踱到壁炉架边。平心而论，中华银行近年来左右逢源，吸得不少游资，确也需要寻找可靠的厂家投放。再看那个年轻厂长蔡立仁，倒也有指挥裕如的气度。

“这事，我回去开个行务会与同仁商量一下。一旦谈妥，我行派一行员来裕盛厂担任会计主任，协助财理业务。”

哦，还要来监督财务呀？也罢。同钧不露声色采取欲擒故纵的伎俩，打着哈哈说：“我们先吃点心了。我家新雇了个扬州大司务，手艺不错。”说着，他就打铃吩咐上点心了。

景臣觉得这话都讲到点子上了，则穷追不舍：“我们可以商量低息长期贷款。不过……大家客气点。从今年秋天开始，我们华行准备凡在华行开户满10元的，则奉送一块细麻大方手帕，上面印有中华银行的字样。这点嘛，请你们裕盛厂破费点资助一下。”

同钧还在犹豫，那边蔡立仁一口应诺了：“可以。我们可在手帕边上缝上一小块商标，标明是裕盛厂A城分厂出品的元宝牌，比如出广告费。”

“那你们以何物作押？有价证券还是地产？”景臣自感讨得了便宜，依旧不露声色，稳稳地发了第二个问题。

刘同钧当下半真半假地跳起来：“唷，你这位祝大班，真正是只 13 档算盘，没人算得过你。”

“我 13 档算盘，你几时又推板（差劲）过？也是只一毛不拔的铁算盘。”景臣笑眯眯地还他一句。

“赫德路那片房产，押给你们中华银行，满意了哦？”刘同钧想了想，又扔出这么句话。“多好的地段，黄金角呢。”

“好，就这样了。这就叫‘亲兄弟，明算账’嘛。”景臣哈哈一笑，当下这件事，算口头上达成协议呢。同钧叫男佣人进来开了香槟，接连的“砰”“砰”几声，冲走了一个寸土不让，一个得寸进尺的紧张气氛，令空气活泼和谐多了。

“祝经理，啥时做新郎呀？要不要我给你介绍一位小姐？”刘同钧贼忒嘻嘻地说。

自景臣的太太故去后，社交场合上对他的续弦都极关心。只是景臣最忌讳在不相宜的公众场合谈私人的家务事，因此对刘同钧的问话只是笑而不语。不料刘同钧借着酒兴，开始了洋洋大言：“你可是怕新太太请进，行动不自由了？没有关系的。家主婆嘛，总归要有一个摆在屋里的，否则，就像脸孔上没有眉毛——不像样的。有句话讲：家主婆是咸黄鱼，进了你的门，就好比腌过了，笃笃定定搁在一边好了，不会臭的。小老婆嘛，是鲳鳊鱼。睏在床上看看大咪，一立起来，看在眼里是薄薄扁扁的一片，背后人家总归要讲句难听的：小的。外边的女人，更是难煞；朋友的太太是小金鱼，哪怕再漂亮，也只可君子动眼不动手，隔着玻璃罩看看而已。最最不好的是那种长三堂子女人，那可是碰也碰不得，她们是河豚鱼，闻闻香味，尝尝鲜味，但是有毒的，弄不好，杨梅疮惹了一身……”

话未说完，他自己就纵声笑起来。话虽讲得俗，却俗得有趣，景臣也哈哈大笑。

他很羡慕这些搞实业的，只要能赚到铜钿，脑子会动，其他哪怕泡舞女、讲俏皮话，都无妨他们的生意和事业。惟独吃银行饭的，为着“信誉”两字，总使他无论走到哪里，都要使自己像一件包扎得四四方方的礼物，否则，就会影响到他的前途和事业的。

“我们都是老法结婚。18 岁就稀里糊涂做新郎了，真的啥都不懂。”同钧搔着头皮，十分感慨地说，言下很有点恻然之感。

“啥都不懂？孩子倒一年一个出世，从来不落空。我看你蛮懂的。”不知谁在边上插诨，又是一番哄笑。景臣看看表，觉得再呆下去既费时又无聊，即托故告辞了。

走出下面天井，对面走进一个穿墨绿育秀校服的小姐。同钧介绍是他的大小姐刘彩珍。景臣自己有个今年即将大学毕业的独生子，为此，竟也有意无意地，对相当人家的小姐生了个心留意起来。但景臣只这么一看，就觉得这位小姐姿色平平，一点大家风范都没有，那板阔四方的身躯，与刘同钧就像是一套印版出来的。

出得刘宅大门，他让司机阿义直接将车开到棉纱交易所去看看行情。这阵纱布行价是在猛涨，怪不得刘同钧愿意铤而走险，信心忒大。看来，此事大可做得。他当下决定，为了省却资金回迂的辰光，避免钱钞贬值，决定与裕盛厂还是签股款偿还合同适合。如是可一边低息放款给裕盛厂，一边抛出棉纱股票，再吃牢裕盛厂摸出一笔手帕铜钿，华行如是硬是省下一笔广告费了。自然，这笔交易最后到底是负是赚，谁也讲不出句满口话。人生本就是一场充满投机因素的旅程，谁个不在找盘押宝呢？

天淅淅沥沥下起雨来了，雨点子不大，却是麻麻花花的一片。

“去小沙陀路。”他对司机说。

一位行员殁了。景臣是大经理及常董，原本可以做得没事人样，派秘书钟太太揣着张他祝景臣的名片，奉上一笔抚恤金即可完事了。但景臣总认为，同仁们的喜事不一定非要轧一脚，但丧事大殓非得到场，以示同事一场之情。

银行虽素有银饭碗之称，但行员们手中捧的并非只只是银饭碗，如这位刚故的四十好几的老出纳范先生。算起来当初祝景臣与老范是一起进行做练习生的，现在一个是总经理，一个还是个老童生——行员，想想也惨。老范一个儿子在上海商学院求学，无疑这对老范也是一个沉重的负荷，去年春天他就开始咯血了，不料只捱过一年就动身上路了！

范家住在一条巷浅院陋的弄堂，弄口当头一只小便池，在这样的雨天，也散发出阵阵尿臊臭。沿街是一爿面铺，后门口阴沟里让面汤泔脚之类塞住了，溢了个满地，再混杂着雨水，踩在脚下，只觉得软塌塌，黏糊糊，叽吱叽吱地作响，景臣感到十分恶心，也不想去研究踩着个啥物事。

七歪八斜的木栅栏门，顺着风咯吱咯吱地响着。范家住着个客堂间。这种一上一下的弄堂房子，开间小，采光又差，景臣摸着黑走到香火缭绕的前客堂，只见所有的家具都被吸壁堆着，于是，这间局促的居室，就成为孝堂。范老先生已装裹停当，头南脚北地停在灵床上。当头一只香红木横几，置着些许香火供品，横几与亡人间，只勉强留出一道窄窄的走道，这也是房间里惟一一条走道。因为房间太小了，亡人的灵床顶住南边一排落地窗的窗槽，致使当中两扇窗根本无法闭拢，正中有着一条缝道。随着玻璃窗上一阵密集的雨点声，景臣亲眼看见，几点雨丝穿过缝隙，打在死者那双一尘不染的鞋上，事实上因为雨已下过一阵了，那玄色鞋面上，已麻麻花花湿了一大摊。

景臣眼眶里噙着泪水，再次感觉到深沉的内疚：华行同仁的生活太清苦了，起码，华行应该有个自己的行员宿舍。

范先生紧闭着双眼躺着，显出一脸忙碌困倦的神色。景臣对他的全部印象，就是耸着瘦削的双肩在柜台上打算盘，就这样度过了他的一生；平庸又贫困的一生。

“睡吧，老范。睡吧，你太累了。”景臣对着死者说。

下雨天，天气暗得更早了。狭窄的弄堂里一盏路灯，正好透过落地窗上方方长长的玻璃索索地投进来，透过茫茫的雨幕，就像一只悲哀的泪眼。同时屋里也亮起一盏半明不亮的电灯，雨点还是不住地浇着玻璃窗，“滴滴答答”的，令人感到凄厉又冰冷。死者脚上，又洒湿了一大摊。景臣简直没胆量再看一眼范师母了。幸好她已完全被悲恸压倒了，两个尚未成年的孩子偎着她，孤儿寡母的，真是十分凄凉。

后门口吱咯一响，进来个高个青年，拎着顶湿漉漉的油布伞，那是老范的长子范仰之，正在上海商业学院读书的那位。看来这个家，而今也只有他一个人在里里外外张罗了。

景臣向他讲了几句表示慰问的话，范仰之客气地道着谢，一副不卑不亢的神情。眼睛看也不看景臣搁在桌子上那只装抚恤金的信封。

“这样大的雨，难得祝经理亲自赶来，你爸九泉有知，也安心了。”范师母似嫌儿子不够谦卑，在一边说。

“是呀，爸在世时，倒也常说起当初与祝经理一起做练习生时的情况，那时祝经理新年还来我家吃汤团呢。后来，每逢新年，爸总要让妈捏一盘宁波汤团，要是那时祝经理就来，爸可是看得见的，也有许多话要说的。”范仰之说。

厉害，这分明是在责怪景臣为啥不在父亲生前以示多多关心。想不到这个老实巴交的老范，生了个儿子却是如此厉害。景臣抬眼打量他一下，他也矜持地回视他一眼。

景臣自感没趣，讪讪地告辞走了。

一路上，他又想起那一直耿耿于怀的行员宿舍。早几年，董事会就有这个意思，造个中华别墅以改善华行行员的居住，且曾在越界筑路处觅得一块地皮约八亩左右，当时售价约相当于3 000两银子，再加上造房价，总共相当于要六万两银子，那笔数目太大了，终究没谈成。再者近年来市面购买力日益萎缩，空屋出售出租的告白日见其多，在这期间再大兴土木置房造屋，就是搁煞资金。可怜他祝景臣不是上帝，总不能拿着华行的钞票做烂好人呀！

雨越下越大，顷刻成为倾盆大雨。唉，可怜的老范，死了也不得安宁呀！

三

刘同钧太太阮惜梅的房间，就做在三楼客堂楼上。因刘家宅第是特别请人打样设计的，因此就是三楼，也敞亮得很。一套上好的柚木房间家具；是毛全泰木器店合着房间尺码定做的，在她20年前做新娘子时，也属十分新式时髦的。36岁的阮惜梅长得眉清目秀、细皮白肉，反倒比女儿刘彩珍漂亮。阮家是苏州大户，阮惜梅早年也在苏州景园女中读过书的，在16岁上就稀里糊涂地给嫁到南通刘家。人人都讲这门婚事门当户对，十分合适，惟独她自家觉得十分不合适；丈夫经常在外泡舞池、吃花酒，好在没有讨进来一个整日价竖在她跟前的姨太太，听说外边也没有长年女人，这样也就算了，她乐得个门前清。

此刻，她正与房间娘姨阿松，在一张小百龄桌上折锡箔，一面聊天。刘家规矩大，一年到头不知要祭多少次祖宗。因此，锡箔尽多尽少都用不够。阮惜梅穿着件银灰小黑点的真丝旗袍，小腹部已很明显地隆起着；她已有五个月的身孕了。

“老爷还没回来？不知又死到哪去了。”阮惜梅眉头一皱，说。仗着有了身孕，她就可以耍耍脾气，撒娇一下。可惜，也只有陪房阿松买她的账。

“不是今天裕盛厂复业，老爷在国际饭店摆酒请客呢。不过太太，我倒要讲了，”阿松摆出一副不平的样子说：“你气量也太大一点了。这种场面你也应去亮……相才是，不能让人家当你是假的。不管怎么，你总归是刘太太。”阿松在刘太太前大拇指一翘，说。

刘太太只懒懒将手一拂，指指自己肚子，说：“这副样子再出去现世啥？”

“太太，”阿松嘴上发出责怪的“啧”一声：“就是要大着肚子出去，这才神气呢……”

“姆妈，”刘彩珍周末从学校里回来，按例总要去母亲房里请个安。

“嗯，回来啦。”刘太太自过了门，几乎一年一个孩子，已养了6个了，每养下一个扔给保姆，6个孩子6个保姆，孩子一切冷暖自有保姆关心，她自己则像老母鸡下蛋，下好后就不闻不问，没事人一样，如是时间一长，对孩子感情也十分淡漠，激不起那种人称“母爱”的激情。因此刘太太眼皮子也不朝自己的长女翻一下，两只手依旧不停地折着锡箔。倒是阿松在一边有一搭呒一搭地和刘彩珍敷衍着学校里的事，诸如吃点啥小菜，那洋圣经是怎么念的，等等。

阮惜梅手指尖尖往太阳穴上一按，抱怨着头疼。阿松知道太太嫌烦了。忙讨好地瞄一眼墙角的自鸣钟，说：“哎唷，辰光要到了，快开无线电，今朝是绍兴戏《柳毅传书》呢！”说着巴巴地扭开了无线电，阮惜梅即有板有眼地跟着哼了起来。刘彩珍就像被遗忘似的扔在一边，走也不是，留下也尴尬。

“杨太太带着余小姐来了。”有人通报着。

杨太太是刘太太的麻将搭子，两人又是绍兴戏迷，两人的老公又都是外边欢喜白相女人的。只要两人搭在一起，一声：“我真正气煞……”就有半天知心话好讲呢。余小姐是当今红遍上海滩的越剧小生，人称小商芳臣，一出《柳毅传书》红起来的。那英俊潇洒的扮相，让刘太太迷得天天包了第五排正当中的位置去捧她场，半人高的花篮天天一只定了送到她后台。不想今朝杨太太陪她过来了，顿时刘太太来了精神。

“快请进来，请进来！”

这时，她发现女儿还木桩样站在那儿，就不耐烦地将她打发走。然后差阿松取出两套绣得五彩斑斓的小生戏装，这是专给余小姐置的新行头。

彩珍知道母亲所宠的那个唱小生的余小姐一来，姆妈眼里越发没有自己了，也就识趣退出来了。

她和妹妹就住在西厢房间。她上面还有个哥哥如宾，在沪江读法律。刘家重男轻女，如宾给宠得像个小皇帝，女朋友像走马灯样调。因此即便周日，也不大见得到他人影。

看看辰光才得4点钟光景，往常在学堂里，正是自由活动时间。她虽不善交际辞令，且也知道同学们都有点看不起她，但她也宁可生活在学堂里，至少可听到学到不少新鲜事，不像在家里。这个家，看看人头不少，年夜头吃起团圆饭来，铺铺满满的也要有两桌了。但平时，都是各人管各人，连得佣人，你不打铃叫他们，也不见他们的影子。整幢房子一片寂然。

刘彩珍在写字台前拿出功课，她觉得自己渐渐已能勉强适应这所洋派学堂的生活方式了，就是功课上还吃力点。她觉着只要自己好好用功，她将来会……很好的，会好过现在的。

好容易把英文作业对付过去了，又轮上那头疼的历史，全本教科书是英文原版，把它看懂也不容易，更何况要把它弄懂。

“珍妹，”是如宾在她房门外叫着进来，只见他颈脖上套着只照相机，神色诡秘地对她说：“姆妈叫你去。”

“你在给谁拍肖照？”刘彩珍好奇地问。

“给姆妈与余小姐，那个唱小生的。姆妈给她置了两套新的戏装，横拍竖拍给她们拍了一卷菲林了。阿拉姆妈在余小姐身上真肯花铜钿，今天又是两套新行头外加一副做工极好的镶珠镯子，待你们几个女儿都没有待她好呢。”

这也是事实。刘彩珍低头不语。

“你们也太老实了，为啥不跟姆妈去吵？”

“吵有啥用？”刘彩珍畏怯地说。“我们生来不讨她欢心。”

“怎么没有用？吵吵她也就想到一点你，不吵，根本越发把你当假的。”如宾不耐烦地说。“呃，快去吧，姆妈叫你。”顿了一顿，又话中有话地对她讲：“该吵时，还是要吵的，不能由着人把你当面粉团捏。”

话音刚落，阿松又把头探进房门口来催了：“大小姐，太太叫呢。”

阮惜梅房里，吃剩的点心还未撤席，客人倒已散了，空气中弥散着一股触鼻的香水味，与彩珍在育秀里闻惯的那种香味很不一样。育秀的同学也搽香水，却香得柔柔的，时隐时显，十分舒服。彩珍受不了现在这股触鼻的香水味，一进房，就猛地打了个喷嚏。

“彩珍呀，明朝杨太太请我们去康乐酒家吃夜饭，给你包媒呢。”看见刘彩珍，刘太太就说。“男家是源丰钱庄的独资老板李家呢。他们家的房子就在大西路上，莫佬佬的大呢。那花园，看进去就像兆丰公园一样，树生得密密麻麻呢……”

刘彩珍一怔，她可没想到需要找个丈夫。这要让育秀的同学知道，特别同房间那席芷霜、祝隽敏俩晓得，又不知要怎样嘲笑她呢。

“不……”她轻得连自己也听不清地回绝着。“我想再读大学。”想起哥哥关照她要“吵一下”，她就鼓足勇气说。

“啥？读大学？”不料母亲却奇怪地瞪起眼睛，仿佛听到啥奇闻似的。“你还想读大学？做啥？”

做啥？彩珍却答不出了。

“喏，桌上几只虾肉蒸饺还热着，吃一点哦？”或许今日为着有事与女儿商求，刘太太显出不大有的关心。

蒸饺其实已半冷不热了，彩珍却不敢违抗，夹起一只咬了一口，木呼呼地也尝不出个味。

“女孩儿家，花头花脑读啥大学？”那边母亲又问了一句。

彩珍实在回答不出个所以然，她只觉得道理很简单，就好像有

6毛1尺，8毛1尺与1块1尺的料子，她总归要挑上好的买一样的道理。既然她读得起大学，为啥不读上去呢？

“老爷呢？去请了哦？”刘太太不耐烦地问阿松，“刚刚已听见他汽车的喇叭声，怎么还不上来？”

“我想还是读好大学再讲。”刘彩珍勉强出声地辩了一句，不幸声音太轻，没人听见。

一阵拖拖沓沓的拖鞋声，刘同钧进来了，披着一件团寿花样的织锦缎浴衣，一脸孔不窝心的腔调。

“有啥事？刚刚应酬回来，香烟也来不及抽一根呢。”他说。

“你家里的事也要管管的。彩珍19岁了，刚刚杨太太来过了……”

话音未落，刘同钧就没好气：“又是那个短命的杨太太，白相人嫂嫂的档子。这种人少跟她搭讪。还有，戏子也少搭讪，这种人拆白党一样。刚刚你又送她戏装首饰了？你倒好，我这边辛辛苦苦觅铜钿，你倒稀里哗啦给我花光，这样我就是做煞，也没有用……”

“奇怪，”阮惜梅双手一叉腰，说：“我用的是我自己的陪嫁铜钿，阮家门的铜钿，你管得着？你自己，在那个百乐门舞女身上甩了多少钞票，我放过一声屁吗？”

当着女儿面让老婆抢白，刘同钧不买账，也脖上青筋绽出地回击。“我自己赚的钞票，我要怎么用就怎么用。你以为你们阮家带来的这点钞票一生一世也用不光的？你倒是往我们刘家门里搬进金山呢还是银山？”

“哼，亏你还好意思提‘刘家门’？上海滩上谁个不晓得你刘同钧是育婴堂里抱来的？野种，杂种，下作胚……”

阿松和彩珍都早已悄悄溜出来了。楼道口彩珍又撞着如宾，手握网球拍匆匆下楼去。

“都是你，告诉阿爸，妈送东西给余小姐啦，害得他们又吵起来了。”彩珍责怪着他。

如宾却不在意地一笑："是要让爸管管她，否则，这笔钞票白白地送给人家。姆妈是不行，要我是阿爸，也不会中意她。"

"什么话！"彩珍不满地说。

"吵吵好，"如宾却笑了，"一吵，不是把那件说亲的事给搁起了？"

彩珍回到自己房里，却再没有心思做功课了。

"Out side!（线外）"

敞开的窗户外，传来后院一个娇滴滴的女孩子声音，是邻家一个女孩与如宾在下面打网球。女孩子穿着一条白西装长裤，清清楚楚显出两条修长苗条的腿。不时发出串串银铃般的笑声。彩珍不明白，有啥东西值得她这么笑?

刚才吞下那几只没有热气的蒸饺，使胃部十分不舒服。亏得彩珍不属那种多情善感的女孩子，如果她再仔细想想的话，她会发觉她整整 19 年的生活，就像这碗佐料精细、却又是半冷不热的蒸饺。而她，就像刚才稀里糊涂地吞下这碗饺子似的，也稀里糊涂地接收了上帝安排给她的不热不冷的生活。

四

福禄新村，位于越界筑路处的新式弄堂房子，1931 年刚刚造好。因此那一排排深棕色的砖墙白嵌线，还是崭新崭新的。前门一律三级红钢砖砌出的台阶，大门上的号码铜牌也都还是锃亮锃亮的，虽比不得公馆人家豪华气派，也可属上海滩上中上一级的体面宅第了。

一个脸膛黝黑，身材矮墩墩的汉子，领着个十六七岁的乡下小大姐，来到 25 号门口。

“你好生记着，我们这等人，只能进出后门的。帮人家做娘姨，可不是件容易事，你好好生心学着点，自有你的好处。否则，一世没得你出头的日子，只配回乡下去种田。”阿陆是福禄村扫弄堂的。

敞开后窗的灶间里，一阵起油锅声，浓浓的一层白雾，卷杂着馋人的煎鱼的香味，扬了出来，令那汉子，禁不住也翕了几下鼻子。

汉子在后窗下轻轻唤了声：“席师母。”

“唷，阿陆来了。”只听得咣咄一声，后门打开了，席师母穿着一身格子纺旗袍，围着张白饭单，正在灶上掌勺。

“席师母，你叫我，有啥事？”虽在灶间里，阿陆也不敢擅自入座，只侧身在张宁波台子边垂立着。

此时，席师母正全神贯注地对付着油锅中两条嵌肉鲫鱼。尺把长的鱼身，里面的肉糜给油一汆，即高高地在鱼肚里鼓凸了出来。只见席师母小心地用菜铲轻轻拨一下它们，随后抬起给炉火烘得红通通的脸，对身边一半老娘姨阿周关照着：“下次只要在鱼肚皮下填两根寸把长的麦柴管，保险鱼皮不会焦。”然后，她舀了点汤汁尝尝味，即均匀地撒下金针、木耳。

阿陆心里暗自忖着：要小琏子得着在这能干师母手下做上两年，保可出道了。

“你好生留心着点，”阿陆对小大姐小琏子说：“这上海人烧菜的学问深着呢，哪像你们乡下人，烧熟了就算啦。”

“唷，这个小大姐，长得倒蛮水灵灵的，是你亲戚？到上海来是白相相的还是寻生活的？”席师母一边小心把鱼盛在一只白底紫边的长鱼盆里，一边细细打量下那小大姐，虽说她长得黑不溜秋的，却是细眉巧目，一副玲珑相，先就有了三分欢喜。

“是我外甥女小琏子。这小丫头，世面也没得见些过，人是老实的，还求你席师母留心一下，相当人家要寻个小大姐的，帮她荐一荐，那就实在谢谢了。”阿陆趁势也求了几句。席师母却闷闷地叹了口气。按理说，她自己手头就缺这么个可以跑跑腿、当当差的小大姐，阿周一头扎在厨房里擦擦洗洗烧三顿饭，已是抽不出身，还有这三层楼房间要收拾，买油米柴盐的，客人家送礼跑腿的，都要人手呀。无奈现在哪家用铜钿不要细细算算的？那小大姐的事，也就不敢想了，少不得自己辛苦点了。

“阿陆，现在市面真个不对了，”席师母连连对着阿陆摇着头感叹着：“从前我出嫁时，一两黄金，才得 18 块银洋。现在，不对了，大家都在捏着拳头过日子呢。”

“唷，席师母这等人家都在叹苦经，那我们这样的，越发没得活路了。”阿陆自知小琏子的希望又落空了，颇有点怏怏。

“阿陆，今朝又要辛苦你了，我家芷霜这个礼拜不回来了，劳你替我送几只小菜去。现在赶着菜还热，你就辛苦跑一趟了。”

福禄村的住户，毕竟不是公馆人家，一般都没有用男佣人的，但偶尔有啥杂差，总央求他们几个看弄堂的，这也是常例了。

这时，后窗又有人叫开了，原来是贴隔壁的曹师母。曹先生也是中华银行的。当初与席先生俩，都是主任。中华银行因没有自己的行业宿舍，因此一定级别的行员，就由行里另支一笔安家费，自己去找合乎自己职务又不失体面的宅第。恰巧福禄新村造好不久，正值“一·二八”，房产业不景气，又在越租界路区，房东答应半年内免付租金。于是，席、曹两家就迁进来住了，倒也觉得实惠方便，因此两家也就谁也没生出要迁出之心。只是近年来，因着席先生是留学生，英文好，不免升快了几级，因此免不了两邻间也有点小小的芥蒂。不过大家都是知书识礼的体面人。面子上，两家还是十分和睦相处的。

曹师母手托一碟雪里蕻菜，说：“席师母，我刚刚开钵的一碟雪里蕻，自家腌的。今天你们芷霜回家，挑点给她尝尝，只怕她们那种洋学堂，还尝不到这鲜呢。”

果然，那盛在只万字花纹碟里的一撮雪里蕻，真个是生青透亮，上面细细地点缀着几根艳红的辣椒丝，色香俱全。

“谢谢你，曹师母。难为你这样想到她。偏巧她这个礼拜讲不回来了。马上要毕业了，学堂里又要练唱又要做什么，事情太多了，来不及回来了。可不，正欲差阿陆送小菜去呢。阿陆，把那碟咸菜也带上，这种天吃吃，爽口得很呢。”

曹师母往鱼盆里两条尺把长的鲫鱼瞄了一眼：“你们芷霜胃口有这样大？这两条鱼吃得光？”

“她和祝家大小姐俩，都不回家。那祝家小姐亲娘亡了，祝经理又是个忙人，想来，是不会有人想到替她送小菜去的。我就索性烧了两个人的菜，让她们吃个爽快。”

“那自然，祝大班的千金，横要多多照顾点的。”曹师母阴阳怪气地说。席太太知道她脾气就是这样，人是不坏的，因此也不介意，只是一笑而已。

“好啦，阿陆，快点趁热给她送去吧。这是来回的黄包车钿，这点给你拷老酒喝。”席太太为人向来十分豁达大方，给下人赏钱，也给得十分宽。

阿陆得着这点外快，喜滋滋地走了。曹师母看看天色，想着自己男人快下班了，也忙忙地回去了。

初夏的日头，是逐日见长了，看看太阳还是亮晃晃的，自鸣钟已报出下午 5 点这个时辰了。这辰光，正是银行下班的辰光。席师母忙忙解下围身，在过道那大穿衣镜前对镜抿了下头发。

她属于那种不容易猜出年岁的女人。那脑后的横 S 发髻还是厚厚扎实，浓浓乌黑的。再加上白皙细腻的肌肤，似是三十好几、四十不到，正当年纪的主妇，但她的举止和衣着，又显得太老气了一点。耳垂一对成色极好的翡翠耳环，小小滴绿的两点，恰到好处地烘托出她协理太太的身份。底下客堂全堂红木桌椅的镂花，擦得一尘不染，光泽泽、红泛泛的。整个居室虽谈不上豪富，却也不难看出，这是个家道蒸蒸日上的居室。

席师母闲时，总爱坐在这个位置上，用一种似外人的眼光，力图客观又挑剔地审视着自己这片宝贵的天地。一遍一遍反复地告诫自己：这都算不了啥，比她阔气的家有的是。她是十二万分地满足自己的现状了，她之所以常常会莫名地生出许多的不安，完全是因着自己觉得自己太完美了，太福气了，因而引起一种“月圆则亏，水满则溢”的恐惧，而这种恐惧，只有在丈夫、女儿、儿子都团团围着她时，才会消失。遗憾的是，他们各人都有各人的事，一日之中，她一人独呆在家中时光居多，因此，这种莫名的恐惧，也常常缠得她很苦恼。她不识字，不能以书报来打发那闲散的时光。当然，她可听听无线电，但丈夫不欢喜听绍兴戏申曲之类，认为这是弄堂房子里的人的情趣。因此她也就不表示出自己欣赏这类节目，即若丈夫不在家，她也决不表示出来。丈夫要升襄理了，那么她也应有点襄理太太的气度，她不识字，又是文明脚，这都是没有办法的事，但在其他方面，她要尽力使自己配得上个襄理太太。丈夫不嫌弃她，是她的福气，但她自己也要处处识相知趣，不坍丈夫的面子才是呀。她低头纳着鞋底，一阵嚓嚓的纳鞋线声过后，似隐约已听到邻里开门关门迎接自家当家人回来的声音，可自己家，却显得有点冷清清的。看看天色，已斜阳西下。今天女儿不回来，儿子承祖学校里排戏，这个周末的傍晚，显得很有点孤寂、清冷的味道，丈夫还不见回来，她开始焦虑了。

突然，门前响过一阵熟悉的活泼的脚步声，没等席师母悟过来，只听钥匙"壳落"一声，芷霜进来了。

"唷，阿囡，不是讲不回来了，怎么又回来了？我还巴巴地让阿陆给你送小菜去呢。怎么临时改变想头了，也不晓得打只电话回来，讲过几次了，有啥事打只电话回来，便当得很的……"

"烦煞了！"芷霜今日似不大开心，虎起张脸，一副欠她多还她少的脸孔，自顾自登登上楼了。不一会，又听到她直着喉咙唤阿周烧洗澡水，一息又唤阿周找拖鞋……

这样的姑娘，真叫是自己养出来的，只能自己吃进。要将来席师母的儿子讨媳妇，这种样子的姑娘，谢二百谢了！请进来好比请进一尊观音娘娘了，啥人吃得消她。都是自家席先生宠的她，送她到这样贵的学堂去读书，就是这条弄堂里，在这样贵的学堂读书的女孩子也只得芷霜一个。啥意思呢？读得眼界越来越高，脾气越来越孬！

再过了好一阵，方听见门外有脚擦棕编踏脚毯的声音，席先生回来了。

反反复复让脚擦了几遍，他才开门进屋。

席振绪长得十分清癯文静，穿着一身凡立丁西装，上装搭在臂弯里，袖臂上两根扎袖口的黑吊带都未来得及除下，头发油光光地朝后梳拢起，一丝不紊。与他太太相比，他要年轻潇洒多了。只是今天，他似脸有愁容。

席师母送上一绞滚烫的毛巾，已经感到丈夫上了心事，也不急着催问。

她侍候着丈夫换上一身凉快的短衫裤，一双草编拖鞋，再送上一碗在井水里凉过的百合汤，然后一歪身在丈夫边上坐下，拎起把宁波扇轻轻替他拂着，开始有一搭无一搭地与丈夫拉起流水账：

"……芷霜这小囡也是，讲好这礼拜不回来，巴巴地差了阿陆送小菜去，她倒又回转来了……”

席振绪呷着凉沁沁的百合汤，絮絮叨叨的细语，就像涓涓细流从他眉间淌过，他那微微蹙着的双眉，终于平展了。俗话讲：家有贤妻万事顺嘛。

“对啦，今朝阿陆带了个扬州小大姐来，眉清目秀的，一副聪明相。我倒有点想雇了。明年芷霜就要进大学，天天要回家过了，你不晓得，阿拉这位小姐有多疙瘩：旗袍件件要烫过，皮鞋天天要擦过……如是我和阿周俩，就是脚也拎起来一道帮忙，也来不及！不过再一想，算了，到辰光再讲了。多用一个人，且不说多开销一个月佣人工钿，水电费加肥皂草纸，也要多开销了……”席师母缓缓地诉说着。

“不过我看，”席先生打断了家主婆的话头：“你这几个铜钿，不要去省它了，我最近要往内地跑一趟，时间怕要长一点。”

“咋又要出门了？”

振绪因为是正宗经济学留学生，在华行很受重用，常要代表行方出门去各地交涉信贷业务等事务。无奈自“一·二八”后，时局总不让人心安，再加席振绪到底也已四十五六了，每出次门，席师母总要担心一阵。

“啥办法？我们华行的老规矩：会做事的人做煞，不会做的人惬意煞！”振绪的怨气开始吐出来了，原来他就是为这桩事体不痛快。

为着华行向裕盛厂又贷款又认股，行里信托部要派人去实地考察下该厂的实力，再顺势去当地办理下农贷业务，这差使就给了席襄理。

“真弄不明白，行里养了那么多人，年轻力壮的有的是，偏偏要差我这个半老头子，这祝大班啥意思？把这点后生像盘房小姐样藏着算啥呢？又不是酿老白酒。”席振绪连连用扇子击着藤椅把手抱怨着。

“这么说，祝大班还是蛮看得起你的。”席太太好言宽慰着丈夫。

“我这里揽上了苦差使，人家闲话讲得多难听？你晓得隔壁那张‘天牌’在背后讲我啥？”振绪越说越激动，用嘴巴唠唠隔壁曹家。

那“天牌”即为曹师母的当家人曹允馨，因他出天花在脸上落下几颗麻子，同事们就用麻将里的天牌来开他玩笑，天长日久，倒成了他的别名，已无甚讥诮之意了。

“他讲就是因为祝大班的大小姐与阿拉芷霜是好朋友，所以凡有美差的，祝大班就挑挑我。天晓得，这的的刮刮是桩苦差使，我叫轮上推不脱。不过话讲回来，这差使就是轮上那张天牌，他也吃不下。这种钱庄出身的古板人，ABC 又不行，叫他搞信贷业务，还不是死蟹一只？”

华行的行员向来分两大阵营：一是留洋或商科银行系毕业的，另一派则是钱业学徒出身，俗称“三考”①出身。前者懂英文，且掌握一定的经济知识，后者则老派守旧，却因市面上与商家厂号关系兜得转，也自有他们不可忽视的能量，因此两派互不相让，矛盾重重。

“我也真弄不懂，祝大班讲起来门槛蛮精，却甘愿养这帮老背晦的师爷！”振绪继续忿忿地诉说着。

“不过，”他话题一转，又颇得意地说：“我这次去还有个好差使，在汉阳我们华行办了个行务训练班，这次我要去替他们这些受训员上课，加薪 80 块是小事，但至少说明行里对我业务，是没有话说的了。看来以后升副理，是没有问题的。不过，这个你不要跟隔壁曹师母讲。你们女人家就这样，话一投机，恨不得心肺也掏出来！”

“看你讲点啥！”席太太没好气地说。

“还有，我这次出门，巴不定有客户趁这工夫来送礼托情的，你勿要接嘴，一根线也不能拿。他们再与你缠不清，你总归勿要管，叫他们自己来找我好了，晓得哦？”

---

① 三考：乡考、县考、京城考，指按部就班的科班出身。

为着席襄理是信托部的，不乏厂家商号来送礼求情，以求放款时能得到点方便，无奈席襄理在这点上，是一丝也不含糊的。

“你怎么啦？刚刚和我结婚还是怎的？”席师母发火了，“阿拉乡下人嘛，字也不识的，啥都不懂。”太太委委屈屈地说着，神态娇嗔可爱。席先生止不住伸手在她白皙鹅脂的颈脖间摩挲了几下。不少他的同事，似都为他的婚姻遗憾，更有那种好事之徒，想着法子要套他的心里话以证明他的婚姻是不幸的。岂知，他的太太，真正是个金不换呢。

“别生气，大家巴细点好。你发现哦？阿囡已长成一窈窕淑女，以后烦心的事多着呢；今年要进大学了，我想好了，一定要进圣约翰或沪江之类，有可能，再送她去留学，还有她的终身大事……也要大家巴巴细细替她留心。承祖也在日长夜大，我们这种不会做投机又不会做生意的，惟有做事尽心尽力，以求多得几个薪水了，再为儿女做做牛马啦！”

席师母心疼地对丈夫说：“就是辛苦你啦！”

席先生轻轻拍拍她手背，说：“要是我能升上副理，如是到告老，经理总归爬得上的，如是将来那笔养老金，是十分可观的。我拿到手后，把它折成美金存在银行里，这样我俩到老就笃笃定定了，兴致好，再去周游世界去，我早先英国读书的学堂，我住过的房子，都领你去看看。”

席师母倚着丈夫肩头，只觉得十分踏实安心。自己大字不识一个，长相也平平，却能修得这样一个好丈夫，真是前世的福气，正因为这样，庆幸之余，又有点不安，怕折了自己的福分。

“麒麟哥来了。”这时，芷霜领着个体格魁梧的高个青年进来了。麒麟是曹家的内侄，他家在宝山，就靠着几亩田租，日子过得也不宽裕，因此，他再也没能力在外边租房子住，只能在姑丈家一直寄居着，从读中学时借住到现在，大学都快毕业了。二十好几的大男人，寄居在人家总有着诸多的不便及不顺心，但为着手头拮据，自家弟弟马上又要入大学了，因此也就一直克己复礼，处处留意小心。好在姑丈曹先生为人还算宽厚大度，他自己也乖巧识相，因此几年来一直相处得很融洽。在假期里他又是承祖的英文补习老师，自己赚几个零花钱。近来又在求是化工厂兼了个职，逢周末芷霜回家，麒麟有事无事总要过来坐一阵，振绪是聪明人，冷眼看看，也已轧出几分苗头了：麒麟是对芷霜有意思了。不过振绪毕竟是新派人，他是决不会干涉儿女婚事的。再则，他也完全放心，在育秀熏陶了有六年之久的女儿，足有能力应付处置自己的终身大事。

“你们下边坐，我们上楼去了。麒麟，在这里吃了夜饭呵。”席先生说着，挺英国派地让太太走在自己前边，两口子一前一后上楼去了。

“席家伯伯风度真好！”麒麟说。

“哪像你那位姑丈，成天价一只白铜水烟筒捧在手里呼噜呼噜的，活脱脱一副绍兴师爷的腔调。”芷霜调皮地学着抽水烟的样子，说。

因为熟了，麒麟自己从香烟罐里捞了支香烟点上，看了她一眼，笑了：“本来讲你这个礼拜不回来的，后来我听到你喊门的声音，本来还以为我听错了，再听，就是你的声音，真是想不到的……”猛地他发现自己讲得太多了，忙窘迫地止了口。他的脸庞很饱满，如同他结实的身躯一样，给人一种稳健扎实的感觉，再配上两片厚厚的嘴唇，让人一下就揣出他属忠厚随和的一类。只见他穿着帆布球鞋，白衬衫袖里，给结实的肩膀膨胀得绷绷的，下面一条白帆布长裤里，两条长腿也是粗壮扎实得很，不熟悉的人会以为他是一位运动员，事实上他也算个运动员，他是大学里棒球队队员。惟独他的目光，却是十分不相称的柔和纤细，而且还带那么点卑怯和忧郁。不过，芷霜全然没注意到这些，只见她赌气地把手一挥：

“告诉你，我今朝气煞了。”芷霜委委屈屈地刚开了口，眼圈倒已经泛红了。

“怎么啦？”他目光里的忧郁消失了，代之的是男人的自信。

“这次我们育秀校刊由我任主编的。我已与‘大地报’订好合同，这期校刊由他们负责印刷，讲好是麻布面封面铜版纸印刷。合同没定时，他讲得花好桃好，样样都答应了。合同一签好，他就翻脸不认人了，连校对都不管，要我们自己校对，今天我去报馆找那个业务部主任，凶是凶得，像要吃掉我似的。哪能会有这样坏的人呀！4 000块印校刊，还不包括校对，哪有这样的事！而且，麻布面也变成硬纸面了！”

麒麟却仰脖哈哈笑起来。

他们可以讲是从小一起长大的。那年他来上海考中学时，她才得七八岁，扎着两条小辫子终日在后门口“造房子”。因着麒麟家境不宽裕，麦伦中学那三年高中断断续续读了五年多，因为他得不时辍学做一个阶段事才能再有钱读下去，为此，芷霜印象中他似已早早是个社会中的人而不是学生了，这样一来，又觉得麒麟几乎要比自己长一辈了。但麒麟在一个18岁一个10岁时，是丝毫不把这个成天“造房子”、“踢毽子”的黄毛丫头放在眼里的，但当一个18岁一个26岁时，一切都变得十分微妙了。随着时光的流逝，麒麟觉得要完成学业变得越来越艰困，而芷霜，时光却像一位老艺人的刻刀，令她日益出落得漂亮，光彩四溢，再加上典雅和高贵，更令他恍惚又怅然，他觉得她有点像芭蕾舞里踮着脚尖碎步渐渐遁去的女演员，终有一天将从舞台上隐去，但每每看到她亲热地叫他“麒麟哥”时，又会唤起他一种新的勇气和希望。他毕竟才只有26岁，又是交通大学的高材生，他不相信自己会得不到她。特别当她离他这么近地坐着，摆出一副无助委屈的神情之时。

“你就跑到报馆去与他们办交涉？”麒麟抑住笑问。

“还有隽敏陪我去的。”

“你们两位小姐要与他们打交道，实在不是对手。这些报馆里的人与三教九流的人打交道打惯了，你们怎么对付得了他们？以后，让我陪着去吧。”

“以后……没有了，我要毕业了。”芷霜有点怆然地说。

“唷，这倒是你的turning point(转折点)呢，”麒麟那一时代的文化人，都喜欢讲话时夹几句英文。“看来，你总归不是考新闻系就是社会学系？为啥不学理科？”

“我……”芷霜低着头，用指甲沿着沙发套缝道一路划过去，不大有把握地说：“我蛮欢喜家政系的……”

“哼，家政系，”麒麟不屑地一拂手：“这种短命家政系读了有啥用？除非你将来嫁了个社会名流，嫁了个大老板，那还可派派用场……”

他的不屑激怒了芷霜，她对他忿忿地嚷了起来：“你怎样就看死我，嫁不到一个社会名流或活动家？偏生嫁一个给你看看。”

她孩子气的言语让他忍俊不禁，但一笑之余，他不由想到，席家如此花了大本钱，将她送进育秀这样的贵族学堂，其实不就是在暗暗塑造一位未来的夫人吗？

“对不起，”他多少有点沮丧地说：“我原想，如果你也考交大理工科的话，将来可以与我一起出去留学。我打算争取到一只官费名额，先出去，然后等你再出来时，我就可以在外国接应你了。我可以先替你办好一切入学手续。”

“我不想读理科，太苦了。我暂时也没有留学的想头。大学毕业后我可要先松一口气，马上接下去出洋留学，命都要读掉了。”芷霜说着，莞尔一笑。“再讲，爸爸太辛苦了，我想大学毕业后先做一段时间事，倘使以后再要深造的话，我也自己负担自己，不要爸爸再负担我了。我还有承祖弟呢。家政系毕业后，我或许可以在育秀谋个差。今天教务长沈先生话里已有点意思了。”确实，今天教务长已与她谈过了。

因为刚刚洗完澡，她身上不时飘来一股药水浴皂的清香，那时隐时显的来苏味，更显得芷霜的清纯可爱，令麒麟想起“养在深闺人未识”的诗句。倒也想不到，看来娇气十足的芷霜，也十分有心机。她已不再是个整日价在后门口造房子的小姑娘了。以后，她还会变的，谁知最终她会变成怎样呢？

阿周送上西瓜来了。西瓜在井水里浸过，十分沁凉清口。这是最早上市的一批广东西瓜。

“明天礼拜天，你有啥节目？”麒麟咬了口西瓜，把不准地问道："下半天大华在做秀兰·邓波儿的片子，一起看电影去吗？……带上承祖一起去？"想想没把握，因此，他又拖了这最后一句。

"带他去做啥！这种十二三岁的男孩子最惹人厌了。"不料芷霜却没好气地横了他一眼。

"那就不带他去好了，"麒麟有点兴奋地说。

"秀兰·邓波儿的片子我也不欢喜看，千篇一律的，你等等，我找张报纸看看影戏广告。"

芷霜似乎对看电影很有兴趣，忙着去后面吃饭间找报纸了。

"阿周，在淘米烧夜饭了？"后门口，响起曹天牌浓厚的绍兴音。洗浴后的曹久馨，一身凉风飒飒的夏布衫裤，赤脚趿一双皮拖鞋，为着是近邻，也就一身居家衫裤踅过来了。

曹久馨是个绍兴戏迷，近来成天下班后，自己叫上一辆黄包车，去垃圾桥近头一家三流四流的戏院，帮一只绍兴大班戏团排戏，做不拿薪水的编剧和导演。

"麒麟也在，喏，明天礼拜天给姑丈捧捧场。"说着，将手里一长串戏票扯下几张给他。

"自然，姑丈的戏，总归要去捧捧场的。"麒麟无奈地接过票子，诺诺地说。正撞着芷霜拿着张报纸从吃饭间出来：

"明天国泰放《天长地久》呢。"

"这种外国影戏有啥好看，一起去看曹家伯伯编的戏。《红鬃烈马》，听，这名字多大气，原来叫啥《薛平贵东征》，俗气哦？看，经我这一改，到底不一样了……"曹天牌越讲越起劲，喜滋滋地自顾往楼上去找席先生夫妇俩了。

"垃圾桥那边的戏院，你倒也有胃口的？留心别带几只臭虫回来。"芷霜对着麒麟露出一脸讥诮之情。她哪晓得"人在屋檐下，不得不低头"之苦呀。在她目光轻蔑地掠过麒麟脸上时，麒麟只觉得有如电光打他身边闪过。他用手掌擦擦因窘迫沁出的汗水，怏怏地告辞了。

楼上过道上，传来曹久馨有板有眼的绍兴大板唱腔。

“庸俗之极！”芷霜用英语咕哝了一句，忿然在沙发上坐下。大学里是没有住宿的，那就是说，她又得忍受这种纯属小市民的生活方式，在育秀园里呆了六年，她真受不了眼前这一切。

厨房里一股肉油味传进来，芷霜皱皱眉：“阿周！讲过几次了，氽东西关厨房门！”

受不了，真受不了。将来芷霜要有了自己的家，一定不会是这样的。她家里的娘姨要围着雪白花边饭单，受过专门训练的。她家里要四季鲜花不断，就像育秀的起坐间一样。她的居室起码要是公寓房子，至少也要是法租界的独家住宅，决不会有这种拖着拖鞋进门的不识相的邻居。

唉，将来，谁知道将来会怎样?

“芷霜，”麒麟又折过来了，“下个礼拜我们交大与电力公司有场棒球赛，我上场，你与承祖一起来看。”

“又是承祖，你为啥偏要我拉上承祖?我又不是看顾他的娘姨。”芷霜正在气头上，没好气地冲着麒麟发了一通脾气，她总觉得麒麟有时牵丝攀藤得让人受不了，莫名其妙。

麒麟苦笑着走了。

芷霜在落地电唱机上放上一张《甜蜜的家》，忽地觉得自己情绪坏到极点。

五

隽敏穿着一件五彩橡皮缎的旗袍，高高的领口、窄窄的腰身，细细地勾出全身的线条，使她好像一下子老成了几岁。她正在东间大餐间里，对着灯光，一一审视着那些圆肚玻璃酒杯。果然，她从中发现有那么几只，杯壁上还有些雾腾腾的。

“怎么回事，发根伯？”她笑吟吟地对边上垂手伫立着的一个穿白长衫的男佣人发问，那一丝不苟的眼目，却牢牢盯住灯光照拂下，杯壁上一块米粒般大小的污斑，让那已年过半百的发根伯，自感脊背上似长了芒刺般不自在。

“我关照过她们，要一一用砂粉擦过的。”他怯懦地说着。

“这不怪你，你年纪大了，眼光自然不大灵了，没有查出来。幸好客人没来，否则让客人看见，传出来难听哦？倒好像我们祝家门里，缺了个女主人，连几只酒杯都弄不好似的了。只好对她们不起了，发根伯，”她指指那几只拣出来的玻璃杯，“麻烦你再跑一次，叫她们擦干净了再送来。不许再马马虎虎。这种话讲一遍就可以了，再要让我讲第二遍，大家都不自在了。”

发根老伯只有连连点头的分，忙忙把这些酒杯一一放进一只喷银的托盘里，匆匆送到后边厨房去了。

隽敏一个人留在这大餐间里，重番从碗筷的排列到鲜花，细细地打量了一下，发现果真没有什么差错了，才把门虚掩上，退了出来，开始上楼去看她几个妹妹准备得如何了。在她上楼时，手中那串沉甸甸的钥匙合着她步子发出清脆的金属相击的声音，令她想起学校里的舍监猫头鹰，那串钥匙也是像铜匠担一样，走起路来喳拉喳拉的。她觉得一种说不出的快感，虽然她只是个女孩子，但就因为她腰间有了这么一串沉甸甸的喳拉喳拉声，使佣人们看见她服帖，在姐妹甚至兄长中也有威信，父亲前得宠，事实上，她确是父亲一个得力的管家了。

二楼楼道口匆匆走过娘姨陆妈，还没换上指定的白衫黑裤。“怎么搞的？到这辰光衣服都没换好，客人倒要快来了。”她一下叫住了陆妈。

“刚刚在侍候四小姐洗澡呢。”陆妈怯怯地辩解着。

“怎么这工夫才想起替她洗澡？早些时你在做什么？”

“四小姐刚刚睡醒……”

“你不会早点叫醒她？她几岁你几岁了？真正是罗马蜡烛，不点不亮。”隽敏对着陆妈劈头盖脸一阵训，遂自走到三楼。她也十分明白，自己今日的火气特别大，明摆着，一个不相干的女人就要闯进这座房子里来，她倒是凭的什么，就这么当起现成的祝太太了？可太便宜她了。二楼朝南一排有三间，东首是大哥隽人的房间，当中是祖母的卧室，她们四姐妹就住在西首。走过琴房，传来一阵深沉的琴声，是二妹隽颖在弹琴。这工夫她还有心思弹琴！

隽颖的眉眼与隽敏十分相像，只是没姐姐那般婀娜，虽说就差那么一点点，却一下子让人觉得，两姐妹相差好大一截呢！

隽颖从小由祖母领大，到六年级时才跟祖母到上海，这令她不论与父亲还是兄妹，都有了一种生分的感觉，而这种生分并没因时间而弥合，再加上她学业不及隽敏，吃力地考上一所三流中学，成绩也还是平平，这令她在父亲前更增添了几分自卑及不安。母亲亡故后，她原应也对家务多关心一点，她也曾尝试着帮大姐管一点家务，无奈她生性不如隽敏泼辣精明，加上大家庭的佣人们本就有点欺软怕硬的。她们知道这位小姐在自家父亲前本就不得宠爱，渐渐的，她的话也假作没听见，她吩咐的事也拖拖拉拉的，而大小姐隽敏的话是不敢俄延和耽搁，于是渐渐的，家里要来个新佣人，礼拜天的菜单，都要去征求大小姐的意思。就这样，隽敏代替了女主人的位置，虽说一礼拜才回家一次，但把个上上下下，人丁也不算少的祝家，也管得有条不紊的，这样一来，父亲就更宠隽敏了。好在隽颖生性不欢喜多揽事，乐得百事不管一身轻松。只是毕竟也正处在人生感情最丰富最需慰藉的年华，便把这份热忱全部献给了教会。她是个十分虔诚的基督徒。大半时间不是花在礼拜堂里就是琴房里。

“大妹，隽玮隽思都打扮好了？”隽敏看见隽颖，即使今天请客，也只穿着一件墨绿底黑暗花的府绸旗袍，外套一件淡黄的绒线衫，虽然色泽十分典雅，但今天实际上是父亲的订婚日，这样打扮到底太素了一点，且隽颖又不烫发，就像不少虔诚的女教徒，那一头浓黑的头发束成一根粗粗的辫子，在头顶上环着一圈，总显得有点太呆板了。隽敏是极爱面子的，她觉得妹妹这样出场太有损于堂堂祝家的面子了。

“大妹，你为啥不穿那件枣红的？去年祖母生日我俩一起做的那件，你今日脸色不大好，穿这件绸旗袍脸色更不好了。快去换掉吧……”说着连拉带拖地把她拉出琴房。

房间里，12 岁的隽玮正在替 10 岁的隽思梳头，隽玮与隽敏脾气很像，虽则只得 12 岁，却已十分乖巧知趣，能当上隽敏的小帮手了。

隽颖拿着那件枣红的旗袍走进洗澡间，对着门背后的玻璃看看自己，觉得在一团黄与绿中，自己那张不漂亮的脸显得十分恬淡清秀，她是深知黄色十分相宜自己，但她不愿与隽敏伤了和气，就极不情愿地换上那件枣红色的。确实，枣红色掩盖了她那份恬淡的韵致。但隽敏却觉得妹妹换上了枣红色要好多了。她是真心希望自己几个姐妹，一个好看似一个，不要让别的女人有啥空子可钻，令她顶着个“祝太太”的头衔，也不过是只顶着个空名分。

“小姐们，打扮好了哦？”景臣在她们房门外只听得一片叽叽喳喳声，就轻轻叩几下门。

在家里，景臣喜欢中装打扮。这工夫，他穿着一件白纺绸长衫，白罗马丝袜配着一双中式圆口的鞋子。线条坚毅的脸庞上，浓浓的剑眉配着一对炯炯有神的眼睛，自有那种事业成功的男子的锋芒。

“你自管自去接蒲小姐好啦。”女孩子们隔着房门又是一片嚷嚷。

虽说景臣有四个女儿，儿子只得一个。也不知为啥，他独独喜欢女孩子。或许因为在他，似男子都有可能是他竞争的对手，且他也目睹了太多的险恶人生，觉得还是女孩子可爱单纯，难得闲在家，就由着几个女儿摆弄他，时而让她们沾着水，给他梳个时髦的“水包头”，时而让她们在自家鼻尖上涂一层白肥皂泡，给她们来一段《秋江》里老艄公的唱腔。这在他，在繁忙紧张的公务中，也算天伦之一乐吧！

“好，那我去了。”

他驯服地对关着的房门说了一声，就一撩袍子，嚓嚓下楼了。走到楼梯拐角处，他看看那口倚墙而立的红木落地大钟，有点焦虑地皱皱眉；儿子怎么还不见回来？隽人在读大四，去无锡炮兵营军训了三个月，今天该回来了。他之所以搁到今日才请蒲小姐来，就为的要候着儿子回家。

此时，一个全身戎装的青年，急急地向祝家大宅走去，虽然他的军衔不过只是一个“列兵”，但他那适中的个子，温文尔雅的气度，使这个小兵浑身洋溢着一股潇洒英俊的风度，与一般的丘八，截然不同。

他快乐地撮着嘴唇，吹着“扬基杜德尔”的曲调，神气地摆动着双臂，“一，二，一”地迈着军人的步子行走着。

他就是祝家的公子祝隽人。不知是有意还是无意，反正名字的发音与父亲祝景臣一模一样，但实际上他却与父亲大不相同。他是大学四年级学生，专攻化学专业，今年夏天就要毕业了。

“阿人，帮帮忙。帮帮娘舅忙。”

猛地，从马路拐角处，窜出一个衣着落拓、拖着鞋皮的叫花子。同时，一只污秽不堪的手掌，伸到他跟前。

隽人一愣，只看见眼前一张脸色黄里透青、脸面瘦削得成倒三角形的蓬发男子，贴近他站着，身上散发出阵阵难闻的气味。

"阿——"他张了张嘴，终究没敢将个"舅"字叫出来。

"阿人，你小时候，娘舅可是一直抱你的，你总记得的……娘舅已有两日两夜没有吃东西了……"那男子继续朝他逼近过来，他只得步步往后退，后来他发现，他已退到墙角根子，可那叫花子，还在向他逼近。

"我……我没有散钱了，真的没有了。"他的军人威严顿时全部失去了。"你是知道的，爸不大给我们零花钱的……"他两手插入自己裤兜，恐惧地说。他的右手手指，触到口袋里有几张钞票，这是去军训时父亲给他的，但又嘱他不许乱花掉，如花掉了，一定要报出账来。为此，他一直不敢花掉，再讲在军营里，也实在无处可花钱。

"我没有、真的没有……"他的手指触着给体温烘得暖暖的钞票，越来越没有说服力地申明着。

"阿人，你不能像你爸爸那样良心让狗给吃掉，你想想你那去世的姆妈……"

隽人从口袋里摸出一张钞票，看也不看，就往那只指甲足有半寸长，里面嵌满污秽的手掌一扔。那人眼睛一亮，连得脸上那道红疤都发亮了，只见他迅速把手缩成拳头，紧紧地攥着那张钞票，一溜烟走了。

隽人拉了拉衣襟，整整帽子，再擦擦汗涔涔的前额，然后走到自家那扇大铁门前，发疯般揿着门铃。

"来了来了，"门房老常气咻咻地开了门："唷，大少爷回来了，正在等你呢。"

他三步两步地跨上台阶，却正好与父亲照了个面。有如贾宝玉见到父亲像老鼠见到猫般，隽人见到父亲，虽说没那般严重，至少，手脚总有点像无处可放，拘谨得很。因景臣向来对儿子不苟言笑，严厉得很。也难怪，他眼中见到的不肖子孙，实在多如牛毛。

“爸。”

“唔，军训结束了。”祝景臣上下打量下自己惟一的儿子，三个月风吹日晒下来，儿子是健朗结实多了，军装一穿，绑腿一打，确实挺拔潇洒。看见儿子出落得如此英武，景臣内心十分安慰，很想对儿子表示一点父亲的爱，岂料话一出口，总显得像上司对手下人的询问。连他自己都觉得太见外了。

“铜钿没有瞎用吧？”为着吃的银行饭，景臣开口闭口就是钱，有如常人谈论天气一样，成为他独特的开场白。

隽人就知道父亲会查他的账。他知道父亲这不是小气。按父亲的原则：凡做坏事，诸如吃喝嫖赌，必得花钱。没有钱，也就做不成坏事了。

“用倒没瞎用……”隽人不安地瞄了父亲一眼。

“唔？”景臣原本不过随便问问。但这一来，即警觉地瞪起眼睛。

“刚刚，就在大门口，我碰到娘舅了……他拦住我，硬要问我讨铜钿……正好没零钱，就扔给他两块洋钿……”隽人越说越没把握，刚才那副军人风范，一下子就消失得无影无踪了。

“唷，从来打发叫花子只是几只铜板的事，你倒阔气，一出手就是两块洋钿，该(有)了你这样个大好佬做儿子，我也要讨饭去了！”景臣从来不大声训斥人。不过嗓门虽不大，言语却十分厉害，让人听了会头皮一阵阵发麻。隽敏就有点像他。

“你存心要修个好名声，就自己想办法去赚铜钿，要想施舍，先要学会赚铜钿才是！”他说。

“我……我不好意思回绝他。娘舅讲……”隽人支支吾吾地分辩着。“他没有饭吃……”

“娘舅？他是你哪门子娘舅？他自家家主婆都不认他这个男人，你倒还认他做娘舅？没饭吃，上海滩这般大，真要寻碗饭吃，总有办法的。早对你讲过了，忒个人是只无底洞，阿拉家这幢房子整个给他填进去，只怕还不够呢。”劈头盖脸的一顿训，把儿子骂得垂头丧气地伫立在一边。

固然，儿子或许是对的。舅舅确是舅舅，是他生母贞的胞弟，可惜他不争气，连抽大烟加跑狗，把好端端的一份钱庄差事也丢了，家也给他毁了，老婆只得咬咬牙将他赶出去，就此与叫花子为伍，常常乞讨到祝家大门口。景臣知道他已无可救药，就关照下人和儿女们不许给他一个子儿。否则，他三日两头要来找排头①的。他就知道，只有隽人，还是抹不开面子。这个隽人，怎么与他妹妹隽敏一点都不像。这两兄妹要能换一下就好了。

儿子额上已是汗涔涔了。他心软了。他相信自己并不是太苛刻。只是这几年来他冷眼旁观着隽人，总觉得他太纤弱，心肠太软，太没主见……一个光知道怜悯、服从的人，是不会有大出息的。他在为儿子担心。

“你呀！社会如战场，心肠太软，是做不出事的。你这样一出手就是两块洋钿。当初我做练习生时，一个月薪水才得四块洋钿，我还要省下来，待年底积起来给你阿奶过年派用场呢。你明年就要毕业做事了，怎么还是这样不懂事？别看现今大家都对你眉花眼笑，那是仗着我的名声！”

儿子只是垂着头不做声。

“快进去洗个澡，改日抽空去拜访一下贝先生，你自己谋事总要自己去求的，我不好替你包办的。走吧。马上就要毕业进入社会了，万事自己多生个心。”

儿子走了。他怔怔地望着儿子的背影；凭良心讲，儿子蛮不错了，门门考A，不泡舞场，不上赌场，还要如何？但他又想到在刘家见到的那个年轻厂长蔡先生，不过比隽人长几岁，看人家资格多老？办事多能干？硬碰硬在经营一爿有几千只锭子的纱厂！怪来怪去，只怪儿子过得太惬意了！要按景臣的心思，中学毕业后先且慢进大学，就送他去学生意，让他天天倒夜壶、老虎灶去泡开水、擦柜台，煞煞他那股骄娇气，再进大学。老法学生意，自有它的规矩道理的。无奈现在这一套已不时兴了，即使时兴，除非让隽人隐姓

① 找排头：上海方言依赖的意思。

埋名。否则，只怕没人敢收祝经理的儿子呢！他摇摇头，走向自己那辆“别克”，隽人只见父亲将袍子前片一拂，先将半边身子移进车里，待坐定后，再缩进还有一半身子，然后“砰”一声关上车门。不像那种阿屈死，车门一开，只看见只屁股在门外一拱一撅的。

自然，父亲是一个成功的男人。一个成功的人，一举一动，都充满着无可言喻的魅力。每每隽人与父亲单独在一起，总自卑得很。虽说，他祝隽人的战役还未开始。

一进客厅，只看见一簇打扮得花团锦簇的妹妹们。

“看，大哥一身戎装，真神气。你挺合适穿军装。”老四阿玮侧头欣赏着阿哥，说。隽敏却皱着眉催他：

“好啦，快把这层老虎皮剥下来，难看煞了。等一下让蒲小姐看见，要想堂堂祝景臣的儿子，哪能是个大兵。”

“你不要看不起大兵。”隽人正色说：“刚刚我们的大卡车开过虹口日本人兵营。因为全上海大学生军训都是今天结束的，所以一辆一辆满载我们这些兵的卡车不断，几个日本人看着蛮紧张的，以为我们是哪调来的兵……”隽人越说越自信：“我们就故意放开喉咙唱着，‘我们肝脑涂地也要报国仇！冲过去！炮弹儿飞过来，莫惊慌，冲过去’……”说着，隽人就唱起来了。

“日本人还会来挑起战事吗？‘一·二八’这种战争还会再起吗？”隽敏疑惑地问。

“那就讲不出了。不过，你们这些小姐整日价只晓得电影看看，赞美诗唱唱，哪知道局势很不好呢。”

“春天，不是孔祥熙作特使参加了英皇加冕，后又转去美国与罗斯福总统会谈的，难道英美两国也无奈东洋人？他们可以阻止日本对我们的军事攻势吗？”隽敏向来倒很关心时事的。

“有啥用！”隽人“嗤”一笑，挥挥手，很为妹妹的过于天真可笑。“日本人才不把美国英国放在眼里，欧洲形势也日益紧张，英美两国根本无暇顾及远东。”隽人觉得自己军训后眼界大大开了，自信也足了。

“你们知道，局势很不好呢！知道哦？最近，日军驻北平部队与29路军宋哲元的部队，开了个联谊会。北平市市长秦德纯也去的，算是联谊会，实质上，是一场新的鸿门宴。他们日本人先舞刀，我们宋哲元，就推出一个人去打八卦拳，他们日本人借着酒力，把我们宋将军、秦市长都一一高举起来，我们也不客气，把两个日本将领松宝孝良和宫畸岛也一一举起，真正是千钧一发呢。”

“后来呢？”妹妹们都听得紧张。

“后来？我看这事发展到后来，就讨厌了。”看看妹妹们像听故事般的神情，他倒不愿多讲了。她们不过是些小姐，啥都不晓得，只知道打扮，看电影，与她们多讲也是白搭。

“呃，告诉你们，我今天在大门口，碰到娘舅了。我看他怪可怜的，就给了他两块钱，岂知让爸给骂得……”他话题一转，说。

“哎呀，你还管他叫娘舅，这种叫花子，去睬他做啥，”隽敏将手一挥，颇不屑地说：“他好几次给爸骂出去，给老常骂出去，就再也不敢上来揿铃了。”

“有一阵他经常在候我们上下学时，立在大门边。一次他欺我年纪小，又来缠我呢。我就讲，我去叫巡捕了，他就不敢了。”方才上初中的阿玮，也双手往胸前一搁，双肩像外国人一耸插嘴道，俨然一派洋小姐举止。“这样三次一来，他就不敢上来缠我了。就像爸那样。否则，他一天到夜盯着你，怎么吃得消！这点，二姐也是心肠硬不起来了。当然，她是信徒。”

“你们这些小姐，还算是做做礼拜的，良心这样硬！”隽人双手往兜里一插，抽着冷气说。当他穿着汗湿的咔叽军装挤在大卡车里，颠颠簸簸地穿过那些布满衣衫褴褛、目光迟滞的贫民的小城镇的街道，过了整整大半年用洋铁盒盛饭菜的军旅生活后，再回到自己几个鲜艳娇媚，举止文雅又有点做作的妹妹们跟前，他微微感到有点惊异，有点不习惯乃至不平。

“不是我心肠硬不起，”隽颖一边玩弄着手中的火柴盒，一边说：“一个人沦到乞讨的地步，不管是如何滥污不成器，总归是十分可怜的，更何况，我叫过他好几年的娘舅了。没有堕落时的娘舅，也是一表人才，写得一手好字，十分和气可亲呢。”

“是呀，记得小时候，姆妈带我去娘舅写字间玩。那时娘舅手气好大，总从长衫里摸出那么厚一叠铜板给我。”隽人接下去说，神情很有点凄然。“那时娘舅在钱庄里做得很好了，买了白克路的房子，一家人家给撑得像模像样的了。岂知竟会染上这个恶习！”

隽敏看看那口落地八音钟，双手一拍巴掌，高贵的下巴颏一扬表示这个话题可以结束了，“我们拯救不了他，连爸都拯救不了他。这是个社会问题。”

“哟，看你这话，倒像是共产党讲的。”隽人用食指吓唬着她。

阿敏却长长地吐了口气，讲：“要我是个男人，我倒挺想玩玩政治的。”

“参加共产党？”

“随便啥的党，反正，发发传单，做做秘密工作，送送情报，蛮有劲。”阿敏说着，倒激动起来了，“看，刚才说的那场鸿门宴，要我也在场，那有多刺激……想想我现在的生活：读书、吃饭、睡觉，真呒趣！”

“得了，”隽人不耐烦地打断了她，“我们这次军训，就抓走了几个共产党呢，是复旦大学的。因为这次军训伙房弄得不卫生，结果有的军旅里传染起副性霍乱，复旦就有学生拒绝出操，还鼓动全体军训学生拒绝出操……”

“你也拒绝了？”隽敏很感兴趣地问。

“我才不敢呢。这种事可以随便去轧闹猛的？”隽人用手掌切切自己脖子：“要吃官司的。果然宋希濂大发雷霆了，他是我们军训团的总指挥，当场就把那几个闹事的学生抓起来关禁闭了。”

“唷！”女孩子们惊叹着。

“呃，都讲宋希濂长得十分帅气，是哦？”隽敏不合时机地话题一转，问。

“帅气！”隽人站起身一挺胸：“标准的军人风范，不过挺威严的。那天在靶场刚巧碰到他和几位副官在巡视，与他面对面走过，我只好‘啪’来个立正礼。禀告他我是×团×营×连军训生，岂料他从腰间拔出他自家的小手枪要我当场打几个靶给他看。我紧张得接过枪，不及瞄准就乱放一气，然后把枪还给他，候得他一声‘归队’就脚下擦油——溜了。”

女孩子们笑得前俯后仰。隽敏笑毕后却说：

“要我是你，我一定特别用心打几枪给他看看，让他从此记住，×营×连有个祝隽人，枪法很好。这是个机会呢。”

隽人却连连摇手：“算啦，这最没意思呢。”

“哪能没有意思？这可能就是机会，我们育秀称此为 Social，交际能力……”隽敏柳眉一扬，与哥哥争辩起来。

“这一套对你们女孩子或许还有用，对我们男人，未必适用。对了，这次军训时，我们举行了一次篮球赛，不知怎的，裁判不公平，于是，双方运动员争执起来，一个军训同学，是清心中学的，激动中捶了裁判一拳，本是轻轻一下。这下可好，正好又给宋希濂撞到，当即全体军训学生集合，众目睽睽之下，罚他 25 军棍。打屁股呢。”

“哎唷，疼吗？”老三叫了起来。

“疼倒其次，那张脸可没处搁了。”

“他哭了吗？”老三又问。

“岂止哭？是嚎呢！”

“真厉害！”隽敏吐吐舌头。

“所以讲，碰到这种大人物，最好的办法，就是脚底抹油——溜！”隽人挺权威地下了个结论。

“唷，隽人回来了，”老太太午睡醒来，也摸过来听热闹了。

七十好几八十不到的祝老太太，穿着一身宽宽大大的玄色麦浪绸旗袍，底下一双大脚，玉色纱袜配着双玄色银花的绣花鞋，步子还挺健朗。因着儿子的得发，心宽体胖很有几分富态相。

“娘娘起来了。”隽颖忙迎上去把她搀到张高背藤椅上坐下，又替她把一只花瓷小茶壶和一只痰杯放在她边上套几上。老太太最疼隽颖，为着她最像她的生母贞氏，连那遇事都是噢噢应应的好脾气也像贞氏。而贞氏，又是老太太最欢喜的媳妇，现在转过来疼隽颖，也算一种寄托吧。只是为着太疼隽颖，少不得凡事只有她侍候才合心意，因此隽颖也就忙多了，至少有牵制了，好在她原生性文静，外边交际也没什么。只是功课到底差一点，没能考进育秀这样的一流学堂，只得在次一等的学校里读书。

“我是在思忖，啥地方来了个大兵，”老太太眯细着老花眼瞅着孙子说。“看到这一身老虎皮，又要想起你大伯。他比你们爸大得六岁，今年刚交五十！可怜他现在也不知是生是死呢！”老太太说着，又抖开了她那不知讲过几十遍几百遍的话头：“那年头你们爷爷还在封公馆当差，一年回来一趟，平时也只顾得了自己那张嘴的吃食，家里，就全靠那点蚕宝宝过活。偏巧那一年，蚕房结出的都是僵茧。你们爸正在发寒热，额头滚烫都没钱看郎中。那日你大伯老早就出门了，我还以为他在替桑树松土呢。岂知中午时分，他已换上一身黄军装，把一袋米往地上一放，对我叩了三个头。那阵正是军阀混战之时，镇上来了几个招兵的，谁个只要老虎皮往身上一披，就可领回 8 斗米。不过家里再没饭吃，这一着是万万使不得的，怎么着，也得跟你们爷爷商量过呀！但你们大伯一个劲从我手里挣脱去，扭头就走了。可怜那身军装穿在他身上，还晃荡晃荡像件长袍呢。那年他才得 14 岁呢！他前脚走出，我后脚匆匆赶到镇上，岂知他们已开拔了……就此信也没一封，是死是活也不晓得……”

隽敏看看时光不早了，怕祝老太越讲越伤心，败坏了大家情绪，再讲，这种话让佣人听见，也没有意思，忙借着与老太太商拟晚上的菜单，把她话题岔开了。这时，大门外，已听见父亲那辆别克“嘟嘟”响了几下喇叭，那头牧羊狗利利早已一溜烟蹿下楼梯等着了。

三十好几的蒲娟琳，算得上是个老密司了。长得白白嫩嫩，丰腴健康，一头浓黑的头发往后拢着，梳着个圆圆扁扁的发髻，上面扣着只日本珍珠压发。虽说人都称她为蒲小姐，其实已有几分太太风度了。

蒲小姐娘家也是极有根底的，原先做外国古董生意。说是写“聊斋”的蒲松龄后代一个支脉，也没人仔细考证过，想来大约也因为这样阔气的蒲家后代，也不会坍松龄老人的台，众人也将就着认了。

蒲小姐是金陵女大毕业生，攻读社会学的，一度十分热衷于社会活动和女权。就现在，还是女青年会社交部的干事，就为此，她的终身也给耽搁了；男人都是不大喜欢娶社会活动家为妻子的。

此刻，她靠在正在专注驾车的景臣边上。身边坐着这么个能干、发达、上等的男人，她很有一种安全感。想到这里，她宽慰地笑了。借着车身一个拐弯，她趁势用肩膀轻轻触触他，他还以为她有啥话要跟他说，即扬起眉毛把头朝她那边侧了侧，双目依旧全神贯注地注视着前面路面。娟琳一抿嘴笑了，默默地道出：我很快乐，一切都很好。

景臣也笑了，腾出一只手去握着她那滴粉搓酥的手，她则在他温热的手掌里作出相应的反应。虽说他的大儿子已二十出头了，但对男女之情，他似方才细细品出味来。一通万通，事业发达了，什么都顺利。

老常三步两步奔来开了大铁门，景臣依旧一手握着她的手，从车窗伸出头对她介绍着：“这是老常！”

“谢谢你。”娟琳对他笑着颔颔首。老常是门房，娟琳自忖自己社交广，以后少不得要多多麻烦他开门关门的，乐得对他客气点。老式家庭向来讲究主仆分明，但外国人就提倡对下人平等客气，娟琳倒颇赞赏后者。对下人客气点，其效果比赏他们几个小钱还好呢。

惟那头牧羊狗利利因着娟琳是生客，不识相地对她狂吠着。

“哈哈，这是你将来的妈咪呀！”景臣开了车门，将利利抱进自己怀里。

利利还是一个劲警觉地对着娟琳吠着，娟琳克制着厌恶，为着它是景臣的宠物，在它颈脖上拍了几拍。唉，这就是要嫁给大亨丈夫付出的代价呀！她在心里对自己说。

汽车沿着黑黢黢的沙砾路驶着，借着车灯，娟琳依稀看到，这个花园显得有点杂乱，看来无专门花匠在收拾。惟独路侧那片剪绒一般的草地，在朦胧月色中显得幽静又清新，自有某种别具韵味的意境。沙砾路尽头，就是一幢三层楼英式洋房，这原是个西班牙商人的宅第，他宣告破产后，华行已故总裁魏久熙力劝他连家具一起买下来。当时西区尚属冷门地段，因此卖价还是便宜的，也就是冲这一点，景臣才拍板吃下来的。其实按他心思，他倒更中意刘家那种中西合璧的石库门房子，那种房子墙高宅深，不显眼又十分坚固安全。无奈存心要觅那样一幢又谈何容易？好在景臣出身贫苦，对居室宅第并不讲究。拆穿了讲，按景臣的心思，他是连置宅都不相信的；房产这样东西最讨厌，要紧要慢时，带也带不走，藏也藏不掉。无奈作为堂堂中华银行总经理及常董，像像样样的宅第也没一幢，太有损华行的面子了。当初还是华行给他贷的款呢。

楼下客厅，一圈乳白色蓝缎面的法式沙发，颜色已有点蔫蔫的了。还是那西班牙人留下的。蒲娟琳没料到，金融界上名气很响的祝景臣的宅第，也不过如此一般。

管家发根老伯巴巴结结地迎上来。既是管家，少不得对他要摆点威势，免得以后动不动就搬出“我们家原先不是这样的”那种讨人厌的话。因此，娟琳只是矜持地对他颔颔首。

老太太在五个孙辈搀扶下进了客厅。娟琳是经过大场面的，外国领事馆的跳舞会，也是时常出出进进的。像景臣娘这种不识字苦出身的婆太太，对付她是绰绰有余的，只消闲时多陪她聊几句就可使她蛮高兴了。那五个孩子更不在她眼睛里，她一一都客气又不掉身份地敷衍着。她对谁都有话讲；对老太太，则问牙齿好哦，闲时做些啥消遣。问隽人，则是日后毕业了有无留洋的计划，并热心推荐几个如 MIT(美国麻省理工学院)之类名牌大学，谓她可设法弄到奖学金。对隽敏，话更多了，因她自身是育秀校友，好几个青年会的朋友，又都是育秀的教师。但隽敏只是淡淡地敷衍着她，娟琳也不介意；要做这种十七八岁女孩的晚娘，是最难做了。好得她迟早要出嫁，也是有日子的。就连最小的隽思，娟琳也没有冷落她，耐心地与她玩，在钢琴上来了段四手联弹《快乐的农夫》。

“做作！”隽敏冷眼看着，在心里恨恨地骂着。

仗着娟琳善于交际，景臣在一边又推波助澜，老太太又豁达知趣，客厅里，总算也凑合得热热闹闹，融融洽洽。彼此寒暄一番后，老太太与女孩子们又散开各人忙各人的去，惟隽人因着是长子，不好走开，只得留下来做陪客，幸得娟琳善于交谈，一时也不觉得冷场尴尬。话题自然还是隽人毕业后的出路问题。

“现今市面不好，一些实业厂家写字间都门庭冷落，不大要人呢。”隽人双肘支着膝头，颇感为难地说。

“你谋职还要自己去觅？叫你爸打只电话不就得了？他认得厂家有多多少少，还怕容不下你？”娟琳觉得十分诧异，掉眼询问地看看景臣。景臣只不慌不忙地往自己烟斗里装烟丝，一边悠悠地说：

“我老早把话讲出了，五个小囝，只管到大学毕业的。再下去，是留学还是谋职，不关我的事。”

“爸这样是对的，”隽人扳着指关节赞同地说：“惟这样我才能在做事中学到一点真本事。否则人家一听我是祝总经理的公子，特地挑个轻松又虚设的位置给我，那我专业都要荒废了！”

“就是嘛，”景臣为儿子总算理解他为父的一片苦心而感到安慰。“我行里也从不收大亨的孩子，这种人收进来碍着他们爷老子的情面，总要对他们客气点，这样对这点年轻后生也没好处，容易贻误他们前程，且也易触起同仁公愤，以后难讲话。因此我是老早就有言在先：不要给我祝某人出这样的难题，而我，也决不给诸位出这样的难题。”

话是有理，不过……娟琳看看这位眉目清秀，斯文英俊的大少爷，总觉得景臣对自己惟一的儿子太委屈了。“其实不如送大少爷出洋？”

“还要读书？”景臣摇摇头。“钞票呢？”

“你这个父亲，也太小气了。”娟琳嘴上说着，心里却咯噔一下。这个景臣，与他相处越久，会越觉得陌生及不可解，也不知究竟是啥道理。

“不是小气。一个人长到二十岁出头还坐在课堂里读书，还要爷老子来养活，这种人将来会有出息吗？”景臣说。

“你这话不对，”娟琳反驳着他：“现在就是看一个人的程度。我大哥的公司里，一般主任就非美国留学生，欧洲留学生只能任组长，日本留学生是最起码的，本国大学生，几乎等于就是打打杂了。看今后的趋势，将越来越看重这张沙纸……”

隽人觉得自己这么个大男人，还一点做不了主，要由着父亲与这位大不了他几岁的后母当着他的面来争执摆布，很有点失面子。再讲，他也想早点出去做事，好坏也要自己养自己，因此忙表态：“我还是先做一段时间事，积点社会经验好，如是将来再出去留洋，只有更好！”

这时，发根老伯报知：“苡小姐来了。”

一位三十不到、戴着副六角形金丝边眼镜、穿一件灰蓝直条子薄呢旗袍、很有几分书卷气的太太进来了。她是景臣的弟弟景文在德国留学时的女助手，因为景文在乡下有一个结发妻子，因此哪怕她与景文公开地同居，祝家从老太太开始，上上下下还是称她为“苡小姐”，以示区别。这位苡小姐出身北方某大户，父亲是北洋政府的外交官，也不知她究竟看中这个书腐腾腾的景文些什么，就死活要跟着他，自愿舍弃一切，也不顾景文已有妻室儿女了，且身上是一个铜板也摸不出的。

景文自小读书用功，一直靠奖学金读到高中毕业，后又考进官费生赴德国留学，专攻化学。无奈当今社会都急功近利，化学这种学问既花钱又费时，因此留学八年后回到上海，一时竟也觅不到差使。后来还是苡小姐的面子，在一教会医院里替他谋了个化验师的职务，苡小姐自己则在一所女中执教化学，虽说两个人差事与所学的专业大相径庭，然而收入是颇优厚的，虽说发不了财，但至少可以过得舒舒服服，风平浪静了。偏生景文不安心此道，就是不能忘怀他的化学发明，不知将多少铜钿扔在药粉仪器等实验用品上，所居公寓那间浴室，基本上已成为他的化学实验室。常常为了做实验，盐酸的酸气，硫化氢的臭气迷漫四溢，闹得邻居们埋怨不已，自己身上的衣服，总让药水蚀得东一个洞西一个洞的。十年前，他终于提出苡小姐从娘家分得的那笔财产的全部，再通过景臣从中华银行贷了笔款，与几个朋友合股在周家桥近头开了爿求是化工厂，生产点漂白粉及烧碱等，自己做经理。这种化工厂投资大，产品销路又没把握，且英商卜内门的化工产品充塞着上海每个角落，又便宜货又好。设备简陋的求是化工厂哪是他对手？它的货物出笼，不过是靠着景文自己几个在从事化工生产的老同学及景臣的面子，拉几个商家敷衍着买点求是厂的货色而已，从中取得些微利润，除去支付材料配件、地皮设备种种外，根本没有盈余，也不够应付。景文苡小姐俩仍挤在那套公寓里，虽然人人都称景文为“老板”，却实实在在是个穷老板，亏空账欠得一塌糊涂。

最近他偶然遇到旧日留学时期一同学，现今在瑞士也从事化学工业，十分发达，很是钦佩欣赏景文的钟情实业的意志，特地将他邀到瑞士他自己化工厂去考察参观了。

“苡小姐，阿文回来的日子定了吗？可怜他一天到夜牛一样地做，难得出去散散心。不过要当心，北欧小姐都十分迷人的，看他乐而忘返，去了有一个月了？”景臣与苡小姐开着玩笑。苡小姐因着自身是名门闺秀，又是留学生，因此她的地位虽实则与一般姨太太无二，但祝家上上下下，除了不称她祝太太而称苡小姐外，处处都对她十分尊重友好，视她为名副其实的景文太太，特别景臣这种比较开放洋派的，更是将她看作自己的弟媳了。

苡小姐面目不属姣好，但皮肤十分好，雪白粉嫩，讲起话来又细声细气的，两颊上一对浅浅的酒涡时闪时隐，别有一番风情。她从手提包里摸出一封信递给景臣，说：“阿文让我转给你。他这次去瑞士，主要还是因厂里生产放空出来的氨白白糟蹋了，太可惜，想利用它合成肥田粉。但实验室合成出来的硝酸颜色不准，怕人家不敢启用，他就去他同学厂里实地看看。现在他那老同学在瑞士氮气工程公司任总经理，他这家公司曾先后为日本、苏联设计创办过肥田粉厂，这次景文就与他商洽此事，请他们相帮改进厂里的设施。这爿公司并不出售机器设备，只是代人设计，提供图纸，协助选购机器，主持装配机器和指导设厂等等，经过几次交谈，我们都认为这家公司是可以信托的，他们也极肯帮忙……”

娟琳在一边惊讶地盯着这位貌不惊人、长相平平的太太，一开始她是从心里看不起这位太太，没料到，这竟是一位如此能干有学问的太太，真正那种外国人所谓的秘书兼助手的太太。

景臣打开信纸，弟弟的字也与其人一样，一副无所谓，张天师画符般的字迹，似乎你愿怎么猜测这个字体就算什么字体好了。好在景臣对弟弟画的符，是十分谙熟了。

“……弟与好友数人，计划改善扩建我厂，以发展吾国之化学工业。欲挽回吾国在国际上屈辱不振之地位，惟有振兴我中华之科学及实业，否则别无他路。现人多热衷于经营地产证券，此业虽易致富获利，但风云变幻，瞬息难测，即于良心上，不免也有所亏缺……望臣兄能助弟一臂之力，共策此事，即如不得盈利，则对国家对社会，均可俯仰而无愧矣，如何盼复，即颂大安……”

景文还是这老脾气，讲话一根肚肠通到底，讲得也有理，但讨厌的是，许多讲起来很有理的事，一旦做起来，偏偏就是处处不得理了。社会就是这么回事，只有憨大才是到碰鼻头才悟到要转弯。景臣默默把信叠好压在烟灰缸下，长长地吐了一口气，说：“不可知其不可为而为之呀！在中国，办化学工业是冷门又不识时务的。”

“臣哥，摊上几份股份，这对你们中华银行，并非太重的负担。中华银行信誉极好，如果臣哥能率先投标，其他钱业界一定也会响应的。我们厂已是向实业部备案的，决不会没有信誉，到时候逃之夭夭……”苡小姐瘦小的身子经那蓝灰直条图案一分割，更显得单薄娇小，却依然腰杆笔直，据理力争。“瑞士公司有许多设备几乎已等于是白送了，这对景文是个极好机会。”

“爸，”在一边的隽人开口了，“我倒觉得，去文叔的化工厂做一段事，无论是与学问还是与我本身的人生经验，都有好处。最主要的，我可以学有所用。”

“不可知其不可为而为之，”景臣目光炯炯地看了儿子一眼，又重复了一遍。

“就是要办别人没办过的厂才有意思呢，”隽人到底年轻，给苡小姐一番话讲得很有点跃跃欲试的劲头，“文叔这一计划，当初已与我细细核算过了，现今全国耕种面积约为150亿亩，算它每亩每年施用价值10元的肥田粉，15亿亩则为国币150亿，这笔生意与其让英商卜内门做，不如让中国人自己做了。而这150亿元又必需换取等价的外汇始能充用，这样大量的外汇又复从何筹起？我倒认为文叔的努力，是十分可取的。”

“我的祝大少爷，”景臣不耐烦地打断了儿子的话，“你的账不能这样算！中国四万万人口中的农人，而今有多少是懂得种田用肥田粉的？你这次也去军训过，见过点世面了，你倒讲讲看，看见几个乡下人是用肥田粉种田的？还不都是用大粪浇浇的！”

苡小姐微微一笑，对景臣说：“不过，臣哥，这其中除了因为穷外，也有一部分原因是因为他们还不会用呀！我上个月带了几个人去青浦、宝山一带，找了几个有田的大户，送几包肥田粉给他们试用，教他们的长工怎样用，他们蛮喜欢用的。乡下也有不少读书人，他们自会帮我们讲话的。现在主要问题是我们产品色不正，吃亏了。至于隽人来我们厂，我们是极高兴的，不过我们的厂是化工业，比不得民用业，更比不得外商洋行，隽人来我们厂，福利薪水自然是十分清苦的，但经验，一定能学到不少，反正再讲了。”她乖巧地把话说了一半，就住口了。

景臣留她吃了饭走，她却一定要走了，原来她明天一早又要赶到徐家汇去，他们厂在那边也办了个训练班，由苡小姐执教。

“文叔与苡小姐是真不容易。”隽人钦佩地说，“听说那次，因为厂里的盐酸溢出来影响住家，巡捕行借此来敲竹杠，全靠苡小姐一人出来应付，最后是她卖了首饰付了赔偿费才了事。”

“这又奇了，这件事她怎么倒不来找我帮忙？”景臣奇怪地问。

“她讲过了，不到万不得已，她也不愿来麻烦爸。爸，文叔他们自有一整套设想，还想搞电解食盐和液态碱生产，以自行解决原料，做到真正完全国货，我很想去文叔的厂，也搞点实业。”隽人恳切地对父亲说。

“不是德商豪福洋行的职务已经很有希望了，再三心二意做啥？”景臣威严地扫了一眼儿子，说：“你要学经验，到处都有得你学。文叔这爿厂明摆着有‘投资大’、‘产品销路没把握’这致命两点，再讲这种化工产品与实业部关系密切，还有与官方打交道的麻烦呢，看煞这爿厂是没有前途的，你年纪轻轻何故再要往这死弄堂里钻？办实业哪有这般容易？看你沙蟹也打不像，办厂资格浅着呢。阿人，我今日索性与你摊牌了，我对你也别无奢望，只要你自己可以自给自足就成了，也不指望你再光宗耀祖，看煞你也不是这块料！”

一番话说得隽人好不尴尬，特别当着未来的年轻后母的面。隽人无趣地坐了一会，就闷闷地走了。

娟琳目睹着这场短短的家庭活剧，心里不禁有点发憷：这么一个庞大复杂的大家庭，做填房后娘，难做呀！但她还是要尝试一下，做一位合格的祝夫人，祝景臣的秘书加助手。

她亲昵地将手搭在景臣肩上，带三分娇气七分正经地说：“景臣，其实文弟的话蛮有道理的。如果一个以营利为目的的私营商业银行，竟然也能投资与农业有利的化肥厂，即使这项业务多少有点风险，盈利的可能也不大，但足以为中华银行赢得更大的声誉，我看这事大可做得。”

娟琳一向从事社会工作，伶牙俐齿的，很会说服人。不料景臣拍拍她搁在自家肩头的手，说：“这不同你做女青年会的事务，光凭一颗热心就可以了。投资这种硫酸氨厂，与几家银行合作投资，少不了要与那些蝇营狗苟的官吏交往，那就更难维持华行的‘近商远官’的宗旨。再讲，你去看看我们华行同仁住的房子，我一直想造个华行别墅，都是捏着钞票没有松手。有这笔钱让景文这个书呆子去弄烧杯，还不如买块地皮造个华行别墅呢。”顿了一顿，他又说：“且我也不愿让人落下一个我兄弟沾我光的话柄。”

娟琳觉得自己句句话都让景臣给弹了回来，一点面子都不给她，很有点不悦。而且，她也将这种不悦从脸上表现出来了。

“呃，对了，娟琳，有句话我得事先讲清楚，”景臣似没有看见她那副不悦的神情，或者说，佯装没有看见她那嘴唇紧闭、缄默矜持的不快之容，口气有点分量地说。“我那五个孩子你都看见过了？还有老太太，快八十岁了。我把他们都托付给你了，你只要将他们一一照顾好，就可以了。其他的事，特别我公务上的事，你就不必操心插手了。”

他说些什么？娟琳双目因不可遏止的忿怒而变得火辣辣的，胸脯急剧地起伏着。

景臣看看表，说：“大约快开饭了，去餐室吧。”摆出一副若无其事的样子。

娟琳一声不响地站了起来，任他挽着肘部向餐室走去。她与景臣的事已定局了，因此他也无需再献殷勤，事实上他也从未献过殷勤。娟琳明白，如果她不想有什么不愉快的话，那就惟有屈尊俯就按他刚才那番指示去做，否则别无他法。而“祝太太”的头衔，在上海高层次的社交界还是很叫得响的。

饭餐桌上，娟琳泰然自若，言谈得体凝重，很合乎一个有教养的“祝太太”身份，但从她那微锁的眉头及不露微笑的嘴唇，可发现她已不如刚进这个门时那般自如欣慰了。

同样的，餐桌上，隽人也略略摆出一副沉闷之气，这令餐桌上的气氛或多或少有点沉重之感。不过景臣才不在乎这呢，这一桌团团围桌进晚餐的人，捧的都是他的饭碗，还不能听他统一调配？相反，他反而涌上一阵得意之情。

然而景臣是天生的劳碌命，一碗饭还未划上几口，发根老伯叫他听电话去了。

“祝大班……”话筒里传来值班行员气急败坏的声音。“今天从下半天4点横起，来行提款的人突然多起来了。现在营业厅里已涌足人了……”

景臣只觉得脑袋“嗡”一下，转眼看看正团团围着餐桌的一家，轻声对着话筒说：“等一下，让我去书房再跟你讲。”说着，与娟琳打了个招呼，就直奔书房，再拎起话筒。

凡做银行的，最怕挤兑了。因银行一般资金都在外边流动的，万一一下子周转不过来，提不出款，那信誉就完结了。

“祝经理你看要不要提前打烊？”那边把不准地请示着。

“不成！”景臣大吼一声，那边就没了声音。这种家伙黄牛肩胛，一点都不肯担风险，下次裁员时先裁掉他们。“资金兜不转，向其他办事处调拨一下。”

“其他各处也有争兑的。”电话里忧心忡忡地说。

真是雪上加霜，早不兑迟不兑，刚刚华行放出一笔巨款，又买进了一大笔裕盛厂股票，资金正巧有点兜不转时，却来提兑了，这里肯定有人在捣鬼。

“你边上没有人吧？”景臣警惕地问。

“放心，就我一人。”

景臣沉吟一下，离打烊还有两个钟头，估量下库存，虽属不丰，勉强也可应付一下，事到如今，也顾不得太多，只得挖肉补疮，先度过今晚再讲了。明天中午再去票证交换所向同业拆账跑头寸去。因此又吩咐着那位营业厅值班主任：“放手兑款，有兑必应，不论多少，听见哦？千万不可刁难或故意拖延顾客的手续和时间。就讲，是我的话。”

这次挤兑来得突然，事先没一点预兆，像是有人在存心捣乱。近年来，华行业务蒸蒸日上，特别自贷款及投资裕盛后，虽时间不太长，但正如刘同钧所料，旗开得利，因而不免也会在同行间引起醋意，所以就恶恶地来做他一下子了。

虽说银行比不得钱庄银号，从前钱庄一旦发生停兑倒闭，老板是要枷首示众，清查财产的。但要是中华银行就在他祝景臣手里走下坡路了，那他这下半世这张脸，往何处搁呀！

一阵烦躁涌上来，只听到“咔嚓”一声，手中一支铅笔竟生生地被他拦腰一截为二了。他茫茫然地看看给勒得通红的手掌，把两截断铅笔往桌上一扔，摸出烟嘴，坐在黑头里默默地吸着。

“臣官，你没事吧？”

门轻轻推开，祝老太太进来了。

景臣“啪”一下扭亮了台灯，顷刻，一片柔光洒满了房间。祝老太太在他书桌前一张安乐椅上坐下，担忧地看着他。灯光下，母亲嘴角、眼角的皱纹，一条一条，蜘网一般地密密麻麻。唉，真叫做人难，人难做，难做人。要活到母亲这般岁数，他祝某人还不知要死死活活几番呢。

“没什么，银行里碰到一点小麻烦。”他安慰着母亲。

祝老太依旧不放心地盯着他看。

“真的没有啥，妈。别这样盯牢我看，都被你看得不好意思了。我这边缺了只牙齿，这阵老也没空去镶，老头子样，难看煞。”

“憨囝，你刚生下来时，一只牙齿也没有，姆妈照样看也看不厌你。”祝老太太慈爱地一笑，说。

景臣心中一热。这个世上，也惟有母亲，才是不管他变得怎样，哪怕沦为他阿舅这样的叫花子，也依旧疼他的。

他觉得眼眶辣辣的。

“我们下去吧，姆妈。”他说着，扭灭了灯。

六

离办公开始还有半个钟头，祝景臣已经踏进中华银行大门了。他穿着一套浅色凡立丁双排扣西装，配着宝蓝底色深藏青圆点的领花，俨然一副精明傲然的大班气派。他在上写字间时，总归穿西装。他认为，西装是盔甲，可以帮助自家撑起一份气势，作为一个银行家，他自身的气概与自信，就是代表他所主持的银行的气概与信誉。

这里原是一意大利商会俱乐部，欧战后公开拍卖，当时华行已办得火火红红了，正好需要扩展，于是，这幢仿文艺复兴时期样式的大厦，就由华行买了下来。

门廊的大理石地面，每天都让工友拭擦得光可鉴人，每个大理石廊柱座脚四周，设着一圈枣红丝绒面的沙发，廊沿下一排人样高的铁树，卫兵般挺立着，气派十足。惟有景臣，每每踏进这座他已在此度过二十多个春秋的大厦时，总觉得它富丽有余，凝重不足，像个一流的大剧院，却不像个庄严肃穆的金融机构。

它显得太金碧辉煌，太讲究装潢，以至那些小额储户，难免会望而生畏，不敢上门。俗话讲： 积少成多。这些小储户存额虽少，但这样的人却不少呢。眼巴巴看着他们过华行大门而不入，景臣心里是十分可惜的。华行不是官办银行，它靠的，就是上海马路上每个人口袋里的钞票。也就是这个道理，景臣坚决不赞成在银行门口立上红头阿三。宁可遭抢劫也不能立红头阿三，这种红头阿三往往狗眼看人低，给他们这样一立，财源都给挡住了。

景臣憧憬着有一天，在自己手里，华行能拥有一座自行设计的、外观朴素肃穆的新大厦，同时将他自己为华行立下的功绩，以凝固的建筑形式固定下来，让后人瞻仰、崇拜。

因为营业时间还未到，通往营业厅大门口的红丝绒绳子还挂着，但廊厅上，已踟蹰徘徊着不少客户，他们一边在廊厅里踱步，一边不耐烦地瞟着那口落地钟。也有相识的人，轻声地交谈着，在肃静中蕴藏着某种骚动和不安。同时，还是不断有人踩着台阶急急地涌进来。

有些客户似已认出祝景臣，他们冷眼地在一边打量着他，力图从他的脸部表情来猜度目前华行的财力。景臣态度矜持地笃笃迈进尚未开始营业的大厅。心里不免也有点打鼓，看来这股提兑风三日两头退不下去。

由于总经理自己提早半小时抵行，因此行员们这时也大体到齐了。

大厅正门两侧，是名家书写的“辅助工商实业，服务社会国民”的两帧条幅，这两句话，同时也印在华行的记账凭单和对外单据上。

当大家纷纷起立与董事长打招呼时，他即连连拱手向大家还礼：“这几天提款的人多，大家忙啦，日后当重谢各位。”

华行的营业厅布局也是别具一格。营业部的正副襄理都不坐办公室，就在营业厅柜台外另设座位，周围围着一圈椅子呈马蹄形。营业部经理办公桌与其他职员一样，也置着一标牌，写明姓名及其职责，以便随时解答客户疑问。

“今天可能来提款的客户还要多，”他轻声对营业部的经理说：“请再三关照行员，一定不能怕烦，要尽量缩短客户等候的时间，更不可故意刁难提款的客户。遇到巨额提款，只要在你处签字就可以了，不必当作十分严重的事。我们的口径是：有兑必现，提多少付多少。”一一交代完毕后，他又沿着柜台兜了个圈子，远远望去，发现地上似有几滴水渍，他怕客户不慎会滑倒，忙走近正要叫人揩干，方看清原来是大理石地面上原有的一摊疤斑，远远看去像水渍似的，这才放心离开大厅。

“祝大班，你上班可是越来越早了。”开电梯的阿罗，与景臣是同年的。他原是给各位先生们送茶水的，现在有了点岁数，景臣也不忍再差他拎沉甸甸的茶桶，就让他改开电梯了。华行现有两架电梯，一架是德国自动电梯，但一般老行员，宁可乘有人开的电梯。

景臣写字间在大楼顶端九楼，刚跨出电梯，秘书钟太太就告诉他：“营业股主任曹久馨欲见董事长。”

“谢谢你，请他进来吧。”

景臣一边说一边走进自己写字间。

室内十分闷热，景臣推开沉重的百叶窗，发现下面大门口台阶上，也已候着为数不少的等候营业的储户，引得过路人都驻足观望。中华银行将如何应付这批提款人，立时会传遍上海的大街小户的。

景臣的那张橡木办公桌，临窗丁字形置着，玻璃板正中，压着一方中华银行的行徽；那是一枚古币图案，上面是华行的创办人，已故前任华行总裁魏久熙的亲笔题词：事闲勿荒，事繁勿慌，为人处世，取像于钱，外圆内方。

有人小心地在敞开的门上敲敲。

“进来。”景臣用一种绝对权威的声调说。

曹久馨原是钱庄跑外（专揽客户，打听市场行市）出身，即使如今已入了银行业，依旧一身及踝部的湖蓝柞丝长衫，纱袜布鞋，左手小指上留着寸把长的指甲，一尊白铜水烟壶不离手，一副标准绍兴师爷腔。因着他打得一手好算盘，再加行市人头熟，因此专管每天去票据交换所出进头寸之事。

“祝大班，”他俯身对景臣压低嗓门说：“我们华行有位副理，在暗中利用职权买卖有价证券浮动的行情，获利很丰，不少同业都有所觉察，不肯出头寸给我们了。”

“哪个如此大胆？”景臣怒了。

“还有哪个？”曹天牌苦笑着报了个名字。景臣搔搔脸颊，一下子也没有响声了。原来此人，是董事长李澄鹏、华行的后台老板、信义钱庄的独资老板荐来的亲戚。最近景臣从刘同钧处又了解到，他姨夫就是万国俱乐部高经理。俗话说：投鼠忌器嘛！如此看来，无风不起浪，怪不得这次挤兑风一下就刮得这样猛，让有心机的人抓着小辫子了！有啥办法？也只得哑子吃黄连了。

曹久馨踌躇着，似又有啥话想说。

“祝经理，范太太，即刚故不久的老范的太太，托我跟祝经理求个情，能否让他大儿子范仰之进行做练习生？老范家清苦得很，这日子无法捱了。”终于他鼓着劲说了。

范仰之？景臣忆起那阴雨天里，在黑幽幽的前客堂里，那个态度倨傲的青年。

“他在上海商学院读书，还有两年就可毕业了，现在准备先做几年事，积点钱再读了。程度是蛮好的。”曹久馨说着递上范仰之的自荐信。那一手字倒是十分清逸秀美。

“唉，这阵市面不好呀！”景臣无奈地叹了口气。中华这向对公债及房地产投资过多，岂知“一·二八”后公债价格突然跌落，房地产也受了波及，这口元气刚刚缓过来，又碰上今天的挤兑，多进一个人，无疑多开一个人工呀。但老范也是老中华了，总不得不照顾点呀。“也罢，你去找一下人事处，请他们好歹替他安排一只位置。”说罢，就在范仰之的自荐书上签了名，曹久馨千恩万谢地走了。这个绍兴师爷有点背时背德，不料竟也如此重情义，在这十里洋场倒也难得呢。

整个上午，景臣如坐针毡：库存毕竟有限，又出了这样一件出卖行情的丑闻，万一同业处不肯帮忙拆头寸，那就讨厌了，真叫死蟹一只了。

好容易捱到中午时分，这个时光，凡参加银业公会的会员银行，都要到位于香港路的票据交换所去轧头寸。景臣觉得，他已等不及在写字间听回音了，当即叫司机阿义出车，直奔香港路。

车子一拐上江西路，人流车流都显然地密集起来。一辆辆车背上插着油光锃亮的鸡毛掸，马灯上的玻璃罩拭得一尘不染的黄包车，神气地打着铃，争先恐后地在路面上奔跑着。那大都是各银行的包车，载着交提员来轧头寸了。这样的时节，正午的太阳已是十分火辣了，黄包车夫们赤膊敞着件马夹，扯着喉咙吆喝着，为自己在拥挤不堪的人簇中闪开一条路。各路人流，潮水般涌向夹在两侧高楼间的香港路。

行人中更有不少头戴铜盆帽，身穿一领布长衫，顶着日头在徒步迅走的。只需看他们右手中指上，都绕夹着一折叠成细长条的单据，就知道他们是送单子的老师傅、俗称“赤脚银行”。虽然他们也是一领长衫，却算不得“长衫银行”，就是讲不算职员。这是早年扛银子的“扛夫”的遗迹。早年钱银业轧头寸，是果真带着扛夫挑着银子去的，后来改良成用票据代替出入银子，“扛夫”，也就称为“老师傅”了。

各银行每天都要在这里轧平收支，亏的要向同业出账填平，如果当天头寸拉不拢又不能轧平，就要停业清理，即倒闭关门了。而有盈的银行钱业，即要找对象放账，以赚进一笔利钱。否则，他们即言之为“烂掉”了。此时分分秒秒都十分要紧，一点都推扳不起。

景臣让阿义把车停在四川路香港路口，自家坐在车里，将手肘搁在车窗上，遥遥地观望着那繁忙紧张、人声嘈杂的银业公会大楼门口，票据交换所就设在里面。

景臣默默地把头伸出窗外喷着烟，眯起眼睛躲避着正午的骄阳，由于热，也由于紧张，额头上已是汗涔涔的了。

三支烟都抽掉了，还未见曹天牌出来。也不知这挤兑风一起，华行头寸折亏多少？信誉影响如何？为了强迫自己冷静下来，景臣故意调转目光看看街景。他前面不远置着块香港路的路牌。这令他想起15岁初到上海学生意时，看见这种写有“四川路”、“汉口路”、“九江路”的路牌，还以为顺着“四川路”路牌走，就能通往四川，顺着“九江路”路牌走，就可通往九江。因在乡下，只听得有大马路、二马路、三马路之称。弹指之间，廿几载光阴已过去了。人人都说他发达了，成功了，现在看来……未必呢！一个把银行办得停业清理的董事长，即犹如一个丢掉江山的君王，虽则谈不上遗臭万年，但这辈子总归完结了。

曹天牌气喘吁吁地来了，一脸麻子更是油亮亮的。不出所料，亏损颇巨，头寸是调入了，但这种每天四出拉头寸过难关的日子，也不是长久之计。按现时借款利率日折，则是日亏新蚀，日积月累，利上重利，后果不堪设想！罢了罢了，度过今朝再讲了。

回到行里，一推开写字间门，发现隽敏与另外一女孩子，正坐在沙发上等他。

“爸，快点帮个忙，”隽敏娇嗔地说：“我们这期校刊，还缺一点资金，你让我们给中华银行登个广告吧。喏，这是席芷霜，我们的主编兼广告部主任。我的要好朋友。”

华行自家都已经是急绷绷了，哪还有心思拨出广告费？

“祝伯伯，”芷霜甜甜一笑，漩出两只酒涡，说：“这次正好轮上我编这期校刊。我就要毕业了，这是我经手汇编的最后一期了，我希望能把它编好。”

这个女孩子十分落落大方，饱满的脸庞上一对忽闪忽闪的大眼睛，显得聪明而不是精明，很是讨人欢喜。像这样的女孩子，要拒绝她的要求是不忍的。其实，华行也可以训练几位小姐做“跑外”。那些大户头看见这样聪明伶俐的小姐，一切要求都会答应的。只可惜现今职业女性为数尚不多，有一定实际能力和教育水准的知识女性又不会欢喜这种人称“花瓶”的职业，而不在意做这样职业的女人，又往往资历教育都还搭不够。

“其实，我们这期年刊与你们华行，还有一点关系呢。”芷霜说着，就忙忙从随身一只大帆布包里摸出一只活页夹，然后取出已打印好的这期校刊的目录，这时，一粒夹在纸缝里的奶油太妃糖，“啪”一下落到台面上。她颇不好意思地一怔，索性就把那粒糖往祝景臣跟前一放：“喏，吃糖。”然后说：“这期校刊的‘作品欣赏’一栏中，我选了老舍的一篇《取款》，与你们银行不是有点关系的？这是老舍先生在山东齐鲁大学任教时写的，我这里还有一份拷贝(复印本)，你反正在写字间闲着没事，空着看看它，说不定对你们的行务蛮有启发呢。”

这个小姑娘，凭啥认为我在写字间是闲着没事？景臣抬头看看她。她抱歉地一笑，说：“对不起，我意思是……喏，你闲下来时……”

景臣忍住笑，扫了一眼那篇短文，问：“你怎么会选这篇《取款》？你对银行蛮感兴趣？”

“我爸爸就在你们中华银行。他推荐我这篇《取款》，他讲这种事多得很，他们银行就有。凡文章写得真有其事，就是好文章。”

“你爸爸是……？”待景臣得知她是席振绪的小姐，这才觉得，眉眼之际，她长得很像父亲。席振绪这个女儿，真不错；美而惠呀。

他拉开抽斗，爽爽气气地签了张支票给她。俗说话：蚤多不痒，债多不愁。一切再讲了。

“Thank you！(谢谢)爸爸。”隽敏觉得父亲十分给自己面子，隔着桌子就在父亲脸上“咂”地亲了一下。这在当时，属十分洋派的举止，芷霜在一边看着，倒觉得有点不好意思了。

两个女孩子欢天喜地地走了。景臣坐在自己位置上，从敞开的房门望过去，两件墨绿色的旗袍，就像两瓣嫩青的绿叶，在那长长的、幽暗寂然的甬道上袅袅娜娜地飘过去了。

景臣看看搁在桌上那粒糖，天太热，又焐在包里，糖已有点溶了。他剥开来放入嘴里，随手拿起那份《取款》细细地看起来。越看越觉得此文对银行的官僚作风，刻画得入木三分，辛辣刺激。心里一动，忙在这份《取款》上写了批语，建议在中华行刊《华宛》中印发，让行员们引以为戒。正要打铃叫钟太太，她已经在外边笃笃敲门了。

“祝经理，魏太太来了，见吗？”50岁的钟太太办事十分稳妥周到，景臣是不欢喜启用年轻女秘书，以免让人造事生非。

魏罗玛丽，是华行开山祖魏总裁的遗孀，活泼标致，有时荡马路走过这里，也会上来坐坐聊聊，歇歇脚。在繁闷的公务之隙，与个漂亮太太有一搭无一搭地聊聊，倒也别有一番情致。只是，今天这阵，他实在也没这份闲心。但他还是客气地对钟太太说："快请她进来吧。"

魏太太将魏先生留给她的那份铜钿，全部存在华行，自己只支点利钱，也算华行私人存户中一个大户头了，少不得要敷衍她一番的。

笃的笃的，有人弹钢琴般用手指敲敲敞开的门，听声音就知道是魏太太。

魏罗玛丽也有四十出头了，穿着件黑白枫叶状图案的旗袍，马夹袖外，露出一对白皙丰腴的臂膀。一头浓黑的头发往后拢成个圆圆扁扁的大髻，扣着缀着满天星小珍珠的发网，虽是美人迟暮，依旧很有点风韵。

"唷，魏太太，你怎的越活越后生了。"景臣一推椅子站了起来。

"省省啦，祝大班。"魏太太除下白纱手套，顺势对着景臣拂了一下，一阵 channel 五号香水味随即四下洋溢开来。魏太太本是小家小户的出身，娘家开煤球店的，中学毕业后考进永安公司钢笔柜台做售货小姐，因面目姣好漂亮，一时颇有点名气，上过小报，让一些无聊文人称为"钢笔西施"，也有嘴损的，背后称她为"煤球西施"。魏久熙老来入花丛，在年近六十丧偶之后，明媒正娶地讨了她。做了二十几年的魏太太，也调教出一派典雅的夫人相，但毕竟出身有关，在相熟人面前，她的举手投足之际，免不了仍有几分当年做"钢笔西施"的"妖散"样。

"这样热的天，有啥事打只电话来就是了，何必还要劳你玉腿跑一趟。"景臣亲自替她泡了一杯茉莉花茶。

她接过茶呷了一口。"就是来看看你，不作兴呀？"说着，对他睐了一眼。

"唷，只怕请不到你魏太太呢。"景臣嘴上这么笑着，身子却绕到她对面，隔着张写字台，在自己座位上坐下。这里出出进进的人颇多，犯不着让人落个话柄。

魏久熙在世时，极宠这位魏太太，为着怕自己前妻的子女会欺侮这位年轻的继母，除了给她留下一份十分可观的一笔外，临终前还特地召景臣至榻前，一五一十连人带财全部托付给他。其实，像魏太太这种既漂亮又聪明的女人，即便没有魏总裁的嘱托，景臣也是十分乐意照应她的。

难得，他也伴她搓搓麻将。她那双手肉滋滋、白嫩嫩的，手背上不时闪现着五只小坑窝，在洗牌时犹觉可爱。景臣总不自禁趁洗牌时，用小手指去勾勾她的手指，这时，魏太太就会似笑非笑地用她那双眯细的双目瞟他一下，他的心就会像醉了似的有点迷糊了。不过，出于种种原因，他对她并无太过分的举止和要求。但她，在景臣丧偶后，一度很想嫁给他。

她在他对面坐下，目光往窗台上一只喷银相架一瞄，那是娟琳的一张肖照。近年来，景臣也学着汇丰、德士古等洋行大班的派头，在写字间一角支上张家人小影，相架边是只一指高的车料花瓶，里面插着朵粉色的康乃馨。

“景臣先生，啥时候请吃喜酒呀？”她伸出尖尖的手指接过景臣递过的烟，又伸长颈脖就着景臣的打火机点了火，烟雾后那张脸容，很是娇慵倦怠。

“到秋天再讲了，这几天结婚，不成了热昏了？这天也是，端午还未到，就这般热。”景臣力图轻描淡写地提及自己的婚事。

魏太太一边用嘴唇抿着沾着的烟丝，一边径自伸手取过娟琳的肖像评价着。

“这位小姐长得蛮有味道的，听讲是苏州蒲家的？她大哥是首批庚子赔款留学生，做过驻外官员……”

她这种旁若无人的随便和傲气，惹得景臣有点不开心了。

“魏太太有啥吩咐，趁现在还不大忙时，我替你先办掉，等一下忙起来，恐怕就没有辰光了。”他客气又冷淡地打断了她，礼貌地提醒她不要太耽搁他的时间。

魏太太吸了口烟，弹弹灰沉吟着，然后开口道："哦，景臣先生，我那点……魏先生留给我的那点铜钿，我想……我想提出来了。"

景臣一怔：魏太太的那份，且不说数目可观，动用又少，是银行最理想的储户，且作为银行开山祖魏久熙的遗孀，都要提出这笔款子，这岂不是在挖华行的墙脚了？

他有点吃惊地看看她。她莫不是听说他要结婚了，报复他一下？但想来又是不可能的。他与她之间，根本没什么契约，也谈不到这个地步。不过女人嘛，气量小起来，啥事都做得出。

"魏太太，华行有今日，魏总经理是费尽了心血呢……"景臣起身踱到她跟前，一手撑着她的椅背，一手撑着她的把手，俯身对她说。

她坦然地迎着他目光回答道："但是，他如今人也不在了。树倒猢狲散，人家也都当我是假的。我也要顾顾自家了，自银本位改成法币后，银价上涨，通货收缩，我这点铜钿呆存着吃这点利息，只有越存越蚀，太不合算了，不如提出来做点生意或有价证券，可周转活络一下。"

景臣估摸着这番话，不像出自魏太太之口，倒像是让人教好的。但他还是耐着性子劝她："那么，魏太太，你能否再过几天来提兑？不要轧在这几天挤兑潮里呢？我是决不会亏待你的。退一万步讲，华行这次果真有啥不测的话，你的那份，总归是连本带利少不了的，我讲的话，你应当是信得过的。"

"当今蒋委员长讲的话，也有不作数的，更何况你祝经理……"她说着把烟蒂往碟里揿灭，依旧一副不得通融的腔调。瞬间，景臣感到"残酷的人生"五字不无道理，连这个曾经无数次柔情脉脉地注视过他的女人，都会这么翻脸无情。

"你难道不想想，你会做啥生意？外汇标金还是证券买卖？你做得了吗？我劝你冷静一点，这种买卖上下大得很，足以家破人亡的。魏太太！"景臣有点厉声地说。

"我当然不会自己去做，有一个朋友帮我做。"她只是不经心地耸耸肩。

“有个朋友帮你做？谁？”

“大中银行的龚副理。”

“是他？”他颇有点责问的意思。“他倒热心得很嘛。”

“恐怕，祝先生，不久，你得称我为龚太太了。”她抬手整了整发网，说。

“他呀——”这个姓龚的，也不知近年来怎么七兜八转的，一下得意起来。他要比她小八岁呢。他娶她，明摆着是醉翁之意不在酒嘛。

“怎么？你认为我配不上他？”她划开唇弧自嘲地一笑。“我也实打实讲了，人都要嫁给他了，钞票反倒存在人家银行里，算啥呢？”一句“人家银行”，说得景臣心里冰冷彻骨。“再讲，阿龚也想手头活络点再做点生意。你也晓得的，奉公守法靠几个薪水的经理，也是穷得搭搭滴的。”她倒讲得十分真情，只是不知姓龚的领她的情哦？

“魏太太，”景臣摇摇头，不无惋惜地说：“他配不上你，真的配不上你。”

她做了洒脱的微笑，双目却蒙上一层晦暗。“那么你讲，谁配得上我呢？”

是呀，倒是谁配得上她？一个家开煤球店的小家碧玉，又是立柜台出身，再加上个二婚头，还拖着两只油瓶，一般有身份有事业的男人家，谁愿意娶她呢？

祝景臣觉得自己应该再对她讲点啥，但实在想不出合适的话。就打铃给钟太太，吩咐她即刻陪魏太太把这事办了。

祝景臣踱到窗前，下面华行门口，还是聚着密密麻麻的人群，不禁心里有点忐忑，掌心上都沁出汗了。这次挤兑，怎么起得这么突然，来势又这般凶，似是人为的，绝不可能是碰巧失误而引起的。

七

静安寺路西摩路口一幢西班牙式公寓门口，隽敏和芷霜一前一后走了进去。

电梯晃荡晃荡往七楼摇上去，开电梯的是个半老头子，穿着一身烫得笔挺的纺绸衫裤。

“七楼，是去看洪枫小姐吗？”

洪枫与周璇是齐名的大明星，一曲《夏日之夜》使她在一夜天之间，就红起来了。

隽敏把头一昂，也不去睬那开电梯的，倒是芷霜，拉不下脸孔，对他笑笑。

“电影明星，电影明星，”那开电梯的拉长着每个字唱喏一样地唱了两遍，随后诡谲地一笑，说：“哪有这辰光来看电影明星的？他们都是做夜市面的，一觉起码要困到下午四五点钟。”

“但现在快10点钟了。应该起来了。”芷霜说。

“你们是规规矩矩的学生子，哪能搞得清这些大明星的生活规律。”他说着从凳子上拿起一大扎信。“喏，交给你们的电影明星。天天那么一沓信，是有人胃口这般好，给她们写信。”

“这种十三点，你去睬他做啥。”待走出电梯，隽敏就对芷霜说。她的等级分割很厉害，有时连芷霜都觉得太过分了。

她们揿了铃，只听得一声娇慵的发问：“啥人呀？”

她俩茫然地对视一眼，只得说："是我。……阿拉！"

"阿是曼娜？怎么这样早就来了？"里面的声音活泼起来了："等一息呀。"

"这声音和电影里的不大像嘛。"隽敏说。芷霜却感到一阵莫名的紧张，比上考场还紧张。

门内一阵窸窸窣窣，接着是搭拉搭拉的拖鞋声，而且，似乎还有一个男人的声音。

拖鞋声移至门里面，她大约在警眼上张了一下，发现她自己弄错了，即紧张地问："啥人？"

"我们是朱蓓蓓介绍来的。"

"哦，阿是祝家小姐？"门后的语气一下客气了："请稍微等一下。"

门后又听得一阵窸窸窣窣，似有人急步走进另一间房，然后砰一声关上门。

大门开了，洪枫穿着件泡泡纱的黄底黑花晨衣，大红的皮拖鞋，笑吟吟地把她们迎进去，倒一点没有大明星的架子。她接过那一大包信，看也不看就往过道一张桌上一放。

"对不起，昨天拍戏拍到天亮，我刚刚起来，房间也来不及收拾。"她说。

这是那种一开间一组的公寓，一进去就有一种隔宿空气的味道，门廊一端是厨房，一端是浴室，顶端就是正房间，朝南带只阳台，室内还有扇门，看来也是通浴室的，此刻关着。里面水龙头哗哗地响，刚才那阵脚步声，大约就是走进这里面去了。反正这种一开间公寓的布局就是这样候分克数，一点退步都没有。

"坐呀。哪位是祝家小姐？"洪枫笑容可掬地问。芷霜发现她远没有电影里好看，且皮肤很粗糙，不过一对眼睛生得很好看，一笑就是一弯，花俏得很。

洪枫似对祝家的家务事很了解，包括隽敏父亲的未婚妻、隽敏叔叔的浪漫史，她都知道。这也不奇怪，上海滩说小不小，说大，其实也蛮小，兜兜转转地搭过来，总能搭到点关系，更何况她又是个交际极广的电影明星，祝家又是名门。

这个电影明星在电影中，不是以贵阁千金，就是富家小姐姿态出现，只只镜头几乎都是华服盛妆，不料生活中的洪枫，在芷霜眼中，也不过如此。房里就一套乳白色法式家具，一对沙发，矮茶几上乱七八糟放着隔夜的咖啡杯，还有半包香烟。

“这是我们这期的年刊，谢谢洪枫小姐的帮忙了，你没有来参加我们的毕业典礼，我们都觉得很遗憾。”芷霜递上那本年刊，客气地说。隽敏则是目不转睛地直盯着洪枫看。

“你唱的那首《渔光曲》，比王人美还有味道呢，却又不像周璇那般嗲甜。讲周璇是尼姑的私生子，有这事吗？”隽敏好奇地把积压多时的对电影圈的神秘感都提出来。

洪枫却莞尔一笑，说：“影剧圈内，本来假话就多，往往一根鸡毛，经过几张嘴巴一吹，就变了会飞的山鸡了。”接着，就吸着烟与她们漫谈起来。

虽然是电影明星，谈吐倒也不俗，她们颇有兴味地听她款款讲述拍电影的趣闻及进入娱乐圈后的苦乐，几句话倒也讲得实实在在的。只是在这期间，紧闭的浴室里也不甘寂寞，不断传出男人的吐痰声、漱喉咙声，还有很响的小便声和抽马桶声。洪枫到底是拍电影出身，只是笃悠悠地坐着不露声色，芷霜她们却有点坐不住了。

好在，只听得过道那端的浴室门“咯噔”一声，扭开了，不一会，大门也轻轻砰上了，那浴间里才算安静下来。

她们也觉得该告辞了，洪枫送给她俩各一张签名照，那种明信片样大小的，两人如获至宝地收藏好，连声道谢。

还是那个爱管闲事的老头开她们下去。

“怎么，电影明星好看哦？”他意味深长地抿嘴笑着问。

电梯又晃荡晃荡回到底楼，门一开，一位颀长潇洒的年轻先生正在等电梯。

“Dr. 封！”隽敏惊喜地叫道。

封先生堆着笑转过身：“两位是……”

芷霜属比较拘谨的女子，隽敏则十分羁放，更何况她对封静肖心驰已久。只见她落落大方地说：“我们是育秀的，春天你给我们上过课。”

“噢，你也去看洪枫小姐？”隽敏有点紧张地问。

“哦，电影明星，”他不置可否地笑说：“女孩子就是喜欢电影明星。拜拜！”说着就跨入电梯了。

“走吧，”芷霜拉一拉隽敏，隽敏却只是站着不动，抬头看着那电梯上的指示数字一路亮上去，然后在洪枫住的那层七楼上，停了下来。

“你先回去吧，我把手绢忘记在洪枫那里了。”隽敏一按电梯钮，说。

“阿敏，你不能这样，你要理智一点。”芷霜知道隽敏的小姐脾气又犯了。“你要让人笑话了。”

隽敏也不管，径自又上了电梯。

“忘了啥东西了？”开电梯的老头问。

“刚刚那位先生，是不是去洪枫小姐家？”

“这一层有八家人家，我哪知他去哪家？”

隽敏出了电梯门，就长长地按着洪枫家的门铃，反反复复按了几次也没人答理。又是一阵咣当咣当电梯声，芷霜上来了，一把抓住隽敏的手。

“你疯了，隽敏。”她惊住了，隽敏的脸憋得通红，呼吸急促。

她们已不好意思再乘那个多话的老师傅的电梯了。芷霜搂着自己朋友一级一级踩着楼梯下去。“隽敏，你不能这样，就算你真喜欢他，也不能这样。”她劝着自己的朋友。

隽敏双眉紧蹙着，一声也不吭。

她们走出公寓大门，只见报童们挥着刚刚到的号外，大声嚷嚷着什么特大新闻。

“小姐，小姐，刚到的号外……”一个报童把号外塞到芷霜鼻尖下，芷霜漫不经心地打开一看，铜板大的黑体字赫然入目：“日军以失落一士兵为名，炮轰北平附近卢沟桥，我当地守军被迫起而应战……”

“隽敏！”芷霜尖叫了一声。

这时她们才发现，满街的行人，都三个一簇五个一群地在争相阅读刚出的号外，连沿街的黄包车夫都不及招揽客人，只顾把车杠一字形排着，几个车夫凑在一起听那识字的一字一字读着那号外的消息。

“唉，到底打起来了，逃不掉了呀！”

“张静江、胡适跑了次英美也不顶用。”

路人交头接耳地讨论着，也有人当街就激动地叫起来：“一味地让着东洋人，不解决问题的。”

“我们快回家吧！”芷霜怯然地推着隽敏说。她们这样的经历这样的年纪，总是证明家最安全了。

八

“席师母，借点料酒。”曹师母拎着只小酒盅，从后门口穿到席家的灶披间。席师母忙唤女佣阿周给她倒了点料酒，不料曹师母接过料酒，也还没有走的意思，先是搭讪着问：“席先生有信哦？这北面一打起来，时局不太平呀，还是快点叫他回来算了。”

“这哪成？他这是公事。”席太太好脾气地笑着，眉宇间却也压不住一股忧思，“行里派他去呀！”

“呃，席师母，”曹师母附着她耳朵，说：“阿听见啥风声？听讲华行市面不好呢，排队提钞票的人不得了。我有只首饰箱存在行里保险箱里，你看我要把它拿出来吗？就怕啪啦搭一下，我这点连骨头带肉都见不到了。报纸上看见哦？刚刚华行一个副经理拿了公家铜钿做投机呢。鸭屎臭事传出去，人家都要去提铜钿了。我真急煞啦。”

席太太一惊，回首看看阿周，即把曹太太拉到外边起坐间去。“这事你要好好与曹先生商量、商量，不要自说自话。”

“唉，有啥商量！华行好比是阿拉曹先生的十八代祖宗，他是碰也不敢碰的。你看，跟东洋人这样一开仗了，人心都慌了。这种局势，钞票物事还是捏在自家手里最放心！”曹太太一屁股坐在沙发上抱怨着。然后她嗖一下探过身子，极神秘地对席太太咬着耳朵：“听讲，大中银行要提高两成利率啦，两成！”

“曹师母，”席太太忙轻声数落着她：“你我先生都是华行的人，行里好了，我们也好，水涨船高嘛。外边有人造华行的谣言，我们只有慢慢替人家解释的道理，哪能先做那挖墙脚的事？一只首饰箱，在你我眼里是看似要不得的事，在银行里，还不是芝麻绿豆的一点？要真个不好起来，也不会吃没你我那点东西，倒是你在这挤兑当口，巴巴地也去挤热闹，提出那只首饰箱和那点存款，让人家讲起来，华行的人自己都不相信自家银行，这还是小事。万一让人触壁脚触到祝大班耳朵里，对你们曹先生也没好处。”

席太太讲得有理，曹师母也心服了一点，但嘴上却还忍不住狠狠地数落着自己老头：“都怪我家那只死老头子，什么都要往行里存，向来，物事只有捏在自家手里最放心，偏偏他，恨不得把整个家都存到华行里去……”

送走了曹师母，席太太自己也开始不安心了。无奈丈夫一直在内地常驻裕盛厂，芷霜虽说 18 了，对这些事是百事不管的，承祖还在读初中，成日价真连个诉说的人都没有。不过提铜钿这种大事，她是决不敢妄自行动的。想来想去，还是让芷霜写封信问问振绪吧。可恨内地邮路又是慢得要命！

“姆妈，姆妈，我们弄堂里来了个阔气客人，一辆自备车横弄堂里停下来了。”正在弄堂里踢毽子的承祖从后门口窜进来，对着席太太说。十二三岁的承祖，也是背带西装短裤配白长筒袜，打扮得十分洋派。无奈这条弄堂毕竟还是三等四等住宅，私人包车倒不少见，自备汽车是很稀罕的。

“小鬼！也用不着这样大惊小怪，不一样是客人嘛。”席太太责怪着儿子，一边诧异着来客是谁，不容她多想，前门就敲响了。

“芷霜，芷霜，打扮好了吗？快点下来。”原来是芷霜的好朋友祝隽敏小姐。今天怎么乘了自备汽车来了，这可是从来没有的事。祝经理向来过日子很节俭，以往在育秀时，周六回家周日返校，祝小姐都是与芷霜一径搭公共汽车来回的。

“来了，隽敏。”芷霜打扮得漂漂亮亮地笃笃地下楼了。

“姆妈，我不回来吃夜饭了。”她头也不回地说。

“家里有菜，还要外面去，何必多花那个钱。祝小姐又不是生客，一起在家里吃点算啦。”席太太是老式妇女，处世为人半新不旧，但总以节俭为本。

“哎哟，姆妈，苦苦读了六年书，好容易得一个间歇，进了大学就没有时间这样玩了，一坐又要坐四年，你还不让我好好玩。”芷霜眉头一皱，又撒起小姐脾气了。同时，前门口那辆汽车喇叭声不耐烦地叫起来。

“哎，祝小姐还等在外边，还不快点开门请她在客堂坐一下。”席太太这才想起祝隽敏还关在大门外，正要赶去开门，芷霜却快走几步说：“算啦，我这就出去了。”说心里话，她很忌讳让隽敏来自己家，虽说她并不是没有上过门。她总觉得隽敏上一次门，她平时与她之间那种平衡，就会起一种微妙又显然的变化，而这种不平衡，要过一阵才会渐渐平复。或许隽敏是很不在意，但她芷霜，却是十分在意的。而且，她也不愿意让母亲与隽敏多交谈，生怕身为旧式妇女的母亲，会在这位挑剔的小姐面前出洋相。

芷霜袅袅娜娜地走了。这个芷霜，都因着她爸宠的，当初头胎是个女儿，留过洋的振绪就说：偏生当她儿子那样培养，而且要进一等的学堂。好吧，就此从幼稚园到高中，都进了那所育秀女塾，接交的一批朋友又都是上海滩上大亨的千金。看，自备汽车都开来接她了，这……多少有点不妥呀！芷霜再漂亮眼界再高，毕竟来自一个薪水家庭。今年 18，明年 19 了，日子过起来也是飞快的。席太太 18 岁时就已生下芷霜了，为着那天恰好是霜降，振绪就给取了“芷霜”这个名。家里紧衣缩食将她送进育秀这种高等学堂，学费贵还在其次，光那些其他花费，就讲这次为了应付毕业典礼，前后就做了八件旗袍，老法话讲起来真叫“罪过”！只怕这样吃吃力力样样都依了她，她还不知足，不开心呢！以后，烦心的事多着呢！席太太心事重重地叹了口气。

隽敏穿着一身孔雀蓝与绛紫加艳红的七彩色绸旗袍，因为天生气度端丽，非但不显得艳俗，反将那略嫌瘦削的身子衬托得雍容丰满，华丽富态。芷霜不得不暗暗佩服隽敏挑色的大胆奔放，看来，这与性格是有关系的。

“你今天怎么这样客气！”看见横弄堂外停着一辆锃亮的别克，芷霜反有点不自在了。

“是我哥，刚学会开汽车，就手痒痒的直想开车。这几天爸用行里的车，他就偷着把家里的车开出来过过瘾，我们乐得享享福。”隽敏说着就往车屁股上敲敲，嘴上开始数落着：

“你喇叭揿这般响做啥？也没见过你性子这般急的，这样没有耐心，将来女朋友都觅不着！”

芷霜这才发现，司机座正探出一个青年男士的脸面，与隽敏一式一样的一对丹凤眼。想来，就是隽敏的哥哥了。

隽人作为中华银行董事长的公子，一向是很持几分傲气的，特别对女性。确实也有不少小姐，十分向往嫁给他，总也有意无意地，想引起他注意。这样，就更助长了他在女性前的矜持。但此刻，当着芷霜绽开了个酒涡，对他微笑颔首时，他倒有点不知所措，忙忙推开车门出来，彬彬有礼地向她打了个招呼。

如今的芷霜，秋天就是大学生了。因此她已迫不及待地梳了个时髦的发式，耳侧配着一副红珊瑚耳环，赤豆般的两点艳红，再是一身白底红圆点的麻纱旗袍，俨然一派清新高雅的大家闺秀的风范。凭心而讲，当今的小姐，要么是小家碧玉、俗气难熬，而稍稍有点门第身价的，一个个又摆出一副趾高气扬的小姐腔。喏，就像隽敏那样，也吃她们不消。而像芷霜这样高雅又大方的小姐，倒真是不多见！

芷霜为着一直在女中做寄宿生，与男士交往还不习惯，因此不免有点羞答答的。隽人替她们把车门打开，自己也坐入驾驶座中，然后扬手把车门啪一关，芷霜心中一动：这一着是典型的大家之子的气派。

引擎刚刚发动，只见芷霜在后面轻轻说：“等一下。”

“怎么？”隽人回头问。

“哦，算啦。”她似自语地说了一声，抱歉地微微一笑。

“开车吧。”

原来前边弄堂拐角处，麒麟正骑着辆自行车悠悠驶来。芷霜原想与他打个招呼，但今天不知为什么，她很不想让麒麟知道，她让一位先生开着私家车出去兜风了。她觉得他会不高兴的。

持着汽车阶层特有的傲气，那辆 1936 年式的“别克”，“嗖”一下擦过麒麟那辆自行车，神气地鸣叫着，开出了弄堂。

“看我的技艺！”隽人得意地一笑。“两位小姐，今天的节目怎样安排？”

“先看电影，再去兜风，然后再去吃夜饭。”

“你看呢，席小姐？”隽人回头问芷霜。

“我随便！”芷霜微微一笑。

隽人的车确实开得很好，一双白皙的手轻轻搭着方向盘，不紧不慢，操纵自如，十分潇洒。反光镜上映出他的下半张脸庞：端正的鼻子下，一张薄薄的、棱角分明的唇。亏得下巴的线条还属比较粗犷，否则，这张脸就显得太秀气，有点女性化了。

隽人快乐地吹起“扬基杜德尔”。现在，他已在德商豪福洋行谋到个职务，一个月拿一百元大洋，任务是专向上海医务界推销介绍德商厂的各种新药。这是个美差：不用朝九望五地坐写字间，且洋商的福利待遇均十分好：每天上下班一部黄包车，再春夏两季各发两套西装的服装费以资维护洋商雇员的仪容，这一切免不了让隽人有一种少年得志的忘乎所以。他暗自庆幸终于听了父亲话，没去文叔那求是化工厂，还是去了德商洋行，工作又轻松、薪水又开得大。

车缓缓驶进法租界，闹市街头橱窗里，已推出今夏的最摩登之装；那种蝉翼般的薄纱旗袍，里面需衬上相配的绸衬裙。如此一来，每做一件就得配一件衬裙，这种店家最会挖空心思掏人家钱。

夏日的傍晚时分，绿树在习习凉风中晃荡播出阵阵飒爽凉意，虽然已近 6 点了，但瓦蓝瓦蓝的天际还是炽亮刺眼，而路侧两旁商家的霓虹灯却又已经争相闪烁起来。一家百货店家门口，两个店员站在柜台外长凳上大声说唱着“小热昏滑稽”，门口簇拥着不少看热闹的闲人。隽敏不解地自语：

“呃，好久没出来荡马路了，关得像个乡下人样。外边蛮热闹嘛，怎么爸还老感叹市面不好。”

“叮——凼但——凼！”海关大楼的钟敲响了，气势硕大，余声绕绕。

“唉，又是一天即将过去了。”芷霜忆起从前在育秀住宿时，盼礼拜六老也盼不到，时光就像粘住了似的，现在告别了中学时代，大学之门又暂没有跨进。整整一个夏天既没功课也不用做礼拜，虽然轻松快乐，却又轻松得令她有虚掷时光之感，猛听那钟声不禁有点怅然所失。

一家西饼店外，两个小伙计正在拉下那遮阳的蓝白条子帆布篷，隽人回头笑吟吟地问：“请你们喝咖啡去？”

芷霜心里一动。她从没坐过咖啡馆。因通常总得由男士陪着，女孩子才能进咖啡馆。而像芷霜这种，不大与男孩子交往的本分的小姐，也就没有此种机会了。

“这样早吃啥咖啡！夜市面还没开场呢！”隽敏用手帕搧着风，懒懒地说。

前面亮起了红灯，一对手挽手的情侣，正擦过他们的车头在穿马路，只见那位小姐眼睛朝车窗里瞄了一下，眼神不胜羡慕。芷霜霎时，也觉得挨上了那份汽车阶层的自负。

“凼——但丁——咚！”

海关大楼的钟声，也遥遥传到中华银行小东门分理处。这是一幢清水红砖墙面的四层楼建筑，外观朴素实用。那时筹建小东门分理处时，景臣就极力推崇营业房屋要外观简朴大方，因小东门一带来往客户多为中下层小户头，搞得太耀眼夺目，难免会让那些小市民自惭形秽，望而生畏。

这几天因着正遇挤兑风潮，全体行员都延长了工作时间，但相对讲，楼上文书科要比营业厅里略微轻松一点。听得海关钟声一响，那些打字的、写字的、做簿记的都停了手，准备吃晚饭了。

原先行里是只包一顿中饭的，这阵为着延长营业时间，夜饭也包了，不过折成现洋发在工资里让行员自己上饭馆去吃。小东门处有的是价廉物美的本地菜馆，因此吃晚饭时间一到，写字间的人都三三两两结伴去饭馆吃饭了。惟独屋角一张写字台上一个年轻人，还在俯案疾书。

“吃饭去了，小范。”

“歇一歇吧，仰之。”

“还有一点弄好算了。”他笑着对同事们说。待看看周围同事都走光了，方才拿出只饭盒，用开水泡泡热，又拿出一瓶酱萝卜出来。自父亲死后，他成为一家之栋梁，不得不辍学谋职养家。为了节省钞票，他将行里发的那份晚餐费都交给母亲家用，自己则天天带点冷饭用开水泡泡吃。刚刚端起饭盒，只觉得一股馊味刺鼻。糟了，今天把办公桌橱门闭上了，饭全部馊掉。他气恼地划了二三口，终究觉得无法入肚，吃坏肚子反而不上算，只得把饭往几张废纸上一倒，包起来扔进废纸篓里。无奈二十几岁的大小伙子，消化能力又特别强，肚子早已在唱“空城计”了。为了忘记肚子，他就又重将毛笔蘸饱了墨汁，再开始誊写当日的账单。

渐渐的，吃罢饭的回来了，他们剔着牙齿，一边谈论着刚才在外边交换来的有关行务的新行情。

“听讲几位股东老板发脾气了，李老板在今日的经副襄理会上拍台子了，讲啥古训言必信，行必果，这是钱业的信誉，既然拿了人家铜钿，就应当随时让人家来支取。还讲什么华行股本总额已一增再增，怎么还会如此捉襟见肘，这账务有无花头？现款哪去了？是不是私人挪用了？话讲得很重呢。”一位行员说毕连连吐着舌头。

“反正账目都明摆着，叫李老板派人来查嘛。”范仰之到底年轻，觉得这李老板话太辱人了，就跳起来说。“也不去问问他自己侄子。到底是谁在做花头，买卖有价证券浮动的行情，大发横财，倒装得没事人一样！”

华行里谋事的人，为着捧上这只银饭碗不容易，大都小心谨慎，唯唯诺诺，从不敢公开评论自己的上司，猛一听仰之指名道姓地批评李老板，都有点失措，却又因着仰之的快人快语，暗暗觉得痛快。

“下面柜台上去看过吗？提兑的人虽说不上里三层外三层，也够热闹了，不亚于当年白银风潮时四明银行遇到的挤兑。”一老行员忧忧地说。银行不测，他们这些行员都有点胆战心寒，万一来个“啪啦”关门，现今要再觅个捧饭碗的去处，哪去找？

“难也真难，现今库房资金已告周转困难了，如果再硬着头皮向其他钱业同仁拆款，凭交情，拆是能拆到，只是以华行在上海的资格，如是长期依靠钱业同行出账维持，多少有损行誉。”另一行员不安地说。

“听说了吗？总处营业厅为了吸收储户，1 元就可开户了。别的银行都在耻笑我们中华银行简直像个讨饭叫花子。今天上午来了个先生，拿出 100 元讲要开 100 户 1 元，这不是存心来捣乱吗？后来还是开给他 100 户。挤兑已经忙不过来了，再窜出这件捣蛋事，那几位柜台上的同事，气得差点要骂娘了！”

“唉，华行这个关口难过了。”

人们叹着气，个个都耽上了心事，华行万一有啥不测，他们都有可能敲掉饭碗的危险呢。

范仰之蘸蘸毛笔，说：“我也真弄不懂，为啥不干脆接受官股？银行银行，本应有政府作后台，才能站得稳。现在这样挖东墙补西墙，啥好？弄得银行不像银行、钱庄不像钱庄，银行一切事务都停业运转了，只是围着个挤兑转！”说毕发现这支毛笔已很旧了，笔锋处的开岔口怎么蘸也蘸不好，就起身去总务科领支新的。

总务科专管领发文具簿记的，是个五十几岁的宁波先生，瘦削的脸庞黄黄的皮色，看上去生活的担子也不轻，在行里的地位相当于当年老范那种“老童生”——到老还是个老行员。这位老先生是原该同情的，无奈他平时脸上堆起的那副假笑和媚态，老让仰之觉得十分不舒服，因此他也不大与他有接触。此刻，他又正在巴巴地替出纳主任泡一支新毛笔。一边又堆起满脸的谀笑说：“这支狼毫好，看它笔锋……”仰之厌恶地退到一边去，等到那位主任领好笔转身走了，才上去。

岂知，那位先生却递给他一支刚才出纳主任来调换的旧毛笔。仰之怒了：“这是旧的。”

“旧的不一样用嘛！后生家就不知道节省点。”那位先生却半理不理地转身做他自己的事了。

“不行，”仰之擂了下柜台：“凭什么人家可以领崭新的狼毫虎毫，我却要用人家用剩下来的？”

“哦，待哪日你也当上了主任，就嫑[①]讲用新笔了……”那老童生刻薄地一笑，为自己终于有个练习生可以欺欺而觉得畅快无比。“汽车也有得乘呢。”

“你这个奴才！”仰之气得抓起那支旧毛笔一折为二朝他扔过去。这位老先生正待发作，看见甬道口祝景臣已站那儿了，并已在稍稍示意他另外换一支新笔给范仰之。他自知理亏，也只能怏怏地摸出一支新毛笔给范仰之。仰之余怒未息，签名时把名字占了三行空间，然后登登地转身走了。

“祝经理，看看现在的后生。”老先生对已走至柜台前的景臣，愤愤地说：“目无长者，目无长者！”

景臣笑了。他从前做练习生时，这等让人看不起的恶作剧受得多了。记得隽人娘生隽人之日，他得讯后焦急着要赶回家看看刚生产完的妻子及长子，忙忙地赶去想请个假早退两个钟点，不料也是这么个先生，轻蔑地嗤一笑，吸了半天水烟才开腔：“你这种小家小户得了个儿子又有啥稀奇？又没有大宗财产要等他来过户，凭啥做得这般轻狂。下班回去看你娘子也不迟嘛。”一番话说得景臣噎了半天，他自然是不会像范仰之那样对他拍台拍凳的，但心里从此暗暗下了决心，偏要混出大宗财产来让儿子过户。当然，那是二十几年前的小事一桩，但总算他祝景臣虽则没有大宗财产，至少成为中华银行一行之长，他这口气早已吐了。因此范仰之的气怒，他也

---

① 嫑：上海方言，不要的意思。

十分理解。

“不过，我可也要讲一句了： 童叟无欺呀，”景臣对那老童生半真不假地说。然后又问：“那位后生是新来的？这张脸孔有点脸熟陌生。”

“老范的儿子范仰之嘛。”对方以一种不屑的口气回答着。

景臣心里一动，怪不得这位年轻人脾气这样大，当初在他父亲的灵堂里，他已领教过他那副倨傲的神情了。年轻人略持傲气，是有抱负的象征，只是不能太过分。他读过他做的簿记，字迹娟秀，一丝不苟，蛮不错的。

景臣慢慢踱向文书室去。今天上午开完行务会后，他就想着亲自去各分理处视察一下，看看各处的挤兑情况和库存，华行真可谓已进入一个十分危急境地了，有些借贷户也趁火打劫，到期不归还贷款，宁可将当初签押的，现在已身价萧条的地产划给华行，如是一来，资金迂回更显困难了。事至如今，安抚人心，最为重要了。另外，各董事已纷纷拿出私蓄，李老板自知事因出在自己侄子身上，也大方一下，以私人美钞 5 万置于行中，一则用以压库的备金，二则也作为熨服人心之用，好歹挨过这一阵再讲了。

景臣还未踱进文书室，又听得范仰之的声音：“如果要请我去参加行务会，我就直言： 干干脆脆接受官股，否则一旦华行关门倒闭了，我们怎么办？”

“接受官股？”那是在一边默默吸水烟的曹久馨的声音，他今天正好也为查账，到了小东门分理处，趁便也在文书室坐坐：“那不是刀口上舔血了？自然仗着官股可以财大气粗了，只是从此华行虽存犹亡，鼻头上套了只圈圈，任人牵来任人拉了。”到底有点年纪，万事一下就看到点上了。这位曹久馨想不到外表绍兴师爷一个，笃头笃脑的，其实蛮有见地的。景臣怕自己一头撞进去，打断了他们的争论，他倒真想摸摸同仁们当今的种种想法，因此索性止步听起壁脚了。

范仰之毫不让步，继续说：“银行到底应当比钱庄先进，金融业的宗旨还是吸收了资金以经营实业，除了自己的经济使命外，还得持一种社会心与信仰心在其中。华行虽为私人银行，同样有为四万万同胞实现福利平民主义的义务，而不能只成为几个大亨的私人皮包，视存户利益不顾。再讲如此打肿脸孔充胖子，拒不接受官股，那么为了应付这次挤兑款，又要动脑筋弄铜钿去充盈库房。这一来，营业宗旨必大为改变，不得不改弦易辙，我看，那出卖票证券行情及投机的丑事又会来了，而且由行方授意也不定，有种三等四等私人小银行，不都备有两本账嘛！要到了这一地步，才真叫坍中华银行牌子呢。”

“这只小鬼，口没遮拦，话说得这般尖刻。中华银行待你不错呀，让你顶了你父亲的缺，你还这样损它。”谁在数落他了。这范仰之的话岂但讲得尖刻，而且挺有煽动性，激昂慷慨，会不会在学校里也属这种动辄要演讲呈签的激进分子？要真是的话倒有点讨厌了。

“你弄错了，我是诚心希望中华银行能在我们这代年轻人手中，真正体现华行‘扶助工商实业，服务社会国民’的本色！我是在为它担心呢！”

这番话太书卷气了，不过在这铜臭味十足的钱业中，尚能嗅到这样一份天真，也是难得。

“小阿弟，”田主任不紧不慢的声音：“跟你讲一句老实话，姓商的固然图利，也不过只是我的就是我的。姓官的图利，则恨不得天下都是我的。这是历来如此的。一旦与姓官的搭上讪，就好比捆上一道绳索，只怕到时候勿要讲‘服务社会国民’，连中华银行牌子都要给吃没了，成为国家银行的一个分行罢了。”讲得对！

“不过这事发展到现在这个地步，行里究竟除了硬顶外，还拿得出拿不出个妥善的法子？”一位小姐小心地发问了。

“办法哪会没有？他们只是相信几个经副襄理头脑儿，要他们来问我……”曹久馨一派胸有成竹的样子，接下来又是一阵呼噜呼噜吸水烟筒的声音。唔，这位老钱庄出身的师爷关系多，在市面钱业界上兜得转，吃得开，说不准还真能献几条妙计呢。

景臣清了清喉咙，就推开那半截百叶窗门进去了，双手抱拳向四下作拱："各位都为维护华行的信誉与独立出计出力，范先生年轻志高，曹先生老马识途，实为祝某人感动，"几句话先把他们稳住了，再简单讲了一些行务会议的情况，然后再三叮嘱各位："还得麻烦各位各显神通，广泛吸收社会游资，与华行同舟共济。我个人没有什么本事，只是同仁们认为我可靠才把我推上总经理位子，今后还仗各位同仁们帮忙呢。"说着目光在写字间里各位行员脸上逐个扫过，待掠过范仰之时，蓦地发现他两块腮骨十分显然，顿时想起"脑后见腮，必有反心"这句相书上的老话，心里不禁又对他提防了一点；这后生不免有点太露锋芒了。

"祝经理，你的电话。"外边有人在叫。

景臣一边应着，一边示意曹久馨在会客室等他一会。

"……祝经理，黄金放一批给吃脱一批，都给大中银行吃进了，"电话里的声音有点慌张了，"外边已在传，中华银行在抛血本了。"

"不管，再抛一批。"景臣冷静地说着，其实心里着实有点慌了。放下电话刚要挪步，电话又叫了。这架势，简直像黑白两无常来催命似的。那后一个电话是秘书钟太太打来的，告诉他封家三少爷殁了。

丧家来不及发讣闻，就急匆匆使人来通报，景臣已心中有数了。

封家是祝景臣父亲的老东家，当年杭州城首屈一指的大户，封老太爷是打倭寇时立的功，皇帝封官赐田，就此腾腾地发起来。说起来也好笑，封老太爷原先不过一个守海城的兵丁，半夜起来到一城头上一边屙屎，一边悠悠吸着旱烟。屙了一半，隐约看见海湾那边上来一簇人，渐渐往城楼迫近，待看清是倭寇后，来不及拉上裤子，也来不及发警报，好在不远处就是一尊炮，那小兵丁仍旧一边提着裤子蹲着，一边伸过那根旱烟管往炮屁股上一点，只听轰隆一声，把倭寇炸得个半死，剩下的那些倭寇以为城墙上已有荷枪实弹的卫兵，已有所准备了，忙奔回自己船上，逃之夭夭了。封老太爷就这样不费屙屎之力立了大功。那封宅当年，就有如《红楼梦》里的贾府，足足占了半条街。景臣的父亲就在封宅做打杂的男佣人。

一度，幼年的景臣和弟弟景文，也住在封宅的下房里。一次两兄弟正在柴间门口嬉闹，恰碰上封家老爷，即那刚殁了的三少爷的父亲。老爷拉住他们责问何以不去读书而在此嬉闹？方知他们因贫困而未曾开蒙读书。于是当即让弟兄俩在封家办的一只洋学堂里读书开蒙。穷孩子挤在有钱孩子中不出钞票读白书总有种种不快与委屈，但至少景臣弟兄俩没有成为睁眼瞎。景文因功课用心，年年考第一，就被保送进杭州市第一中学，后又考进庚子赔款的官费生出洋深造，哪怕现在再不成器，总算是个博士。而景臣得以进中华银行做练习生，也是因为华行开山祖魏久熙与封家老爷为同学，凭着封家老爷一封推荐信，得以进行的。因此封家对祝家是有恩的。

景臣匆匆推门出去，走进休息室，发现曹久馨正在捧着水烟筒等他，他忙一拍额头，连连向他道歉："对不起，久馨兄，一连两只电话，让您久等了。下午忙到现在，还未及吃夜饭，都快7点了。一块去吃夜饭去。"

久馨是吃过夜饭了，但也心领神会了，忙忙挟起自己那顶白铜盆帽跟着祝景臣走了。

本帮菜馆同和馆，下边店堂嘈嘈杂杂，不少短打之辈还在喝酒划拳，待上了那道砌着彩瓷砖的楼梯，则甚是幽静雅趣。景臣是这里的常客了，他中意味浓的本帮菜。茶房早已笑脸迎出来，把他引到笃底一间包房里了。

"这阵行里事多，也老没能有机会与久馨兄谈谈，"景臣用手抹了一把疲惫不堪的脸面，又打起精神挺知己地向久馨靠了靠，说："久馨兄老前辈了，见多识广的，你看华行这局势……？"

喏，这就是景臣的本事啦，所以他就是能从一位练习生爬到总经理的宝座。老实讲，曹久馨胡子一把才捞上个主任，与他同龄已高升的如席先生之辈，嫌他俗气，年纪轻一档的又嫌他土气，讲穿了就是势利眼。今天祝景臣单独请他到同和馆包房里小叙，也是深知他曹久馨在华行这几十年，没有功劳也有苦劳，没有苦劳还有疲劳呢。

他清清喉咙，开腔了："华行自光绪三十年开办以来，历经沧桑，几经困境；辛亥革命，军阀混战，北伐进城……官方屡次伺机想入股，都没成，要此事在祝大班手里倒成了，那就……"他嘿嘿笑了几声。

景臣领会地点点头。

茶房掀帘进来上菜了。但凡不是应酬，景臣是滴酒不沾的，因此饭也就上来了。久馨虽是吃过饭的，为了省钱，也不过一碗咸菜肉丝面，此刻浓油涮酱的菜肴一上桌，食欲倒来了。他夹了一筷大乌参。吧咂吧咂地咀嚼着，待筷子从他嘴里出来时，从筷尖到他嘴巴之间，牵着一条粉丝般的亮晶晶的口涎。瞬间那根涎水断了，在他筷尖上凝成一点，久馨遂又将这双筷子伸向炒鳝糊……景臣心里不禁觉得一阵恶心，但也不露声色。这种钱庄出身的老背晦，就是这种地方不知趣，不如新派大学生留学生注意风度和小节。像席振绪就全然不是这样，他是向来西装笔挺，皮鞋锃亮、外加一方雪白的手帕从不离身。

这新老两派行员，从来是华行的两大派阵营，景臣作为一行之长，也只能像走钢丝样，力图一碗水端平，保持平衡。他自己因着是练习生出身，一级级爬上总经理的，他没有啥商科、银行的大学文凭，他的学历就是自己一双识人的眼睛，因此他感情上更倾向老派行员，此等人大都兢兢业业，忠诚尽职，不似那些持张沙纸的大学生留学生，一副天下人负我，还一味摆"尖头鳗"的豆腐架子。然而如今银行业务竞争也更激烈了，银行光靠储蓄业务，已无法与其他行抗争，遂改为现今以信托为主要业务，这样一来，那些新派人就成为华行的业务中坚了。但景臣从没厚此薄彼的表现，尽力让他们各尽其长：新派行员多用于贷放各种抵押款项，会计出纳；老派则因他们交际多，请他们管外勤，添招股本及每天去票据交换所结头寸诸事宜。因此至少新老两派表面上各尽所长，相安无事。

景臣避开久馨筷头所到之处，也夹了一筷鳝糊，继续做出专心聆听的样子。

“所以讲，关于入官股的事，”曹久馨用筷子在雪白的台布上重重地一划：“我们是谈也勿去谈他，我们还是要按‘远官近商’的先人遗训办事。”

“但是……”景臣一开口，久馨就做了个手势阻止他。

“现在兵分两路，一路抓紧收回外边放款，收集储户游资，收回现洋；另一路嘛，也只能暗地走一下投机路子，捞点钱来救个急了。不过，此举万万得小心谨慎，不能走漏风声……”

景臣苦笑了一下，一个劲地吸着烟。

片刻，他说：“我已经在这样做了。可恶的是，有人从中捣乱，以此败坏中伤我行……”他如此这般地把话说了一遍。

久馨冷不防也吓了一跳。这工夫抛黄金，只能说明调度无方，这位经理大人也会“慌不择路”，老鬼失匹了！

“这样无尽无止地硬撑下去，总不是个办法。”曹久馨嘴上这么说，却又明摆着一副胸有成竹的样子，不慌不忙地呷了口巴肺汤，咂吧咂吧嚼了半天椒盐排骨，半天方说：“其实也不难，借个上海滩有势头的能人，像只铁秤砣一样来压一压，就没事了。”

“唔？”景臣心里忽然一亮，“但这尊秤砣，要不官不商，不偏不歪，不重不轻，哪去找？”

“有倒有一个。”

“啥人？”

曹久馨将筷头倒过来，在桌布上划了个“杜”。

“杜先生？”

“杜先生。杜先生是银行公会的理事，央他出来讲几句话，就足可平稳局势了。”

“只怕与他交情还不够。”景臣有点把不住地说。

“凭祝大班的声望，我想，杜先生是肯帮这个忙的。他这个人，我晓得，只要吃准以后，可以在某人身上找回本钱，总归肯帮忙的。早一阵就听人讲过，他在人前还表示过十分赞赏祝大班呢。”

"这……"景臣有点举棋不定了："劳动这位大亨，谢礼怎么算？"

"听讲他欢喜古董。"

"这……可是没有底了。"景臣更拿不准了。

"呃，"久馨却扑哧一下笑出来了："这只莱阳梨[①]，对古董是洋盘一只，好坏不识的，随便弄只过过门就可以了。"

到底姜还是老的辣，看来曹久馨这种老师爷，还是要养个把的。

"久馨兄，华行现今老人马已不多了，凡事还得央您掌掌舵呢。当今年轻人，学问是有的，资格到底浅了点。我已关照钟太太，通知会计室下月起加你50块工资一月。今天没有酒，我这里只得以茶代酒，敬你一杯了。"

一番话说得曹久馨眉花眼笑。

出得同和馆，景臣又驱车直奔赫德路封宅。

夏日的白昼拉得特别长，快8点了，暮色才渐渐抖开它的幕帘，一片苍茫之中，街灯疏疏地散着昏暗的光晕。谁家敞开的窗棂里，传出吱吱呀呀的板胡之声。种种景象，无不带着日落黄昏的凄凉。

早就听说封家分家后，三少爷独自带了几房姨太太买下了这里房子。知他景况不佳，怕他尴尬，景臣也从不去造访他，不过逢年过节，送几笔有分量的节礼，也算是对他一种体面的接济。想想堂堂三少爷，当年也实属锦衣玉食之辈、不乏前呼后拥之众，现在，却冷静地殁在这样的弄堂房子里！

人说百足之虫，死而不僵，直到北伐时，封家除不动产外，尚有现款两百多万。封老爷要算想得周到了，就是为了防下一代不争气，生前已费煞心思一一替他们安排好：典进房产一百多处，在洋行又存进可观的一笔外汇，在他想来，假若所有股票资产都被搞

① 莱阳梨：旧上海的黑社会帮派头子杜月笙是水果贩出身，故得此绰号。

光了，还可吃房租；就是这些都弄光了，乡下老家还有几百亩茔地……真可谓舐犊情深，费尽心机。无奈，人说兵败如山倒，看来一家人家败下来，也如山洪暴发一样，挡也挡不住。想到这里，景臣不禁也有点兔死狐悲之感。心里陡地一沉，这次华行遇到不测，不知他能顶过去吗？顶不过，他祝家，也就落得个今日封家的下场了。找了杜先生，他肯帮忙吗？华行千万倒不得，一旦没了华行，他祝景臣就成了个分文不值之辈了。他时常以自己为“火腿绳子”自嘲；所谓“火腿绳子”，即为绳子本身并不值铜钿，却因为后面吊了只油光光香喷喷的火腿，顿时这根绳子的身价也不一样了，当火腿价钱一起称了。但一旦后面那只火腿不复存在，这根烂绳子还不是让人顺手往垃圾桶里一扔！

封家宅第是一幢民初式样的二层红砖老式洋房，到了封家手里，想来也不知已转了几个人家了。在那扇斑斑驳驳的乌漆大门前，景臣拉了拉铃，一个穿着白龙头细布长衫的男佣来开了门。封家虽然败了，但大户的架势却是一点也不含糊，佣人的孝服是免不掉的。

看来是封家的老佣人了，一见景臣的名片，即端端正正对他打了个千，一面就在前引路。

三少爷的卧室就在二楼。一堂七零八落、已不成套的红木家具，景臣还依稀记得它们当年的风姿。空气中弥散着丧家常有的香烛和烧锡箔的气味，一股阴沉凄切的气氛。

东墙上几幅字画，已非名家之手笔，就是高几上的一只碎瓷大肚白花瓶，也不过是充充数的蹩脚古玩了。一眼望去，封家真可谓已卖完典光，一样值钱的物事都没有了。

白铜床上，帐子下着，景臣走上几步撩起帐子，只见三少爷穿着套半旧绢丝纺小褂，盖着条色泽已蔫蔫的薄丝绵绣花被，连装裹都没有装裹。景臣心一酸，强把那已涌上的眼泪再吞下去，走到南窗下一张红木写字台上，从怀里摸出本支票本，撕下张大票面的，签上名。这当口，南窗下一排四只鸟笼养着的芙蓉、娇凤，还在不识趣地婉婉吟鸣着。

"三少爷的丧事，我包了！"他说着，手里捏着支票，却不知该交给谁。那一房间的年岁不等的女人，他也辨不出，谁个是太太，谁个是小姐，谁个是姨太太丫头了。

顿时，一房间的人，都刷一下，向景臣跪了下来。唉，封家老太爷在天之灵有知，看着这班不肖子孙，心也要碎了。

"祝伯伯，这钱，我作为父亲的长子，一定会如数归还的。"

人簇中走出一位颀长的年轻先生，也是这封宅里惟一一位穿西服的，走到景臣跟前。

长子为着可以继承家业，才有这个"长子之争"，但今日封家剩下了这么个烂摊子，这位先生还坦然以"长子"自居，可真要背上一身债了。只见他长得一表人才，不失世家之子的气度，也没世家之子的骄奢，不幸摊上这么个不成器的父亲，真可惜他了。

"哦，大少爷……"景臣沉吟着没有再往下说，他本意是想询问他在何处谋事，但转而一想，这种大户之后，在家抽大烟白吃饭的有的是，怕他难堪，就及时煞了车。

"我叫封静肖，在华懋公寓彼得·高的诊所，做助手。"封少爷自我介绍着。

还好，三少爷总算还有一个可以自食其力的儿子。

景臣告辞了，封静肖以封家长子的身份，将他一路送下来。

"祝伯伯，我会替父亲把这钱还了的。"在天井里，静肖又说了一遍。

"再讲了，再讲了。"景臣宽慰着他。想想楼上还有一大簇女人。封家的时光，还停留在民国初期，或许因为，那正是封家全盛的时期吧？因此那班太太小姐侍妾，一个个还是三寸金莲，有几个才只有十几岁，看她们都是离不开丫头娘姨老妈子的，这今后的日子……但是他祝景臣也只好对不起了，俗话讲：救得了急，救不了穷呀！

封静肖抢步替他把大门开了，鹄立着等他上了车才进去。一个真不错的年轻人。唉，人讲文章是自己的好，老婆是人家的好，岂知在景臣心目中，儿子也是人家的好。就拿近半年来看到的几个后生：一个裕盛厂的厂长蔡立仁，一个老范的儿子范仰之，还有这位世家之后封静肖，哪一个都比他自己的儿子隽人强。

此刻游兴未尽的隽人，正带着妹妹和芷霜继续在兜风。

“怎么，我的驾驶技术很可以了？”隽人得意地转着方向盘说。

“做个车夫是蛮够的了。”隽敏娇嗲地把头往哥哥肩上一靠，她是很以有这位风度翩然的兄长自豪的。“以后我可方便了。”

“哼，真的把我当车夫呀？往后跟媒人说一声，找个开祥生车的好了，那可真太方便了。”隽人逗着她。

穿过西摩路，车就拐入那片著名的住宅区凡尔登花园。只见沿街一色的矮矮的红砖墙，墙后，就是幢幢小小巧巧的两层小洋房。赭色的屋顶，在簇簇茂密的梧桐树中，时显时隐。沿街的几户，大门上黄铜信箱和门把手，在月色中烁烁闪着光。那些垂着百叶窗的窗户后，透出一格一格的琥珀色光束。随风飘来一缕钢琴声，待要细细辨别一下，却又遁去了。这一切，都令芷霜在这仲夏之夜，想起瑞雪纷飞的圣诞夜特有的宁静和安谧，且又很有几分异国情调，又令她忆起，那育秀园中特有的、且她已习惯了的高尚上等的生活方式。

她将身子靠在后座上，继续艳羡地打量着这片住宅。

凡尔登花园！这样的居室，正好让她用上在育秀学过的，且得分极高的功课：插花、社交圈……她不欢喜装百叶窗，这显得有点像私人医生的诊所。她宁可装上碎花拖地的法司布窗帘，就像《Life》画报上那种，沙发要抛空置放，如是气派极大，落地灯是不可缺的，还得有一台落地收音机，上面铺着汕头抽绣的纱毯……

“席小姐可累了？我们要回去吧？”隽人体贴地问。

原来不知不觉间，芷霜已闭上双目在冥思了，真是在做白日梦了。她自己也觉着好笑。但是，这真的是梦？自己不是明明坐着舒适的私家车，倚在软软的车座上，行驶在法租界一个上等静僻的住宅区里，晚风轻轻拂过，传来清新的青草香，这一切又是那样实在，一点不像是梦。

她懒懒地伸直了双脚，一抬头，发现反光镜里，隽人正在关切地看着自己，便没来由地觉得脸上一热，忙讪讪地说：“倒也是，时间不早了，回去吧。”

“呃，还有曼德逊俱乐部没有去过，哥你小气了，想赖账了！”隽敏还未尽兴，高声嚷嚷着。

“看你这位小姐这般贪，将来哪个先生敢找你！”隽人说。

“奇怪！为啥非要让先生来找我？为什么我们女人，永远只能跷着脚坐着等先生们来挑？”隽敏说着竟激动起来：“为什么男人可以拿着花走到我们跟前说‘我爱你’，而我们女人，哪怕看着那个自己想对他说‘我爱你’的男人擦肩而过，也只能假装对他说‘今天天气真好’！”

“唷，阿敏，你莫不是真的堕入情网了？”隽人从反光镜里仔细打量一下妹妹，有点认真地问。芷霜则只是小心地暗暗窥视了一下女友的表情，她确确实实知道她讲的是真话，她也确确实实知道她指的是谁，她不禁在心里将眼前这位先生与隽敏心仪的那位先生封静肖相比。封先生的印象她实在已十分模糊了，只是笼统地觉得他很气派，很漂亮，个子高高的。但眼前这位祝隽人先生，虽然也是上等的，体面的，优渥的，却是那么实实在在，连他那头发上经理发师吹风加工出来的一条波纹，也十分实在地呈现在芷霜的视野里。想到这里，她悄悄地抬眼看看反光镜，不料他也在镜里看她。目光相遇之时，他对她眨眨左眼做了个怪脸，这扫除了她原先的窘迫，她开心地笑了。

因为这里没有闪烁的霓虹灯，因此头顶上那片星空，显得十分灿亮。那些住户门前的小花园里，相继传出此起彼落的蝉的鸣声。“多美的夜晚！”隽敏赞叹着。“做啥闷在车子里，我们下去散散步吧！难得吵吵闹闹的上海滩，倒也有这样静寂。”说着，她打开车门跳了出来，芷霜忙也跟着下了车，隽人把车开到一边去停好，也小跑着跟上来了。

三个人的皮鞋笃笃地敲着路面，隽人只觉得心旷神怡，不禁又习惯地撮起嘴唇吹起口哨，那曲著名的《桑塔露琪亚》，缠绵悦耳的口哨声，在空晃晃的马路上飘荡，在四周一片清寂之中，显得特别圆润好听。

这时，沿街一幢小楼的门启开了，一个外国太太出来遛狗了。那是条浑身雪白、很可爱的小狗，一看见他们，它就快步过来，直围着他们打转。芷霜也觉得今日心绪特别高，索性蹲下身子去拍拍那条小狗毛茸茸的脑袋，小狗得到爱抚，就伸出舌头不住地舔着她的手。她很高兴这条陌生的小狗与她如此友好，她觉得这是一个挺好的预兆。

隽人在她头顶上方探下身子，一边逗引着小狗，一边用英语按照西洋人的习惯问：

“是男孩子还是女孩子？”

“噢，”那位外国太太很自负地说：“它是一个十分听话的漂亮小伙子！”

“阿哈，怪不得它对漂亮小姐这样感兴趣！”隽人低下头用上海话对芷霜说，也不知为啥，他今晚的俏皮话特别多。

“好啦，”隽敏觉着自己被冷落了：“我都发冷了！”

隽人这才觉得妹妹生气了，连忙一把揽住她肩头嘻嘻地笑了，一边把眼睛又向芷霜瞄了一下，好像在说：“看，我们把妹妹冷落了。”这一来，倒好像他们两人间已经有一种默契似的。

前面一条小马路转角处，传来金属相击之声，“嘭嘭——嘭，嘭嘭——嘭”，节奏感很强有板有眼地在这条空旷的马路上回荡。

“呵，卖棉花糖！”

那是一个卖棉花糖的小贩，孤零零站在路灯的阴影里，也不大声招揽买卖，只一味将手中的铜勺，嘭嘭地敲着那口烧糖的炉子。

在街上吃零食，在她们是绝对不可以的，但不知为什么，今晚大家都想略略放肆一下。

“吃哦？”隽敏挑动地问。

“吃！”芷霜毫不含糊地点点头。

"好，我替你们去买。"隽人拔腿就要去。

"哟，今朝真稀奇，如此勤快呀！"隽敏揶揄着哥哥。

"我们自己去买。"芷霜只觉得脸上辣辣的，与隽敏两人一前一后地向那棉花糖摊奔去。隽人也小跑着跟上她们。

走近了方发现，那卖棉花糖的，是个白俄。不过四十出头的模样，戴着一顶软塌塌的鸭舌帽，围着条半白不白的饭单。只见他将锅底下面马达一踏，机器就轧轧地转动了，再往平底锅上浇上一勺糖水，游丝般的白糖丝就缓缓溢出，渐渐地在锅底伸展、飘浮，就像冉冉萦回的白烟，空气中，弥散着一股温甜的香味。

在马路上买棉花糖，这似已是一个十分遥远的梦了。

她们嘻嘻哈哈地付了钱，又嘻嘻哈哈地一人捧了一大捧棉花糖，而那小贩始终绷着张脸，芷霜发现他那只收找零钱的手，手指是修长的，白皙的，简直像是钢琴家的手。她不禁再打量下他那帽檐直压到眉毛的脸，却只看见阴沉沉的一片，什么也看不清。

"这个人也怪，一张脸绷得像吃生米饭一样，这样做得好买卖的？"隽敏一边啃着棉花糖，一边嘟哝着。

"我看这个白俄，说不准还是个公爵或伯爵，你们看他，人立得笔挺的，功架多好！"隽人感叹地说。

芷霜听了，联想到他那双钢琴家般的手，不禁又回头看看那个白俄。似乎故意的，他把帽檐拉得更低，茕立在街拐角，倚在惨淡的路灯下，嘭嘭地敲着锅勺，企求着自己的生计。

"真可怜。"芷霜说。她想起法国大革命时期那些被押送上断头台的贵族。

"这有啥，革命就是这样。不是你吃掉我，就是我吃掉你，"隽人摆出一副多见不怪的神情。"我们在苏州集中军训时，就抓走了几个共产党。"

"共产党？他们是怎么样的？"芷霜颇感兴趣地问。

"到底是不是共产党我也不晓得，好像是复旦大学的。"

"复旦大学共产党多着呢，"芷霜摆出一副不屑的神情："所以我们育秀，向来没有人考复旦的。这种学堂一天到夜出事情，哪能读得好功课呢？”

“不过，或许我们这个社会，执政党是需要调换一下。老是一个执政党坐江山，那与皇帝老爷一个人坐江山又有什么区别呢？皇帝都打倒了几十年，中国人还是穷。”隽敏越说越激动：“我倒真想遇上个共产党，向他们请教请教，他们准备用啥办法改变中国人的穷相。”

“啥办法？不就是像现在的苏联？一切产业收归国有。但苏联老百姓还是穷。那年胡蝶去苏联，一路上就不断有人盯着她要买她的皮大衣，照相机乃至手表派克金笔，这真是铁幕后的悲剧。”芷霜插嘴道。

“但罗宋人本身已是太穷了，欧洲最穷的国家了。底子穷没办法，革命又革不出钞票，不过只是把富人的钞票匀出来用，也是有限的。毕竟穷人多。你想，本来是一块巧克力让一人霸住了，还有九个人是没有吃的。革命，就是把同样一块巧克力分给十个人吃，巧克力只总共那么一点，分到十人嘴里，只有碎屑了，当然还是穷！应当想办法多造几块巧克力，这才是根本办法。”隽人说。“这才叫真正的革命，否则，只能叫‘造反’，不能叫革命！”

“唷，哥，你倒也能讲一套。”隽敏很感意外。

“那是军训营里一个外校同学跟我讲的。”

“他是搞革命的？”隽敏两眼灼灼地问。

“谁知道。地下党脸上又不刻字的。”

“革命呀！造反呀！这些字我一看到就难过。历史课本上那有关法国大革命的插画还记得吗？贵族们排着长长的队列等候着上断头台，那些尚不谙世事的小贵族，排在队列里还在玩木马呢！”芷霜说着，不禁再回首瞟一眼那个生意清淡的白俄，像有点冷似的，她双手抱着自己胳膊。

“所以，你不能读社会学，只能读家政。”隽敏笑了。

“中国，也会发生这种普罗革命吗？”

“你这叫吃饱饭没有事做，”隽人觉得十分好笑：“就是真的革命，也革不到我们身上。我们又不是官僚、也不是 capitalist

（资产者），我们不过是知识阶层呀。好了，讲点别的吧，今天夜晚，多美呀！”几乎是无意的，当说完最后一句话后，他的目光转向芷霜，芷霜对他微微一笑。她觉得很快乐，觉得自己被一种极其美好的，无瑕的感情所接受了。这种感觉，是从来没有过的。不过，她暂时不愿去深探这种感觉。

九

景臣回到家里，已是快 10 点了，他只觉得心里恹恹的。待发现车库里新置的那辆别克又不在了，肯定是又让隽人开出去出风头了，顿时，就火冒三丈。

“跟你讲过几遍了，以后再看见大少爷自说自话开我的汽车出去，你不要给他开大门。”

“他带着大小姐一起出去的。他讲大小姐……”看门老常为难地说。

“你到底吃啥人的饭？吃我老爷的饭还是吃大少爷大小姐的饭？”景臣依旧怒气冲冲地往下说：“年纪轻轻的坐啥汽车！以后再碰到他这样就讲是老爷的话，不准开车出去！”

走过琴房，只听到一声声生涩的音阶练习，也不知是老三还是老四在练琴，他也不去惊动她们，走进老太太房里，只见老二隽颖，正在替祖母篦头发。颖生性文静，即使放假，也整日呆在家里陪着祖母。

“妈，封家三少爷殁了。”景臣在近门的一把沙发上坐下，十分疲乏地说，“惨呀！家当败得精打光，连寿衣寿衫都还没着落呢。”

祝老太连连用手拍着胸口，摇着头：“啧啧，这样大的一份家当，也会败的？从前提起杭州封家，啥人不吐一下舌头的？凭良心讲，封家那几个少爷算老实的，不赌不烟的，不过就是不大会理财罢了。”

“这不就够了？东家自己百事不管，一本账全部任着账房间去做，成日价只有出去的没有进来的，这份家当不败，也没有日子了。”说着，他不禁又连连摇头：“封家到今朝日子，依旧是一个男当差，丫头姨太太一房间的……妈你倒算算，光这点开销一天就要多少？怪来怪去，只怪封家后代不争气呀！”说到这里，他不禁瞄了一眼立在边上的隽颖，她正在无趣地用指尖抹着那把篦梳，一遍一遍地从这边抹过去，又抹过来，畏畏怯怯的，养媳妇一般。

隽颖脾气娴静和顺，又沉默寡言，一直在景臣心目中十分淡薄，此刻景臣偶然与她面对面相处，自己也发觉一向对这个女儿太冷漠了一点，顿时一阵内疚。他伸手在隽颖颈脖上摸了一下，正想找点什么话与她讲讲，却只觉得他手掌下向来柔顺的隽颖的颈脖，有点僵持地扭着，对这一点两人都是十分敏感的，顿时大家都觉得很窘迫。可见感情这东西，真正一点都装不出假。正好这时，景文苡小姐俩进来了，景臣忙忙抽回自己手，松了口气。

“臣哥，隽人还是到德商豪福洋行去坐写字间了？做点啥事？推销工程师？听听好听来，不过是拿着点606，消治龙之类，坐着包车去一家家医生诊疗室里推销一番而已。这种事，中学生也会应付，隽人堂堂名大学化学系毕业生也揽这个差使，真可谓大材小用了！自然，福利是不错的，薪水高，外加包车费、领带费、皮鞋费和安家费……臣哥，你答应的事总归是不吃亏的。但你不曾想一想，牺牲了隽人十几年的教育和专业训练去换这样一份闲差，那才是大大地吃亏了！”景文始终是视事业为一种天才的启发，坚信自己既然学的是科学，因此所崇拜的，必定还是科学。

虽然去了一趟瑞士，但景文依旧没有沾上什么洋气，还是一身皱巴巴的西装，一脸早该修刮的胡子，神情却十分高亢。

这最后一句话深深刺痛了景臣，他对自己兄弟说：“别这样刻薄，阿文。你的儿子马上也要在芷江大学毕业了，看你怎样安顿他。”

“我是不会安顿他的，我也没这个本事。不过位置倒替他觅了一个：下车间做技术员，求是肥田粉厂技术员。”景文架着二郎腿，悠悠地吐着烟圈说。

“求是肥田粉厂？”景臣一时没有悟过来，这时，一直在边上默默无语的苡小姐笑了。

“臣哥，景文那肥田粉厂资金已筹备就绪了，已物色了劳神父路一块旧厂房的地皮，因陋就简，准备即日就迁机建房了。”苡小姐无限自傲地看着自己丈夫，说。苡小姐并不漂亮，因为毕竟是知识女性，白白尖尖的小脸上，架着一副六角形的金丝边眼镜，两腮隐隐搽上一层腮红，还是十分有风韵的。怪不得景文再也不肯与原配英氏过了，就在杭州替她置了一幢房子，遂让她带着几个孩子在杭州过，以免苡小姐为了名分而尴尬。

苡小姐虽为大户小姐，也属难得，含辛茹苦地帮着丈夫搞那永也没有结果的发明。由于化学反应经常要连续做，不能中止的，因此她就帮着观测反应情况，做记录，做分析，常常在瓶瓶罐罐和酒精灯之间忙个通宵达旦。小小的亭子间就是他们的实验室，自己双手常被药水灼得伤疤累累，让盐酸的酸气，硫化氢的臭气呛得透不过气来，这还是小事，只是那臭气迷漫四溢，四邻五舍出来讲闲话了，那才真麻烦，少不得还是这位娇小玲珑的苡小姐出面，操着生硬的北方腔上海话一家家去赔不是。这个太太，真正不知景文是怎样修来的。有时，景臣对他这点艳福真有点嫉妒了，他自己哪怕已当上赫赫有名的祝总经理，尽可以挑廿几岁的年轻小姐做祝太太，就算这样，但那些个愿意嫁他的小姐们，包括蒲娟琳，哪个不是看中他鼓鼓的腰包和响咣咣的中华银行总经理头衔！要是他在这次挤兑中跌个鼻青眼肿，那些个本来准备向他抛彩球的小姐们，包管躲得一个也不剩！

“正式开工的日期，臣哥可一定要赏光的！”苡小姐以无限的期望目光盯着景臣，又转过身心疼地看着自家丈夫：“这几年来，景文瘦了整整 16 磅了！光那几十克硫酸铵的成品，就是在亭子间里苦了三年多才弄出来的。”

“办实业，牵涉面广，敲诈的人又多，远非景文你这种既无地位，也无经济能力之辈所能胜任的，你这样拉了三家银行投资贷款，一旦还不出这笔债，可是不得了的事呀。”景臣担心地说。

“阿臣，嫑怕，”祝老太却胸有成竹地说话了：“记得你们弟兄俩在杭州封公馆时，他们的账房先生给你们俩看过手相的，看罢即对你们的爷直打躬，说老祝呀，你两个儿子将来不得了，一个是贵命，一个是富命，倒还是阿文是富命呢，说不定，阿文将来比你还要发。现在他也与人家合股开厂，不就应了这个说法了。”

景文两夫妇都是留学生，如何会相信这种迷信？不过这总是一番吉利的话，听上去是十分顺耳的，只是景臣倒觉得心里一动：这种玩意，不可不信，不可全信，说不准，景文是交了鸿运了。

“怎样，叫隽人来吗？我这里可真能学到真本事呢。我那三个儿子都要把他们叫来，我们祝家门几个第二代，同心同力再打个实业天下出来……”景文兴致勃勃地说着，“这才叫青出于蓝而胜于蓝嘛……”

“对啦，阿文，这才是一句大真话呢。”老太太今日也高兴了，话也多了：“快把你那几个儿子女儿接出来，把英氏也接出来，发了财，造一幢大房子，大家和和气气住在一起，不分先来后到，俗话讲：三人抱成团，黄土变成金……”

这番煞风景话说得苡小姐脸上红一阵白一阵的，景文忙用话岔开了：“姆妈，你又弄混了，办实业不同于做生意，盈利多少不是主要的，最主要的，还是要发展我们中国人的肥田粉制造业，不要样样都指望外国人。”

“盈利做啥不谈？你有啥本钱做蚀本生意？”景臣冷冷地插话道。“按规定，发明人有发明权，这有啥客气。”

“当然，这要谈的，但问题首先要把肥田粉生产出来！”

唉，哪怕是嫡亲兄弟，也是脾气各不相同，景臣也懒得与弟弟争辩，都四十好几的人，又不是三岁小孩子。

他自顾走到书房里，看看表，还是给钱新之这位钱业界的红人拨了只电话，托他与杜公馆的总管万墨林打个招呼，准备约个日子登门拜访这位杜先生去。

景臣也算是见过大世面的，且天性善于交际应酬，应付自如，但这次，却总有点心怀懦怯，很不踏实。

陆妈把洗澡间收拾好了，景臣拿了睡衣进去洗澡，一边仍想着求见杜月笙之事。

杜先生此人虽是水果贩出身，但现在是上海滩上一大亨，不要讲你金融界名人钱新之徐懋棠都要看他脸色行事，连蒋介石都要捧他的场的，他区区一私人商业银行总经理去求见，总觉得有点缺乏自信，没有把握。特别这种白相人出身的，与黄家码头小瘪三无异，一旦翻起脸孔来，样样下作事体都做得出，自身受点气还是小事，只怕杜月笙路路都通的，一旦与你寻寻开心捣个蛋，那就远不是大中银行的龚副理所能比的了。

景臣把冷热水放了大半浴缸，将自己泡在里面。紧闭的浴室门外，只听得三女儿隽玮在过道训女佣陆妈：

“怎么客堂西窗的百叶窗又忘记关了，足足晒了一个下半天，家具都要晒翻颜色了。我讲的次数太多，连我自己都觉得不好意思了；知道的倒也算了，不知道的，还要嫌我三小姐太疙瘩，成天烦不清的……”

才得 14 岁的隽玮，训佣人嗓门虽不大，一字一句却是掷地有声，听那口气，公然又是一个隽敏，景臣不禁抿嘴笑了。

人，就是这样讲不出，为了满足自己的尊严，就是欢喜这样一档吃一档；主人家骂管家，管家骂佣人，佣人骂丫头，丫头骂瘪三……整个世界就是这样，一档吃一档。要想不给人家吃，只有自强自振，弄得人家吞不下去。有时，还要施点软硬功，需要时，狗洞也得钻呀！

十

杜公馆在华格臬路216号，粗看房子也普通，三间两进，前一进是中式石库门式的，格局颇像贝勒路刘公馆那种，后进是西式三开间三层楼洋房。一位穿黑香云纱的听差，很客气地将景臣引至后进的东厢房处，里面设一张红木中式写字台，几张长短不一的沙发，开着冷气凉凉沁沁的，看来，像是杜月笙办事的房间。

景臣不敢对着冷气口坐，转到墙角一张单人沙发前，将长衫一掖，大大方方在沙发上一靠，用指尖敲着沙发把手静静地候着。

这样大一个公馆，算起来听差佣人也不少的，倒也难得屋里如此寂静肃穆，一切都井井有条，这管家也蛮能干的。景臣看看手表，已8点过了。杜公馆是夜市面，晚上8点钟，市面动也不曾动了，一顿夜饭也不知得几点钟开。按理，这个辰光拜会主人，总有点不尴不尬。钱新之因着景臣之事很有点火烧眉毛的，因此热心相助。凑巧杜先生自“七七”事变后，着手组织上海市救护委员会，忙于征募各种医药用品，好像上海也要打起来似的，忙得不成，好容易万墨林才帮着挤出这么个空档来。

不一会工夫，敞开的门前投进一个影子，景臣忙紧张地做好起立的姿势，果然，晃进一个瘦瘦白白、文文绉绉的先生，那就是杜月笙。景臣忙起身向他恭恭敬敬一欠身，他则连连做着请就座的手势。景臣曾在杜氏家祠落成之时，陪着魏大班去浦东新桥向他道贺时，见过杜月笙一面。但那次来自各界的头面人物足有万把人，景臣也只是站得远远地。这番，则可谓与他近在咫尺了。只见他身穿一袭象牙色的绢丝纺长衫，下着灰丝袜配着皮面中式圆口鞋，温文尔雅，眉清目秀的。只是那细皮白肉的脸孔上，罩着一层木乎乎的青黄色。内行人一下就掂出，这是吸鸦片所致的。

两下坐定，杜月笙操着一口浓厚的本地口音客气地与他敷衍着："魏经理故了也有好几年了，好在如今你祝先生，接着做得也蛮好的，现今中华银行在上海滩私人银行中，也算得上头一块牌子了。这阵遇上挤兑，祝先生又要忙了。"

也不知是无意还是有心，杜月笙自己这样把话题挑明了，倒省却了景臣兜圈子寻话搭子的精力。想来，华行面临困境，境遇不佳的情况，也已传遍上海滩，杜月笙心里也是明白的，他能主动提起话题，倒又觉得杜月笙确实会做人，体谅人。景臣也就趁势开门见山，把华行困境及大中银行逼人太甚之事，全盘托出。

杜月笙侧耳静听着，直到景臣讲完了，略略沉思一下，即开口说了：

"大中银行是官僚银行的头一块牌子，中华银行是私人银行的头一块牌子。前20年，上海滩上还流传着'大财神人称大中，小钱鬼我推中华'的讲法。我现在也算是大中银行的常务董事，与你们中华魏经理也是老朋友，彼此相识多年，交情不错，两边都是朋友。没想到现今，你们两家互相间弄得如此不共戴天，我倒又难讲话了。"

那是一个婉转的推托。景臣心中也有数，这样的大事情，杜月笙岂肯随便应诺的？只好又赔着笑恳求着：

"实在是大中银行处处与中华为难，大有非挤垮不可之心。华行自从挤兑以来，创深痛剧。自光绪三十年华行成立来，我们经过多年的苦心经营。虽成就渺小，总算也为华行打下初步规模，要华行在我手里倒了，我这只脸孔，上海滩上还有地方摆吗？这一次，随便怎样请杜先生帮个忙了。"

杜月笙呷了口茶，摸出一方手帕抹抹嘴，谦和地一笑，说："我哪有这样大的本事？我原来是强盗扮书生，所以人家有点见怕我。现在则是曲蟮修成了龙，在社会上有了点地位，至于人家买不买我账，也只得随人家心。虽说我是大中银行董事，你做银行的也晓得，董事是没有实权的，且又是官办银行……就更没权了，不过装装门面罢了。"

景臣听出了其中的妙音，当即抓住不放，苦苦游说着："那就恳请，杜先生也给中华银行一点面子，出任中华银行董事，以壮我们华行声势了。只要杜先生帮这点忙就足矣。"

杜月笙推辞再三，最后总算表示。华行也是一有资格的私人银行，一旦真的倒了，对上海金融界市面影响太大了，所以，他也不忍袖手旁观。

"现在正值'七七'之后，时局动荡。我看，上海完全有可能会打起来的。如果这时金融市面再不稳，上海可真要乱了。"杜月笙颜严色正地对景臣说。景臣想他这番危言耸听之言语，不过有点故意卖弄自己关心国事，忧国忧民之心罢了，因此也只一味敷衍着频频点头，实在也没把他这番话放在心上。

"所以嘛，我本该义不容辞帮忙的，无奈两面都是朋友，顶多只能劝说劝说，大家都是钱业界的同仁，还是以服务社会民众为重。至于出任中华银行董事，万万不成。"杜月笙仍是佯表推辞，坚决不就。景臣暗自忖了一下，觉得听他口气是已有答应帮忙之意了。只是大亨得有大亨的架子，一时半日，他是不肯立即应允出任中华银行的董事的。只要答应去大中银行打招呼，已十分卖面子了。当即也不勉强即告退了。杜月笙将他送到房门口，又叮嘱了他一下："看来，上海这一仗，迟早要打起来的，凡事还要多生个心好！"景臣连连应诺着，退了出去。

出得杜公馆大门，晚风一吹，景臣只觉得背脊处一片沁凉，猛地汗毛都竖了起来。此时方发现，后背上，汗湿了一大片。里面明明开着冷气呢，看来，这不是热的，而是一身急汗。

他精疲力竭地往后车座上一瘫，只觉得浑身上下一点力气都没有了。

这一带比较冷落，汽车在黑魆魆的马路上悠悠地行驶着，不知不觉开到了四川路桥上，一群衣衫褴褛的小瘪三聚在桥边，一旦有黄包车三轮车等过桥，就争先恐后地抢上去帮着推车，待车上扔下一把散角子，又拥在桥上马路当中你争我夺。也不顾后面上来的汽车喇叭揿得震天响。

“瘪三，寻死啦！要死，黄浦江上没有盖头呢。”阿义把头伸出车窗狠狠地骂着，一边回过头对景臣抱怨着：“这些小鬼，真不晓得，万一真给车子轧死个把，年纪轻轻的，一世人做完了！”

景臣闭着眼睛笑了笑，说：“放心好了，他们才不会被汽车轧死了，小鬼头个个活络得不得了，你存心要去轧他们都轧不着呢。”

景臣望着窗外渐渐热闹起来的街道，再像放电影一样，将刚刚拜会杜月笙的一幕幕回忆了一下。这位杜先生，功夫已到了炉火纯青的地步了。看他出言吐语，温文尔雅，要言不烦，语中肯綮，真正也是一位天字第一号的聪明人。看来，请他出来讲句话，挂上个名誉董事的牌子是再好不过了。有了他这张金字招牌，谁还敢与中华银行过不去？好呀，大中银行，看你还有啥戏好唱！不过，猛地，祝景臣忽感到头脑里“嗡”一下，生出个问号。既然捣乱是起自大中银行，而杜月笙，又是大中银行董事会董事，他果真是为担心上海金融市面不稳起见，早就可以阻止大中银行的龚副经理的，何必非要等到祝景臣登门求请？且杜月笙自己又暗示啥“董事”之话，莫非，这场戏中，他也有份的？原本是他编的？别忘记，杜月笙自己，开设有一资金雄厚的汇中银行呢！景臣只觉着浑身起了阵鸡皮疙瘩！手掌心上，又是汗涔涔的。

罢了罢了，且只当像刘同钧那样，为了保险，花5万洋钿向义品洋行买面比利时国旗当老虎皮包起来了。要紧的是，尽快将董事委任状送去，只怕又夜长梦多！

次日，景臣与李老板亲自再上杜公馆送聘书，再让两听差送上一尊明代碎瓷大肚圆瓷瓶作谢礼。杜月笙先还仍佯装推辞，后经祝李两位董事再三恳求力劝，方勉强答应任职，但还提出两个条件：一、 不去华行写字间办公，二、 不拿薪水。

“好说好说。”景臣连连应诺了。不去写字间办公不难，不拿薪水，不过是往自己脸上贴贴金而已。华行少不得还要变着法子，把那每月一千块的董事薪水，一文不缺地送到他杜公馆里来呀。

景臣觉得一颗悬了多日的心，刚刚算有点着落。杜月笙这边胸脯一拍，至少大中银行那边不会再趁火打劫。正想今晚可以睡个安稳觉，岂料半夜炮声大震，北边天空一片火红。

十一

8 月 13 日晚上，日本人突然炮击南市闸北一带，几乎一夜之间，通往华界的各租界口，都拉上带蒺藜的路障。

华行所属的几个处于闸北的仓库及地产，也遭受了不同程度的轰炸，也有为数不多的华行同仁，家室遭炮轰而流离失所，于半夜就拖儿带眷逃到行里来避难的。14 日上午华行召开了紧急行务会议，责令南市闸北等分理处的证券文件及客户置于保险箱里的保险物品，统统转移到位于租界地的总部来，随后又为那几位受难的行员先在华行附近旅馆里开了几间房间安顿下来。景臣自半夜听到闸北一起枪声，就即刻驱车亲临华行，待一一布置就绪，已是次日中午了，虽然心中十分明白华行的地下保险库是十分坚固可靠，可谓枪炮不入。但景臣还是连午饭也顾不上吃，又亲自到地库去细细察看一番。

这沉甸甸的门户足有半尺厚，门一开，只觉得一股阴气迎面扑来，沿壁 12 架德制抽湿机日夜不断地嗡嗡响着。大库里堆垛着整整齐齐的各种名贵波斯地毯及古董古书等。四壁则是密密集集、一格一格的客户租赁的保险箱。景臣沿着四堵墙壁缓缓踱步，橐橐的皮鞋声在这庞大的地库里发出沉闷的回声。讲这个地库价值连城，实在也不过分，其中不少存保的文件及古董首饰，都是无价之宝呢。眼看如今上海陷敌，厂家商号惨遭破坏，景臣望着灯光下，那些格格方方的保险箱上锃亮的匙眼，只觉得肩头的担子压得有点透不过气来。虽说现在华行身居租界地之中，但近在咫尺的闸北南市战火已烧起来了，总归让人不安。

从地库出来，回到写字间，还来不及抽上一口烟，只听得轰隆一声，窗玻璃也随之嗡地震了一下，景臣将香烟一扔，霍地跳了起来，就像刚刚刮过一阵强台风，窗外的空气，还在尖利地呼啸着。他奔到窗前，只见下边沿街都是碎玻璃，外滩方向上空，冒出一缕缕青烟。

与之同时，电话铃响了，钟太太稳健的女中音使他冷静了下来，这样的女秘书真难得。

“炸弹落在汇中饭店那段，沙逊大厦铺面橱窗全部炸碎。我们华行安然无恙，只是二楼三楼几扇敞开的玻璃窗给气浪震碎了，没有行员及客户受伤。”钟太太向他报告着。

“谢谢你，钟太太。”景臣惊魂未定地掏出手帕拭拭额头。似乎为了证实他刚才在地库里的担心，租界地到底也吃了炸弹了。景臣猛又想到位于八仙桥及静安寺的两个分理处，为了安抚他们，他忙叫阿义出车让他去看一看。

天，出奇地热。一路上，救火车及救护车尖叫着在尘埃滚滚，满是瓦砾碎砖的马路上川流不息。远远地，他看到皇宫饭店的横梁扭转了，炸碎了窗框的窗洞，像只只摘下近视镜片的眼睛，在断垣残壁上空然无神地张望着。

“到底打起来了！”景臣脸色苍白紧张地坐在车里，蓦地想起在华格臬路杜公馆里，杜月笙有关时局的一番话，当时只以为杜先生不过是故意卖弄，不料他的估计竟这么准确。

上海人永远这么优哉游哉，即使炸弹落到头上了，也还是笃定泰山。大世界近头，依旧人山人海，车水马龙，闹猛得很。

“看，我们的飞机！”司机阿义瞥了一眼反光镜，大叫一声。

果然，湛蓝的天际，两个黑点几乎向着马路俯冲而来，清晰地传来马达的怒吼。路人纷纷驻足仰望着，连公共车里的乘客，都从车窗里伸出头，手搭着凉棚往空中观望着。

在大世界前十字路口，红灯亮了，阿义脚踏煞车板，一边在反光镜中观望着那两架飞机，一边自言自语地助着战："打呀，打死东洋赤佬，把它们赶到黄浦江去，黄浦江反正没有盖子呢。打呀……"反光镜中，一只黑点迅速往下坠落，几乎能看清机翼上的标志，同时，一样黑嚓嚓的东西从机尾坠下。

"不好！"阿义大叫一声，不等景臣意识到什么，他已脚踩风门，景臣那辆别克在红灯前箭般向十字路口飞了过去，刚刚过了十字路口，几乎是同时，景臣只听得身后天崩地裂地一声巨响。车子戛然煞住，接下来是一片令人窒息的死寂，景臣觉得这个世界上，似只剩下车里的他与阿义还活着，莫非真是世界之末日到了？他疑惑地回过头去，只见车窗后一片滚滚浓烟。随后，世界才像苏醒过来。顿时，一片凄惨的呼叫声四处响起。阿义拼命踩风门，车子只纹丝不动，他下车去察看，过了一会，他从车窗伸进他那张因紧张而白得发青的脸对景臣说："祝总，轮胎上刮上两块弹片，走不动了……"

景臣望着阿义那张惊惶得失神的脸面，刚想问他何以脸色这么难看，可是身上伤着了，不料阿义却伸手拼命摇他肩膀："祝总，你没什么吧？你没伤着吧？你怎么脸色这般吓人。"

这时，急促的救火车声和救护车铃声，在烟雾弥漫的大街上响叫着驶过去，一辆又一辆，络绎不断，与维持秩序的哨子声，路人哭喊声交织成一片恐怖的摧人心肺的声响。当硝烟略略散掉时，景臣回首一看，不禁倒抽一口冷气；一分钟前竖在十字路口的那螺旋形铁架的红绿灯连同刚刚还在指挥交通的安南巡捕，已不见踪影，铁架偏南的马路上，炸起个丈把深，直径有两丈的大窟窿。

"我得去八仙桥分理处看看几个行员。"景臣打开车门，这才发现后轮胎已全部凹进去，车身歪斜在一侧，好险呀！

一路上只见各种车辆残骸东倒西歪地躺着，有的还在冒烟，路上到处可见炸得血肉模糊的人的肢体，死的和还在蠕动着的。

八仙桥华行分理处的铁门已拉上了，里面死一样的寂静，它离炸弹落地处约小半条马路，总算一切无恙，景臣不禁闭眼暗谢一声苍天。他进去对分理处行员抚慰了一番后，破例规定今天提早打烊，以让行员们家属可早点放心。

同日晚上8点许，在福禄新邨席家，则是一片恐慌，席师母一改往日那鬓发纹丝不乱的仪态，头发蓬松地坐在客厅藤椅上，一对眼睛哭得核桃般肿。曹师母在一边安慰着她。

“这一切全是命中注定的，谁也怪不着，你又不是算命先生……”

“我也发昏了，早不差阿周迟不差阿周，偏偏下午3点横里中觉困醒了。也不知怎么鬼使神差一来，差她去大马路万有泉买点火腿……索性那一觉再睡得长一点，躲过那个凶时，阿周这条命也就保住了……唉，她为啥偏要往大世界兜过去。”

原来，阿周在大世界里送了命，还是她身上揣着一只乡下寄来的信封上，救护队的义工们才发现她的住址，来通知席家的。

“……可怜阿周跟着我十几年了，我怎么向她乡下的男人交代？”席师母说着又嘤嘤地哭了，曹师母使眼让芷霜送上一绞毛巾，依旧尽力抚慰着她：“不要再钻牛角尖了，这是没有办法的事，到头多替她烧点纸，打发她男人一点铜钿，也算主仆一场。”

芷霜有点吓呆了。刚刚阿周出门时，她还对她小小地使了一番性子，然后只见她撑着顶黑布伞，提着只草篮出门了，怎么一下子就讲给炸死了？活生生一个人呀!

“姐姐，我要上厕所，你陪我去，我怕。”弟弟承祖轻轻说。芷霜带着他上楼去，在走过亭子间阿周的房间时，芷霜自己都有点害怕了。

次日各报上说，那是一架出击敌舰“出云号”的中国飞机，被日舰高射炮击中，驾驶员原打算飞往虹桥机场降落，为了想减轻机身的重量，想把炸弹扔在跑马厅上，结果不知怎么，却落在大世界十字路口。

岂料九天后，先施公司又挨了颗炸弹，直到此时，遇事向来笃悠悠的上海人，才真正觉得打仗了，原先的侥幸心理才变得恐慌起来。

福禄新邨位于越界筑路处，席师母眼看着邻里们都纷纷逃进租界去投亲靠友了，她本是发誓，死也要死在自己家里。无奈只听得华界处传来的嘘嘘流弹声，心也慌了，偏巧丈夫又没有在家，自己一人带着一对儿女，心里到底不踏实，子弹又不生眼睛的，怎么办呢？隔壁曹家也一家都避到公共租界亲戚家。正在六神无主之时，可巧席师母的娘家兄弟不放心她，特地过来劝她一家去避一避，席师母此时看看左邻右舍都走了大半，到了夜里，四周太平间一般的死寂，当下也就下了决心，一把铁将军管门，带着一对儿女，去兄弟家躲避一阵了。

席师母娘家，原先在乡间也算得个殷实人家，后来遭了强盗抢，伤了元气，再加哥哥又不甚能干，那份家底，也就渐渐见薄了。后来哥哥就把乡下那份产业变卖了，在慕尔鸣路松云里买了幢弄堂房子，沿马路街面上再开了爿杂货铺，将将就就地就这么过着日子。

一幢单厢房单开间弄堂房子住上一家六口，再去掉一个店面，已是十分拥挤，再住进席家三口带个娘姨，更觉得连转身之处都没有了。这里又没有抽水马桶浴缸，那日子，岂是芷霜能过的？怨不得她成天紧蹙着眉头，把张脸拉得老长。

“将就点啦，小姐。”席师母看不过，少不得暗地里训她几句：“像我们这种过日子的，上海能有几家？比比那些宿在马路上的难民，你也要知足了。”

芷霜在育秀，满眼看到的尽是名门大户，姆妈这番话，又哪里会听得进？最难熬的是吃过夜饭这段时光。舅舅家为了省电灯，只开后客堂那盏灯的。一盏 25 支光的灯，从油葫芦中拉着直垂在吃饭台上面，大家就围着这张吃饭台各做各的活。这嘈嘈杂杂的，真叫看书也看不进。聊天吧，那舅舅一家，都属市井之辈，芷霜也觉与他们聊不上。索性每晚放下饭碗，就端着个小板凳去晒台上呆坐。

那晚，席师母实在看不得她那副淡漠的神情，趁着边上只有个娘姨，又训起她了：

“好歹也和舅舅舅妈敷衍几句呀。总归是你外婆家人呀。为人总得讲个良心，你那个舅舅，是不大得志，穷着点，但总归是你舅舅……”

“哟，我不是对他们蛮客气的，出去进来总归招呼一声，你还要我怎样？对他们磕头好哦？”芷霜被母亲唠叨得不耐烦了，就抢白了几句。

“大小姐，”娘舅家的老妈子也听不过了：“我们乡下有句话，娘家人越是穷，越要走动，方才是一等一的人。席师母就这点拎得清。娘家人，是断不得的。这句话，你总归要记住。这里是你外婆家……”

芷霜发火了，脚一蹬，对着她就嚷了：“我和姆妈讲话，要你在这里多嘴？”说毕一摔门，就出去了。

席师母无奈地叹了口气：女儿现今见识广了，眼界也高了，读的又是那么高贵的学堂，交的朋友也是上台面的人家，越发不把她这个娘放在眼里。她真弄不明白，花那么多钱把女儿送进这样费钞票的学堂，究竟有啥意思。看哥哥的几个女儿，书是读得不多，但家里店里的事，全照料得井井有条，且啥话讲上去，都是噢噢应应的。要不是席先生坚持如此，她才不愿意花那几个冤枉钱送女儿读这种贵学堂呢。

那晚灯下，儿子承祖在练大楷，这是席先生给他规定的功课。女人们忙完了涮涮洗洗的琐事也聚在灯下翻起丝绵背心，这是自愿捐给抗日将士穿的。那不亮不暗的玻璃灯罩四周，只听见不断的笃卜笃卜声，那是小青虫飞撞在上面发出的声音。要是没有战事，这倒是一个十分安宁的晚上，自出嫁后，席师母已有好久，没有这样与哥嫂朝夕相处了。

“作孽呀！短命的东洋人在罗店一带烧杀抢的，”哥哥把报纸愤愤一掀，说：“京沪线沿途都是伤兵，来不及运呢！”

“唉，这租界里也不知能太平多久呢。”嫂嫂听着，就担忧地说：“我们也不知前世造了什么孽，这辈子一直在逃难……起先逃孙传芳的，现在又要逃日本人。啥辰光，才得有口太平饭吃呢！”

“呃，妹妹，”哥哥又发话了，“振绪要啥辰光才得回来？我有点事等着与他商量呢。现在杜月笙出任中华银行董事，华行表面上是稳下来了，我就不放心，怕那是在唱空城计。你看，我这点铜钿，到底要不要再存在里边？现在时局又这样乱！不如拿点出来囤点货色？”

“我当家人不在家，自己也像个聋聱一样，啥都不接头。不过按常理讲，华行产业这般大，别的不要去说，就那一大片一大片的地产，基业还是大着呢，我看这不像在唱空城计。再讲现今兵荒马乱的，钞票还是存在银行里保险。前年，振绪带我去看过华行的保险库，莫佬佬的大，真叫炸弹也炸不开呢。”

“这也对，”哥哥点头称是：“老话讲，穷归穷，总归还有三担铜。华行家大业大，哪像我们这种小铺子，一点点风浪都推扳不起。钞票还是存在银行里放心。杜月笙早不出任董事，迟不出任董事，偏偏在这时光出任华行董事，总归有他道理的。看来，事情已给他摆平了！”

那边承祖也在侧耳听热闹，席师母轻轻在他头上拍打一下：“做你的功课。”

“我已做好了。”承祖说。

“时间还早了，再读一些书。喏，这本书拿去读读。”席师母顺手抄起一本书递给他，她也不识字，书倒放正放也弄不清楚。承祖一看这正好是本《三国演义》，也就不吭声地接下来津津有味地读起来了。

席师母依旧接下去说：“不过，我现在也逐渐明白了，家大业大，再大也是假的，惟有这里的东西，”她拍拍自己肚皮：“才是真的，强盗抢也抢不走，炸弹炸也炸不掉。所以不管怎样，小囡读书，总是第一要读得好。”话说到这，想到女儿芷霜那副盛气凌人的模样，又觉着一阵窝心疼，只是说道不出的苦。

此时，芷霜一人默默坐在晒台上，边用蒲扇赶蚊子边想着心事。北边不时传来密密集集的枪声，那是谢晋元的部队在抵抗。这个世界，怎么说变就变了？那晚，在凡尔登花园前的散步，嘻嘻哈哈吃棉花糖，还有那条浑身雪白的牧羊狗，如今想起来，就像一场梦似的。

那天隽人私下要约她再出去，她回绝了。自然，在育秀熏陶过的芷霜，还不至古板到与男士看几场电影或散几次步，好像就此已达成某种契约。恰恰相反，她希望，他每每与她接触一次后，要感觉到她不是十分容易得到的，虽然她不是大户小姐，但她是体面的门户出身，她将是沪江大学的学生，她来自育秀这样一等一的学校，她才不会因为你是祝大班的公子，就昏头了。自然，谁也不会认为席家是穷人家，但与祝家相比，毕竟差了远远一大截了！这工夫，偏偏又寄居在舅舅这种小家之户里。万一隽人撞进来，真要让芷霜窘煞。芷霜越想心里越烦，偏偏蚊子又嗡嗡地上来扰乱。她恨得举起那把宁波扇劈劈啪啪一阵猛拍。“唷，一个人在黑头里发啥火？”

晒台门一推，麒麟进来了，穿着一身卡其制服，很有几分军人气概。芷霜已有好久没有见到他。却也没有想过他。但此刻当他猛一下出现在眼前，她才发觉，自己实在是十分高兴这时他能来看她。好像就在盼着他来。

“麒麟哥，你怎么长久不来看我！”她嘟着嘴唇，像个受委屈的小孩子猛地见到亲人，眼圈都红了。“我住在这里，连个可以讲讲话的人都没有。”

“看，我现在不是来了。现在都啥时局了？你还尽发小囡脾气。”麒麟用扇子拍拍她头。芷霜觉得有麒麟在，她心里很实落。她忽地有一种感觉，如果将来有一天，即便全世界的人都冷淡她了，但总有一个人，永远不会冷淡她背弃她的，那就是麒麟。“我这几天一直在伤兵医院里帮忙救护，真正是惨不忍睹！”麒麟说。

“这次会不会也像“一·二八”淞沪战那样，打过一阵就好了？”芷霜问。

麒麟看看她，觉得她还像生活在玻璃房里似的，有好多事，解释都没法向她解释。

“看这情况，学堂也不知啥时候才得开学呢。”芷霜忧郁地望望夜空，那噼噼啪啪的似鞭炮般的枪声，依旧绵绵不断。真没想到，她向往已久的大学生涯，竟是在一场战事中开始的。这该死的东洋人，打混了她的一切，她的平静的居家、学业，还有，那刚刚开始的，朦胧又美好的……还是说，友情吧——芷霜有点迷信，凡事，她宁可想得比实际上差一点，似这样更好。

“你看，上海守得住吗？”芷霜又问。她心目中的麒麟，十分智慧、能干，他样样都知道。

“谢晋元的部队士气很高，我看能守一段时期的。”

“守一段时期？”芷霜失望地说。

“你看，我们把东三省也丢了，卢沟桥之事上，政府又是这般含垢忍辱的。如此忍让，叫军队怎么办呢？我们老百姓又怎么办呢？”麒麟说着，默默地看看漆黑的夜空。

“租界里，日本人总归不会进吧？”芷霜又问。向来，芷霜对局势是不关心的，在育秀园中，英国皇族史和好莱坞明星的逸事，要比时局更让她关心。但现在，她已到了不得不关心局势的地步了。

“沪江大学在日占区里，”芷霜说着，都要哭出来了。“我不晓得，书还有读吗。”

“我们乡下，也让日本人占了，我的老母与弟弟，也不知死活呢！”麒麟闷闷地叹了口气。

“呵！”芷霜同情地拍拍他搁在石栏杆上的手背。她凡事总不大容易想到人家。麒麟老家在上海宝山，这战事一起，肯定受祸，她怎么就先不想着关心一下他，一味只晓得烦自己那点事。

“也没啥，现今像我这样的与家里失却联系的人也多的是，仗一打起来，求谁都没有用，只有靠大家出力，让仗早点打赢、早点结束。所以我参加了红十字会救护队，也是为了尽点力。其实我看，就是暑假完了，一时半日也开不了学。你其实也可去参加一些救护工作，免得呆在家里天天生闲气。”

“不，我不行。”芷霜却拼命地摇手：“我看见血要头晕的，再讲这些难民身上，说不准还有蚤子呢，你真要当心。要带在自己身上就麻烦了。”

麒麟又疼又怨地轻轻打了她一拳。对这个漂亮任性的女孩子，他本无奢求，惟一希望的是，当他在走他的路时，她能站在一边远远地望着！

已过立秋了，乍一阵晚风，倒也有几分凉意了。

“冷哦？我们下去吧。”芷霜说。

“不。”麒麟脱下自己那件橄榄色的外套给她披上，“下面人太多了。还是在这里坐一会吧。”

外套带着他的体温，还有一股淡淡的香烟味，她的心突然变得忧伤多情起来。要是麒麟再对她诉说什么，她相信自己会很难受很难受的。幸好，麒麟什么也没说，只是默默地吸着烟……

楼下，舅母在问席师母：“刚刚那位先生，是阿囡的男朋友哦？”

席太太深深地叹了口气：“这个后生，我倒也是蛮看得中的，人又老实又用功，只是现在是民国时代了，不比从前，这种事不可以爷娘讲了算数的。我看我们芷霜，买块旗袍料子都要横挑竖挑看半天，这个麒麟，横竖她是不会看得中的。你们晓得哦？芷霜现今轧的一班朋友，都是上海滩上的有名人家。喏，上次来的那位祝小姐，祝大班的大女儿，与她是割头颈般的要好，忒的就把她自己的眼界也吊高了。”

“哟，既然不打算嫁给他，与他这样热络做啥？”舅妈很是想不通，她两个女儿，却是一直羞答答地在做活，像是听了这种不该她们听的话而很不好意思，耳朵却是竖得尖尖的，一个字也不放过。

“这就是她们新式人的派头，”席太太很不以为然地说：“就因为横竖不会嫁他，倒大大方方，热热络络，真的是她看中的，就藏得紧紧的，我就这点不放心，也不知她究竟有无看中一个人。年纪倒也不小了。我在她这年岁，已做娘了。”

舅母听了只有连连摇头的份：“我年纪也大了，现在这种新法子也学不会。阿拉两个女儿，总归还要照老规矩做，读上几年书，识得两个字，能看看报上上账，也就可以了。不过家务事，你姑妈眼睛也看见的，都是拎得起的，将来待时局好一点，还托托姑妈替她们物色几个实实惠惠的女婿，其实，像席先生这种银行里做做的，我倒也蛮看得中的。”

席师母听着，倒也细细打量一番正在灯下灵巧地忙着活计的一对侄女，她们一个比芷霜大几岁、一个约摸是同年的，穿着家常的洋布旗袍，头发也是烫得鬈鬈曲曲的，谈不上漂亮，自有一派小家碧玉的甜趣，有一种随遇而安、静娴本分的气度。这种女儿，做爷娘的根本就不用为她们多操心，至多到时候为她们觅一个殷实的人家就是了。像芷霜这样的女儿，实在让她不放心。早几天听她跟她自己爸讲，大学毕业后，原来的学堂要请她回去教书。虽说现在新派了，小姐出去坐写字间教书的也有了，但一个大小姐，日日抛头露脸出去自己挣铜钿，人家会对你做爷娘的戳脊梁的。现今几个邻居家，小姐出去做事的也有，大多是父亲亡故，要养家活口，照顾弟妹的。退一百步讲，就是席先生洋派不在乎人家后头戳脊梁，那么，芷霜将来的婆家，会不会讲闲话呢？人家的肚量，又岂知是怎样的？都在传，芷霜交了个有自备汽车的阔气男朋友。这种事，又是问不得的，真急人。按席师母心思，有汽车的人家，席家也不眼红，这种人势利得很，还只怕芷霜过去让人家看不起呢。

只听得楼梯口轻轻一阵脚步声，麒麟进来与大家道别。这小官人样样好：老实，用功，孝顺，就是家底不厚，这阵，在乡下的家人死活都不知道呢，真可怜。否则，与芷霜配配倒蛮好，两人从小一起长大的。夫妻一世最要紧图个和气舒坦罢了。

“阿囡，”席师母叫住送走了麒麟、又要急急溜上楼去的芷霜。“过来看看你舅母怎样翻丝绵的。大姑娘了，这种活计也要留心学着点，将来用得着呢。”

芷霜的舅母是湖州人，湖州人都擅长翻丝绵。只见她一双粗糙通红的手，利落地撕拉着，把丝绵拉成薄蝉似的一片片，一层覆一层地叠上去。她仔细地扯掉丝绵筋子，一边说："阿囡是有福气的，用不着学这种活计。越是会做活的，越是要累煞，倒不如不会做的……"

她的话声又让黑夜中一阵噼噼啪啪的枪声中断了。

"垃圾桥那边还在打呢。"席师母侧耳听了听，说。

芷霜记起，那天，曹天牌还拿着一串戏票，请大家去看他执导的绍兴戏《红鬃烈马》，那戏班子好像就在那边一个戏院里，这场仗打下来，这家戏院也不知有无炸掉呢。

她忽地十分留恋起那好些个曾令她十分生厌的普通平常的晚上：邻家传来评弹声，曹久馨咯吱咯吱的皮拖鞋声，阿周边在厨房忙活边轻轻地哼着"小别重逢梁山伯"，……现在想起来，这种声音里充满着一种安全感，一种抚慰稳定的味道。

"再铺一层丝绵，铺厚点，都讲丝绵可以防子弹呢！菩萨保佑这点小官人枪弹不入，早日把东洋赤佬打出去，自己平平安安回到娘跟前去。作孽呀，谁个不是十月怀胎出来的？"席师母一边扯着丝绵一边絮絮地说。

唉，千刀万剐的东洋人！

十二

战事一起，位居闸北、虹口等处的外侨和殷实之家，还有沪宁、沪杭沿线的土财主，都纷纷逃避至租界地，兵荒马乱的，他们手边的大量细软财富实无最妥善的去处保存。银行，终因它的信誉及位于租界处的安全，使他们纷纷又把钱财存进去了，而原先濒临萧条的百货等行业，也因大量人拥进租界而活跃起来，种种这些都令钱业界久旱逢雨，特别经受挤兑不短的中华银行，因其经济不倒，再加上杜月笙出任董事，还有这突变的战火，使那原先挤兑的队列变成储户的队列，华行总算否极泰来，转危为安了。不久，内地席振绪又发来好消息：第一批裕盛纱布，一购而空，因着上海不少纱厂地处中国地带，均给炸成一片瓦砾，而裕盛纱布的大批投产，令裕盛股票身价陡增，华行的库房很快就开始盈满了。

好险呀，景臣每每想起那过去了的挤兑，总还有点后怕，还会吓出一身冷汗。这就有如两人对视着看谁先眨眼睛，就差那么个眨眼睛的时间，就是完全不同的又一副局面了。

“八一三”事件发生后，景文的求是化工厂即在8月16日停工，职工也都疏散走了。但仅仅一个月多一点，景文听信了报上的豪言壮语，误以为国军足以抵挡日本人，有可能像当年“一·二八”淞沪战一样，不久便可告结束。景文因贷了巨款刚刚更新了设备，开工心切，在9月中旬即开始把工人召回，开机恢复生产。岂知到了 10 月，日本人鉴于战事进展不大，便改变战略，从金山卫登陆，包抄国军后路，截断沪杭路线，景文是个书呆子，时局是不大关心的，收音机也不常听，脾气又犟得像头牛，别人的话是水也泼不进的，在这种局势下，还不通知停工。真是应着这句“死到临头也不知”的老话了，只知一头扎在自家厂里车间里忙碌。

这正是个礼拜天清早，发根伯轻轻叩响了景臣的卧室门。

“老爷，乡下的文太太已带着孩子逃难逃到上海了，从船码头打电话来了。要叫阿义出车去接他们吗？”

“快给文老爷打只电话去，”景臣一骨碌起身套上晨衣，又加了一句：“别去叫阿义了，他昨夜老晚才睡，我自己会开车去接。”

“文老爷家电话去过了，没人接。”

“打到他厂里去。难道苡小姐也不在家？”

发根迟疑了一下，说：“刚刚小菜场上人都在传，日本人在周家桥一带滥炸，不知文老爷那爿厂逃得过哦！”

糟了，这位文老兄厂里还有不少工人呢。不知他那爿厂有无挨炸。景臣劝过他不要急着开工，他哪里听得进。不过眼前，先将文嫂和侄儿们接来要紧。兵荒马乱的，一个女人家拖着家小逃难过来，也真不容易。

匆匆划几口早饭，景臣就驾车去接弟媳了。

这天新雇的花园师傅正巧来试工，因此隽敏也很早就起来了，看着他锄草、筑花坛，觉得满意了，又讨了半天价才讲定了工钿，待一切谈妥，已快 10 点了，才进屋吃早饭。

祝家日常三顿，如没外客，通常就开在老太太房里一张红木八仙桌上，为着老太太是喜欢热闹的。今日房里靠东窗下，也搭起一块裁缝铺板了。隽敏好生奇怪；怎么没有通过她，就叫来裁缝师傅开工了？到底是请的哪位师傅？做点啥活计？正在寻思如何婉言向老太太启口，却看见墙角堆着几大包棉花和黄卡其布，始明白这是老太太在做劳军寒衣，都是大妹隽颖从教会里认来的捐献物，隽颖是一位十分虔诚的基督徒和热心的社会活动人士。老太太已戴着老花眼镜，准备要开工了。看见隽敏进来，心疼地问："怎么耽搁到这么晚才吃早饭？粥都冷了。"

八仙桌上一锅黏糊糊的香粳米粥，配着三碟粥菜：皮蛋肉松，卤香乳瓜，还有一碟油氽果玉（花生）这三样粥菜，隽敏一看就皱眉头，勉强盛了半碗粥，一边回答着祖母："今天新来的花师傅试工，在与他讲价钿呢。这种人看看呆笃笃，其实门槛最精，所以一开始就要与他到到处处讲清爽，省得他以后出花头。一开始他要我出他 15 块一个月工钿，他讲刘家就出他 15 块，刘家的花园还没有我们大。我煞价 7 块。虽然我们的花园有 3 亩大，但我们活计没有刘家疙瘩……"隽敏眉飞色舞地讲着，她天生喜欢讨价还价，她觉得这其中有无尽的乐趣，虽则她根本不在乎这讨得的四五块便宜。

"其实这种三五块上下也勿要去煞他了，罪过的。"祝老太太不忍心地说。

"你不晓得，娘娘，"隽敏到底咽不下这几口粥，把那半碗粥往台上一搁，起身说："这种人贱得很，对他们客气他们就会当福气了。"

赵妈上来收拾桌子，隽敏就发脾气了："天天供菩萨般这样三只老面孔，看得都厌了。昨天关照过早上添只蛋皮丝火腿丝拌洋菜丝，怎么不做上来？"

"二小姐，这几日打仗打得，一路上都是难民，乡下人都在逃难，哪去寻蛋摊呀？"赵妈小心地解释着。隽敏自知理亏，也算了。

这时，刘同钧的大公子刘如宾打电话来，他与隽敏在一次刘祝两家都出席的饭局上相识的，就此电话没断过。今天的花园师傅也是他介绍过来的，借此话题他又来了只电话，先佯装问问花师傅的情况，后来话到正题，要请她去喝咖啡。隽敏三言两语回绝了，没好气地把电话一搁。

这位刘家大公子虽说长得也属一表人才，东吴大学的高材生，但一想到他妹妹刘彩珍那副俗气样，隽敏对这位公子也全然没有胃口了。隽敏为着是名门闺秀，且又长得楚楚动人，很早就有了追求者，但她就是看着他们一个也不顺眼，这些个大少爷，包括她自家的哥哥，似都是一只模子里浇出来的，除了会弹几首三脚猫似的钢琴，讲话喜欢夹几句英文，还有啥别的本领呢？这样的男士接触多了，就像吃太多的掼奶油一样，甜腻得让人反胃。还不是逞着父亲的威风？只有芷霜这种与她还相差一级的家庭的小姐，才会对他们着迷。那晚，芷霜似有点看中隽人了，拆穿讲，还不是看中祝家这块牌子？想不到，看来高雅上品的芷霜，也不懂真正的爱情。

隽敏走进琴房，百般无聊地翻阅了下琴谱，打开琴盖，用一只手弹着《少女的祈祷》的旋律。

忽地听到发根老伯在下面二道门里对看门的老常讲："老爷去接英太太了，也说不准什么时候可以回家。客人有名片留下吗？哦，封静肖先生，是封家少爷吧？"

呵，封静肖！隽敏心中一跳，停止了弹奏。

"快快请他到客厅坐。"隽敏把头伸到楼道口叫了一声，即匆匆冲进自己卧室，拎起头梳拢了下头发，再对着镜子端详一番，添了层腮红，又觉得不太自然，忙撕下一张化妆纸又去擦掉，这一来又把原先一层淡淡的胭脂也拭掉了，匆匆再补上一点，才三步并两步地下了楼，客厅里一个颀长的个子，正两手搭在背后俯身欣赏着玻璃橱里、那西班牙商人留下的车料玻璃，听到脚步声他回过身来，冷不防是一位年轻小姐，而且他记得哪里看见过。

"你好，我是我爸爸的女儿。"话刚说出口，她忽地觉得自己讲得十分傻。"我们见过面。"她忙改口道。

"哦，是哦？"他对他们见过面表示不热切，只淡淡地又有礼地笑了一笑。

他穿着一件蓝白格麻布衬衫，下面一条白裤子。

"请坐吧，"隽敏大方地向沙发抬抬手，她在育秀那六年可不是白混的。"爸爸去接我婶婶了，他马上就会回来的。"在她无意中得知，这位一表人才的封先生，原来就是杭州封家的后代时，不知为什么，她突然轻松了。

“你知道吗？自闸北一带开战来，我们家里天天在谈论你呢。”她笑吟吟地说。

“谈论我？”封静肖有点紧张了。

“喏，你上次给我们上家政课时，教我们如何避炸弹，我就告诉他们听，要往飞机后屁股上逃，不要往飞机前边逃。连我们的看门老常也在整日唠叨着：封先生关照的，要往飞机屁股后逃……”

这下封静肖可是实实在在笑起来了。他觉得这位小姐十分可爱，两人不觉谈得十分投机。不多久，景臣接来了英氏和三个未成年的侄子侄女，待他安顿好来到客厅，静肖立即恭恭敬敬地站起来：“祝伯伯！”

封静肖的上门，一定是有事。会不会再借钱？这可是只无底洞了。景臣开始心里已有了个疙瘩，借还是不借呢？那边静肖只是瞥了一眼毫无离座之意的隽敏，踌躇着没有开口。

“阿敏，快上楼去陪着你英婶收拾一下。”景臣对隽敏指令着，隽敏这才极不情愿地转身出去。在过道里撞着正在探头探脑的隽颖。“这位漂亮先生原来是来找爸的，我起先还以为他是你男朋友呢。”阿颖悄声不无失望地说。

客厅里，静肖从公文包里拿出一件用锦料裹着的小包，抖开小包，只见一方砚台大的鸡血石，赭红剔透，色正泽亮，连对古董不甚识货的景臣，也估出这块鸡血石非同一般。

“这据说是封家隔代相传的一样物事，所以父亲再落拓，也不敢将其变卖。所以，才能传到我手里。”静肖摆弄着这方鸡血石，嘴角泛起一抹嘲笑。“我应再把它传给我孙子。中国人就喜欢讲究这一套，但我这个儿子，命里没这福气，还要继承父亲留下的一大笔债务，这份无价之宝对我，又有啥意思呢？”景臣估量着他要把这方鸡血石变卖给自己，货是正的，只是这价钱怎么开呢？那可也是没有底的，上落可以上千成万呢。开得太低明摆着有趁火打劫之疑，开得过高，他景臣也不舍得花钱买这闲物。

不料，静肖却恭恭敬敬双手将那块石头送到景臣跟前：“我们这几年来，父亲不争气，我这个儿子也没能量，家道日趋没落，多亏祝伯伯暗地支撑着。现在父亲已过世了，连父亲的丧事也是祝伯伯给办了，我也不讲虚话，祝伯伯的债，我是还不出的，但一切我都想做个了结，因此这块鸡血石，我就求祝伯伯笑纳了。”

这一下可是景臣没有料到的。正要推辞客气，静肖双手按着那块鸡血石，又说：“伯伯一定不要推辞，否则我心会不安宁的，我这个人，生来不欢喜欠人家什么的。”

景臣看他讲得那么坚决，知道他这是早有考虑的，决不肯轻易撤回。“好吧，那我先替你存着，你随时可以来取。”说着他用手指婆娑了下这块石头，不禁赞叹着：“是一件宝呢。”

见他收下了，静肖似长长吐了口气。原来封家已再度分家，其实也无啥好分，只得把那幢房子卖了，卖得的钱分给各房各自谋生。静肖那份都让他替父亲还了部分债，然后让母亲带着几个姐妹回杭州乡下，靠吃那些茔田度日了。乡下开销省，不比上海样样都要花钱。

“早跟爸说了，几个姐妹该早早送进西式女中，如是好歹也有点谋生的本事，但爸不听，几个姐妹也不主动，就这样成了落后时代的年轻的老式女人。因为没有嫁妆，连出嫁也难。”静肖无奈地搓着双手，说。好在静肖早出世几年，家道还未败到现在程度，可以让他留了洋回来。开了次洋荤，静肖就越发看不惯这种旧式大家庭生活。所以一个人租了间公寓长年住在外边，只是这次父亲的亡故，毕竟为血缘所牵连，不得不再回来料理。本以为这将是一次断裂性的分离了，不料父亲那么多未完的债务，根据中国的传统，全部得由他这个长子，且又是独子来承担，他再也不能一走了事，百事不管了。而这笔债，凭他在一个小儿科诊所里帮忙，怕是很难能还清的。

告辞时，景臣拍拍这位倨傲又辛苦的后生的肩头，十分感慨。做人一世，惟独不能做对不起后代的事，至少得有那么一份责任心吧。

景臣送他出去，在过道口，发现隽敏带着阿思在门口台阶上玩。看见静肖出来，隽敏忙牵着妹妹手过去，笑吟吟地说：

“封医生给我们小妹看看喉咙，这几日咳嗽得厉害。”

静肖在亮处查看了一下隽思，发现并没有啥异样，关照她多喝点开水。正要走，隽敏又叫住了他，“封医师，要她下次再不见好，到你诊所来看你呀！”

“欢迎。我的名片。”静肖把名片递给她时，发现隽敏那十分俊俏、清纯得可爱的脸庞，无限希望地微微仰向他。或许，他应该向她说几句得体又可以让她高兴的俏皮话。这在他并不困难。但不知为什么，他没有说。他礼貌地向她微微一欠身，就走了。

景臣一把抱起小女儿，将额头在她额上贴了一下，慈爱地问：“阿思告诉爸爸，喉咙疼得怎样了？有热度吗？”

阿思一边用手指卷着爸爸的头发，一边说：“我没有咳嗽，也没有喉咙疼，但大姐硬要叫我让医生看看。”

景臣心里一动，扭头一看，发现隽敏正站在台阶上出神地望着封静肖的背影。他没有去惊动她，牵着隽思上楼去了。

老太太房里，已摊了一桌的丝绵。刚回来的隽颖、英氏及服侍老太太的吴妈，都在翻着丝绵背心。英氏比景文要大五岁，又是旧式女人，看上去要比他老气多了，只见她挽着个发髻，脸上丝毫不上任何脂粉，要不是穿着件毛葛面旗袍，与吴妈看上去也呒啥主仆之分。只见她那长年套着顶针箍的手利落地扯着丝绵筋，一边向大家恨恨地诉说着：“短命的东洋赤佬，在乡下杀、烧、抢，强盗一样。我们乡下老宅的门窗、地板都被拆下来被他们当柴烧。村东叶家楼，世世代代是读书人的那个叶家，字画、古书都给东洋人连烧带抢的……作孽呀！”

“我们这样大一个国家，怎么会打不过小小的东洋人！”老太太啧啧地摇头说。

“讲起这点兵，也真罪过！我一路过来，沿途铁路上都是一排一排的伤兵，运都来不及运呀，断手断脚地躺在路基上直唤娘……”英氏继续说着。

一讲到兵，老太太又想起那早年饿得出去当兵的大儿子景浩，近三十年都无音讯不知死活。在母亲眼里，他永远是一个一身军装穿在身上还是晃荡晃荡的少年小官人。现在，说不定也是这样带着满身伤躺在路基上直唤娘……老太太眼圈也红了，长长地叹了口气："我活到七十几岁，一生一世也没弄懂，为啥中国人打中国人就打得这么凶，那时一歇是孙传芳的军队，一歇又是吴佩孚的……怎么一打起东洋人来，就这般落花流水不中用了！这次东洋人的势头比'一·二八'那年可要凶了。逃进租界的难民越来越多。隽颖讲连难民收容所也挤不进了。租界地里弄堂过街门口马路两侧挤满了难民，眼看要入秋了，这些人怎么办？"老太太忧心忡忡地说。

隽颖看看表，一边摘着沾在身上的丝绵絮，对祖母说："娘娘，我要出去一下。"

隽颖跟着教会参加了难民收容所义务工作，每天要去服务几个小时，近几日十分忙碌劳累，眼圈下都带上两个青晕了。

"这个老二，看着她平时一声不响的一副可怜相，脾气像煞她的亲娘，只顾一天到夜埋头在教会里，又是唱歌又是捐钱，看她头发也不烫，尼姑样把辫子盘在头顶上，真让我放心不下。"老太太望着隽颖的背影，忧忧地说。

"会不会做洋尼姑去？这倒要防的。"英氏也有点担心地说。

"洋尼姑倒不会，她入的是耶稣教，不是天主教。只是太一门心思教会的事，只怕她耽搁了时光变成没人要的老密司呢！"老太太托了下老光镜说。不料这番话却触痛了英氏，她长长地吐了口气，幽幽地说："干脆做个老密司，一个人自顾自也爽气，像我这样与老密司有啥两样？还要拖儿带女的，这一路上受的苦，也不要提了，到了上海，亏得臣哥开了辆汽车来，否则我真要叫救命了，这人生地不熟的，租界口都堆着铁丝网，弄得人心惶惶……这个呒良心的景文，要不是有几个孩子，我宁可死在乡下也不作这份孽呀！"

老太太自感是有亏这位媳妇的，但有啥办法？当初为了家中两个儿子一个在读书，一个在上海银行做练习生，一点忙都帮不上，而家里还种了几亩桑树林，还有蚕房里的蚕宝宝，单靠她和老头怎么忙得过来？于是就早早地娶进了两房媳妇，都要比儿子大几岁，乡下人就喜欢大娘子，没有别的原因，就是为了大几岁可以多做活计。岂知大儿媳寿字上面缺一点；二儿媳，又不中自家男人意，真有点对不起人家。

“阿英，算啦。男人家，有个把小老婆啥稀奇？小时候封家账房给景臣弟兄俩看过手相，讲一个是贵命一个是富命，景臣如今钞票赚了这么多，不过只算得个‘贵’命，我看现在景文厂一办，这‘富’命可真会应了？我已关照他了，发了财，造一幢大房子，你们三人和和气气一起过，这样你可不是熬出头了？”

“我只要把几个孩子拖大，也别无他求了。”英氏说着，眼圈却红了。

“别难过了，女人嘛，就是命苦。好在景文也算有良心了，乡下铜钿总归不断的，算起名分来，你总归是大的……”老太太依旧孜孜不倦用她那套丰富的人生见地劝解着自己媳妇，岂知越劝英氏越伤心。

“景文怎么还不来？叫隽人寻到他厂里去，连带隽人都不见回来，真是的！”老太太只觉得心里烦煞怨煞，总算这时，过道里娘姨们在打招呼：“文老爷来了？英太太来了有多时了。”

只见身穿件皱巴巴的、让药水蚀得千疮百孔的上装的景文，神色颓唐地走进底下门厅，往楼梯边一张沙发一坐，眼泪汪汪地对迎上来的景臣说：“完了，全完了！总算亲自送了终！”

原来就是今天清早，日军重型轰炸机滥炸沪西周家桥，当时工人们均在车间里工作——化工厂的炉子，一般是不能熄火的。工人听到隆隆轰炸声已来不及走避了，顿时厂内烟火弥漫，职工欲逃无路，一片呼天抢地之声，全厂火起，几成一片火海。

比景臣要小五岁的景文，看上去要苍老多了，两鬓都有点花白了，他的眉眼与哥哥十分相像，只是双目远不及景臣那般尖利、炯炯有神。

景臣同情地在弟弟身边坐下，一边暗自庆幸亏得隽人没进景文那爿厂，太没保证了。看，技术倒没学到，连吃饭之处眼看都没有了。

“真的完了，只来得及抢救出一部分电动机高压循环泵和铂金丝网。一批刚从瑞士运来的机器，拆封也不及拆，就全完了！”景文把头埋在自己那双同样让药水蚀得伤疤累累的手掌里，呜呜地哭起来了。

“苡小姐没事吧？”景臣关心地问。

“她正在忙着安抚伤亡工人的家属呢。这点工人恨得我要死，我根本无法出面。唉，孰令致之，谁实为之！”

“你不听我话，为了追逐利润，冒险开工，以致工人遭此惨祸，亦不能辞其咎。”景臣严正地教训着自己弟弟。“所以讲千万不能这样一门心思了，凡事总得轧轧苗头，所谓察言观色嘛。”

“我哪料到，我们的军队，是这样不堪一击的！我总以为，不过像当年‘一·二八’……！”景文擤了下鼻子，后悔莫及地说。

“阿文，”老太太在上面楼道上探首叫着：“你娘子来了，这兵荒马乱中，一个女人带着三个孩子投奔来此，不容易呀！你好生陪她几天，这一阵不准再跑出去了。发根，跟老常讲，把好大门口，就讲我的话，让文老爷好好养息几天，大门口不许放他出去。赵妈，关照他们把三楼朝南那间客房收拾一下，让文老爷英太太住。”

“不成，姆妈，”景文跳起来：“我厂里那边一大堆事呢……”

“那也不成。”祝老太太拉着景文就往楼上自己房里走。

“算啦，姆妈，”景臣帮弟弟说情了：“阿文厂里真的走不开。”

“那今日起码要陪着自己娘子说几句话吧。”老太太说着，把自己房里的吴妈隽敏唤了出来，把景文往房里一推，再把门一关，只差没有将他俩反锁上。

“好了，走吧，你们等在外边做啥？”祝老太太把景臣他们都赶开，十分得意地走了，自以为自己经手办了件大好事。

"可怜的文叔！"隽敏不禁倒抽了口冷气。

"难道你英婶就不可怜了？嫁过来21年了，就只身一人在乡下过呀！"景臣说。

"爸，"隽敏忽然站住脚，挺严肃地对父亲说。

"什么事？"

"答应我，以后如果我要嫁人，请让我自己挑选。"

景臣默默注视了一下女儿那对弯弯的清纯的丹凤眼，本想开女儿几句玩笑，但看到女儿充满期待的目光，不禁认真地连连点头表示应诺。隽敏的忧虑并不是多余的。因着祝家现今在上海滩上，算不上大户，总也是大人家，中华银行总经理嘛，多少人家想巴结结交祝景臣。就是祝景臣自己，又何尝没动过以姻亲的办法来结交权贵的念头？前日刘同钧就打发媒人来替自己儿子迎宾说亲，刘家看中隽敏呢。真的中华银行与裕盛纱厂结个姻亲，倒是个好办法。对双方前景都有利，好比如虎添翼。但眼前，看着景文与英氏这对硬捏在一起的夫妻，要分不成，要合又不能，隽敏又如此明确表示过了，这件事景臣提都不敢提了。

房内，景文与英氏默默地相视了一会。终于，景文屈服了，畏葸着把目光缩回来，轻声问：

"孩子们都好？"

"他们一路上够累了，已早早洗了澡打发他们上楼睡觉了。"

"他们也不等我一下。"景文多少有点遗憾地说，他已有好几年没有见到那三个年幼的儿女了。

"他们也习惯了没有爷的日子，因此也想不到要等你。他们困了。"

景文没有回答，英氏也没期望他作回答，自顾低头扯着丝绵。由于长年操劳做活，她两手的关节又大又黑，显然地突出着，记得刚刚做新嫁娘时，她那双手连同胳膊肘，都是十分白皙乃至娇嫩的。他那时18岁，是个什么都浑然不懂的毛头小子，而她已23岁了，按乡俗，一般人家都喜欢娶大娘子，那在大红囍烛映照下的英氏那丰满的，由于紧张或别的什么他不能理解的原因而不住起伏的胸脯，那红润的嘴唇，深不见底的眼睛……种种都洋溢着一股成熟女人的魅力，隐而不露地，就像一块辐射出阵阵炽热却又纹丝不动的锻铁。他终于不能自制了。原先，他是坚决反对这门亲事的，后来为了不让母亲伤心，他暗自决定先保持她的女儿身，然后再给她自由……他才 18 岁，他把一切想得太简单了。生活决不像解四则题，可以一步一步迎刃而解的。

终于一天，当他正在学校操场上与同学们兴高采烈地踢足球，由于撒赖而给同学们玩笑地按在地上乱捶时，校工告诉他乡下老家有人在传达室找他。他心一惊，以为老母身体不好，岂知赶到传达室，是一老邻居拎了一篮红蛋来，一看见他就连声向他道喜，原来英氏为他生了个儿子，母亲特地央他来道喜的。当时景文恨不得一脚将那篮红蛋踢翻。他好歹说服了乡亲重番把那篮红蛋带回去。

操场上，同学们还在等他把球踢下去，但他再也没有这个兴趣了。

假期回家，分娩后又复原的英氏出落得更加俊秀细嫩了，他又抵抗不住了，索性横竖横或者说自暴自弃了。于是回到学校不久，他第二个孩子又匆匆赶来了。

后来，他有了苡小姐。但他不愿让人家将苡小姐看作是“姨太太”或“小老婆”。因此在日本留学回来后，在上海安顿好苡小姐，他只身一人回到乡下想与英氏好好谈一下，把这个婚姻作个了结。

预先，他已将一切情况给英氏写了信。但她似什么都没发生过，他刚刚跨进院落，她已迎出来，刚待他脱好外衣，她就接过来挂上了。他自己刚想舀点水洗把脸，她已经替他倒好并送上一块还未启封的香皂。

入夜了，微弱的油灯隐隐约约地照亮了卧室，她俯身在那架老式帐子床上整理床铺，毫无表情地既不激动，也没有点忸怩地把被子摊成一个大大的被窝……她的手臂已不再白皙了，但黝黑又光滑。乡下女人不兴戴乳罩，因此在她动作时，鼓鼓的胸脯里一直是不安静的。于是突然，他心中又动起了激情，连他自己都感到不胜惊异。

这种情况持续了几年，连他自己都觉得十分厌恶，但他又不能不每年回一次乡下的家。终于，他觉得自己实在太卑劣了，正巧后来，进了外国教会医院，过年也没有那么长的年假，于是，他就有好几年没有回乡下。他本来只感到一阵轻松，以为一切就此解决了。他还是把解数学的方式来套这个人生。结果，他的生活还是给弄得一团糟。

现在，她还是那样，既不激动，也不怨忿地离他那么近地坐着。只是，她已经不再是一块逼人的烙铁了，她已再也引不起他任何激情了。

沉默，只有小虫不住卜卜地撞着玻璃灯罩的声音。

“厂里有点事，走不开。”他焦灼地说：“今天炸死了几个工人，厂也毁了……”

英氏继续用他已熟悉了的那种平静，专注的目光看着他，不激动，也不怨忿，只是手指在神经质地扯着丝绵：“我来了，你又要走了。”

“……反正臣哥这里与自己家里也一样，姆妈也在……”

他留心又飞快地斜睨了她一下，还是那滞凝不动的表情。她根本不曾明白，他刚经历了怎样一阵灾难她一点都不明白呀！

老太太房里，老太太喜滋滋地对景臣说：“今天我总算做了件好事，让景文两口子就此团团圆圆，从今以后，三个人一起过。你快去关照好看门老常，不管谁来找文老爷，就说这几天他娘子来上海了，他得陪着她点，就讲，是我的话。”

“哦，妈，景文这阵厂里正好挨炸了，炸死了好几个工友，正弄得焦头烂额，你再扣住阿文，让苡小姐一个女流之辈，怎么应付呢？”

老太太听了，只是木木地坐着，也不吭一声。

“妈，”景臣又低声说：“文弟与英嫂的事，你也不要多费心了，横竖就是这样了；我们祝家只比如，你老多了个养家女儿似的养着英嫂就是了。”

“让乡下老家人讲起来：读了书、发了财、开了厂，就不要糟糠之妻了，不作兴的。”老太太把嘴巴瘪得紧紧地，沉着脸说。

“让他们去讲好了，反正文弟又没发财，你老也听不见乡下他们讲的话。”景臣拍拍老太太肩头，大笑着说了几句，就走了。

老太太抬头看看空空一人的房间，全套上好的红木家具，是儿子特地为她置办的，乡下来人，没有不羡慕她的好福气的，岂知局外人都不会知道，福气福气，有福也有气的。儿子得发了，是孝顺的，但不免将她像个老小囡般哄着，这幢房子上上下下，从佣人到小姐，都将她像个老小囡似的哄着。岂知当年的祝老太太，村前村后是出名的能干呢。

天色阴阴暗下来了，一种阴森森的感觉从深赭色的红木家具上向房里笼罩上来，她觉得自己有一种从未经验过的害怕。老太太向来没有分析的能力，因此即使她尝试要分析现在所感的恐惧，也是毫无结果的。她只是感到这是因为自己老了，家里没有任何需要她操心的事了，她讲出的话，也不会有人要听了。

她始终不明白，阿文为何不肯沾碰一下英氏。男人家有了个正室，再讨上几个小老婆，也不是啥天理难容的事。但得发了却不睬原配太太，那才是鸭屎臭的事。对了，刚才景臣说，阿文厂子里炸死了好几个工友，他这个老板这下日子是难熬的，对了，莫非这就是所谓报应？这念头一闪，她只觉得彻骨的一阵阴冷。托祖宗的福，她两个儿子而今在上海都发得不错，景臣也不谈了，景文好孬总归也开爿厂。乡下有句老话：为富者不仁，发达了后，更要注重口碑和德行才是。否则，祖宗要动怒的。景文对英氏的冷淡，真是不作兴。

确实，近年来，老太太总觉得栗栗畏惧，惴惴不安。按理，她现在正是享清福的时候，不应再会有这种忧惧了。

这时房门轻轻推开了，英氏走进来，呆呆地站了一刻，便挨着她坐下。

“阿文出去了？”老太太问。

“那苡小姐一只电话，就把他叫出去了。”英氏拼命咬着嘴唇皮，不让它们哆嗦，脸上的表情只有悲哀并无怨恨，以致老太太心里又是一阵内疚。

老太太竭力展出一个微笑，捧起身边一只小茶盅，闭着眼睛呷了口茶，说：“等这场仗打过去了，我与你一起回乡下去，依旧养我的蚕宝宝去，眼不见为净，少淘点闲气，呵？”这几句话无意中道出，她这个婆太太，决定撒手不管他们夫妇俩的事了，一切听天由命了。说毕，她睁眼看了媳妇一眼。好像这一眼中，她们间就订下这个契约了。

英氏原先哆嗦不止的嘴唇失控了，她急忙将手扪住嘴巴。

“没办法。女人，天生就是命苦。不识字的女人，命更苦。只怪我们都早出世几年。”老太太抖簌簌地说。

十三

秋深了，晚风一起，已很有几分寒意了。

海关大楼刚刚敲过下午5点，华行的行员，就开始结束手头的公事，准备下班了。中华银行在这次挤兑中声誉大振，俗话说水涨船高，连带着华行的职员也自觉光彩得很。因着战争影响，小东门分理处暂时歇业，行员们都集中在总行办公。

与范仰之一只写字间的几个或带“理”或带“长”的高级职员，兴冲冲把头发梳了一下，又从废纸篓里捡了张废纸将皮鞋抹了下，互相使了个眼色：“开路！”就往外走。

他们走过还在埋头伏案的范仰之身边时，其中一人一拍他肩头，说：“小范，大沪舞场去蓬嚓嚓去，让名舞女咪咪坐台子，阿唐请客。年轻轻的该出去活络活络。”

不及范仰之回答，那叫阿唐的即贼忒嘻嘻地阻拦着：“你们别去惹小范，人家还是童子军呢。还是再老老实实修几年，修得个‘长’字头‘理’字头，再笃定去泡跳舞场吧！”那猥琐的口气与那身笔挺的洋装极不相称。

几个老法守旧的行员，顿时就对他们摆出一副不屑之情：“小范，不要去听他们，他们反正都是有来头有靠山的阔少爷，出了毛病人家还要‘投鼠忌器’呢！别去学他们。”

范仰之自然是不会与他们为伍的。待写字间人都走空了，他即从抽斗里翻出一本英文版的《双城记》看起来。家里地方小，灯光暗，看书也无处看，因此他经常在下班后独自在写字间里看看书，自修自习一番，既省家里的电又清静。

“仰之，还在用功呀！”一个三十几岁的先生推门而入，他是信托部的徐智勇，燕京毕业生，有学问，有思想，仰之向来很敬重他。徐智勇的老家在东北，“九一八”后他就与家里失却联系，因为上海没有家，他也常在下班后独自一人在写字间里读读书写写字，与仰之就成为好朋友了。

“你今晚去难童收容所吗？”他问仰之。

原来，自“八一三”战争一起，社会上即发起了“一元救国捐运动”，由银行及一些报馆代收捐款，仰之就是在转交这些救国捐时与各抗日救难团体有了交往，自己时而也在晚上去帮忙做一些救难工作。

“你去找一下祝隽颖小姐，我们有一批药品要送过长江去援助军队，祝小姐与教会十分熟悉，能不能请她通过教会设法帮忙。”

祝隽颖在难童收容所做义工，教难童们唱歌识字，近来与范仰之常有交往。仰之总觉得，这位举止谦和又总带那么点忧郁之神的祝小姐，装束淡雅简朴，一点也不像个富家小姐，十分热心救难工作。

“送过长江？”仰之心里一愣。

“大江南北，都是中华的军队嘛。”徐智勇聪明的小眼睛一眨，含而不露地说。

“送过长江，”仰之沉吟着：“送过长江哪儿？”

“扬州，有位牧师先生在那会接应的，所以讲这里能通过教会送出去最安全了。这是真的为上帝做工呢！”徐智勇说。

“好吧，”范仰之把书本整理一下，离座就走。

“等等，”徐智勇又递给他几本书，那是20年代发行的安体诚著的《社会科学十讲》与蔡和森的《社会进化史》。“洋文书要读，中国书也要看看的。”徐智勇拍拍他肩头说。“现今好多中国人是睁一只眼闭一只眼地生活着，这不能算是生活，只能说是生存。人生一世，活要活得像个样子，不能混一辈子！”

“混日子的人不少呀！如今，睁只眼闭只眼过日子，都过不稳了。眼看着国军退出闸北、江湾，又退出真如、大场，报上还屁话连篇：啥诱敌深入，选择有利地形，以便聚而歼之，老百姓不禁要问，究竟要退到什么地方才算有利地形？既是诱敌深入，为什么不是有秩序的退却，而是兵败如山倒呢？另一方面，我们写字间还有几位先生，悠闲得去捧舞女，真正不可思议！”仰之越说越激动。“说实话，要不是为了家累，我真不愿再吃这碗银行饭了。我是不忍心我年老多病的母亲和年轻寡居的姐姐，还有底下几个尚在求学的弟妹。这只银饭碗不好吃，它让你不自觉地把自己都出卖给它，磨平你的锐气，额角头高的，卖尽自己的青春时光，最终修成个麦乳精广告上的气色红润、笑容可掬的绅士先生，额角头低的，就像我父亲般，熬干了自己，吐完最后一口血，至死还是个老童生！我本来真天真，满以为自己受过高等教育，因为主修经济学，总想将来会有能力把中国社会大大改良一下，岂知，上次挤兑中，我就看出，人人都在弄虚作假，投机取巧，连向来以信誉为重的银行都不例外。但我这个学经济学的，对此却一无办法改变它。所谓大学之道，在于化民易俗，使近者说服，而远者怀之，可我们这号又穷又无势的大学生，社会上哪还有需我们立足之处？”范仰之一口气倒了个痛快。

徐智勇很认真地听完了，宽厚地一笑，说：“有，眼下就有。比方说，去托一下祝小姐。”

为了节省钱，仰之向来是走一段路才搭一段车，但今天为着晚上有相托之事，他直接搭了电车回家。

拐进自家那条铺着凹凹凸凸弹疙路的弄堂，他的心越发沉重烦躁起来；都是因为这个家，像条沉甸甸的锁链牢牢地捆住了他！要候他自己的心愿，在这民族危机深重之际，他恨不得直奔前线。但前线传来的消息，又总是那样令人沮丧。

范仰之家那个幽暗的后客堂间里，一张挂着夏布帐子的白铜大床，是这个家最奢华的摆饰，也是过去曾经显赫过一时的家族留下的惟一的标记了。

“我们范家的小姐，没有再嫁的！”年近六十、依旧眉清目秀的范老太太，病蔫蔫地倚在床上，慎重地摇摇手，严肃地对坐在床边的一位老亲戚说。天井外水龙头里哗哗地喷着雪白的水柱，范仰之的年轻轻就守寡的大姐正蹲在水斗边淘米，她的才三岁的幼儿却是无忧无虑地坐在高高的门槛上啃着山芋干，黑晶晶的小眼珠直盯着置在夹弄上的一只煤球炉，灰蓝的火焰上正炖着一锅赤豆汤，溢出阵阵甜酥的香味。

自从范仰之接替了自家父亲，在中华银行小东门分理处做了几个月，因他聪明勤奋，工薪接连得到提升，终于挽救了这个濒于绝望的家，但他毕竟不是救世主。比如，他不能改变这位年轻轻就守寡的姐姐的命运。

“妈，”待那说亲的走了后，仰之轻声对她说：“大姐才28岁，现在世道不同了，她应该开始自己新的生活，我看有合适的男人，完全可再让大姐来挑选。”

不料母亲生气了：“怎么，你嫌大姐娘俩多吃你一口饭，容不得她？”

“妈，你说的什么！”仰之气得连连顿脚，范老太还自顾絮絮地往下说：

“当初范家的一位姑奶奶、你三姑太，还未过门，姑爷就殁了，你三姑太当时只得17岁，硬是从此穿素戴孝，守了一辈子。大户人家总得有大户人家的规矩……”母亲双手压着一床色泽已蔫退，刺绣都脱落的百蝶串花绣花被面，气喘吁吁地说。

几道稀薄的夕阳，透过室内惟一的窗棂，斜斜地照射进来。这工夫是一日里最最昏暗的时光，阴阴凄凄的，因为尚有日光，开电灯太浪费，仰之只觉得心里那股氤氲气越来越强烈。

吃饭是来不及了，大姐给他添上一碗稠黏黏的赤豆汤，又替他满满地撒上两大勺白糖。

“大姐，”仰之止不住轻轻对她说：“你就甘心永远在这间屋子里耗掉你的青春？你才二十几岁！”

大姐穿了件灰扑扑的夹旗袍，额头上已是一串细碎的皱纹了，仰之难过地看着她早衰的脸庞；从前姐姐的脸庞是丰腴动人的，肤色微黑细腻，在乡间中学里有“黑牡丹”之称。遗憾的是她初中都不及毕业，就嫁给了自小由祖父指腹为媒的一个男子，一来自然是为了顾全那已不复存在的“大家大户”门面，更要紧的，是为减轻家里老父亲的担子。婚后三年，丈夫又死了，夫家骂她是克夫星，她受不了那终日的恶言恶语，后来夫家又分了家。她就携着一份薄产来投奔娘家了。一晃姐姐都要朝三十上奔了，只是日日在这前客堂里消耗着自己的生命。唉，女子解放叫了那么几年，怎么还那样艰难！

“大姐，”仰之瞅了一眼闭目养神的母亲，悄声说：“上次与你讲的事，你再好好想想。”原来他已托妥祝隽颖通过女青年会劳工部给姐姐找了个工作，工资是不大，但姐姐至少可藉此走出这个沉闷的家，或许可藉此结识到自己可心的人呢。姐姐只是苦笑了一下。

这时，天已完全暗下来了，屋里这才亮起一盏15瓦的灯，天井里几个孩子因外边已实在看不清什么了，就转到屋里来淘气，仰之下面一个还在读高中的弟弟也回来了，他也是习惯在学校里尽量做毕功课才回来，因家里的环境实在不是读书的环境。几个孩子一进屋就嚷肚子饿了，大弟又占着桌子要做功课，姐姐一边招呼他们洗手洗脸，一边还得留心炉子上的菜不要烧干了，还要替床上的母亲喂药，屋里一片混乱。仰之逃一样地走了。

“仰之，帮我谢谢祝小姐的好心了。你看，我哪能抽得身去做事呢？要不是为了这个家……”大姐把他送到门口，无奈地双手一摊，说。

仰之怏怏地在窄窄的弄堂里走着，路灯有一晕无一晕地勉强支撑着这里的照明，石子路上只有他孤零零一个身影，两侧住户的门窗都紧闭着，走过自家那扇小窗，玻璃上映出一片惨淡的昏黄。还有的的笃笃筷子点划饭碗的声音。唉，就是为了这个家，父亲耗干了他的气血，他自己违心地改变了职业意向，姐姐决意牺牲自己的青春，可谓大家都尽心尽意了。但为什么，这个“家”还是这般沉重，这般千疮百孔，真叫他范仰之背也背不动，扔又扔不掉！

忽地他觉得脸脖上一片沁凉，呵，下雨了。

拐出弄堂，沿街大些的弄堂过街楼下，都挤满了躲雨的难民。这里是公共租界，原先人声稀少，现在不对了，逃进租界的难民越来越多，讲是难民收容所已再也挤不进了，眼看快入冬了，这点人怎么办呢？

范仰之要去的这一家难童收容所，原来是一个小教会的福音堂。由两幢双开间的房子底层打通而成，临时给开辟成一个难童收容所，专门收容 14 岁以下与父母失散的孩子，底层一角是“翻拨”板(纤维板)隔成的办公所，原先是供传教人用的，现在成了义工们临时办公室。

这时，办公室里只麒麟一人坐在里面看报，那魁梧的身子在这狭小的空间里显得十分笨拙。他本应下班了，但接他班的祝隽颖还未来，他只好等到值夜班的吴妈来才能离开。看见范仰之进来，他很高兴可以有个伴讲讲话解个闷。

“麒麟，你怎么还不走？祝小姐在上课吗？”范仰之抖抖头发上的水珠，问。

“这种千金小姐，谁讲得准她？自己跳舞看电影都忙不过来，做救难工作不过是赶赶时髦而已。不来连个电话也不来，打电话过去，她人又不在，亏得这会封医生在检查身体，否则，这么一大班小把戏叫我怎么办？”麒麟没好气地说。这位貌不出众的祝小姐，做事却十分仔细周到。但是，要是每周三次来教难童们唱歌识字的，不是她，而是席芷霜，那又有多好！于是，他常莫名其妙地迁怒于这位祝小姐，就好像是她抢了她的缺似的。

“祝小姐不是那种不负责的人，她来迟了定有原因的，不会出啥意外吧？”范仰之看看窗外越来越密集的雨点，有点不安了。

“会出啥事！这种小姐不是自备汽车就是包车，这里又是租界。”麒麟不以为然地说。忽地想起什么，就问：“你本来晚上在报馆觅到的那份外快工作，还觅得到吗？”

“你想揽那份差使？校对累死人呀，我都做不下去了。”

“我哪能与你比？你是日有所进，更何况又捧上只银饭碗，我这才尴尬呢，战火一起，家里断了接济，职业一时也难找，我又暂时不想离开上海，无奈在上海动一动就得花钱，这几天手头好紧。”麒麟刚点着一支烟，听得隔板那头孩子们稚气的声响，又把烟揿灭了。

“你宝山父母那边仍没有消息？”仰之关心地问，又接下去说：“要我像你这样孑然一身，孤零零地无牵挂，我肯定就开路走，到大后方去，这上海，究竟还有啥值得留恋的呢？”

麒麟抬了抬眉毛，启口想说什么，终于什么也没说。他能说什么呢？说因为上海有一个女孩子，聪明、漂亮又傲气，虽然这对他是毫无希望的，但他还是愿意悄然地等待着……他希望自己有朝一日，积够了钱，就去英国留学。读个学位，回来谋个好职位，在英商企业最好，再找一套公寓安好家，然后，手捧着鲜花对那个可爱的女孩子说：“来吧，一切都替你安排好了。”这就是为什么他对上海那样留恋。或许，这就叫希望？

隔板外一个孩子，受不住听诊器的探听，竟像让人给膈吱似的，格格地笑了。

“听，少年不知忧愁味。”麒麟感慨地说：“从前在老家，因父亲另有姨太太，为此家里疙疙瘩瘩的事总很多，那时盼着早点长大，出来读书了，一切就会好了，岂知来了上海又一直住在姑丈家，虽说姑丈为人不坏，但自己总也不能把人家的客气当福气，总有点寄人篱下之感，一心盼着进了名牌大学，将来自己有了职业。一切又会好的，岂知好不容易进了大学，前途还是一片渺茫！”

“是呀，我也总以为，进了中华银行，捧上了银饭碗，就此前途无量，岂知堂堂中华，也是一个强者肉食的战场；总经理吃经理，经理吃副理，副理吃协理，一级吃一级，吃得我们行员气也透不过。别看看都是洋装笔挺，做出的事是上不了台面的。我们的总经理祝景臣，一个手艺顶呱呱的泥水匠——四处都给抹得四平八稳，一片光生，他自己为此博了个好名声，岂知暗地做手脚，弄得同事之间钩心斗角、互结冤家的就是他。实在是只老狐狸。”这场仗一打，华行倒又重新抖起来了，可见打仗，也不是人人都倒霉的。奇怪的是，祝小姐倒一点也不像她父亲。近来也不知为什么，一遇到麒麟这样的救难工作同事，他总想与他们谈谈祝隽颖，他总觉得，一提起祝隽颖三个字，内心总会涌上一股温柔的思绪。

麒麟不置可否，无所谓地撇下嘴。

垃圾桥方向仍不时传来密集的枪声。当今，国军已全部西撤了，惟谢晋元的部队还在抵抗。

“那是谢将军的部队。”麒麟说。

“孤军作战，总归力不胜任，这里死守，不过是为我们争一口气，真正是一场民族悲剧。”仰之感叹地说。

这时，由封静肖陪着的国际红十字会医生结束了体检工作出来了。

“这里很好，没有发现虱子，不过其他难民收容所已发现有虱子了，还是要当心点。”那位洋医生满意地说着，一边在水龙头下洗毕手，刚要抬手扯脸盆上的毛巾揩手，只见封静肖悄悄用手扯扯他，他就缩回了手，掏出自己的手帕来。

“你们回去吗？我们车可带你们一段。”封静肖客气地用英文说。

麒麟冷冷地谢绝了。封静肖陪着那外国医生上了车，车轮后溅起一片浑浊的泥水。

“还嫌我们的毛巾不干净，我看他自己才让人恶心呢，一副西崽相，明明是中国人却要卷着舌头说洋文。”麒麟不屑地对着他说。

“你真的快回去吧，别让女朋友等急了。”仰之对他开了个玩笑，岂料麒麟却长长地叹了口气：“时间倒是不早了，该回去了，只是从来没有女朋友等我。你不以为，像我们这等人，只要有职业有饭吃，已是十分可以了。在我们这个社会里，现今连恋爱，都属一种奢侈品了！”

他戴上雨帽走了。在他高大的身躯不得不略略低下头跨出低矮的门槛时，范仰之十分为他感到委屈。

“祝阿姨……”一个五六岁的乡下小孩提着裤子迈进来，“我的裤子掉了，纽扣呒没了……”

这下范仰之可难倒了，他捡起写字台上几只回形别针，“来，将就点吧，先生。”但小男孩看着那亮晃晃的东西以为要与他打针，吓得拎着裤子回头就走，却与刚进门的做粗活的值班娘姨吴妈撞了个满怀。这个吴妈原是闸北一夜校的工友，后来夜校被炸，她的家也炸了，她自己也成为一个难民，在这里帮忙。吴妈是苏北人，喉咙震天响，吃相虽难看，心底却是好的，但孩子毕竟小，都十分惧怕她，因此当仰之请吴妈给他缝纽扣时，那小家伙更是走得快。

“裤子要掉下来了，先生！”仰之一把抓住他，在纽扣处横七竖八地别了几只回形针。

“范先生快回去吧，”吴妈催着范仰之：“真吓煞人呀，刚刚两个人在外白渡桥上过桥，因天下雨忘记给东洋人敬礼，挨耳光了。”

外边一阵细碎的脚步声，隽颖用手提包顶着头遮雨，浑身淋得稀湿地进来了。

“你来了！”仰之松了口气。

“真对不起，我迟到了。好几个收容所发现有虱子，帮他们消毒淋浴，有些义工卫生做得太马虎，不盯着他们，消毒不彻底，等于白弄，偏偏一路上三轮车也叫不到一部。”她说着匆匆取出琴谱就要去上课了。

“索性歇一会了，现在吴妈正在打发他们洗脸洗脚。”仰之看她冻得嘴唇都发紫了，忙替她倒了杯热开水，又扯下那块毛巾准备让她擦擦，待看到那块公用毛巾已白里带黄了，不禁迟疑了一下，隽颖却感激地对他笑笑，接过那块干毛巾擦拭起来。

“你今天怎么这么晚还未走？”她双手拢着茶杯笑着问，仰之发现她指甲也已经冻得发青了。

"托你一件事。有一批西药要设法运出去，你能托托教会里的热心人吗？要运到……江北去，……"仰之留心看看她神色有无反应，只见她淡淡的眉毛下，一对不大也不黑的眼睛，十分安详清澈地看着他。他又往下说："最好让外国人出面……"

"我会尽力的。"她一口答应了。

因为她讲得太轻松了，仰之反倒不放心了。

"不会有问题的？"

她依旧安详地说："想办法不让它有问题嘛。我们教会里有一位先生与联合国救济总署关系密切，这个联总会的万字号海轮，想来日本人不敢对它怎样。"看来，徐智勇是看准了才来托她的。

雨渐落渐密，头顶上那只赤膊灯泡昏昏然地照着，他俩就隔着窄窄的办公桌相对坐着。原本，一男一女如此默默对坐着，除非是情侣，否则是十分尴尬的。但此刻，坐在娴静的隽颖对面，对着她那淡淡的眉目下一双安宁恬淡的眼睛，仰之岂但没有什么不安，反觉得那股淤塞在心头已久的氤氲气渐渐散发了。她的安宁和恬淡，决不是因为不识世面或躲避现实。而是因为她有自己的目标和信仰。在这纷乱的时局中，有信仰的人真是有福的，仰之也很想追随她的信仰，只是又觉得很难接受她的信仰，可他真是羡慕她呀！

她小孩子般捧着茶杯，嘬着嘴唇呷了口水，灯光给她盘着的辫子镶上一晕光环，她确实算不得漂亮，却很甜。"呵，这里四行仓库的枪声真清晰，爸爸今日在讲，商会严谔声先生接到四行孤军电话，说是杨惠敏送去的那面国旗太小了，不适宜挂在仓库大楼顶楼，要求商会设法再送一面大旗去呢。这样，我们这里的难童们都能看得见这面国旗了。"

"祝阿姨，我的扣子掉了。"那个黑胖小男孩又提着裤子踅进来了。

隽颖俯身一看上面横七竖八的回形别针，奇怪地问："别这么多回形针做啥？"

"那位爷叔给补的。"小男孩嘟嘟哝哝地说。

"哎呀，范先生，"隽颖纵声大笑，仰之从没见她这样笑过，她的笑声很有感染力，仰之自己也跟着呵呵笑起来了。

隽颖从抽斗里拿出针线，俯身替他缝起扣子来。窗玻璃上阵阵嘭嘭噗噗的雨点声，这种时节的雨，下一场就多几分凉意。只听得水落管咚咚地响着，因为水汽和寒气，窗玻璃上已蒙上一层迷迷离离的雾气。仰之静静地看着灯光下飞针走线的隽颖，乖乖地伏在她膝上的孩子，心想着此时要有个生人在窗上往里一探，一定会以为这是一家三口呢。这念头刚一闪出，即觉得自己腮颊上热烘烘的。

"好了，"隽颖咬断了线结，一拍那小家伙屁股，刚要起座，即痛楚地叫了一声，重又跌坐在凳子上。原来刚刚在另一所难民收容所搞消毒工作时，半盆沸水泼在她大腿上，烫起两个水泡。

"哎，我陪你去医院，当心感染了。"仰之对着背过身去撩开旗袍下摆察看伤口的她，焦灼地说。

"我得去上课了。"她却迅速地放下旗袍，拿起乐谱一蹶一蹶地进去了。不一会，薄薄的隔板后，响起一阵风琴声，接着是隽颖悦耳的歌声。她是沐恩堂唱诗班的，有一条经过训练的好嗓子。

不要等到做大事才发大光，
不要等到光能照远方，
眼前便有许多责任你能尽力量，
光照你所在小地方……

歌声高亢嘹亮，这个娇弱的祝小姐身上，自有一股毅力，一种执拗的追求。

漫道力微不肯来担当，
纵使只有一人听见也值得歌唱，
就在一双卑微的手中也好施天粮……

孩子们似懂不懂地茫茫跟着唱，歌唱总是一件令他们高兴的事。那稚气未尽的童声令人又感动又伤心。

下课了，她发现他还在等着。

“我送你去医院看看你的腿。”

隽颖想了想，说：“也好。”她这种地方总是很可人，一切都让你觉得安心自然。

好在这里不远就有一家医院，完事后，那位医生的话令他俩都十分尴尬。他说：“以后几天，要少让你太太做家务。其实这种拎洗澡水的活，原该先生多做点。”

出得医院，已快11点了。

“你不能一个人回去，我送你回去。”仰之说。

“一个人又有什么关系？我总是一个人的。”她说得很强硬，但不禁也流露出几分凄然之情，她到底还是个女孩子呢。

“但今天我在这里，就不放心让你一个人回去。”仰之拦了两辆黄包车，一前一后地往祝家驶去。

车轮不快不慢地滚过路面，因为下雨，车篷支起着，前边还挡着一幅油布帘子，街灯透过雨布的隙缝，投进细细窄窄的一条，正好落在隽颖白皙的脸庞上。因为课也上完了，医院也去过了，绷紧的神经一下松弛了，她的神情显得十分疲乏，黄豆般的雨点滴滴答答地打着油布篷，后面传来阵阵轻微的沙沙声，她知道那是范仰之的车子在跟着，顿时，心里充实着一片宁静的惬意，就像暴雨中的避风港。

“在哪？”雨布外传来车夫沙哑的声音。

隽颖迅速地抬起身子，撩开雨布，雨雾弥漫中，这条她走熟的路，有一刹间，竟不认识了。她定了下神，招呼车在家门近处停下。

台阶前积了一大汪水，大铁门前一盏圆球灯，照得水洼亮晃晃的，像是个深不可测的水潭。

“我扶你过去。”仰之说。

她小心地靠着他臂膀下了车，用一双他已熟悉的平静的目光仰视着他向他道别。

他站那儿看着她用手皮包顶着头，一跛一跛地，向自家那扇黑沉沉的铁门走去。

咣啲一声门开了，她回过头一看，看见他还站那儿，仿佛有些惊异，但门已打开了，她闪进去了。

仰之还呆呆站在那里，大滴大滴的雨水顺着他发丝滴下来。透过墙上的铁栅栏，他看见那幢三层楼的英式洋房，每一层都亮着灯光，哦，这就是行里同事们常说的“祝公馆”了。

而那个孤独、文静又忧郁的小姐，竟就是堂堂祝景臣的千金。他们仿佛是两个不相干的人，哪怕找出一点细微的相连，好像都找不到。

“爱情对我们，是一种奢侈。”

这是沈麒麟说的。

“没这回事！”仰之搓了搓又凉又湿的双手，对自己说。

“先生，雨下大了，车子还要哦？”

那个披着蓑衣的黄包车夫又回过来兜生意了。

乘黄包车，这才是奢侈呢！

仰之摇摇头，踩着让雨水泡发得哧扑哧扑响的落叶，迅步向电车站走去。

十四

芷霜挟着书本随着人潮涌出那位于大马路闹市中心的商场大楼。由于战乱，几所沪上闻名的大学都被迫迁往公共租界上这幢商业大楼上上课。

“密司席！”一个穿着鸡皮夹克的男生从后面追上她。这是个四年级生，近日来老盯着她。“大华在做嘉宝的片子……”

芷霜矜持地谢绝了。这些来路不明不白的男同学，她是决不会随便与他们搭讪的。

出了商业大楼的门，便是人声喧闹的大马路了，随着大量市民迁入租界地，仗管仗打，而马路两侧的商家，生意倒好起来了。

芷霜终于可以脱下穿了九年的清一色的墨绿校服，现在她穿着件豆沙色的薄呢旗袍，外套象牙色开司米短大衣，腋下夹着几本讲义夹，很是一副标准的大学生装束。遗憾的是，一切与她所憧憬已久的大学校园生活：素有花旗风之称的约大，宫廷气概的沪江，丽娃莉坦般浪漫的大厦大学，不可一世的四年级生……都给战事搅得面目全非了。现在连校园都没有了，大家只是挤在这个吵吵闹闹的商场上听课，铃一响，就“哄”地一下涌进来，再铃一响，又“哄”地一下挤出去，同学之间，都不及沟通了解，彼此间就像是公共汽车上的搭客一样冷漠，根本谈不上什么团体精神，除非男女同学间那种永远演不完的罗曼史。

她看看表，时间还早，她实在不愿再回到那拥挤不堪的舅舅家，此时她才体会到，麒麟能一直在他姑丈家寄居这么几年，可见他忍耐心是十分强的。

沿街一家炒货铺前架起一口大锅正在卖炒白果。一个黑红的店伙一边麻利地操作着一边吆喝着：

“呃，香炒玉白果，颗颗大又大。小姑娘吃了奶奶大、男团头吃了泡泡大……”

伙计的表情诙谐有趣，使人对他粗俗的叫卖声也只听到幽默之意，而不去计较那俗气的字眼了。这个精神饱满、乐天开心的伙计，令芷霜忆起那一晚在凡尔登花园见到的卖棉花糖的白俄。唉，不过只那么几个月光景，现在想起来好像已是好久以前的事了。隽敏的气量向来狭窄多疑，自那晚因她哥对芷霜过分热忱而冷落了她以后，她与芷霜间似就突然生分了。再后来芷霜又搬至租界地舅舅处，她们间似就更不走动了。育秀里其他同学好像也忽然都销声匿迹了。现在她只是独来独往，万般无趣地打发着这向往已久的大学生活。

芷霜买了一包炒白果，登上公共汽车的楼上后座，无聊地边剥着白果，边观望着街景。虽说在公众场合吃零食是十分不符合礼仪的，但现今一切都无所谓了，既无舍监要候着请吃大餐，也没有与她比高低的女伴。现今，连大学里的男生都是穿着风衣大摇大摆进教室——教室里连挂衣钩都没有。反正现在是战时，一切都是允许的。

芷霜几乎有点恶作剧地故意把白果壳捏得扑扑响，有时有心反叛一下，会体会到一种莫名的痛快。白果肉确实又香又糯，翡翠色的，带点半透明。

“倒真会小乐惠。”谁在她边上轻声说了一句，就挨着她坐下了。

“呵，麒麟哥！”芷霜看看摊在膝头手帕上的一大堆白果壳，略有点尴尬。

“去哪？回家？”

她耸耸肩："不知道。"她的心头只感到一阵空虚，就几个月前在育秀园里，她尚能以自己的美丽和聪慧，获得了师生们的欣赏，并不是自诩，她那时真可以说誉满全校了。哪像现在？没有朋友，没有社会交际，什么也没有！她惟有努力适应这个稀奇古怪的大学生涯了。

"芷霜，周六晚上在女青年会有个义赈游园会，他们需要几位小姐帮忙义卖，我帮你找个机会。我想，这对一个育秀生是不难的。"麒麟对她说，他实在真希望芷霜能关心一下救亡工作。在这民族危难之时，他不能想像一个青年对这一切竟还能不问不闻，偏偏芷霜就是这样。

"唷，我要温书呢。读家政最令人头痛的就是营养学，要读有机化学的。那乌龟板一样的方程式，真让人头疼。"芷霜不感兴趣地皱皱眉。

麒麟不吭声了。

电车哨哨地行过新世界，只见商场门口人簇挤挤。原来，有一条六千余斤的大鲨鱼正在新世界里展览，一幅巨型广告悬挂在入口处。

"想不到，上海人还有这番心思！大世界吃炸弹之事不过才那么几个月光景，看来却已经忘记了。"麒麟忿忿地说。

"麒麟哥，我就去吧。"芷霜将白果壳小心再倒入纸袋里，一边说。

麒麟倒有点不好意思了。"别勉强，随你心好了。"近来，极度的担忧和忧郁，使他觉得自己脾气变得很坏。说真的，他感到自己实在不通人情得很。芷霜自有她的、不容任何人干涉代劳的生活准则，他有何权利硬去干涉她呢？他算她的谁呢？

周六晚上，静安寺路女青年会的大草坪上张灯结彩，铺着洁白抽绣台毯的马蹄形台面已摆好了，点缀着盆盆的插花。喷水池已开始喷水了，池面上飘浮着些许落叶与花瓣，七彩绚丽的灯光映照在水柱上，煞是富丽灿烂，连那喷水柱似也有了生命。

主楼廊沿下，临时布置成一个主席台，左侧，穿着一式白礼服戴着黑领结的乐队已经坐好了。今晚，是个十分正式的社交活动。

芷霜穿着一件银白色平金缎子旗袍，滚着纯银色滚条，上面一件小坎肩，宛若一支清新的百合花，傍着麒麟款款步入会场。入口处设着一只大银盘，专供宾客投放名片。麒麟与芷霜都属“小八腊子”，自然也没有啥名片可投放。

“今天那么正式！”芷霜轻轻嘘了一口气。她在育秀虽说已受过充分训练了，但身临其境毕竟还是第一次，不免有点紧张。

“没关系，我们反正是来做义工的。放心好了，今晚我做你的partner(男伴)。”麒麟拍拍她肩头说。

芷霜往那银器盆里扫了一眼，似看见卡片中有女明星洪枫，近日发大财的裕盛厂老板刘同钧，还有新近筹建了“国际红十字会伤兵医院”的竺梅先夫妇等名片，都是些沪上闻人。

义卖桌上陈列着各式绒线小编结物，还有一碟碟结涟冻之类小点心，都是女青年会的义工们自己做的。一眼看去，义卖桌后任义工的都是些倩倩淑女，有好几张面熟陌生的脸孔，想来总是育秀或同级姐妹学校中的女学生，不少小姐们身边，伴着她们的母亲，那自然都是些新派的太太。她们几乎认识这里的每一位宾客，她们中不少本身就是社会活动家。这种场合，同时也极可能是她们为女儿物色夫婿的机会。芷霜的母亲是一个旧式妇女，为此芷霜只能自己为自己开辟道路，她那几乎站不起的自信心，又建立起来了。

麒麟把芷霜介绍给会里一位女先生。

芷霜竭力迈着大方、镇静的步子跟她过去了。走了没几步，她掉头看看麒麟，麒麟还在关注地看着她。

“你放心好了。”她用眼睛向他示意。

“祝你今晚过得快乐。”他也用眼睛向她默道。

芷霜被带到一个卖绒胸花的义卖摊前，那位女先生简单对她交代了几句就离开了，不及芷霜细细打量下周围义卖摊上的女伴们，一个人过来亲热地拍拍她肩头：“芷霜！”

呵，是朱蓓蓓！自脱下那身墨绿色的校服后，朱蓓蓓更显得绮丽风流，一头及肩的蓬松长发上，扣着只成色极好的紫晶压发，身上是一袭透紫的獐绒旗袍，白手套直拉到肘部，紧紧裹着浑圆的手臂，颈脖上垂着一串珍珠项链，颗颗滚圆晶莹，有玉米大的一粒粒，令眼界不低的芷霜，也不禁对它们多看了几眼。朱蓓蓓优雅地手托酒杯肚发问：

“毕业后你们都躲哪儿去了？怎么一个也不见了。”蓓蓓娇嗔薄怒地抱怨着，随即又把头微微一侧，说：“你还是这样，一点也没变。”

芷霜刚想回答“你也是”，却发现这句话太不由衷了。现在的朱蓓蓓，一脱下学生装，已经活脱脱是个交际花腔调了。

“你真漂亮。”芷霜说。蓓蓓漂亮倒是更漂亮了。“你在哪个大学？当时听说你准备投考社会学专业，这对你很合适。”

岂知朱蓓蓓托着酒杯的手不经心地一挥，说：“我现在就在读‘嘉里顿’——家里等——大学。喏，这儿也是我的课堂，该学的东西多着呢。‘社会学’，”她说着挺外国派地耸耸肩：“打仗打得这样一塌糊涂，难民救济，还有失业失学，种种社会问题一大堆，我看看也吓煞了，犯不着去自投罗网。讲难听点，‘社会学’这门课就像鱼翅火腿之类，一定要有原汁鸡汤来吊鲜味，自己要没有一点实力，光凭白开水一冲，清汤光水的，这点鱼翅火腿放了也白搭。”

芷霜觉得几个月不见，朱蓓蓓的谈吐变得俗气了。她呆在家里，也不像在做事的样子，但颈脖上这串昂贵的珍珠项链又令她困惑。据芷霜所知，朱家早几年已家境退落了，哪还能为她买这样昂贵的首饰？

“咦，隽敏呢？”朱蓓蓓此时方想起芷霜的还有一半，岂知这已是隔年老皇历了。

“我如今暂住在租界地里亲戚家，老也碰不着她。”芷霜婉转地说。

“听说，隽敏在拼命追求那位漂亮的封医生呢。真浪漫，她还是这个泼辣脾气。”蓓蓓呷了口葡萄酒，又一一问起了几个育秀的旧日同学，有几个与芷霜还是在一所大学里的，无奈现在因为战局，一所大学拆成好几摊上课，再加大学又是计学分的，不必天天点卯上课，因此芷霜也只是一问三不知。想想中学毕业不过半年不到，以往同室同窗的老同学，竟已影踪全无了，不由得不让人寒心。

“呃，知道刘彩珍吗？她结婚了，嫁给地产大王李家的大儿子。她的公爹好像今晚也到的。”朱蓓蓓目光在人簇中搜寻着，一边喃喃说着：“刚才还看见他晃过，穿着一件长衫，一副遗老遗少的腔调……”

芷霜对刘彩珍的公爹并不感兴趣，只觉得刘彩珍这么早就结婚了，实在太可惜。“怪不得她毕业考也不来参加了。其实只相差一个多月，她要是毕业考考好，文凭到手后再结婚也来得及，好坏也有张文凭。”

“嗨，他们李家是老法人家，连女孩子出来住读都不赞成，哪还在乎这张文凭？古话说，丑丑夫人相。别看刘彩珍长相平平，财运却好得很呢；娘家又发财——她家的裕盛股票这几天吃香得不成，婆家又有家底，真正是我们班级第一号夫人了。李家房子在迈尔西爱路，莫佬佬的大，光那圈花园围墙，就有兆丰公园那气派了。”说着她戛然煞住了话题，“那边过来的那位太太，是这里社交部的蒲娟琳先生。知道哦，她马上就要成为隽敏的 stepmother（继母）了。她是个老密司，精挑细拣的，倒也给她挑到了。她走过来了……”说着，朱蓓蓓开始泛起一抹恰如其分的、礼貌又决不过分殷勤的微笑。几个月不见，朱蓓蓓老练多了。

蒲娟琳沿着义卖摊逐个向来帮忙的小姐们及陪伴她们的母亲打招呼。她薄施粉黛，端丽大方，属那种刻意修饰出来的朴素：一身黑蕾丝花纹面的中袖夹旗袍，外罩着件宽宽松松、轻薄如蝉翼的象牙白开司米披肩，旗袍领口正中别着一枚方钻别针，雍容富态，真是名副其实的一副大经理太太的相。

“朱小姐，今晚辛苦你了。”她微笑着与朱蓓蓓拉拉手，同时也与芷霜拉了拉手。她的手掌十分温软泽润，涂着妃色蔻丹，闲着时双手就交叠着在自家胸前，那架势有点像歌唱家在舞台上的姿势。

乐队开始奏起表示对平和生活和人人互相亲爱的渴望的《圣母颂》，晚会开始了。

蒲娟琳是司仪，致辞自然就是她了。经过麦克风的传播，她的声音略显得有点低哑，带有磁性，令她的声音具有一种不可忽视的威力。

望着她，芷霜又想起朱蓓蓓那番粗俗不堪，却又确有道理的话："社会学是鱼翅火腿，没有原汁鸡汤吊鲜味，也是白搭。"这位蒲女士嫁给了祝景臣，这下真可谓英雄大有用武之地了。她看上去真能干，会成为一个称职的祝太太的。唔，隽敏这下可真的碰到一个克星了，不过也无妨，她迟早要出嫁的。只是，隽人，能与这位能干的继母合得来吗？一晃又是好几个月过去了，祝隽人还会记得那个晚上吗？如果他再往福禄邨打电话，回答他的只有一遍一遍重复的电话铃，他会知道她不住在那里了，但他会打听她住在哪里吗？

祝隽人一看，就让人看出不属能干的男子，但他的教养举止是极其 gentle(温文尔雅)的，却又不像那天的封医师那么完全的洋派。听说他现在在洋行里找到事了，又是堂堂祝公子，人又长得这等英俊，像那天晚上买棉花糖吃之类的小插曲，一定也是不少。芷霜边胡乱想着边专心盯着蒲娟琳，但她讲的什么，却一句也没有听入耳。

蒲娟琳滔滔地讲着，无非是"有钱出钱，有力出力"之类。人们听得也多了，因此也不大专心。他们或者互相自顾低声谈天，也有不甘寂寞伸长脖子四处寻觅相熟的人。

这时，入口处踱进一位穿着青紫湖绉面长衫的气宇不凡的先生。他的出现稍稍惊动了下会场，不少人纷纷向他示意打招呼，他也一一向人们拱手作答，满脸洋溢着坦诚的微笑。

"中华银行的祝景臣。"

"这次他额角头高到天花板，从挤兑风中顶过来了，真是一只不倒翁呢……”

“这次投资裕盛厂，让他正好捅到腰眼上——看准了有这样发达一爿厂做中华银行后台，他更加笃定了……”

宾客们在窃窃私语着。

祝景臣向来对这种时髦洋派活动不感兴趣，说心里话，他也不希望蒲娟琳过分热衷这种社会活动，这种社交既花时又费神，弄到头还是希望你多搞落点钞票，没有啥意思。无奈今天娟琳作司仪，也得捧捧她场。再则，今晚头面人物不少，借此也可听听各方面行情。

“……我相信，今天置身在这儿的各位，只要比别人多出一点力，多表示出一份关心，那么社会得到的，将是十分丰厚的，因为今天这里，聚集着各界的精英……”娟琳的讲话已近尾声了，众人报以一阵热烈的掌声。

接下来，义卖开始的同时，男女青年会所属的歌咏班等也开始表演音乐节目。自国军西撤后，即使在租界地里，租界当局也授意指令各抗日团体不要太露锋芒，不少团体也已纷纷解散了。因此这次义演的一些节目，大多只能通过赞美诗来抒发对战争及侵略者的谴责。

麒麟那天也有节目。当他在临时搭起的后台里张望着，待看到义卖摊上忙得不亦乐乎，几乎应接不暇的芷霜时，心中觉得十分宽慰。终于，他觉得自己与芷霜又靠近了一大截，而且，他也能让芷霜快乐了。再说，因为他喜欢芷霜，因此他特别不能容忍她这种对整个抗战局势漠然置之，一心只生活在自己的小天地里的态度。

义卖开始了，宾客们也开始了自由交谈。话题不外乎局势及出路。景臣因这次挤兑中现出了英雄本色，也就成为众人的智多星，不时团团被人们围住讨教。

那边一个义卖汽水的摊子上，却传来一阵阵恣意放肆的笑声，原来是刘同钧在那边吃人家义工小姐豆腐。

“我买汽水条件蛮多的，”刘同钧说：“要小姐替我开好盖子……”

“可以，开一只瓶盖二百只洋。”那位穿着紫旗袍的义工小姐朱蓓蓓笑盈盈地说。“你出二百只洋，我喂你吃……”

不少人团团围着这只汽水摊看热闹。

刘同钧的裕盛发了大财了。“八一三”以来，上海五千多家工厂，毁于战火的达一半以上，刘同钧这次棋高一着，将厂设在内地，丝毫无损失。这阵他频频取道香港，来回于内地与上海之间，往返忙碌，人晒黑了，也瘦了，看上去反倒精神了。

“好呀，不就二百只洋嘛！”老话讲，钱是人的胆，刘同钧发了财，举止不觉也更豪放无顾忌了。只见他从口袋里刷刷数出二百块法币，往桌上一放，眉花眼笑地看着朱蓓蓓将汽水盖一掀，纤纤细手将瓶汽水送上来。

“不，我要你喂我。”同钧双眼一闭，说。

“你要么调只奶瓶来，我就喂你。”那一个也双手往腰上一撑，娇嗔地说。

“这个活宝是不是你们的刘同钧？太过分了。”什么时候蒲娟琳悄然走过景臣身边，对着他皱皱眉头说。

“算了，看你们请的这位义工小姐，也像交际花一样，还要怪人家做啥呢？你只要大家掏空口袋就可以了，其他也不必管太多了。”景臣还有一句话没有说出来，那就是越是这种“猪头三”，才会一掷千金充阔佬的呢。

那个汽水摊越发闹得厉害了，刘同钧继续粘在那儿装疯卖傻，惹得看热闹的人得劲了，哄得更厉害了。刘同钧就这个脾气，起哄的人越多，他脑子会越发昏。按景臣的意思，事业做得越大，就越要爱护自己的形象，才能使其他厂商对该实业前途永持信心。

“同钧兄。”他把他叫过来了。

刘同钧手捧着那瓶汽水，满脸红光地踱过来了。

“同钧兄，别太忘形，留心有人去你太太跟前告状去。”景臣半真半假地劝着他。

刘同钧余兴未尽，扬着大拇指说：“这位朱蓓蓓小姐有魅力。谁有眼光，看准她将本钱尽管甩下去好了，她准保能出道。不出一年，你们看着好了，会名誉上海滩的。”

“同钧兄有此雅兴，不如来个金屋藏娇……”边上人们继续打趣着刘同钧，景臣看着实在不像样，索性把话题转入正题：

“看这局势，不过开战了三个来月，上海已沦为孤岛了。想那阵‘七七’事变没过几天，我去拜访杜先生时，他已提醒过我：上海也有打仗的可能。想不到他倒真有点像未出茅庐便能预知天下大事的诸葛亮！悔当初在他大声疾呼众人不要再稀里糊涂之时，能听他几句就好了。”

边上一位矮矮胖胖，貌不惊人的先生长长叹了一口气，操着一口广东上海话说：“我在漕河泾的那爿厂，全完了，被东洋人做了司令部。早知这样，不如我自己一把火把厂烧个干净，省得让这些东洋人来糟蹋。”说话的是冠生园的老板冼冠生，他那点生产设备全被毁了，虽说冠生园的总管理处和总营业处因在租界里还得以幸存，但也只能靠临时设立的小手工作坊来勉强支撑，也是度日艰难得很。

“还是同钧兄有先见之明呀！”众人此时对刘同钧，真是羡慕得近乎嫉妒了。

“啥先见之明，我这叫一屁弹着的。”刘同钧搔搔头皮，又摆出一副不设防的坦然，这是他的法宝，让人在不知不觉之中入他的圈套也未知。

裕盛厂的兴隆，无疑在当时的厂商之中为一盏指路明灯，虽然悟出他的高明之处为时已晚了，确也恰因为这个原因，令裕盛的声誉又大大提高了。景臣十分庆幸自己当初的判断力，断然贷以巨款，为慢慢渗入该厂已铺好第一块踏脚石，与裕盛厂达成以股票作抵的协议，无疑更有利华行对裕盛的控制，如是只要再向裕盛投贷一笔款项，不怕捏不住裕盛。中华银行如能控制住裕盛，实力信誉又可走前一大步了。

他把刘同钧拉到一边，说：“同钧兄，你旗开得胜，当乘胜加油，索性办成个现代化的大企业……听我行驻留裕盛的席先生讲，现今纺织机动力都采用马达，你们裕盛厂还是用的蒸汽机来带动天杆，这样耗煤太多了，一旦飞轮绳子松了，在它传动下的机器就不得不全部停车，也太麻烦了。老话讲：工欲善其事，必先利其器。索性扩建个马达动力的新厂房如何？我们再度合作，我行贷款给予优惠，怎样？有魄力吗？”

“裕盛厂不过刚刚盈利，马上就扩建，一件事比一件事需更多的资金，这样的投资是否划算？”同钧用手指轻轻敲着汽水瓶，反问景臣。讲得也对，景臣一下倒无言以答。

这时，一个中等身材，穿着件麻花呢上装的先生从刘同钧身边走过，同钧眼明手快一把拉住他：“呵，龚经理。介绍一下，这位是中华银行的祝大班，你们两尊都是实骨铁硬的财神菩萨呢。”

人说冤家路窄，景臣与龚经理一来一去暗斗了几个回合，却从未打过照面，不料会在这里相遇。不过祝景臣倒也气量大。他明白，但凡人，都有无法避免的致命伤——要吃饭。如是，也就生出了种种冤怨，这也是常事嘛。更何况，他祝景臣也没被对方摔倒。因此，他满脸春风地伸出手：“呵，久仰，久仰！听说你大喜呀，新太太一起来了吗？”

“哦，她有点不舒服……”龚经理多少有点狼狈地说。他虽属高个，却是晾衣竿样的一根，两颊瘦削，高高地突出一对颧骨，一副刻薄精明的面相，也不知魏罗玛丽——现在该称龚罗玛丽太太，到底看中他点啥。

就此他们三人托着酒杯肚团团站着，各人肚中揣着一本账，一时倒也想不出敷衍话了。还是景臣，一眼瞥见一位脸善的先生，就此拉上了话搭头：“这位，像是仙乐斯舞厅老板谢葆生嘛。”

“他现在神气咪。”同钧和着调说。

“讲到谢葆生，总归让人想起十几年前的电影王子王吉亭。谢葆生原先不过做做他的跟班，王吉亭现在落魄了，听讲还去寻过谢葆生，人家睬也不睬他了。”祝景臣不无感叹地说。自从目睹了封家的败状，特别自己在生意场上经历了一次危机后，近来他常会悲从中来，自己也讲不出个所以然。

“本来嘛，这个王吉亭除了白相外，‘武’不能当救火员，

‘文’不会摆测字摊，谁会愿意白养着他？想当年王吉亭那野豁豁的腔调，成日价驾着辆马车横冲直撞，再搭上个明星太太杨耐梅，为了捧名角，三克拉的钻戒都会掷到台上去。这种人家不败，天也不答应呢。所以人讲，好不过三代，做人也不要便宜全占尽，你这里辛辛苦苦把钱扒进来，碰到个不能干的小辈，给你弄个精打光也不一定。”龚经理慢条斯理地说着，阴丝丝地笑着，句句话都朝着景臣刺来。

“喂，龚经理，新近财政局怎么又兴新花头了，对高支纱锭低税率，低支纱锭高税率，想出这个花头经的人不吃饭的，把我们生意人卡得这般一动不好动，啥意思呢？”刘同钧趁势想打听点上层消息。

“他们税务局订出如此规矩，总归有他们道理的，”龚经理因着在国家银行任职，因此总有点趾高气扬，也总有人要讨好他，更助长他那股骄横之气。只听他悠悠地往下说，多少带点官腔。“现在国难当头，各厂商钱业，还应以民族为重，不要因蝇头小利而忘了抗日救国才是。现在竺梅先在宁波同乡会捐了架飞机，天厨厂的吴蕴初，也捐了几十万只防毒面罩送往前线，你们两位都是沪上有名的实业家，想来出手也不小的。这次战时救国公债认购了多少？”

刘同钧没有防备，只得用话搪塞着：“阿拉总归不会太坍台的。”

景臣只是默默盯着酒杯壁上的泡沫，半天才冷冷地说：“不是讲有钱出钱，有力出力嘛。只是有些地方，政府也得向老百姓交代清楚。比方讲，政府的国防费用到底用哪去了？军队的装备竟如此差劣；德国的山炮上海不适用，美国购来的战斗机也是二手货，意大利来的轰炸机，连炮管中的来复线也磨光了……当年‘献机做寿’的飞机呢？怎么一架也不看见了？不把那些从中贪污渔利之辈捉出来，只一股脑儿要人家买公债捐铜钿，人家就是拿出来也不窝心的。”祝景臣一番话说到大家心里了，刘同钧嘴巴也硬起来了：

“是呀，不是我们小气，只是捐钱要捐得有个名堂……”

祝景臣话锋一转，直对着龚经理说：“想来龚先生自己公债票一定认购了不少，龚太太那点私房是很可观的，全过程都是我经手的。这一来，龚经理头寸也活络了呢。”

“啥话！太太是太太，我是我，我不吃女人饭。”龚经理给他那番话说得讪讪的，嘴上却还一味强硬着，且战且退，一眼瞥见个相熟的古董商，即托词逃之夭夭了。

“这只麻将牌里的百搭，又搭上个古董商了。”景臣嘲着他。

“哎唷，你还不晓得？他是个出名的旧货鬼，就是喜欢挖古董呀！”同钧诡秘地一笑，然后轻声挨着景臣耳边，猥琐地说：“他专喜欢觅倒大他的小孀妇，这次觅了个太太讲要倒大他八岁，这不是在挖古董吗！”说着同钧就怪声怪气地纵声大笑了。景臣想附着他也笑几声，但眼前却浮出罗玛丽无奈凄切的微笑：“那么你讲，谁配得上我呢？”他只觉得喉咙口哽住了，笑不出来。

“……那块石头是人家作押抵给我们行的，当时请专门行家来鉴定过，是一块上好的翡翠石，岂知后来来了几个采石匠人，却都不约而同说此石开不出翡翠。连呼上当之余，这块石头给挪到厕所去作小便池的踏脚板，”那边，这位龚经理正指手画脚讲得起劲：“岂知厕所里水雾潮湿，令这块石头质地松脆了。一天一个行员刚刚踏上去，只听咔嚓一声，石板一断为二，却发现里面芯子是碧绿的一片，原来是一块上好的翡翠呢。看这事，有忒样巧的……”

古董商那边口若悬河地谈着天，景臣听了不禁觉得很有启示：办事业与开翡翠不是一样吗？先要有实力，还得耐心，两者皆全，没有机会，也是白搭。景臣转向同钧，想再接上刚刚中止的话题。因为根据当时政府的银行法规定，银行是不许直接经营工矿企业的，为了战时众人都约束开支，景臣担心华行资金会没有出路，准备着手另外将信托部脱离，成为个独立的中华信托公司，名义上为扩大经营信托业务，实际上还是设法经营工矿企业，不过起一种掩耳盗铃的作用。如果华行能控制现在在市面上享有盛名的裕盛厂，无疑又多了一个基础，可以借此再扩大其经济活动范围，如是像滚雪球样，再联合一些企业，就可成为个具有托拉斯规模的经济组织，借此壮大自身的实力。

“同钧兄，乘胜开步呀，我华行纯粹姓商，你裕盛也是地道商家，我行里即将成立个中华信托公司，我们再来次合作吧？”他对同钧说。“现在看局势，厂商纷纷将着眼点投向广州香港，香港后面有英国人，估计日本人不会动它，这可作为保全资金和另图发展的据点……我看你也要为自己留个余地，适时把资金转移到香港去，自设推销机构或分厂嘛。”

这几句话把同钧说得有点心动了，他有点把不住地说：“我们小蔡这阵恰逢不在上海，再讲资金转移也不是件容易事，套汇港币会有麻烦吗？”

“老朋友了，这忙我总归帮定了。”景臣拉拉他衣袖说。

“我想想看吧。”同钧说着，端着那瓶汽水走了，景臣警戒的目光直盯着他，看他再去与谁搭讪。刘同钧现今成了大红人，也成了块油汪汪的肥肉，谁见了都想“阿乌”咬他一口，但第一个肯定刘同钧此事大可做得的，却是他祝景臣，这到嘴的油肉，可不能让别人抢了。他发现同钧走过去与一个长衫老先生在一边窃窃私语着，景臣这才猛然想起，这位大名鼎鼎，富得冒油的李先生是同钧新认的亲家公，怪不得他如今不那样猴急着要贷款了，原来他有了一只私家保险金库了。呃，搭一个姻亲拉拢下彼此关系，其实，是个办法，要不是隽敏有言在先，让她许给刘家的大儿子，对刘、祝两家，都有好处。只怪自小太宠着隽敏，令她太任性了。

那边义卖摊上，芷霜正忙得透不过气来，像刘同钧这种出二百块吃瓶汽水的户头到底少，大多数来宾都是一块钱一朵的小绒花，如是不伤脾胃，买了一朵往衣襟上一别，即可表示我今天已会过钞了，再不用掏腰包了。因此，令芷霜忙得不可开交。猛地一位先生在她跟前说：“买十朵小绒花。”芷霜不禁觉得有点意外，即抬眼想看看这位阔气的客人。一抬头，却看见隽人，穿着一身斯包坦克斯(一种英国粗花呢)的西便服，配着黑西装裤和黑领带，英俊挺拔，像从天而降似的站在她跟前。

“老早就看见你了，忙得头也不抬一抬。”他喜滋滋地站着，“好久没见到你了，从那晚到现在……有好几个月了……哦，你忙吧，我就在那儿等你，别走啊，我可是看得到你的。”说着，他买了一小杯咖啡，在她近处一张小圆桌边坐下。

作为祝景臣的长子，且又是惟一的儿子，隽人不乏可以结交漂亮女孩子的机会，无奈他生性胆小，又惧怕父亲，因此在男女之交上，总是极为有分寸的。再讲，他自家几个妹妹，虽谈不上如花似玉，但在这样的大户人家中长大，进的又都是头等的贵族女校，一个个都娴雅高贵，风姿绰约，这使得隽人对女子的审美标准，也提得高高的，一般略略显得普通点的小姐，他是眼皮也不扫一下的。

他本来对这种社交也是不感兴趣，无奈公司的洋大班也收到帖子，并知道主办人蒲娟琳女士即为将来的祝太太。洋人也是蛮会拍马屁的，因此，便请隽人陪他一起来了，不期在这里，竟会遇见席芷霜。自那晚与芷霜相识后，芷霜那楚楚动人的风韵一直令隽人难忘，但他一直是自信不足的。自从电话里给芷霜婉言谢绝后，几次想写信约她出来，却总又怕她会借此看轻自己，因为摊上一个事业亨通、能干出名的父亲，隽人越看自己越像猪八戒照镜——里外不像人。今日不想却在此与她邂逅相遇，看她那欣喜的表情，分明觉得与他相遇同样觉得十分快乐，这又助长了他自信，他满心高兴地呷着咖啡，一边耐心地等着。

“密斯特祝，”外国上司汉斯先生已在场内兜了一圈过来了：“带我去见见你的父亲吧。”

隽人极不情愿地站起身子，他看看还在那边忙乎着的芷霜，生怕她会以为他失约，就脱下自家那件斯包坦克斯上装往椅背上一挂，表示自己不过小走片刻，就领着上司去见自己父亲。

祝景臣打老远，就瞥见儿子穿着件烟灰尖领羊毛衫，一副不伦不类的装束过来了，这样正式的场合他怎么可以这样不拘小节呢？正在生闷气，儿子却领着个洋人过来了：

“爸爸，这是我们福豪公司的汉斯先生，我的上司，”隽人心神不定地向父亲介绍着，一边忍不住又向芷霜那边扫了一眼，看她有无忙好。

“哦，你的儿子祝隽人先生在我们公司做得很不错，他实在是一位十分体面又出色的推销工程师，我们考虑要晋升祝先生任推销部主任。”汉斯对景臣说，口气是欣赏不已的。

景臣恰如其分地一笑，说：“年轻人理应努力做事才是。”其实他心中十分明白，当今“商而富则仕”，这位洋上司如此赞赏隽人，不过因为他是中华银行祝景臣总经理的儿子而已。

略略与他寒暄了几句，一个转首，发现儿子已撇下自家的上司而不知去向。这个隽人，出去做事有好一阵，怎么还这样不懂事，景臣只得自认晦气，耐着性子再陪着那位汉斯先生聊天，一边目光无意一扫，发现儿子正殷勤地与一位小姐在讲话。这位小姐明眸皓齿，娴雅大方，十分面善，想了半天方忆起，是席振绪的女儿，那天与隽敏一起来他写字间拉广告的。隽人这小鬼，样样都要比人家慢一拍，不料轧女朋友倒无师自通，眼光也蛮准的。景臣又怨又疼地远远看着自己儿子。冷不防，一个熟人拿着酒杯过来与景臣敷衍了：“祝经理，你的公子不错，英俊有为呀！有女朋友了吗？我来包媒，那位营造大王李先生的二小姐，年方二八，圣约翰的大学生，你们祝李两家一成姻亲，财神爷也要向你们拜了。”

景臣不置可否地一笑，再往儿子那边扫了一眼，才发现儿子连同那位席小姐都不见影踪了。

“……政府只知道像张唱片样反反复复地唱：要居安思危，居安思危……”刘同钧的大嗓门十分清晰地传过来。现今刘同钧阔了，讲起话来也无遮拦了。“说穿了，我们哪一天安定过？‘一·二八’吃了次亏，原以为这次也会像那年‘一·二八’那样，至多个把月就会平息下去，岂知，却要作长期抗战的准备。我们厂曾向日本订购了一批布机和纱锭，因着这场战事，到现在货色连音讯都没有了，白白扔了一笔定洋……”

“你投保险了吗？”有人问他。

“付了头期也懒得付二期的，那阵不像现在，现今银行也坏了，这兵荒马乱之际，银行也不肯吃亏的。特别海运，不经保险，银行根本不肯做押汇。美亚保险公司几个大亨这阵发得肉团团了，仗打得越凶，他们进账越大。”刘同钧依旧拉直着喉咙说。

这边，景臣的耳朵特别灵，十分知道哪种话该一只耳朵进一只耳朵出，哪种话，却是应当只进不出的。他扬脖一口呷尽杯中的残酒，不露声色地把几码外刘同钧那番话记在心里，随即悄然离开了。

麒麟上完节目后，匆匆下了妆，兴致勃勃地来到芷霜的义卖摊前，发现那个摊已结束了，再引颈四下环顾一番，仍不见芷霜身影，他有点不放心了，她别是因为义卖结束得早，就先回去了？时间不早了，她一个人独自回去……麒麟倒有点放心不下了，恰巧这时，一位穿一身透紫旗袍的摩登小姐与他擦肩而过，他记得刚刚就是这位小姐在义卖开始时，与芷霜聊了半日天。遂上前问：

“小姐，席芷霜小姐……”

“她呀？”朱蓓蓓话中有话地说：“早被祝公子接走了。”

“哦，有人接她的？那就好了。”麒麟松了口气。他发觉自己不是装假，是真的完完全全松了口气；芷霜有人伴她回家了。

好多年以后，直到麒麟自己有了一子一女了，他仍然十分纳罕，为什么自己在对芷霜的感情上，一直能如此沉得住气。后来麒麟才知道，那是爱，极有理智的驾驭得极好的爱。

芷霜在半小时前，她的绒花全部售光后，就跟着隽人悄悄溜出来了。隽人有点等不及了，看着她摊里还有二十来朵绒花，就一股脑儿全部买下来了，以求芷霜可早点从那义卖摊上解脱出来。反正现今隽人在豪福公司里一个月有百来块薪水，父亲再也不干涉他支配自己薪水的权力，再加家里也不靠他那百来块养家，因此他尽可以摆一摆阔气。

外边马路上红红绿绿的霓虹灯闪烁个不停，根本看不到一点战争的足迹，一派国泰民安的景象。隽人提议去没有舞女的曼德逊俱乐部坐坐。

忽地，从女青年会围墙里传来一阵和谐的男声四重唱，芷霜这才记起，麒麟告诉过她，今晚他要参加四重唱的表演。她不觉止步停下。

“怎么了，芷霜？”隽人不安地问。

“我们不要去曼德逊了。”芷霜说，她觉得今晚如果她自管去与隽人约会，是十分十分对不起麒麟的。待她看到隽人一脸失望及忐忑不安的脸面，不禁又心软了，便体贴地说：“我们走走吧。”

哈同花园前冷落的马路上，在这样时候，已十分僻静了，满街都是梧桐落叶，在夜风中壳壳作响。那晚没有月亮，也没有星星，灰濛濛的天幕上，沧州饭店和曼德逊俱乐部的霓虹灯，煞是醒目。它们离这里不过只四五百米之距，但相比之下，这里却是夜街寂寂，行人寥少。偶尔，走过几个手挽手提着饭篮去上夜班的女工。沿街一带，都是格局一式的石库门弄堂房子，过街楼沿后门口，一排红漆马桶静静地候着，闭着的窗棂里，不时传出申曲越剧，评弹或时代歌，真是一派典型的小市民社会的写照。这一切令芷霜联想起自己寄居的舅舅家，也是这样一派标准的弄堂住户的生活，简直令她受不了，好得，他们马上要搬回福禄新村了。

“这一带是我的老土地了，”边上的隽人很动感情地说。“我们从前就住在这条弄堂里。那时弄堂口老有一个卖饴糖的老头，他会吹各种饴糖小人：啥钟馗嫁妹，猪八戒背媳妇……每天最开心的事，就是放学后走进弄堂口，一路上‘妈’叫进去，这时候姆妈定规在后门口忙活的。听得妈在后窗里‘哎’一应，心里真是十分踏实，难得妈出去买菜或搓麻将，没人应我，就会做功课也做不进，玩什么都不乐惠。到黄昏边上6点来钟，就在弄堂口等爸下班，遇到他心情好，就会给我一角小钱，我就去买那种饴糖吃……”

“哎唷，脏煞了。”

隽人絮絮的发自心腑的话语，很让芷霜感动。但不知为什么芷霜不大愿意把自己的这种感觉表示出来。因此故意皱着眉头说。

“但却从来不见肚皮疼。不像我们四妹，西瓜吃多了也会拉肚子。那时尽管我们过得很苦，但人小也不觉得苦，反觉得一家团团挤在一间房间里十分开心。那时爸爸也不像现在这般忙，对我们也不像现在这般严……自姆妈故后，放学回来，再没有人在后窗口应我了！”隽人依旧十分投入地倾诉着，他很高兴她能听他说话。

“呵！你姆妈故世时，你有多大了？”

“十几岁了！”

“十几岁了，很懂‘死’是怎么回事了！”芷霜同情地说。

“很懂了。所以我老觉得自己的儿时过得十分不如意。没有母亲的少儿时代，怎么也是快活不起来的。我老觉得我比别人少了点什么，而这个‘什么’似是无法弥补的，但现在，我想……我不再比别人缺了什么了……”说着，隽人目光灼灼地扫了她一眼，芷霜只作出一副没有听懂的样子，低头只顾看着自己的鞋尖。

两人默默地踱了几步，隽人又说：“我这个人很懦弱，做不成大事。我有个舅舅，在他尚未染上抽鸦片的恶习时，是二马路一个写字楼上的文书，在我印象中，是个极和气的长辈。因为自己没有孩子，他很疼我和隽敏。我们常去他写字间玩，他就买小绍兴的鸡粥给我们吃，还带我们去看戏。后来，他抽上了鸦片，弄得生意也丢了，家也回不了，沦为个叫花子。他常常候在我们大门口……巡捕要赶他，看门老常要赶他，连隽敏都要赶他……只有我，老硬不下这个心，结果自然，惟有我，摆脱不了他的纠缠。妹妹们都笑我这是自投罗网……”说到这里，他有点没有信心地住了口，不安地瞅了芷霜一眼，用极细微的声音问：“我这个人不大会说话，你有点厌烦了？或许隽敏已向你讲过我舅舅了？”

“哦，我很愿意听。一般男人，总喜欢在女人前吹嘘，吹自己如何如何能干，家里如何如何阔气，有些什么名人亲戚……你跟他们很不一样。”芷霜抬眼看着他说。朦胧夜色之中，她的睇盼是那样亲切，还带着几分羞怯。隽人心中，充满着一股柔情。

“那也得看，与哪位女人交谈呀。我在写字间那些小姐前，也是很会吹嘘的。”隽人触触芷霜的手指，试图握住她的手。但她那让夜风吹得有点沁凉的手指迅速地避开了，一边嗔怪着：

“才赞你老实。可见，你这老实，也是装出来的。你再这样瞎三话四，我不睬你了。我要回家了。真是的，怎么黄包车也不见一部！”芷霜讪讪地说着，对着空旷旷的马路一个劲地叫着：“黄包车，黄包车！”

“用不着像叫救火车那样的，”隽人继续开心地笑着：“这里根本连黄包车影子都不见。我们踱到赫德路口去看看吧。”

芷霜佯装薄怒，只一句不吭声。隽人一路上却是话题不断，兴致很高。待他们走过一条红砖面弄堂，他索性止了步。

“咦，春平坊。记得吗？多年前一轰动上海滩的桃色新闻：一千金小姐跟着自家的包车夫私奔了，新闻刚爆出那几天，当时我们还住在哈同路上，天天涌到春平坊弄堂口去看闹猛，那里围满了各式小报的新闻记者，那出事的人家则百叶窗垂下，门户紧闭，一点声音都没有……当时，这也算得上是一条头号社会新闻了……也作孽！旧式女子真可怜，平时又没有社交，或许根本连男性都不大遇得见，因此，就会看中自家的包车夫……”

“不过话不能这样说，像这位小姐，终日养尊处优，不愁吃穿，不解人世，如是反倒会生出种种的罗曼蒂克，她看人会一不看其钱财，二不看其社会地位，一心只看其人品。所以我想，那位包车夫一定是十分出色的。”芷霜说。

“那也有道理。就像隽敏，你知道吗？发疯般地爱上个小儿科医师，破产了的封家少爷，不过我以为，只要她本人心甘情愿，其他人大可不必多管闲账，你说呢？”

芷霜觉得这个问题很难回答，只微微一笑。

“你的事……是不是管闲账的人会很多？好在……我不是包车夫。”隽人双目灼灼地盯着她。

“我可真的不愿再睬你了。”芷霜头一扭，正好看见一辆空黄包车缓缓驶过，连忙跳上去，一边扭头向他挥挥手：“谢谢你那几十朵小绒花。”

“我以后可以再来约你吗？”隽人一把拉住车背，焦灼地问。

“打电话吧，下礼拜我们就搬回福禄村了。”芷霜银铃般的嗓音从车上传来。

隽人恋恋地看着她在黑魆魆的马路上消失了。一个如此可爱体面的小姐看上了他，真好！可见，他祝隽人并不像人们想的那么糟、那么无能。

十五

日子说快不快，说慢，反正，上海沦为孤岛，也已有一年光景了。

在华行董事会上，景臣在一片反对声中，提出华行在这非常时期的对策：

“……现今，中日之战已进入缓慢的相峙时期。不少地方遭日机狂轰滥炸，商行厂家包括个人的财产朝不保夕，许多产业都急需找户头投保。我看，今天的华行，完全可以设立保险业务，战前我们能在这挤兑中不被挤垮，足以证明华行的信誉已深得民心了，这是我们设立保险业务的最大资本。”

有人当即疑惑地打断他：“投兵保险，我们做得过美亚保险公司吗？人家的保险费，才定15%呢！”

“我们比他们再便宜一点，出到10%。我这里有张核算清单，经行里几位会计师核算过，我们行可以承担这样的保险费。”景臣是从来不作无准备之争的，因此他嘴上这么说着，一边就笃悠悠地扔出那张核算单，全场顿时争相传阅这张结算一目了然的清单。

“但美亚的保险业务资格，毕竟要比我们老。我们只以10%的低保险费与他们去争客户，不见得就能成事。”作为华行新任董事刘同钧，在一边不信任地说。

“现今因局势危殆，许多钱业界都不敢承包保险业务，我想物以稀为贵，我们就趁这机会闯一闯，薄利多销嘛！人，总归喜欢贪便宜，只要我们又便宜货又好，不怕人家不上门。我们华行的保险资历固然比不上美亚，这是事实，但我们可以将华行的实力公之于众；我们可以聘请沪上知名人士，钱业工会主席先生，再加上华行行董代表及会计师代表，在每月任何一天，到华行来打开库门，将我们的现金和市场准备，向社会公布，以得到社会各界人士的信任。我看，这事宜抓紧，随着上海沦陷，沪上不少商行厂家，大凡有点能力的，都在南迁，正是急需投保的时刻，机不可失，时不再来呵！”景臣自信地说。

“你这位仁兄大人，倒是蛮会瞅机会的，仗打得越大，你倒像市面做得越大似的。”一位董事先生略带贬义半假不真地说。

“这不奇怪，人各有各的路，国军撤退，我们总不能陪着他们一路退。不是讲抗日要有钱出钱，有力出力嘛，没有钱赚进又如何为抗日出钱呢？”祝景臣则落落大方地反驳他。

这时，钟太太神色紧张地进来了。

原来，华行有个借款户头，日升铁工厂，几年来一直亏本，债务已拖了好久，维持到“八一三”后，更是全面崩溃，连薪水都发不出了，华行就把该厂作押抵债，这几天正在拍卖，卖价很低，根本不能收回借款。确实，现今这种局势，根本不是经营实业的时光。岂知，厂里工会派了几个工人代表来华行请愿，要求华行设法将该厂维持下去。否则，这些工人将没饭吃了。

“真要命，”景臣把茶杯往桌上重重一搁，气呼呼地说：“这事难道也要我们华行来承担吗？简直莫名其妙！跟他们说，我祝景臣自己也差点让这爿厂拖得没饭吃了。机器拍卖光后，我这块地皮要造房子了，现今只有房产才会赚。”

“他们的代表等在会客室里呢。”钟太太轻轻提醒他。

“让他们等着吧，我反正不会去睬他们的。见他们也是这几句话。我这里忙着呢。下面一个议程，我们将讨论，在香港设立华行分行之事。随着厂商的南迁，我认为在香港的贷款或投资，必然会兴隆发展……”

“不过景臣，”刘同钧提醒他：“还是去看看吧。事情闹大了也讨厌的。现今共产党很活跃，难保你们华行里没有几个，万一真给你来个里应外合，也是很走油的事呢！”

景臣依旧一副不在乎的样子：“这点大粗工人成得了什么事？工字一出头就要入土，他们自己要作死关我啥事，又不是我的工人。讲到华行有无共产党，我也不想去调查。只要他们不跟行里捣乱，我管你是唱西皮（CP 共产党简称）还是唱二簧（CC 国民党简称），但要跟华行捣乱，我是西皮二簧都不会放他们过门的。”

这时，另一位董事老板开口了：“讲起西皮二簧，我倒要提醒你一下，你也不要太大意了。这阵银联（银钱业业余联谊会）活动很多，一歇慈善篮球赛，一歇又是国货义卖会，还写文编报，练唱排戏的，这种闲事做得一多，难免会令行员同仁分心业务。我倒要提醒下祝总经理，不要让华行同仁太投入这种额外活动。难保这里没有共产党呢。只怕一旦出了乱子，又让人捉到中伤华行的机会了。”

话讲得是不错，但这位董事老板正是原信义钱庄的独资老板李澄鹏，正是他的侄子，华行某部的主任，那阵借着阿叔是华行后台老板这块牌子，擅自对外卖有价证券浮动行情来谋私利，以致让人授以华行行风不正的话柄。以至在挤兑中，华行一时向兄弟行业借头寸都困难，让大中银行从中钻了空子。却又因着“投鼠忌器”之说，至今也碰这位主任不得。有好几次，景臣是想大刀阔斧地在行里砍一通，但凡上下级间有叔侄娘舅、弟兄父子关系的，都一律不能同在华行服务，以免束了大家手脚。无奈这李澄鹏头一块牌子，仗着他资金雄实，就是动他不得。再者，现今他又与刘同钧结上儿女亲家，那就更成为铜墙铁壁了。这种结党营私之风，岂是他祝景臣一人能改变的？出于无奈，景臣只得悻悻地说：“多参加一些社团活动，本是无可非议的，败坏不了啥行誉，倒是那种借职务之便借公肥私之辈，实在是一粒老鼠屎坏了一锅汤！”

"如查确真有这样的人，证据确凿的话，自然应当严办。我们可以调查呀！"李澄鹏吃准行里没有这种魄力，反而咄咄逼人地激着景臣。刘同钧听出两人的话有点不大对头，连忙出来做和事佬："这开设保险业务之事，还要把广告做大。现今市民心目中，一提保险业，就只知首推美亚……"

话未落音，钟太太又上来了，说：

"那班工人索性坐在营业厅地上，客户们都团团围着在听他们诉苦，很是难看相呢。"

"叫巡捕去！"有人就要去打电话。

"慢！"景臣说着，就跟着钟太太匆匆下楼了。

底下营业厅里，果然簇拥着不少人，连不少路人都踅进来看热闹，其中一个正操着浓厚的苏北口音在诉说着："才得一人发了半个月工资，就关照我们不用上工了，老板讲他穷了。老板穷了，一爿厂拍卖出去还有好几万洋钿，我们工人穷了，可真是烧夜饭米也拿不出了……"

他讲得凄切，边上听的人也深表同情，景臣有点慌了：这事情真的闹大了，倒也讨厌。正在思忖着要叫巡捕，一转眼看见一位穿着一身黑色华行制服的青年正在与一工友交谈，再一看，这是范仰之。

"范先生，"他忙用手招仰之过来。"去巡捕行打只电话。这里是银行，这群人涌在这里不安全。"

"何必呢！"范仰之笑笑，说："他们也都是可怜巴巴的，我正在劝劝他们。"说着，就走到那簇工人前说："师傅们，工友们，心急吃不了热粥，怪来怪去，只怪东洋赤佬打仗。现今厂老板破产，银行也爱莫能助，实在是没有办法的事。不过据我所知，这爿厂机器拍卖后要造房子的，一造房子总需要打零活的，工友们如年轻力强的，不妨去那边留意一下，揽点零活做做，好坏过了这一阵……"

几句话心平气和，倒也讲得实事求是，那几个工友也给他讲得气平了一点，景臣趁势踱过去，接着范仰之的话题说："刚刚范先生也讲出了我的心里话，怪来怪去，只怪我们政府软弱，让东洋人得以入侵，有许多事，本行实在爱莫能助。银行破产不比厂商，银行破产要波及整个市面的，因此我们做银行的，不得不丢卒保车呀。厂家欠了我们债无力偿还，我们只有没收他的厂抵押，以维持我们银行的业务。古话说：小不忍则乱大谋，现在战时经济，本就动荡不定，各位工友只有多多谅解了。”

看景臣讲得恳切，这些工人们也呒啥可讲了。景臣是有过夜饭米都不着落的日子的滋味的，不觉也动了恻隐之心，本想给他们一笔救济金，转念一想，这个头不能开，也就作罢了。这时，出来几个年轻行员，也好言劝着众工友们，工人们快快地走了，看热闹的也都散了，亏得没有叫巡捕。

“范先生，谢谢你。”景臣叫住了范仰之。

“谢我做啥？倒还是谢谢这班工友，他们是最苦，总算还通情达理。”仰之深有感慨地说。

“你今日到总行来有啥事？”景臣不好马上撇开他就走，那显得太有事有人，无事无人了，因此也就与他敷衍几句。

范仰之回答道：“我来送几张报表，顺便通知几个年轻同事夜里练唱，我们的歌咏演出总经理可要替我们捧场的。”

祝景臣沉吟了一下，说：“范先生，你是银联会员吧？”

“是的。借此和几个朋友研究研究学识，参加一些团体活动。”

“其实我心里也明白，青年人，总归比较欢喜活动一下，但你应该明了现在的局势。你年纪轻，难免会受感情的拨弄，万一闯了祸，你是知道行里的章程的，到了那个时候……我也是没有办法的……”景臣十分恳切地说。

仰之沉默着。但景臣依然自顾往下说：“在这个人浮于事的社会中，找一个饭碗也是不容易的，你总要谨慎一点，将来自有跃升的希望。你父亲也是老中华了，看来，你比他要活络多。你年纪还轻，只要巴巴结结做……前途无量呀！”

“谢谢你的关照。”范仰之微笑着应诺了。国字四方脸上，泛起一抹聪明精干的微笑。蓦地，景臣脑里又显出“脑后见腮，必有反心”几个字，他再次瞪视一下与他面对面站着的范仰之。

“我还有几张单据要去办，祝总，我可以走了吗？”范仰之浓黑的眉毛一扬，轻声有礼地问。景臣忽然觉得自己刚才那番话说得好蠢，范仰之似决不是那种几句话就可以说服得了的人。

回到家里，已是掌灯时分了。娟琳一个人在下面黑魆魆的起坐间里边结绒线边等他。他们是今年春天上办的喜事，景臣生性不爱招摇，这次更是借着战事一切从简，为此，娟琳一直觉得十分委屈，景臣一味做出不曾觉察她的不快。俗话说：王婆养鸟，越养越刁，他可不愿做那王婆，外面的事已经够忙了，如果屋里的太太再越养越刁，他这真要叫做自作死了。

“怎么灯也不开一个。”景臣挺外国派地在太太颈脖上亲了亲。

“省点电费呀！这么一家子，老老少少十几口人，一个月开销莫佬佬呢。”娟琳话中有话地说。

原来这阵，景文几个大孩子，也陆续到上海来避乱读大学，再加上景文原配英氏，一股脑儿都吃住在祝家，开销自然是大了。祝家是大户人家，对这些本是不作兴斤斤计较的，娟琳也明白这个道理，老实讲她也不是肉痛这几个铜钿，只是觉得这个家太庞杂，连老太太带五个前妻生的孩子，再加上妯娌阿侄，每天饭开出来，要铺铺满满两桌圆台面，她这位新任祝太太，置身在这么多人之中，岂但谈不上众星托月，简直像淹没在这个豪门深府之中。丈夫一个礼拜倒有大半不回来吃夜饭，就是回来了，饭桌上与母亲、儿女侄辈一敷衍，已觉兜不转，待饭碗放下就到书房接电话听无线电记行情，不到半夜是不会进卧室的。他的时间已经那么宝贵，还要分给那么多人，他好像啥人都不愿冷落，啥人都不想得罪，惟独她蒲娟琳是例外的。

景臣是聪明人，自然也明白太太的心思，便顺势在娟琳身边坐下，好言说着："我们从小苦出身，难得我发达了，能多照顾点兄弟总归多照顾点了。阿文也可怜，怀才不遇……"

"这又奇了，我又没有说什么，我不过讲要节省点，家里开销大了，现今法币又不经用，"娟琳得了安抚，也小小地发了一通脾气，景臣只是嘻嘻笑着，由着她使了阵小性子。他十分明白，什么时候该让着点太太。

"……这几天你又忙着香港设分行的事，夜饭桌上更是看不到你人影了……"娟琳开始小心地把话引到一个中心，平时老也捞不到与景臣讲几句体己话的机会，今天她觉得是个机会。

"自然，开办分行不是件小事，当然要忙点。"景臣一边把头埋在太太耳背后亲吻着，一边抱歉地说。

"那么分行经理的位置……"娟琳说。

"我想席振绪最合适了，"景臣用手指轻轻抚弄着娟琳耳后的绒毛，像是说给她听，其实是自己在忖度："他这次去裕盛厂办贷款，办得漂亮极了，英文功底又好……等一等，你怎么忽然想起问这件事？"他直起身子盯着太太。

"我兄弟……"娟琳耸耸肩，没有再往下说，只是用目光和微动的嘴唇，说了许多没说的话。

"娟琳，"景臣起身双手插着兜踱了几步，十分严正地对她说："我们来个约法三章好吗？你而今是祝太太，我把祝家门上上下下、大大小小十几口人都交给你了，反正家里一切，都你说了算。但我行里的事务，不论大小，你别插手，我们就这样说定了。"

他说得那样一板一眼的，娟琳不觉悚然一惊，有点怕了。

景臣觉得话说得太重了，再挨着娟琳坐下，柔声解释着："你不体会，我这只总经理位子不好坐的，千把双眼睛盯着呢。再讲，我向来最不赞成爷儿子、小舅子、小兄弟，在一个地方做事，我怎好自己先破例呢？老实讲，中华银行总经理这把交椅，我能稳稳当当坐上这么些年，也是不容易的，等着看我出洋相跌跟头的，大有人在呢……"

“不成就得了，何必讲上这么一大套话呢！”蒲娟琳把毛线活计一挟，起身说：“我去关照开饭了，今天我娘家奶妈的儿子乡下送来两只鸡，叫他们文火炖着等你回来吃呢。”

“这么多人，清炖鸡不经吃，不如让大司务炒上两大盆宫保鸡丁，吃得开点。”

“你这个人呀，前世想不穿，就知道节省。”娟琳又气又疼地白了他一眼：“今晚吃夜饭的人少，大少爷不在，大小姐不在，二小姐也不在，阿文的孩子和英氏也让苡小姐接过去了。我故意关照大司务，给你独开一桌呢！”

娟琳刚准备出去张罗开夜饭，隽敏的奶娘，现今祝府里历史最悠久的娘姨，类似娘姨头的，人称陆娘娘的进来了。

“太太，陆福昌银楼的钱师傅来了，正在后客厅坐着呢。”说着便一言不发地垂手立在一边再也不肯多出声一句。

娟琳一怔，她不知道这功夫陆娘娘戳出这句话啥意思？陆福昌来人做啥？她自己从没去那边定过首饰，几位小姐也不像会不经父亲同意就擅自请来银楼师傅的。自她嫁到祝家后，隽敏什么都没交代，只是虎起一张脸把一串沉甸甸的钥匙往床上一扔，算把管家之事移交给她了，就此百事不管，苦得她娟琳只得一桩桩留心摸索起来。

她疑惑地抬眼询问似的看看陆娘娘，陆娘娘只是一味装出一副迟愚木然的样子站在一边，任娟琳自解这则哑谜。这只老狐狸！连她都有点欺生了，更别讲其他佣人了。正在踌躇着，总管发根老伯进来了。

“太太，”发根伯就调皮多了，自娟琳进门后，一口一声太太，一点不敢有所怠慢。“东间家堂已收拾好，我要带他们挂尊像（祖宗画像）了，还要拿点锡箔，叫几个娘姨折起来了。”

娟琳这才悟到，快八月半了。那银楼师傅来，是兜生意来了。每年八月半和大年夜，该是替这点娘姨打送首饰的时节，这个陆娘娘还要卖关子想弄撺她呢。

娟琳拿着钥匙一边领发根老伯去取祭祖的家什，一边回头冷冷地对陆娘娘说："对那银楼伙计讲，一人一只元宝戒可以了，成色要足，做工不必太花哨就是了。"

"太太，"陆娘娘说："元宝戒去年中秋、年夜间，大小姐已赏过我们了。今年，我们想换换花样，一人要一副响铃金木鱼，大小姐去年年夜头答应的……"

"大小姐归大小姐，现在是我在当家。"娟琳厉声说，陆娘娘才不敢响了。这种金木鱼手工钱价开得老高，不如元宝戒做工便宜。

办完事回转来，她越想越气，不禁又冲着自己男人诉起苦："你们家当家人实在不易当，动不动搬出大小姐来压人……"

"万事开头难嘛，"岂料景臣却不以为然，一边看报一边摇晃着二郎腿说："我刚接替魏经理时也是这样，动不动就搬出魏经理原先怎么说来压你。睬也不睬这种人，现在就是我当道，就是要听我的，一点一点收伏他们。哈，这才有劲呢，做事就是要有点对立面做起来才有味。"

"真的可以全听我的？要听我的，娘姨的首饰一年打一次就够了，我们蒲家就是这样，这笔铜钿乐得省省啦。"

景臣将报纸掀了个身，不在意地说："算啦，这点何必扣尅她们呢？这点娘姨在我们祝家好几年了。那阵隽人的娘身体一直不好，孩子又小，也亏得她们在照料着这些孩子，照料着这个家。"娟琳听着这话觉得好没意思，便借故转身走了。

她奔下幽暗的楼梯，漫无目的地走到起坐间里，也不开灯，就坐在一片暮色之中，机械地继续着那件毛线活。

她终于成为祝太太了，又怎样呢？每次回娘家，娘家人都将她作为回家省亲的皇后娘娘般捧着。蒲家这种官宦人家，现今也是只剩有一层空排场了，正想借祝景臣这个乘龙快婿的光来重振家业，岂知景臣就这样给她来了个约法三章，叫她以后怎么向嫁家兄弟交代？自从嫁到祝家来，娟琳连同与女青年会里的女朋友们，也疏远了。景臣是最怕多事的人，而女青年会里像娟琳这种身份的事是最多了，贴时间又花钞票，那天开了次董事会回来，匆匆赶回家已过开夜饭的时候了，偏生这天，景臣又是回来吃夜饭的。待她赶紧手忙脚乱地指挥着佣人将饭开出来，已误了景臣晚上的节目安排。景臣自然是一声责怪都没有，但他那匆匆地划完一碗饭就离桌的神情，却令她不安了几天。从此，她辞去了青年会一切事务。

都是为了这个“祝太太”，她一味地做小伏低，甚至有意与娘家人疏远，今日向景臣开这个口，实在是因为娘家兄弟口口声声提起当初替她说这门亲的功劳。到头来，景臣还说出“隽人的娘”这般毫无意思的话。他们总归是原配夫妻。娟琳觉得自己十分孤凄，祝家一家大小，连带佣人，都联了帮来欺侮她。

“太太，太太！”外边过道上，传来发根老伯卑微的叫唤声，娟琳只是坐在黯然的起坐间里不应他。

“吴妈，太太呢？盛家使人送八月半礼来了，等着太太来验收呢，盛家关照要送到太太手里……”发根老伯焦虑地说。“没见太太出门吧？”

娟琳将毛线活卷了卷，往沙发上一搁，理理头发，扭亮了台灯，爱理不理地在房间应了一声：“来了，让他在下面廊厅里等着。”

一个穿着一身熨烫得笔挺的灰布长衫的男佣人，将火腿、月饼之类一一放下后，特地取出一匹蓝底银花的南京缎送至娟琳眼前：“我们太太送给祝太太的节礼，讲祝太太要看不中这花样颜色，可去老介福调换，跟他们伙计已打过招呼了。”

娟琳打量着这匹质量上好的南京缎子，心里一阵欢喜，打发发根老伯给了盛家男佣人很客气的一笔脚力钱，那男佣人又是一口一声“祝太太”地谢了，叫得娟琳又是一阵欢喜。

盛太太仗着盛家是上海滩上有数的几个大户之一，往常待人接物，也很有点傲气，惟对娟琳是十分客气敷衍，这次又特地送这么重的礼给她，讲穿了，还不是看在她是“祝太太”的脸上。不管怎样，“祝太太”在人前人后，还是很有点威力的。

娟琳站在那面落地穿衣镜前，将那块衣料往自家身上比划着，蓝底银花的图案，很慎重地托出一张端丽高贵的中年太太的脸庞。

挨到韵华渐近的中年，能嫁到这么个体面的丈夫，她应当十分知足了。至少她的后半生，可以享一点清福了。“祝太太”，还不至于像她想的那般空然。心里这样想着，却不知为啥，反而泛起一股怆凉酸楚，两行眼泪潸然淌了下来。

十六

现在，隽人可是一本正经地扮起毛脚女婿的角色了，每逢周六周日，已成为席家的雷打不动的座上客。这无疑等于向众人宣布，席芷霜是我的了，当然，他的态度是极谦和极有礼的，出手也是极大方的。每次来席家，总不忘记给芷霜、芷霜父母，甚至承祖，连后来替代阿周的小大姐小琏子，都带一份礼物。

福禄村几乎家家都知道，席家小姐找了个极有身份的男朋友了。隽人年轻富有，为人又诚恳老实，人话丈母娘看女婿，越看越欢喜，更何况祝隽人这样的后生，席师母自然更是疼爱了。

那天隽人一到，席师母就到灶间去替他张罗点心了，承祖礼拜六下午不上课，隽人一来，就缠着要他陪自己下棋。芷霜则在沙发上安逸地织着毛线，那是她送给隽人的一件烟灰毛线开衫。

冬日的太阳，下午3点一过就无力了。席家客厅里生起一只北京炉子，炉子很旺，炖着一锅枣子粥，咔咔地响着。隽人把西装外套一脱，一边隔着桌子对芷霜讲："下个礼拜天隽颖想在家里开个派对，你也来好吗？"

"我不……"芷霜有点难为情地说，再者这两年来与隽敏又渐渐生疏了，猛一照面岂不尴尬。

承祖给母亲支走了，隽人索性坐在芷霜沙发的把手上，将脸贴着芷霜鬓发间轻声问："你讲，你为啥不肯来……？"

“陌里陌生的……难为情哦！”芷霜红着脸，几乎把头埋在毛线衣里了。她是十分知道上隽人家的重大意义的。

“难道我在，你还会觉得陌里陌生？”看着她那娇俏可爱的神情，隽人更把她紧紧地搂着，同时轻声说：“我们快结婚吧。大学里结了婚再读下去的女同学有的是，这又有啥关系呢？”

“不，”芷霜从他怀里挣扎出来，一改刚才那羞然娇媚的神情，很认真地说：“结了婚再读书总容易分心，一旦有了孩子更糟了。再讲，你也刚刚做事不久，乐得趁一身无牵挂之时，好好用心地做，多升几级，如是再建立家庭，岂不底子更厚实了。”

“就是说嘛！”隽人也开始一本正经了：“外国老板十分看得起我，我也想更卖力点。要我们结婚了，我自觉安定下来，那事务一定办得更好，否则，成天到夜想着你，那办公效率也是可想而知的……”

“看你说的，不打自招了。就是讲，一结了婚，你就当我假的了……”芷霜抓到空子了，马上反唇相讥：“可见还是不结婚好，你还能惦着些我……”隽人发急了，又生性老实，一下子语塞了，急得额上青筋都像蚯蚓般弹出来了。芷霜心疼了，放下活计轻轻抚着隽人一头柔软略带鬈曲的头发——人讲头发软脾气好，这话可是一点也不假——说：“得啦，与你开开玩笑的。不过将来……将来，我意思我们还是住出去好。别的不说，住在你们祝公馆里，第一件不方便的事就是打电话。祝隽人祝景臣上海话都一式一样，还得声明一下，不是中华银行的祝景臣，是豪福洋行的祝隽人，真叫吃力。再讲，你们家里是晚阿婆，底下四个姑娘，隽敏又是第一个难弄的小姐，上面还有个老太太泰山顶般压着，再加上一个英婶一个苡小姐，做媳妇是难的！我的意思，你先积点钱，我也托人找个家庭教师之类的事，多少也能积点钱，将来我还要出去做事，我们自己在外边住，凡尔登花园那种房子租一幢。那有多好！”

隽人只是不经意地一笑，那神情仿佛是她芷霜说了什么不谙世事的笑话似的。然后，他看看表，说：“出去吃晚饭吧。曼德逊俱乐部有个一人乐队，是菲律宾人，据说蛮有味道的。”

隽人就是这种黏糊糊的脾气，既不与你争也不跟你辩，最后还是我行我素。但芷霜在某种程度上，也不太强求他，她十分懂得该怎样有分寸地对男朋友时弛时紧。

待芷霜换好衣服下来，发现隽人与麒麟正在客厅里谈天。自战事西移后，租界地的难民收容所大都相继结束了，各民间抗日团体也在工部局指令下纷纷解散。麒麟在做难民工作时认识了一个英国人十分赏识他，将他介绍进一外国公司做事，自此后他经济状况松了一口气，就自立门户住出去了，难得也回福禄村看看姑母姑丈，回来了，也总归要看看芷霜，哪怕不时会碰到隽人。“我从没向她要求过什么，又何必做出气馁的样子？这样倒好像我是要求过她什么了。”麒麟自己是这样想的。想是这样想，但每每看见芷霜，心中总会掀起一阵惆怅之情。这一仗，他输定了，但问题不在他自身，而是他的先天，不过他一点也不怨芷霜，只怨自己太自不量力！

“……英国人向来保守，他们政府对德国人是抱着隔山观虎斗的态度。因此他们只有走抛出捷克这只棋子，否则一旦德国人真的对他们开火了，英伦三岛是经不起德国空军的轰炸……”

隽人架着二郎腿正在侃侃而谈欧洲局势，自我感觉极好。一双崭新的德国纹皮皮鞋，神气地搁在他自己膝头，闪着油亮的光。他一会向麒麟敬烟，一会给他递烟碟，俨然就是以芷霜的未婚夫自居了。举止言语之际，有意无意地流露出一种胜利者的自负和大度。

看见芷霜进来，麒麟便站起来，对她说：“向你再见了，芷霜。”

“你又要去哪了？”

“我去美国读书去了。”

“呵！”芷霜一怔。“都办好了？”

“都办好了，船票也定好了。”

芷霜呆呆地站着，一时什么话也说不出来。

“麒麟兄，我看你犯不着再出去读书。你现在已有了这么好的一个事做，再讲交通大学的牌子也够硬了，何苦再出去吃苦头呢。”隽人坐在沙发上，依旧架着副二郎腿，老茄茄地说。他就是这改不脱的大少爷脾气，动不动就摆出一副样样都无所谓的样子。芷霜狠狠地瞪了他一眼，他这才讪讪地放下脚，把人坐端正了。

“怎么走得这样急！”芷霜若有所失地问。她隐隐有种预感：这一别，可能就是一辈子，至少，是不容易再见面了。

麒麟装出闲适地一笑，但芷霜看出来，他嘴角边的三条弧形皱纹是以前没有的，这里隐藏着几分苦涩和无奈。他习惯地将两手肘搁在膝头上，一字一句很慎重地说："我已想了好久了。眼前我是比较安定了，但我总又觉得，我这样的年纪，又没有好的家庭背景，就过早地定局了，是不是好？我还想再发展点，但在上海这块地方，只租界地巴掌大一块地方可以活络一番，却又庙小罗汉多，我没有个好的社会背景，又没有铜钿做资本，要发展是很困难的。不如索性出洋去，在外国的中国人，大家都是从零开始起步，或许还能施展一下。”

“中国人在外国要立下足，也不是件容易事。”隽人说。

“是这样，问题是，自己本身要有实力。我的实力只能从书上去寻，所以，我要出去读几个学位。”麒麟说。

“以后再看到你，怕要不认得你了，一定是个标准的‘尖头慢’了。”芷霜原先是想做句笑话的，不料话一出口，却变得有几分伤感了。

“其实，你们两位也满可以出去再读点书，况且你们要比我容易多了：不用自己积学费。年纪也比我轻嘛。”麒麟提议。“呃，”话刚落音，隽人就抢着说："我是已没有这份胃口了。再讲我文叔也算个留学生，我看光景也呒啥好，倾家荡产办了个求是化工厂，只有连年赔钱的份，这次沪战一起，厂房给烧个精光，也不知他如何应付这个局面。”

“话不能这般说，”麒麟说："祝景文先生在化工界，口碑是极好的，我也十分崇仰他。人生要成功，其实是极难，像令尊大人这样的，上海滩能有几个？只不过人总要对得起自己，总要为自己奋斗一番才是。”

“是成是败，这话其实也十分难说，全靠你自己如何看了。”隽人点起一支烟，仰首吐出一串白圈圈，多少有点不屑一争似的说。一时，两人竟觉无话可谈了。

或许隽人和麒麟两人的家庭不同，经历不同，因此总也谈不拢，但两人又谁都没有告辞先走的意思。或许隽人认为自己是芷霜的男朋友，可以理直气壮地坐下去。麒麟则认为，自己与芷霜是多年相熟的老邻居了，况且马上要出洋远离，实在也想能有个单独与芷霜说几句话的机会。其实也没有什么悄悄话秘密话要讲，不过就想单独与她告别一下，这样感觉上似要好过点。

谈话的资料渐渐显得贫乏了，芷霜便笑道：

“听听唱片吧？要听什么？”

“‘伦敦德里小调’吧。”麒麟说。

当郁伤、深情的旋律慢慢溢开来时，芷霜忽觉得内心一片茫茫无主，直到今天麒麟要远走了，她才悟到，其实，麒麟在她内心里占一个十分重要的位置。应该承认她也爱麒麟。唉，这个“也”字！但隽人比他漂亮潇洒，而且有家底有财力，事业也不错，不像麒麟刚刚出来做事，将来怎样一点把握也没有。麒麟不会怪她势利吧？她恍恍惚惚地抬眼看一下麒麟，不料麒麟也正在打量着自己。他对她微微一笑，说：“唱片太旧了，有点沙沙声。”

她却不知道该对他说些什么，慌里慌张地瞥一眼隽人，怕他会不高兴。他正在细细读着刚到的夜报，倒不是做作，隽人生来属那种内心不设防的忠厚人，他一切快与不快都是做在脸上的。

“好，”似乎下定决心了，麒麟一拍沙发扶手，起身说：“再见了。”

“什么日子动身？我们请你吃顿饭。”隽人热情地相邀着，极顺口地吐出“我们”这个词。

芷霜只是一路把麒麟送出去。记得麒麟刚从宝山出来读书时，她还成天在后门口造房子。今天她送走了麒麟，似乎同时也送走了一部分的自身。她不再是一个任性的只会玩造房子游戏的女孩子。

从此，她要稳扎稳当地生活，为了使自己更合适一个大户人家的少奶奶身份，一个受过高等教育的太太！

“好了，别送了，再见。”麒麟闪出大门，硬在身后将大门关上。

麒麟走了。以后，他会爱上另一个女人吗？就像现在爱她这样？是的，她确确实实相信麒麟是十二万分地爱她的，将来，会以这同样的十二万分去爱那另一个女人吗？那女人可真太福气了。心里不禁一股酸溜溜的，同时也觉得自己太不讲理了；一方面拒绝他，却又不乐意他再爱别人。

“别难过了，这样的年龄，总会有这样的烦恼事的，过去了，就会好了。”隽人用手指头轻轻抹掉她的泪痕，她这才吓了一跳：怎么，自己竟哭了？

“对不起，”芷霜不好意思地嘟哝着，“我这个人向来看不得别人出门……请你不要在意！”

隽人一伸手将她搂住：“这有啥！像你这样的小姐，还不知有多少人在暗暗恋着你了。我真是幸运，我将他们都打败了。”

是这样吗？她成为一件战利品了？话说得虽然不大动听，但事情却倒也是这么一回事。当年在育秀时，自己是最最看不起社会上那些没有自己，一心只想依附个有钱的男人享福一世的女人，当然她自忖自己还不至如此，但她之所以放弃了麒麟，是确实因为他的经济状况太没基础了。

“好了，该出去吃晚饭了，晚了要吃不着了。”隽人在一边催着她，一边从衣架上取下她的大衣替她披上。芷霜顺从地跟着他，走到门口，他抢先几步替她打开了大门，在下台阶时，又体贴地轻轻托一把她的肘部，俨然一个十分周到仔细的未婚夫了。

她席芷霜这条恋爱之路真是一帆风顺，平平坦坦，只那么一会工夫，她就走过来了。现在，她就像坐在候车室里的乘客，只等时间一到，就搭上车直至目的地——举行婚礼。芷霜读过许多小说，她心目中的恋爱，似还应当曲折点，震撼点……但回想自己与隽人的那段恋爱，除了那晚与隽人隽敏一起去凡尔登花园那边买棉花糖，留下一幕十分隽永美好的景象后，似乎再没什么可以值得回味了。现在他们的恋爱内容，几乎满是吃夜饭，看电影，泡咖啡馆，看家具店再加拥抱和接吻。……芷霜不知，是小说上的恋爱不对头，还是她生活中的恋爱不对头。

现今隽人的事业，做得蛮不错的。他长相英俊、风度翩然，且又是大户人家之后，做推销工程师是最恰当了。各大药房及商家公司以至医院，大多知他是祝景臣的公子，没有不买他账的，因此进豪福洋行不过那么点时间，已当上了西药部主任了。景臣眼看着儿子有点出息，且已踏入社会，需谋事交际，也就眼开眼闭由着他把那辆自备车别克开进开出，主要还是想着，开着屁股冒烟的代步的推销工程师，人家是不敢怠慢的，真可谓可怜天下父母心！

“小皮球，小小篮，落地开花二十一，……”弄堂里，一群女孩子正在跳绳子嬉闹着，女孩子对男女之事特别敏感，一看见芷霜俩出来，就瞪起眼目不转睛地看着。想当年，芷霜自己也是如此的，对弄堂里每一对恋人都觉得十分神秘。

“唷，小开来了，小开来了！”

当隽人掏钥匙开车门时，一群男孩子又哄叫着过来了。福禄村是中等人家的住宅里弄，住户们不过为小康之家，自备汽车在这里还是挺显赫的。

“这点小囝！”隽人故意把脸一板，嘟嘟把喇叭一揿，孩子们又哄地一下四下散去。车子平稳地拐了个弯，开出弄堂口，一边神气地鸣叫着。几个街市上回来的邻居姆妈，将身子闪在一边让着车子，一边眼热地往车窗里张望着，隽人这辆车，大家都已认得了。芷霜心里涌起一股温暖的宽慰。

晚上，席先生回来了，芷霜还不见回来。

“今天礼拜六，有得晏了。”席师母说着，眉眼际的喜气怎么都抑不住。席先生则不然，平静地看着报纸，一边轻轻咕噜了一句：“看这光景，芷霜捱不到毕业就会结婚的。”

自香港分行成立后，席先生出任了中华银行香港分行的副理，每两个礼拜回家一次。职位是升了，但也招人妒忌了，行里已有人纷纷私下在传说：那全是因为他的女儿找了总经理的儿子之缘故。他就知道，第一个把这消息传出去的，就是隔壁那位曹久馨。原来他也早就窥视着港分行副理这只位置，无奈他这个绍兴师爷ABC也不识得几个，明摆着是不行的，却还要迁怒于他这个正统英国留学生，真是不通得很。唉，女儿啥人都可找，上海滩上好的小官人有的是，为啥偏偏要去找祝景臣的儿子！

“振绪，”席太太喜中带忧地轻轻拍拍他：“芷霜的陪嫁，倒要早早做准备了，祝家是大户人家，上有晚婆下有小姑，不要让人家笑话了。都讲香港的翡翠很便宜，你闲时要生个心。”

振绪只顾把报纸翻个身，再仔仔细细地看着。

“你听见哦？”席师母推推自家男人。

“到时候再讲了，反正我们量力而行。要人家看得起，不在身外之物有多少，而在内在的实力，这才是货真价实，炸弹也炸不掉，强盗也抢不脱呢。”席先生把报纸一搁，颇有几分郁郁地说。说心里话，他对隽人是不甚满意的。

“哦，麒麟要出洋了，刚刚黄昏边上来辞过行了。”席师母方才想起，对丈夫说。

“哦？他倒是，有志者，事竟成呀。”席先生很赞赏地说着，随后语气一转：“其实隽人为啥不出去再做点学问呢。趁着现在海上还通航，做事又难发展之时，他又不是没有铜钿，让芷霜也陪着一起去嘛。否则一结婚，小孩子一养，就再没深造的机会了。”

“你的想头也是奇出怪样的。隽人现在多好，年轻轻就当上了大洋行的主任，一个月连置家费加领带费，都有两三百元的收入，放着这样好的饭碗不去捧，倒去找份洋罪来自作孽，做啥呢？”席师母怨艾地白了丈夫一眼。

“你懂点啥！隽人又没有啥真本事，不过仗着父亲的名气，我看早晚要被淘汰的。承祖，”席先生掉头对自己儿子说：“好好读书，将来哪怕典光卖光，也要送你出洋留学。”

与此同时，在封静肖的公寓里，隽敏正在煤气灶上忙碌着。为了怕油气熏着头发，她将条绸方巾在头上打了个结，艳丽花缭的图案下面，她那对富有古典味的丹凤眼更给衬托得顾盼生姿、楚楚动人。

她一边麻利地操作着铲刀，一边忿忿地诉说着：

“那个蒲娟琳，进到我们祝家门里，就一本正经想扮起个祝太太的样子，有如小鸡落入白米缸里啦，心是贪得……裁缝师傅三日两头叫上门来做衣服，夹的单的，绸的呢的，看她那副腔调，就像吃冤家似的。还将大餐间原堂家什调了套崭新的德国橡木大餐间家什，看她这副当家样子，一家人家不败在她手中才怪呢……”猛地觉得自己说到“败家”两字很有点触封静肖的心景，忙偷偷瞅一眼他，见他没什么不快的表示，又自顾往下说：“亏得我们的爷老子头脑煞清，没有由着她做……”

她老也忘不了，父亲婚后没几天，就伴着自己的新嫁娘来到隽敏房里，十分婉转地说：“阿敏，这几年真是难为你了，这么大一份人家就靠你在管理操心，现在姆妈来了，你也就此可一身轻了。”

新婚燕尔的蒲娟琳，倚着自己丈夫眯眯地笑着，丰腴白嫩的脸庞更显得明眸皓齿，光彩四溢。隽敏一言不发，“腾”一下转身拉开抽斗，取出一串沉甸甸的钥匙，娟琳伸手去接，也不知是有意还是无意，隽敏一个失手，那串钥匙“咔”一下落在地毯上，隽敏也只作不理，跨过那串钥匙就往外走，一边悻悻然地说：“是呀，我总算出头了。人讲当家三年，黄狗也不理，我这恶人也做出头了。”

恰巧这时，管事发根老伯撞进来说：“小沙渡路薛公馆添了孙子，差人送来一箩筐红蛋，脚钱给多少？”说来也气人，随着战事的深入，样样都在涨，差赏佣人的脚钱也是一个月一个样。

“管我啥事。”隽敏自顾把门一摔，就走了。

“阿敏，你太不像话了！”父亲一路追出去，她则径自披上大衣下楼去了。那件象牙白的薄开司米大衣，像只钟罩样在她身后徐徐兜展着，她知道父亲一定还在幽暗的楼道上看着自己，霎时她十分欣赏自己此时的剪影，想着一定是十分像电影的镜头：一个姑娘从古堡的台阶下急步下来，身上的后裾拉得长长的……真生动！隽敏就这脾气，她似乎就是为着让人家“看”而生活着，她不大在乎自己觉得怎么样，却十分在乎别人会觉得她怎么样。

她小心地拨弄着煎锅里的荷包蛋。静肖是十分洋派的，荷包蛋只煎一面，而且要汪汪地淌着黄。她的烹饪课向来学得很好，她努力把这一切都做得好好的，她也自信自己在厨房里的形象是标准的新式主妇，静肖看着会喜欢的。

她终于忍不住把头一扭，却发现静肖正在专心看报。

其实，他只是用报纸遮住自己那副心事重重的愁容。沪战以来，租界里的商家都趁势火红红地发起来，惟独他这个小儿科医生的门诊，却很不景气，因为彼得·高去重庆了，他封静肖一只巴掌拍不响。现今上海滩上小孩生病专请小儿科医生的到底不多；公馆人家是看不上他这个尚未出山的医师，一般知识阶层，大都能自己对症下药，而那些劳工阶层，大人生病都不请医师，何况小孩子！但他又不愿离开这十里洋场去内地。这里多好，仗管仗打，租界地里照样灯红酒绿，从意大利西餐到法式西餐，样样都有。要么去香港？人生地不熟的，就更无把握了。唉，怪来怪去，又要怪到自己的不争气的父亲和叔伯们，偌大一份家产，竟会折腾个精打光，分家得来的那点财物，帮父亲还债都紧巴巴，当初若能留给他一份财产，也不至于会像今日这般走投无路。

“你又这般垂头丧气了，静肖。你从前的自信和骄傲呢？”隽敏冷不防把他的报纸一抽，嘴巴一撅，娇嗔地说。

这时电话铃响了，她抢先夺过话筒：“喂，这里是封静肖医师诊所……”对方是个女人，她又追问了一句：“你是哪一位？”问得十分婉转，却潜着一股咄咄逼人的气势。

“喏，电话。这个女人也是出奇的怪，问她姓啥都拖泥带水地不肯讲……”隽敏声音不小地咕噜着，有心让话筒那边的人能听到。

静肖三言两语后就挂了电话，半像申明半像辩解：“从前彼得·高的看护小姐，刚从菲律宾来，向我打听彼得·高的去处……”

“哎唷，啥人要管你这些事！快吃饭吧，都要凉了。”隽敏嘴上这么说着，心里却是十分得意自喜。已记不清是起于何日，或许就是那天她带了阿思来了以后，她就常上封静肖这儿了。她几乎是带点侵犯性似的介入了静肖的生活，就像个镇海塔样三日两头坐在他那里，反正现在大学里不如从前寄宿中学，只要学分读到，听课三日打鱼、两日晒网也没人管，家里又不用她操心，她有的是时间。渐渐地，终于造成了她是封静肖的女朋友这个舆论，这一点是最令封静肖恼火不已的。不过话说回来，隽敏毕竟是个漂亮、高贵的小姐，他也不是坐怀不乱的柳下惠。静肖交过不少女朋友，或许自小，他目睹家庭内部丑剧太多太多了，因此他对婚姻向来是怕怕的，他结交过的女人，也大都为女明星、舞女之类，如是双方都可没有一种契约感，但对祝隽敏，他不能这样。

“喂，下礼拜二妹将在家里开个派对，你也一起来。”隽敏对他说。

“这……”静肖犹豫着。

“来吧！那天大家可都要表演节目的，你来一段独唱吧，来一只《我的太阳》。”隽敏十分起劲地说。

静肖想了一想，认为祝家的社交多，或许，他因此可以托托人，找到个出路。只是，他一想到她父亲总有点不自在。

“你爸在吗？”他问。

“跟他有什么关系？再说，我爸才没那工夫来管这事呢。他连晚饭都不大在家吃。”隽敏不以为然地说。

“我的家，是已经全完了，我的钱，也没有了，我曾经所属的那个世界也已经没有了。将来，我所最理想的，就惟有在哪家教会医院里谋个仅能生活的差事，而且现时的我，已被从以往那个层次中抛出来了，所以，我怕是没有能力去对付面临的困难了……我的意思，你懂吗？”忽然，封静肖十分认真地开口说。

隽敏点了点头，其实她实在没有十分懂，或者说，对生活的艰难还不十分懂，但是她很认真地听着。

他讲得缓慢且艰涩，停顿了一下，又说了一句："我不愿人家以为，我是另有企图的。"

这最后一句无头无尾的话，她却听懂了。

"哦，静肖，你错了。你是很有前途的。医师的职责是崇高的，你是留学生，到哪都会有人需要你。这里过不下去，我们可以去重庆。再不，去香港，或者下南洋……我会替你工作的，我什么事都会替你做，我一定会使你非常快乐……就像我们文叔的苡小姐，她与他一起办厂，一起做实验，辗转从德国到上海，一直陪伴着他……"她的话如潮水一样，令静肖插也插不进。

隽敏内心却是十分清醒。她爱怜地抚弄着他浓厚的头发，他头发上散发出一股隐隐高雅的"雅得来"的香味，他的衬衣领子还是烫熨得笔挺邦硬，修长的手指上，指甲修剪得干净整齐，他虽然不得志，却仍保持着一种仪态，足以显出他的旧门第和留学生的风度，一阵怜惜和挚爱之情扫过她全身，她紧紧地搂住他。她就是爱他，尽管替她送糖送花写求爱信的少爷小开有的是，但她对他们就是不屑一顾。与芷霜、蒲娟琳她们相比，她爱得多高尚，多美好！

她要以自己的爱使他重新振作起来，重新塑造一个自信成功的封静肖。

十七

随着日本人向中华腹地挺进，日机的不时轰炸，令裕盛厂的存在时常在威胁之中，即使裕盛厂厂房库顶上的比国旗暂时保住了厂房机器，但原料缺乏，燃料也无来源，再加此时，上海的申新公司和官僚资本的雍兴公司，也先后在内地设立了纺织厂，从而打破了裕盛独家经营的局面。而申新和雍兴，实力雄厚，因着本身是官商，在原棉、机物料及运输条件方面，自有他们方便之处，相比之下，裕盛在与他们竞争中，似更困难了。厂长蔡立仁，为工厂前途担忧不安，特地绕道香港到上海，与刘同钧祝景臣一起商议。

“东洋人溯江西上，进逼江口武昌，因此裕盛厂所在地连日遭大轰炸，待空袭警报解除后，跑出厂门外一看，周围一片瓦砾，有块弹片击中我们仓库内，烧毁原棉万把担，损失真谓不大不小。两位看，裕盛厂是否要准备西迁？”

三十不到的蔡立仁，依旧不改那副学徒腔，十分谦卑耐心，平顶头已到了早该剃的时候了，一脸胡子拉碴，又黑又瘦，一身灰布长衫因着长途跋涉过来，已是皱巴巴的，一副风尘仆仆的样子，只是他那对布满红丝的小眼睛，依旧十分精神，而且有点狡黠。

“川江航行，困难重重，轮船吨位是绝对轮不到我们头上。如果用柏木船溯江而上，更是险滩重重，谈何容易？”祝景臣沉吟着。“且四川不产原棉，机器又如此难运进去，如果历尽千险将机器运进去却觅不到原料，那……”

“是呀，不如不迁，待战事平息后，仍可复产。”刘同钧也觉得，在此国难当头的非常时期，多一事总不如少一事。“再讲，厂顶的比国旗，多少还有用嘛。”

“但是，此次战事是民族之战，关系到民族的生死存活，如不西迁，看光景必然资敌。要么，全部自己炸毁……”景臣话音未落，刘同钧即打断他：“我下不了这个手。这好比要我亲手杀掉自己的孩子……我下不了手……”

“那么，蔡先生你的意思……”景臣转向蔡立仁。

蔡立仁以沉着、略显沙哑的嗓音，含蓄地奉劝两个裕盛大股东，不要对裕盛再抱幻想了；

“我也是坚决主张为避免资敌，势在必迁的，且迁川后有巫峡天险保障，原棉可由陕棉代替，问题是西迁这段路上，困难重重。听说武汉即告不守，而宜昌港已货积如山，待运无期。再讲我们不属动员迁厂对象，实业部不会给我们任何方便或补贴的。”

“有无个折中办法？比方说，迁一部分，留一部分？”景臣向着蔡立仁问。

“折中办法倒有一个，”蔡立仁抬起了紧蹙着的眉毛，表示出他对此的回答是经过缜密的考虑和思考的。“我看，干脆把裕盛厂机器棉纱拆零嗵卖掉，卖给有能力在内地扩展的官商厂家，所得之款，按股票票面值发还给股东，只讲因战事深入，工厂前途未卜，为了保障股东利益不受损才不得已如此做的。这样索性让裕盛厂股东权就集中在中华银行与刘先生两家手中，这样只有好办事。索性扔掉那批散个小股东，方可总揽大权，指挥自如而无掣肘之患。美国杜邦公司这个百年企业之所以能始终保持兴旺发达，就是因为杜邦家族有一套保持股权不分散的办法。至于我们自己，可再另谋发展之路嘛。”

“这样一来，蚀煞老本还在其次，只是我们的元宝牌棉纱就此在市场上消失了，过不了多久，就会冷掉，那太可惜了！”刘同钧虽谓不致绝望然而也十分焦灼地说。拍卖裕盛厂，这对同是股东老板的中华银行，也是一桩举足轻重之事，金融资本总是要渗透到工商业才能见效，失却裕盛厂，中华行也有如螃蟹给掰去一对大钳，差多了！

“这事千万要慎重。”景臣连连说。“我得先与董事会讨论一下。”

“你们不要急，我自有道理，这脑筋我也是动了好久了。这次路过香港，我留心了一下，发现葵涌有家纱厂，似不大景气，也受着大批内地迁往香港的厂商的倾轧。我看，索性我们与这家厂来个联营，出的纱布依旧用我们已打响的元宝牌，与他们签个短期合同，先付他们一笔手续费，再在总销额中提出一定百分比提成。反正只求保持元宝牌在市场上不消失，挨过这场战事再说了。”蔡立仁慢慢旋转着手中的玻璃杯，稳稳地说。看来，这个良策，他早已是深思熟虑了。

“这是个上上策。盲目的内迁不足以取，我们这里拼死拼活地迁，岂料政府军队后撤得比我们的机器装运还快，我们赤了脚也赶不上呀！”景臣当场拍手叫绝。

“只是，蚀煞我了！”刘同钧说着，狠狠用手擂了下沙发把手：“千刀万剐的东洋人！”

“月满则亏，水满则溢，蚀点算了，”景臣劝着他：“只要企业大权在握，总会翻本的。中国穷人多，钱太多早晚要倒霉，蚀脱一笔，破财消灾嘛。”

“如果真的定下来的话，我近日就要去一次香港，与葵涌那爿厂洽谈一下，现在做事，样样都要落手快，快了就是赚了。我这就去看看飞机票行情……”蔡立仁说着就要告辞，景臣却叫住了他：“蔡先生，后天晚上我家里有个‘小派对’，请你一起来玩玩，年轻人也要白相相，放松放松嘛。”

蔡立仁走后，刘同钧疑惑地问：“派对？你老兄怎么现在也洋气起来了，还有心思开派对了！”

“是我家那隽颖出的主意。她原先性格十分内向沉默，倒是现在出去做了事，活泼开朗多了。”

“你的公子隽人今年二十几啦？倒也出落得一表人才，有女朋友了哦？肯给我做女婿吗？我的二女儿今年18岁了，我们攀个亲家怎样？”刘同钧半真半假地问。

“你真有点舍近求远，眼前现成的人倒放过不抓住……”景臣说。

“谁？”

“还有谁？你那位厂长呀，这个女婿找到，你的财发得还要大呢。”

“你是指小蔡？”刘同钧不以为然地弹弹烟灰，说：“他好是蛮好，只是那份人家不上谱，门不当户不对呀。”

“同钧兄，不是我要讲你，你这就有点目光不远了，钞票是用得完的，人才，真是只聚宝盆呢。小蔡真不错，要换个人，趁这当儿来个趁火打劫，横捞一票，那才要你好看呢。”

“你看得小蔡如此好，你也有几位千金呀，你为啥不觅了他去？”刘同钧有点挖苦地说。

“要我的几位女儿都能像你的几位那样，可以由着我包媒，我定规招他做女婿。”

“你也算了，调皮话少讲了，真看中小蔡，你做父亲的一句话，哪还有不听的？”刘同钧还以为景臣在吃他豆腐。不料，景臣正色地说：

“我向来打定主意，决不在婚姻大事上为难孩子们，强扭的瓜不甜，我们文弟就是个例子，害了两个女人。讲起文弟，自厂里被炸，死了几十个工人后，上海都不敢呆，逃到香港去，已有好几日没有信息，也不知他现在处境如何！唉！明明是政府无能，让东洋人得虚而入，责任却要我们老百姓来承担，太不公平了。就拿内迁来说吧，也是一片混乱，弄到后来，总是官商有好处，民营的遭殃……”

“饭吃三碗，闲事勿管！”刘同钧长长地唱了个喏，堵住了景臣的话，然后像要摆脱什么烦恼似地双臂猛然甩了几下，景臣留他吃了饭再走，他则神秘地对他眏眏眼睛：“还记得上次在静安寺路女青年会里义卖汽水的那位朱蓓蓓小姐吗？唷，功夫是好的，一口甜嗲的糯的苏白，骨头都要让她焐酥了，今晚答应请她去蕾茜吃夜饭的，也好，去甩脱点晦气。一年到头从年三十夜忙到年初一，难得也要对得起自己。”因为厂子有了后路，他也恢复了元气。

“怎么了？准备迎进来一位如夫人了？家主婆那里摆平了吗？”景臣不料刘同钧交上桃花运了，玩笑地问。

“哼，讨进来做啥？那才真叫阿莫林做进呢。”同钧一讲起女人，那劲头是收也收不住。“再讲那位朱小姐原先也是好人家的小姐，也是育秀女塾出来的，落得今日，想来总也有段故事的，这其中原因我也不好细问了，但小老婆我是不讨的。呃，外国人想出的点子，就是舒服；喏，沙发比红木凳子要惬意吧？席梦思总要好过棕棚床吧，这……情妇的味道，可要比小老婆姨太太有趣多了！一个高兴了约会一下，不投机了，拜拜一声也就行了。小老婆有啥好？从 18 岁养到 80 岁，天天排门板一样竖在你眼前……”唉，人讲，一两黄金四两福，有了钞票，还得有享受的福气。这刘同钧就是有这份福气，厂子到这样的危机，照样有心思白相女人。

送了同钧出去回来，发现下面客厅里，隽颖带着两个妹妹正在布置客厅，是为了那个“派对”吧？

“爸！”隽颖甜甜地唤了他一声。以前她因着功课不甚好，免不了在人前有几分自卑，现在索性辍学在一宗教机关做事，薪水是不大，但名声很好，福利也厚。她独自有个小小的办公室，冬天还生着水汀。小文书的生活是机械又寂寞的，好在她脾气文气静娴，非但耐得住，且胜任得十分好。自成为职业女性的隽颖，早出晚归，景臣也不大有机会见到她。今天她穿着件绿灰棋盘格维也纳呢旗袍，一根乌亮粗黑的发辫依旧兜头一圈盘着，朴素之中透着娇俏，向来貌似平平的隽颖，突然显得漂亮起来了。

“阿颖，我给你们派对拉来个客人，裕盛厂工程师兼厂长，你多多照顾照顾他，这位先生老实得很的。”他说。他两个已年届二十的女儿隽颖、隽敏，只有隽颖是随和的，要是她能与蔡立仁有缘分的话……

“不过，”景臣不禁又要叮嘱她几句：“现在这局势开派对，不要太招摇，国难当头，我这里噻嚓嚓的，人家要讲闲话的。”

“放心，爸，我们又不是开跳舞会，只是大家一起谈谈，沟通一下。”隽颖白净长圆的脸庞，洋溢着一股活泼生动的光彩。以前她只是一种空然的文静，现在，流动在她双目中的，则是一种深刻的，有内涵的沉静。这孩子，莫不是已悄悄有男朋友了？女孩子惟有在恋爱时，才会突然地漂亮起来了。他又不放心起来了，现今的后生心眼坏的不少，阿颖忠厚老实，就怕她上了别人当。

“阿颖，来的都是些何等样人？”

“有海关里学校里做事的，也有你们中华银行的……对了，”她挺神秘地附着父亲耳朵说：“还有一位是最近刚率领各界人士代表团从皖南回来的，听他讲讲他在那边的见闻，有意思极了。”

“皖南？”景臣疑惑地说：“那边不是共产党的地方吗？哎唷，你怎么把什么人都拉来了？要闯大祸的！千万别与有颜色的人接触。”

“爸，”隽颖却嫌他大惊小怪：“去过皖南，就一定是共产党了？亏你还是个银行家呢。人家不过好奇去看看，我们也长点见识听听。我是教会里的，一心只求为主做功，其他的事，不过听听而已，什么事总归都要知道一点嘛。”

景臣看看女儿那副虔诚纯真之相，也不相信她会胆子大到去搞政治，禁不住也与她开开玩笑：“也不能太一门心思为主做功。看你姐姐隽敏，男朋友们一会送花一会写信，忙得不亦乐乎，相比之下，你这个做阿妹的，除了你那上帝外，对其他人也得留个心呀！”

“爸！”隽颖蹬着脚，一张脸憋得通红。景臣忽然觉得很是内疚，只觉得长期来太冷淡了这个好脾气的大女儿。

“别不好意思啦，有一天，你们都要出嫁的，一个个全走光，爸爸也就老了！”说着，只觉得一阵伤感；成天自己就忙于放款，收款，左右逢迎……为谁辛苦为谁忙呀！

他踱到下面楼道穿堂，穿衣镜前一张半圆桌前的车料水果盆上，搁着几张名片，都是隔夜来访未遇或景臣避而不见的来客，积起来也有扑克牌般的一叠，交际是不少，但此时景臣一人站在空旷旷的楼道里，对着透过那扇圆洞窗棂投进的一抹残阳，总觉得有点苍凉寂寞之感。

裕盛厂的不测，标志着今后一切都将是困难重重，与此相比，华行上次的挤兑，简直是小巫见大巫了，现在国家都岌岌可危，更何况他这爿小小银行！似乎为了应验他的念头，名片中出现两张日本人的名字，他们是日本正金银行的小野和影佐。他俩曾多次求访求见，都让发根老伯以“不在家”婉言挡驾了，无奈东洋人向来有硬撞之气，一而再，再而三地求见，他这里总是回避也不是个长久之计。自欧洲局势因德国入侵捷克而更趋紧张，这令上海的东洋人日益嚣张。自傅悠庵当上市长后，日本人直接派宪兵去租界抓人，已不属新闻了。与之同时，日伪方面不断对上海滩的一班绅商闻人，软硬兼施，纠缠不清，迫其出任各种伪社团的会长顾问之类，这种事自然是万万沾不得的，南市水电公司的陆伯鸿，“米大王”顾馨一等就是因为出任了伪市民协会而给重庆分子暗杀了。就是没有这种暗杀之事，祝景臣也决不会做这种鸭屎臭之事。看来这两个东洋人的不断求访，可谓来者不善，善者不来。东洋人一旦给惹冒起来，是啥事都做得出的，要想个刀切豆腐两面光的法子，也不是件容易事呀！

要么去香港躲一阵？行中董事会都一致如此建议，让祝景臣去香港，此地中华业务则由董事会另推举三个经理一起主持，每礼拜与香港分行通次电话互通情况。但是，现在正是非常时期，他祝景臣哪放心得下上海这一爿银行，自顾逃避去香港呢？形势如此险恶却又要顾好事业，还得洁身自好。这样的日子，就是神仙，也难挨！

十八

隽颖第一次筹备“派对”，不料竟十分热闹，除芷霜到底因为脸皮薄，没有来以外，封静肖、蔡立仁都来了。范仰之带来好几个朋友，其中一位三十来岁的先生，戴着副金丝边六角形眼镜，一身暗条英国花呢西装，一派典型的英国绅士风范。范仰之特别介绍，他就是新近刚从皖南回来的汤先生。一大簇年轻人，令那间清冷已久的客厅，顿时生动起来了。

封静肖一曲正宗的《我的太阳》，拉开了聚会的序幕。从一个医生的角度来说，他唱得蛮不错了。他是今日宾客中最注目的一个：一身庄重的深色西装配着金底黑细花领带，完全正式的晚会打扮，他已有好久没有参加社交了，因此今晚显得特别兴奋，重现了那日他在育秀讲台上的魅力和光彩。以后陆续有人表演了扑克小戏法、钢琴等节目。

蔡立仁本是对此种聚会向来不感兴趣的，但想着祝经理请他来，自有他的道理。他是个聪明人，待来到了，见到秀慧恬淡的祝家小姐，他似已悟到了祝经理的一片用心。心中一喜，竟也来了段京戏唱白助兴。

蔡立仁向来喜欢中装打扮，就是今晚，也依旧是一身哔叽长衫，配着笔挺的西装裤，在一群西装笔挺的人簇中，倒也显得飘逸又持重，颇有风采，连静肖都止不住多看了他几眼。

"那位 Chinese man（这里有"老夫子"的意思）是何方神仙？"他轻轻问隽敏。他是向来看不得穿长衫的同龄人，在他轻蔑地吐出 Chinese man 这几个音时，仿佛他自己是一金发碧眼的西方人了。

"我爸介绍他来的。是裕盛纱厂的厂长兼工程师，事业很发达，爸十分欣赏他，恨不得收他当儿子呢。"

"或许……是女婿吧？"静肖阴阳怪气地说。

阿哈，他吃醋了？隽敏瞟了他一眼，说："也难讲的。"

"朋友们，"这时，隽颖用小银勺敲敲咖啡杯，"范先生给我们带来一位朋友汤先生，他刚从一个神秘的地方回来，听他讲讲好不好？"

汤先生先向大家自我介绍："我是红十字会的。顾名思义，是本着人道与博爱之情服务于社会，因此不论国统区还是敌占区，即如北边老四区（新四军），哪里有困难，我们必要将博爱之光照向那里。因此这次，我们就是本着这样的宗旨去前线慰劳抗日战士，开赴北面的。但是一路上，也真可谓多灾多难了。我们一行十几人，乘夜班船出发，互相还要装成不认得的样子，以免生麻烦。果然，船刚驶出吴淞口，东洋人的快艇就从后面追上来，逼船停下，几个东洋兵和汉奸就跳上来，说是要搜查游击队，让我们全部在甲板上排好队，摊开手让他们挨个检查，这是通过查看老茧来判断乘客中有无军人，我们这些人自然是没有问题的，但同船有几个当场被带走了，后来才听说，他们原是坚守四行仓库的八百壮士之中的，转入租界后，他们想是为了生计或与亲人团圆才坐船去内地的，结果通通被带走了……看来，现在很可能已不在人世了……"他的喉咙低沉了。

顿时，房间内的空气凝重了，大家开始议论纷纷。

"胶州路的四行孤军已圈禁已久，抗日者反被圈禁，真正是哪家的法律。"

"是呀，现在连工部局都畏怯日方意旨，干涉孤军营悬旗纪念上海抗战一周年……我看租界地也有如沙滩上的堡垒，朝不保夕。”

静肖是典型的崇洋派，只见他手插裤袋连声抱怨着：“哼，单靠中国人这种素质，想打得跑东洋人？从现在种种迹象看来，英德之战是不可避免，即便抛出捷克也不解决危机。这样一来，法、苏、美三国也必将卷入，而欧洲之战必会与中日之战合流，此时中国靠着英美法苏四大强国，或许会因人成事也不定。”

“笑话，中国的仗要寄希望于外国人……笑话……”范仰之当即表示异议。

“事实上你看，武汉眼看又保不住了，看情形广州也告吃紧了，这样且战且丢，真让人失却信心。”也有人附和着。即刻，两大派舌战不停，惟蔡立仁在一边静静地抽着烟。办事业，一定得对局势有个充分的准确的估计。因此，他只是一味认真地听着、判断着。

“等一等，”隽颖又用银勺子敲敲盆子：“安静下来，这问题等一下再争论，我们听汤先生再往下讲……”

“你们看问题都太片面，因为中国地方大，有好多区域，你们根本不了解，比如这次我们去新四军战区，那股士气，那种军纪实在让人佩服……但他们的给养和物资十分缺乏，药物上次虽带了一批去，仍旧不够……那边医生尤其缺乏。此外，布匹、胶鞋都短缺……”

这时，范仰之踱到隽颖身边，轻声附耳对她说：“汤先生特地要我转告你，谢谢你上次设法送出去的西药。你真是在为上帝工作，救了多少抗日将士的命呢。另外，听说封静肖先生与你大姐隽敏很好，他是位医生，以后我介绍几个病人去，请他诊疗一下，你看会有问题吗？”

“可是，他是个小儿科医师呀！”

“战争年代，是不讲究内科、小儿科甚至妇科的。我们照样付诊费给他，只是……他不必问得太清楚，特别当他发现，有些人可能是枪伤时。”仰之说着意味深长地看看她，她倒怔了一下，仰之又加了一句：“他们正在为我们流血，我们能无动于衷吗？”

这时，门吱呀一声推开了，景臣轻轻踅进来，原想来轧轧苗头。结果一看，只见蔡立仁一人孤零零地坐在一张长沙发上。而那边一张蝶翼沙发上，封静肖坐着，把手上，公然坐着隽敏，而屋角落地窗前，隽颖又与范仰之在亲热地窃窃私语，顿时心里就不大开心。蔡立仁看见他，即把身子挪过一边，让景臣坐下，一边轻声对他说："很有意思。这位汤先生介绍的情况，报上看不大到的。看来皖南老四区那边，也大有生意做得。孙夫人在香港，就是在致力这方面的救济活动。我们做生意的，不管黑猫白猫，能有赚就做。老四区缺乏医药布匹，这倒也是个大市场呢。"

这时，正在传阅的照片传过来了，边上一个青年朋友热心指着照片对景臣介绍着："……喏，右面的是新四军副军长项英先生，这个外国人是个美国记者史沫特莱……"只见照片正中悬着一幅锦旗："变敌人后方为前线"九个大字，是这次慰问团特地送去的。

这时，范仰之伴着汤先生过来向景臣作了介绍，汤先生即说："祝经理有兴趣，也可去皖南老四区看看！他们在各方面都十分短缺的情况下，坚持抗日。希望祝景臣经理能在多方面呼吁帮助。新华银行的孙瑞璜经理已在该行理事会为新四军进行劝募，祝经理是否也帮帮忙。眼前，我们红十字会也遇到一些困难，就是租界地里还滞积着不少难民，由于给养及收容处所日趋紧张，长期收容总不是办法。惟有采取'移民垦荒'的办法，将他们陆续转移疏散出去，送到后方去垦荒生产，支援前线。只是这一切都需要经费。太古公司规定每航次只运送 1 500 人，每人索价 1 元，再加上发给难民们的疏散费伙食费，这实在是很大一笔开销……希望各方面社会贤达大力资助了。"

"他们的去向具体是哪里？"蔡立仁打断汤先生，十分仔细地发问。

"当前，惟有上海与温州之间的航班比较好办。"汤先生话中有话地说。蔡立仁也就不吭声了。

"可以，"祝景臣豪爽地说："我与太古轮船公司的洋大班相熟，价钱上可以与他们再商量。经费问题，我也一定尽力募集。

好吧，我先上楼了，你们再玩一会。”

他刚上楼，蔡立仁后脚跟上来。

“祝经理，”蔡立仁说：“他们慰问团去皖南的路线，也是走从上海到温州这条航道的……”

“我们不管。我们只管让太古轮把难民们送出上海，温州下去再怎么走，我们不管。我们是帮红十字会疏送难民，以博个好名声，其他不问也不管。”

“只是，”蔡立仁犹豫了一下，悄声说：“要是这帮人经常到祝经理府上来，也是十分麻烦的。祝经理几位小姐……会不会受他们影响？”

景臣感激地对他点点头，回答道：“我刚刚冷眼看了看，几个后生倒是正正派派的，也是热心社会工作的。你不知道，我家那几位小姐少爷，除了隽颖因着在宗教机关里做事，故而尚还有点社会经验，至于其他几个，都是些神智无知之辈，成日价只晓得轧朋友、做衣服、发脾气……让他们听听，体会一下大众的疾苦和时世的艰难也好，”说着，他眯起双眼对着蔡立仁赞赏地看了看，又说：“哪像你，多能干呀！”那话语中弥散着一种黯然神伤之味。景臣是不大容易动感情的，但此刻也不知怎么搞的，竟有点控制不住。

“两样的，”蔡立仁谦卑地说：“我是14岁就出来在布庄学生意，好容易积了几个铜钿再去南通读了只纺织学校，哪有府上几位小姐少爷福气呀！”

“可见，家境清寒点也有好处。老实讲，我真不放心我屋里那几位少爷小姐们。中国穷人多，有钱人家早晚不会太平的。看这光景刚刚听那位汤先生说的，我耳里也时常刮进一些，都说新四军纪律严明，官兵平等，说不定有一天，共产党果真能得天下也难讲的，就像俄国那样。我们这辈或许是轮不上了，你们就难讲了。到时候我看你是能应付的。但我那几个宝贝儿女，则不知会成怎样了。”

蔡立仁扑哧一下笑出来了：“祝总，我看你也想得太远了。”

景臣自己也忍俊不禁，笑了出来，自嘲地拍拍额头，说："看来，我老了，背时背德了！"

"不过，"蔡立仁歇了半天，方又接下去说："古人讲：君子不党。我们做生意的，只要良心摆当中，啥人的生意都能做，祝经理，你讲是哦？"说着默察一下景臣的表情。

蔡立仁究竟是在生意场上混了多年，这一点倒比景臣反应快。

"听下来，老四区那边缺西药。祝经理的公子不是在豪福洋行西药部吗？这倒是一笔大生意。我们可以趁着太古轮疏散垦荒移民而来回上海与温州之际，用红十字会的名义，将西药运往那里，一来也是做做好事，二来赚点铜钿……"

景臣垂下眼睛，没有搭腔。堂堂银行经理，做这种夹带私货的营生，是很不体面的，也是他再三在行里三令五申禁止的。不过，这倒是个难觅的做生意机会。只要与那姓汤的联系一下，看他正求之不得呢。只是，范仰之会不会察觉呢？他与姓汤的到底是不是相熟？范仰之会不会也与北四区搭界？还是与封静肖一样仅仅来听个新鲜的？这种事要让银行里察觉，就麻烦了。

他似乎无需多说，因为蔡立仁是很机灵的，他已觉察到总经理的难处了，他觉得他们彼此间已够心照不宣了。

"一切可以由我出面。"蔡立仁说。"祝经理放心好了。"

景臣眯起双眼凝视了他片刻，吸了口气，做了个无奈的表情，说："这对我恐怕是不妥的。传出去要让人戳脊梁的。"

蔡立仁依旧从容不迫地劝说着："我的意思，在此国难当头的非常时期，祝经理不必太拘于墨规，而应想方设法先保持自身实力，以做到进可以攻，退可以守。现在局势如此乱，不测之事常有发生，只消看看我们的裕盛厂，原先总以为发得如此红火，一时半日是不会陷于困境的，谁知厄运说来就来了。不如趁现在上海只剩下公共租界和法租界这两块地盘时，市面做得大点，要知道这小小两块地盘，是现在东部仅有的海运空运的出口，但看形势，也只是好比是瓮中之鳖，随时可以完蛋的。我看这局势再发展下去，只有越发险恶难熬，像祝总这样知名人士，比我们更难在夹缝中生存。

不如趁现在多攒几个铜钿，将来一旦遇到左右为难、无法求全之际，干脆辞掉差使躲在家里吃一阵老米饭，以求个清白无瑕之身！”

景臣似笑非笑地说：“你这个后生家挺世故。”

蔡立仁答道：“也是逼出来的。而今，一切不肯与敌伪同流合污者，都有可能被指为重庆分子，受害者不乏其人。真叫做人难，难做人，人难做呀！”

“好吧，立仁。那我一切就拜托你了。”景臣用手臂搂着蔡立仁拍了拍。本来，他不想对他太亲昵，但到底忍不住了。“以后，有空常来坐坐。多多互相谈谈，你青年人，脑子比我们活络点呢！”

景臣一路把他送下楼，走过下面客厅，发现灯火都熄掉了，隽颖带着几个她唱诗班的朋友，手持蜡烛，正在曼声唱着：

> “光照你所在小地方，光照你所在小地方……
> 海面有船等你光照，平安好进港。
> 慢道力微，不肯来担当，
> 纵使只有一人听见也值得歌唱……”

摇曳的烛光伴着倾吐心声般的歌唱，映出了一个纯洁、超脱、不容现实闯入的世界。

在踮着脚尖走过客厅时，蔡立仁特地注意了一下隽颖。闪闪明灭的一晕烛火下，她唱得很投入，方方正正的额头下，一对细细长长的淡眉，随着歌唱不时略略张扬一下。

蔡立仁是个十分实际的人，这时却也不由得让这幅恬美圣洁的画面击中了心灵。他对音乐歌唱之类纯粹是外行，但也听出，那动人的旋律背后，隐隐透露出一股坚定的意志。

外边起风了，蔡立仁长衫的下摆，被风吹得一掀一鼓的。

“我让阿义出车送你回去。”景臣说着，又加了一句：“一切都交给你去办了。”

蔡立仁心里涌起一种得意和满足感。能得到祝景臣这样重要人物的重视，是不容易的。

星星在夜空闪烁，汽车平稳地驶过沙砾车道，发出轻微的嚓嚓声，门房老常早已把铁门启开，谦恭地等在一边。

上海的大户人家，蔡立仁而今为着些业务上的事，也是尽可以穿堂入室的。从刘同钧家的公馆到贝公馆戚公馆，为着是裕盛厂的牌子，他也是被奉为上宾的，但哪次都不像在这里，自觉得有一种放心的寄托。

蔡立仁父亲在常州乡下是开布庄的，也算得上为乡镇上的殷实人家。但有句老话为： 乡下第一，城里第七，更不要说在这十里洋场的上海滩了，单从常州到南通来学生意——乡镇老法人家，就是相信学生意——那花花绿绿的市面已让蔡立仁吓了一跳，渐渐地，他深感乡间的生活方式已大大落后于时代了。于是，他补习了英语，又去投考了南通纺织大学，它虽然远不及圣约翰、东吴等大学那般高贵响亮，却是实实在在能学到真本事的学府。他选择纺织专业，是因为他自信多年的学徒生涯积累的实践经验将是他事业开端的基础。

现在，他觉得自己已有了技能和经验了，他帮刘同钧赚了好多钱，他目睹着刘同钧账本上的数字日益膨胀。而他自己，却日益消瘦疲惫，但他毫不后悔。因为，他得到了最宝贵的——经验。他忠心耿耿，任劳任怨地为裕盛出力，并不因为他对刘氏家族持有深厚的情感，只是想测示一下，他自身的应变能力和经营能力。确实，他做得很好。他已跳出了平庸无为的生活圈子了。

不过现在他又对自己不满足了，他也该要有点地位和财力，他也想能像与之打交道的各界巨头一样，拥有权势和威望，他应该更向他们靠拢。但这一等级是很难进入的。他们可以十分殷勤有礼地在客厅和饭桌上招待你，但要成为他们其中的一员，非得有显赫的家族史或惊人的成就。现今，蔡立仁已知道进入它的途径了。祝景臣对他的另眼相待甚至暗示，给他自身注入一种新的自信。诚然他知道自己长得不潇洒，无风度，不新式，不洋派，也不富有。与刚才客厅里哪一位先生都无法比，但就在刚刚瞥了一眼烛光照拂下的隽颖时，他就生出一个主意，就像通常新萌出一个生意经那般自然，那般稳扎稳拿：他要娶她。大小姐隽敏虽然比隽颖漂亮动人，但那脸相一副刻薄腔。他看不中。这样一说，倒好像是谁让他在两位小姐中挑选一个似的。不过蔡立仁就有这一本事——自信。他相信自己要做的事，没有不成功的。

他自然也懂得，而今新法了，媒人只是在结婚证书上蔽只图章摆摆样子的，或者大功告成后讲句现成的拉线话的，主要还得靠自己一双脚去追求。他决定开始追求了，先追求祝总经理。

十九

这是圣诞节后的第一次礼拜，堂里的门环上、窗环上扣着的松枝环依旧青翠欲滴，然而因为战争的阴影，那节日的欢乐已荡然无存了。

大风琴奏出了辉煌、壮丽的前奏：

圣哉圣哉圣哉，全权的神明，
清晨的众歌声穿云上达至尊……

在这动荡不定的时局下，这里自有一种慰藉净化心灵的气氛。

冬日的阳光，被挡驾在色彩斑斓的大玻璃窗外，堂里一片黯然，只闪烁着几簇幽冷的烛光，在高敞的拱形屋顶下，人被衬托得孱弱又无奈。

仰之还是第一次来这里。这里属一十分富有的教会，它的信徒多为上海洋派的受过西方文化熏陶的上层人士。这一切，从圣殿内那壮丽雄伟的建筑，和信徒们高雅上等的穿着中，足以反映出来了。

大风琴的低音管，深沉温柔地唱着，宛如母亲在摇篮边充满爱心的歌唱。仰之向来是不信鬼神的。但此刻，那圣洁恬美的旋律，冲破了他刻意建造起来的故示冷漠的堤坝，令他心里突然涌起一股激情，渴望着向人倾诉，向人企求力量……他觉得自己刹那间轻轻飘了起来，飘出了自己的躯壳，在一边静静地“观看”着自己。

透过光线黯淡的殿堂，阳光在圣坛上方七彩玻璃上映出万花筒般的各种奇妙、鲜艳的图案。在一朵紫色的百合花下，是隽颖窈窕洁白的身影。她垂着双眼，全身心都集中在自己的歌唱上。这个善良、谦虚、凝重的小姐，她也在致力于这个社会的改造。在仰之眼里，这种努力，就跟女孩子玩布娃娃般认真又幼稚。但现在，当着他置身于满堂对上帝顶礼膜拜的信徒之中时，他承认隽颖也是一位战士。说到底，社会是一个大家庭，它不仅需要医生，也需要教师、清洁工、守门人……一切为了这个社会更美好更纯洁的献身，都是值得赞赏的。

他就这样陶醉在半是幻想半是清醒的思绪中，直到歌声拖着个长长的余音渐渐消遁了，牧师先生迈着庄严的步子登上讲坛时，才清醒过来。

唱诗班就座之前，隽颖认出他了，当他向她行了个注目礼时，她的嘴角露出了不易觉察的、会心的微笑。

是他要求她带他来听听福音的。他的上级领导人徐智勇，希望他在这里多交点朋友，但隽颖误会了，以为这一切都是因为她的缘故。自那晚在难童学校，他送她回家以后，仰之明显感到，她对自己持十分的好感。

如果他还是早一阵的范仰之，当他得知一位阔绰高贵门第的小姐对自己有好感，那一定会令他那男子汉的骄傲得到大大的满足的，尽管他根本没有一丁点娶她的念头。对了，在这个问题上，他一直是很清醒的。他对她没有任何欲望，除了希望能经常见到她，与她谈谈。但现在，不知为什么，她那双满显出信任和热情的眼睛，令他十分不安。

礼拜散了，他故意磨蹭着在人簇中挪着步子，她终于从边门侧出来了，脱去了那件白圣衣，她穿着件驼色的三骨特大衣，一双栗壳式扎带半高跟跑路皮鞋，当胸挟着一叠乐谱，娴静中透着秀丽，一派知识女子的风度。

“Hi！”她挺美国式地向他招招手。“你来了我真高兴，我为你祈祷。”她的微笑中带几分调皮，却是十分真诚。

“哦，我只是想来体验一下。”在她那满怀希望又坦然的注视下，他几乎是带着歉意地说。

这个教堂归属一个富有的美国教会，因此礼拜结束后，也按这个教会的习俗，牧师站在教堂门口躬身送别来听福音的信徒们。而这里的本堂牧师，多为美国人。

隽颖与他们都十分相熟，她把范仰之介绍给那位牧师：“这是我的朋友范仰之先生。他在中华银行工作。”这正是范仰之所希望的。

外边虽然阳光明媚，却依然感到寒气逼人。隽颖把彩条头巾扎了起来。

“病人在哪？”走出礼拜堂的围墙，隽颖才轻声问他。她将带一个范仰之介绍来的病人，去封静肖诊所治疗，而这，也是他们今日在教堂相约的真正目的。

老四区有一位军官太太患淋巴结核要来上海治疗，为着封静肖的私人诊所生意清淡，干扰比较少，因此今天要请隽颖将她送过去。隽颖是个聪明人，已觉察到范仰之是在从事抗日地下活动，而且不是重庆方面的。但她从来不多问。

在浦石路一家旅馆门口停下，范仰之进去扶了个脸有病容的中年女人上了车，仰之一手搭在黄包车车把手上，另一手搭在隽颖的手上，像丈夫叮嘱太太似的，轻声说：“她不会讲上海话，凡事你多费心一点了。我过后会打电话给你的。”

“你放心吧。”她用毛毯把那个女人兜头盖住，俨然是个伴病人看医生的家属，引不起任何怀疑，然后对他招招手，车子驶远了，只远远看见她头上那条彩格羊毛巾，在沿路光秃秃的枝丫中，十分醒目地在风中飘拂。

今天，范仰之比以前任何时候都深切觉得，尽管隽颖善良、热心公益活动，但他与她之间，走的是两条截然不同的路，生活方式的鸿沟还是比较容易逾越的，然而信仰的不同，是根本不可能调和的。从前，他只是以一种欣赏的态度来看待隽颖，还是这句话，除了希望继续保持这种平静、相知的关系外，并无它求。但现在，他要不断去找她，托她做一些要比其他人做更合适的事，他对她越来越了解，以后会更了解，他已不再满足于保持这种平静相知的友情了……但是，他不能！无论是他的组织，还是他自身的理智……

本来，他只要咬咬牙走开，那一切就都会过去的，但是，他又需要经常与她接触，有时，还得装得很亲热……那简直是在玩弄她的感情！不过，他相信自己，从此，是再也不会看上别的女人了。

“快看快看，汪精卫在河内的艳电，表示响应近卫三原则，快看快看……”

报童们的叫卖声唤醒了他，他定了下神，买了份报纸粗粗看了下，就把它叠好塞在大衣口袋里，大踏步地走了。

二十

以世界之大，因而引起几家欢乐几家愁的无奈之事，也是屡见不鲜的，所谓塞翁失马，因祸得福嘛。尽管眼前，形势越来越险恶了，然而当初，华行因濒于挤兑难关而信用受损之时，不少贷户趁火打劫，贷款到期时，把当时日益贬值的地产强行作押，抵给华行，不付本金，致使华行吃进大批身价陡跌的地产，真叫哑子吃黄连呀！岂知随着后来大批市民涌入租界地，地产身价又陡增，日升夜涨，相比之下，货币倒贬了，华行大大得利了，变亏为盈。而景臣自己，因着蔡立仁与儿子隽人俩里应外合，大做内地与上海间的西药投机生意，一时之间，他颇有点春风得意马蹄疾之味，然而看到报上登载的一些指责大发国难财之辈的文章，总也觉得芒刺在背，颇为不安。

那天，一营造商特地来华行造访景臣，原来基于现今租界地房荒日俱，他想与华行达成一租地造屋协议，并暗示，盈利后，将私赠景臣个人二成好处费。

自从上次听了蔡立仁那番不必太墨守成规之劝后，特别目睹着租界的气氛日益恶化，时有恐怖事件发生，景臣也就不时为自己后路拓宽想点办法了。有时想想自己家里一个大摊子，上有老、下有小，隽人未婚，女儿们也一个未嫁，以后花钱的事多着呢，真个有点风云突变，弄得毫无退路，那真是会走了封家败家的绝路了。

一番讨价还价后，虽未最后拍板定局，但景臣也已倾向应诺了。

回家的路上，正逢一场暴雨、雷电交加，待车在自家门廊前侧台阶跟前刹下，还不及他打开车门，猛地头顶一个霹雳，好像天崩地裂似的，吓得景臣冷汗一身。“如此追逐私利，大概有违上天之意了。是上天在警告我！”当下心里一阵忐忑不安，不及发根送上伞，就冒雨冲进屋，一阵冷汗早已把贴身棉毛衫湿透了。

楼下客厅里，蔡立仁正在与蒲娟琳及隽敏隽颖等聊天。

“都讲香港的钻石便宜，就怕便宜没好货，吃进假货呢。”隽敏在一边对他说着。起先，隽敏是着实看不起这一年四季一领长衫的蔡立仁，但渐渐的终为他的能干聪明所折服。他经常往来沪港之间，不时带点新鲜的小礼品给她们母女们，且他买来的东西，确实又好看又妥帖，因此隽敏也就对他另眼相看了，同时常常托他买点物事。

“这也是容易识别的，”蔡立仁说着，顺手拿过一张报纸，“只要将那钻石平放在报纸上，如果无法透过那石头看到黑字体，那先可肯定此为真钻石，但这还不保险，再要看看它的底层，如底层显出很多彩虹色，那肯定是假货。另外，还有一种更方便的办法，只要朝石头呵口气，假如是真货，湿气马上会消失，是假货，湿气就不会马上散。听我的话，包你们不会上当！”

为着隽颖也在一边听，他讲得格外道地、清楚，诱得三个女人听得屏声息气。

“景臣回来了，怎么脸色这么难看。”娟琳看见淋得湿漉漉的丈夫，关切地问。

“还不就是为着你们！”景臣心里忿忿地嘟哝了一句，就上楼去了，蔡立仁见状连忙跟着上去。

“好消息，元宝牌在香港重又打出来了，现在有宗大生意，我是从内线探到的。听说香港警察局要招标承制全体员工的卡其制服，每人一套，算算用料何止几千码？刘老板已去香港活动了，祝总经理有啥路子，我们双管齐下，争取夺标。”

“我们的分行副理席先生，可以请他活动活动。”景臣一边脱下湿漉漉的外套，一边疲惫地说。立仁正在奇怪他为什么这样精神不振，发根神色慌张地进来了。

“老爷，不好了，一群叫花子涌在外面铁门口，声称……”发根踌躇着，看着蔡立仁，景臣皱了皱眉头，不耐烦地说：“说下去。”

发根老伯咳嗽了一下，低声说：“他们说，那个……常来我家纠缠不清的叫花子，死了，关照我们去收尸去。”他到底不好叫他“舅少爷”。

“谁？”祝景臣像个石头人样呆住了，随即阴沉着脸吩咐着：“给殡仪馆打个电话去，先把死人车去那儿，再打发点铜钿给这点叫花子，对他们客气点。”

“他们会不会恶弄揎我们？是敲竹杠吧？”发根伯不放心地问了一句。

景臣摇了摇头，淡然一笑，说：“这点叫花子，是蛮讲义气的。”

待发根走了，景臣转向蔡立仁，一边松开领带，说：“我的一位阿舅，前妻的兄弟，”说着，竖起大拇指和小拇指在嘴巴前做了个姿势：“这样东西上了瘾，终于沦为瘪三，我也无能为力。”他用手帕擤了擤鼻子。

蔡立仁沉默无言地坐着，他不知该说些什么。

雨水哗哗地冲刷着窗玻璃，外面一片漆黑，惟有大门边上一幢小屋里还闪烁着灯光，那是看门老常的小屋。

“他死了，也好，是一种解脱。”景臣的喉咙哽住了。“但是，我没能看顾好他。”

蔡立仁局促不安地坐着，又觉得不便告辞，感到十分尴尬。

“哦，时间晚了，你回去吧。”景臣勉强对他笑了笑、很凄楚地笑了笑。

蔡立仁走后，他伸出颤抖的手，先迟疑不决地在电话上拨了一个号，再第二个，随后越拨越快。那边一个粗声粗气的女人接了电话。

“请你叫一下三楼亭子间的苏太太听电话。”

苏太太是他的弟妇。自从丈夫不顾家，染上了抽鸦片的恶习，几番都无法痛改前非后，她将他赶出来了，发誓从此再也不要见他。但她依旧是苏太太，大家也都称她苏太太。

他听见电话筒那边，那粗喉咙在叫着：“苏太太电话，一个男人打来的……”那后半句里意味无穷。上海滩上那些小户人家就是这脾气，永远不会放过任何有可能制造新闻的机会。

他持着听筒等着。听得远远一声“谢谢你”，嗓音还是那样文气动听。他们已有好几年没有来往了，连电话都不通，他发过誓将一切都打个句号的。不过今天这事，应该通知她。

“喂？”那边在困惑地询问。

“我祝景臣。”

那边似呆住了，只有紧张的呼吸声。

“我告诉你一下，他……苏康明死了，死在马路上……我已关照送到国华殡仪馆去了。去送送他吧，最后一次了！明天我陪你去。”

那边匆匆地道了谢，就急急地挂断了。她一定怕“与那个男人讲了交关闲话”的传言。

当初，也是为了怕这句话，他们默然决定，从此永不相见。

她长得不漂亮，也不新式，但温驯顺从，她就是他的郎舅苏康明的太太。苏康明在尚未染上这抽鸦片恶习时，在一钱庄做事，小夫妇俩租着一间前楼，日子过得蛮乐惠的。

在祝景臣的前妻尚健在时，景臣夫妇俩是经常去苏家串门子的。苏太太是苏州人，烧得一手好菜，在老家洋学堂里，也读到初中二年级。闲时在家，也常看看书看看报。景臣的前妻是不识字的，因此苏太太这一点特别让他羡慕不已。岂知好景不长，婚后不久，苏康明就染上这恶习了，太太规劝不听，一次，甚至拔出老拳将她狠狠地打了一顿。她打电话请来姐夫做救兵。

景臣一看见被打得鼻青眼肿的弟媳妇，就气得对着阿舅骂：

“你别身在福中不知福。你太太要貌有貌，要才有才，要不是当初你爷娘老早替你觅了这门亲，你哪配娶人家！男人家要像个男人家的样子，像你这样对家庭一点不负责，干脆就不要建立家庭！”

短短一番话，一字一句全说到她心里了。早先给他打得鼻青眼肿倒一滴眼泪也没有流，现在，反抽抽搭搭哭起来了。

但是，苏康明虽然当时悔恨万分，过后又让他那班不三不四朋友拉去，渐渐的，晚上都彻夜不归，发展到后来，把钱庄的庄票都偷出来换鸦片，生意自然是落掉了，还差点被送巡捕房，亏得景臣出面如数将庄票赔出，并再三打招呼。

苏家本是小家小户的薪水阶层，哪经得起这一番折腾？景臣便三日两头去看望苏太太，好言劝慰她，同时也接济她。遇到阿舅几天不归，还得派人四处出去在各燕子窝号里找他。待将他找回来了，逼他剃头洗澡，弄得像个人样送回去，再苦苦地劝说他，却总也好不过三天，又痼疾重现了。

还常有来路不明的债主上门来向苏太太逼债，讲是她男人借的钱，弄得她在弄堂里人前人后头也抬不起。绝望之余，她吞来苏儿药水自杀，正好那天景臣来看望她，连忙将她送医院抢救过来。说来也巧，那日坐在写字间里，景臣只觉得心悸神慌，有种她要出事的预感，当即匆匆赶去她家，果然，她昏倒在床上。

“你为什么要救我！”她在医院里衰弱无力地倚在枕头上，双眼充满了泪花。

他久久地凝视着她。她同过去一样高雅文静，即如在这悲痛欲绝的时候也不失态，坎坷沉重的生活给她增添了几分成熟的魅力。“你不值得为他死！”他这么说。

那年他 28 岁，已经是中华银行信贷部主任了，一张英俊白皙的脸庞，俨然是个优渥上等的写字间先生了。他的妻子按乡俗要比他大五岁，且不识字，但他还是恪守着丈夫的义务和责职，因此他根本无法理解，那个该死的娘舅怎么可以如此对待这样一个美好娴静的太太。

她抬起头来。窗外一缕阳光射照在她眼睛上，令它们分外晶莹、深邃，楚楚动人。

她哭了，哭得十分伤心，如同一个受了委屈又得到安慰的小孩子，抠心挖肺般地哭。

“你不能这样哭，这对你身体不好，你不能……”他的喉咙发紧了，哽住了。

忽地她抬眼瞥了他一眼，那么哀怨，无奈，却有一丝带着悲哀的喜悦……自景臣事业发达以来，对他青睐的女人不少，但再也没有女人以这样的目光看过他。这样的目光，至今那么多年了，一回想起来，还令他颤抖。但当天晚上，当他躺在床上回忆起她那一瞥时，心里却是出奇地平静，似乎找到了一个寻觅已久的答案。只是随着时光的流逝，那一瞥却越来越清晰，在他心灵上留下一个深深的创伤。

太太的自杀让苏康明振动了一下，他跪在她病床前发誓一定痛改前非。

她只是冷冷地，景臣却是异常高兴，他相信阿舅这次是真的。他有个多好的太太呀，他竟能无动于衷吗?

他端详着悔恨不已的苏康明，刚剃了只平顶头、一领灰竹布长衫，玄色圆口布鞋，那么年轻，那么清秀，怎么可能就此毁掉呢?

他给苏康明介绍了个差事，在四行仓库看仓库，天天发一辆包车将他像押犯人样拉到四行仓库去上班，下班后再绕道将他送回太太身边，风里雨里，从不间断。他希望阿舅真的可以改邪归正，否则，她怎么办呢?

但是，三个月后，他又不见了。他又要去找他，她阻止了他。

“随他去。比如他死了。”她冷冷地说。她这样自我克制、处之超然的神态，反而让景臣放心了。没有苏康明，她也能活得很好，或者更好。

他帮她另找了一处房子，她要求一个亭子间就够了，房子小，开支也能省。

从此他再也不去找苏康明了，即使在马路上目睹他沦为蓬头垢面的乞丐，他也只做不认得，因为他再也影响不了苏太太了。

但永无止境地接济苏太太，也不是个长久之计，且常常去看望她，邻里又要编新闻了。

“你再去读书吧，你还年轻，学一样本事自己养活自己最保险。”想到她有文化，他就建议她。

她听从他去一职业学校求学，现在在一家百货公司做女职员，满可以自己养活自己了。

后来，景臣的妻子亡故了，病危时，苏太太住过来照料她，当时隽敏还小，谈不上会管家，于是家中一切大小琐事，都由她来操持。

那一阵他一下班就迫不及待地要赶回家，他觉得她在等他。

自立又不再受鸦片鬼丈夫干扰的她，脸色红润了，身材也丰满了。一头齐肩的松软乌发用发夹别在耳后，永远配着件阴丹士林旗袍，宛如一个克己奉公，竭力为人师表的女教师。有她坐在家里静静地等他，他感到舒畅，有所寄托。

后来，妻子亡故了。悲痛之际，他觉得她将手按在他的脸上，轻轻地抚摸了一下，那并非调情的抚摸，而是友谊的慰藉。

忽地，他内心一振；他与她之间，不存在任何问题了……

他拉过她的手，认识她这么久以来，这还是第一次接触她的肌肤。她以一种惊异激动的神情凝视着他。

但待妻子的丧事料理完后，她却要回去了。

“也好，过几天我来看你。”他恋恋地说。

“不用了，其实，我们最好不要再多走动了……”她安详温柔地说，显出一种故意的冷淡。

他双手搭着她肩头，有点紧张地说：“等孝服满了后，我们就结婚。我喜欢你，这你很清楚。”

她悲伤地摇摇头，说：“我与你不相配，你马上会觉得的。真的。”

“但是……”他茫然地看着她，一点都不懂她的话。

她凄然地一笑：“我的丈夫还活着，他是你阿舅，人人都知道他是个烂料的鸦片鬼。你现在已是中华银行的副理，而且你还在跃升……”

他呆呆地一声不吭地看着她把自己的东西一一放进小提箱里。

“再会。”她依依惜别地对他说。

她提着箱子，利落地摸下那道陡直的楼梯——那时，他还未买进现在这幢洋房，她谙熟地摸着墙上的电灯开关，啪啪地一路开灯关灯地下去了，走到底层厨房时，发现煤炉上一壶水开得呲呲直响，恰巧一个佣人也不见，她即放下提箱，熟门熟道地拎来只热水瓶，把水灌满，再另放了一壶水，炖在煤炉上，俨然是一个能干的主妇了。这一系列的动作竟令景臣生出一种侥幸心理——她不过只是讲讲而已，她不会走的。

但是，她还是走了。

后来，又不断地有媒人向他提亲——都是些名门闺秀，他娶了她们，对大家都有好处。他可以拥有一个体面上等的背景，而且，他也需要一位懂英文、会社交的太太。没办法，这是个讲究得利厚薄、一本万利的世界，除非你跟自己故意过不去。她不留下来，为他省却了许多麻烦。

“景臣，”穿着件挎花晨衣的娟琳推门进来，打断了他的遐思。“没事了吧？那批叫花子簇拥在门口，真把我吓煞了，像穷人造反一样！”

这件事弄得不好，惹冒了这批叫花子，说不定真会造反了，还是这句话，中国穷人多，富人为众矢之的，就像一堆已浇上汽油的稻草，只差一点火星，就会哄一下烧起来。亏得这次打发老常厚厚地给了这批报信叫花子一笔酒钱。

第二天下午，景臣在殡仪馆一间会客室里坐着等她。

她来了，原先以为会有一阵激动，不料，一切都是出奇的平静，或者说，故作冷淡。

“苏太太！”他起身招呼着她，一边只感到一种莫可名状的悲哀；她老了！不是那种发落牙脱的老，而是一种老年人才有的饱经创伤的木然。原先那头及肩的直发，现在在后面挽了个髻，一身宽大的黑华丝葛夹旗袍掩盖了女人的一切起伏，玉色的丝袜配着自家做的一双圆口布鞋。她新近戴上眼镜了，六角形的银丝边眼镜配着白皙的脸庞，猛一看与景文的太太苡小姐很像，但仔细一看就不对了，苡小姐虽然也是同样不时髦、不打扮，却散发着活力和激情。不然，景文怎么老离不了她呢？但眼前这位苏太太，却宛如暮色降临时的苍穹，是一片灰色的宁静。

“太麻烦你了。”她微微向他欠欠身，说。

他们已经无法泰然两人独处了，他即刻领她去看苏康明。

理过发，换洗得干干净净的苏康明安静地躺着，与往日蓬头垢面时判若两人，眉清目秀，安详文静，化妆师的技巧掩饰了他那吸毒的容颜，两颊显得红润饱满，仿佛那堕落流浪的生活，在他身上根本没有存在过。

她哀哀地哭了。

他终于回来了，回到她身边，他不会再出走惹事惹祸了。她原谅了他。她准备将他的灵柩送回乡下，让他长眠在自己祖父母与父母当中，好一个浪子回头的大团圆结尾。

“我让人定好船票了，我们家的管事发根伯陪你一起去，一路上自己当心……”景臣陪着她出来，一边对她说。这次，他不能陪她去了，苏康明死了，意味着联结他与她之间最后的一道维系已不存在了。

殡仪馆的环境，本身就弥漫着一股悲戚的气氛，哪个礼堂正在做丧事礼拜，“……请到那福气地与主相会，永远不再犯罪，脱离情欲众污秽……”阵阵歌声传来，再伴着空气中浓郁的栀子花香，构成了一种经过人工修饰的“死”的全部含义。他相信，这一别，从此与她，很可能是永别了。

走出又长又暗的甬道，一旦推开那道厚实的橡木门，就是熙熙攘攘，人头攒动的大街了。上海寸金地皮，活人和死人都挤得近近的。这是他们道别的最后一道门了。

“保重！”他说。“不送你了。”

她凄然地摇摇头，对他笑了下，但笑容不及绽开，即消逝了。

街上，昏暗的路灯已亮起来了，灯光下，她那张蕴含着深痛巨创的脸面，倏地显得十分俏丽动人，别具魅力。

他站在门口，望着她的背影在熙来攘往的人簇中时隐时现。柔和的暮色下，她那身影即若在人簇中，也显得那般孑然孤单。原本，那天她离开时，他真要追她的话，也一定追得上的。他们能相处得很好。因为他们可谓已心心相印了，但是，那确是办不到的事。他放弃追她了。

回到家里，蒲娟琳已打扮停当在等他。她穿着件银白色的平金闪光缎长旗袍，端庄华贵。他想起来了，今晚有个应酬，是太古公司大班请客，这个关系还是蒲娟琳那边的，她的伯伯做过其中几任太古买办。近来，景臣与太古来往颇密切，今晚的应酬是万万要去捧场的。

四十出头的娟琳正当年纪、风情万斛，他挺洋派地挽着她步入汽车，但此刻他的心里，还占满了孤苦无告的苏太太的身影，她缥缥缈缈地走着，不知最终将飘向何处！他觉得自己坏透了。他想自己应当做点善事来洗涤一下。

几天后的行务会上，他一改初衷，撤回了原先与那建筑商租地造屋的协议。

“华行虽遭战难，仍有今日之发达，全赖同仁们之努力，然而今租界地上住房之贵，非一般同仁所能承担。因此决定从华行所得利盈中，用华行的地皮，造一华行别墅，供同人安家度日，这样除可避免钞票贬值之慌，另外，也是为广大行员做点好事。”他说。

景臣在讲这些时，总也忘不了娘舅那已收拾干净的遗体，忘不了苏太太那几乎让痛苦压垮了的身子。她的出现，带来了这么些阴沉沉，令他自感火辣羞愧难容的回忆。但人要想在社会上成功，总得放弃一样……有时，哪怕良心！近年来，他在这方面大约已太过分了。但那个雨天的霹雳，似是上天对他的警告吧？他必得做点好事、善事……

有人表示异议：“国难当头，华行大兴土木，营造行员宿舍，是否妥当？”

祝景臣则坚持道：“国难当头，但这并不表示一切工作都处于停顿。华行还是要加强实力，力谋发展，有了实力，根底就紧，风吹雨打也经得起了。再讲，在此非常时期，行方能帮行员做一点切切实实的事，帮助减轻一点行员的负担。”

这一深得人心之举，自然即刻博得了全行上下的赞扬，接下来就是招标营造商包筑头，顿时华行声誉再度升高，一时大学商科银行科毕业生，都竞相要求进华行。

奠基那日，可谓风和日丽，除全体华行雇员外，各商界、银行俱乐部，都有代表参加，剪彩的两位佳丽，一位是红得发紫的女明星洪枫；还有一位，是近年市面做得颇大的交际花朱蓓蓓，能请到这两位小姐真是不容易了。据说朱蓓蓓的光临，是刘同钧的法道。而洪枫，又是因着朱蓓蓓的情面。当两位手托扎着红丝带剪刀的美人花摇柳颤地步入会场时，人们对她们的注目，远远超过主席台上的董事先生们。

今日祝景臣是一身礼服打扮，配着银色领结，端坐在主席台上，典雅雍容的脸庞上，免不了有几分骄蹇自负的神气。

这块地皮约有60亩，在公共租界靠近南市一带，这样的地段要按市价论租，一般职员是负担不起的。这里原先一厂商准备办个造纸厂。后来“八一三”开仗了，他见势不妙，就一切作罢了。

60亩，那种新式弄堂房子可以造上一大片呢。景臣将视线朝四周扫了圈，看到那人簇中脑后见腮的范仰之，顿时想到那个雨天，在那郁闷的一间前客堂里，老范的遗体都不得安宁，让那关不住的窗外的雨浇湿了。当时，景臣就起誓，要造个行员宿舍。现在，这个心愿总算了结，可以告慰老范在天之灵了。老范是与他一起进行做练习生的，他们这批共进去了六个人。六个人中惟有他祝景臣，总算出人头地了。看这台下满满一场子的华行雇员，景臣觉得这滋味，颇有点像站在检阅台上的将军。

记得刚进华行做练习生那阵，每月月规钱，只得三块洋钿，惟一能享受的高待遇是，每天晚上，练习生都可免费在华行自办的一只补习班读书，设有国文英文和簿记。当时毕竟年少，白天做工，晚上苦读，对一个活泼泼的少年来说是清苦乏味的。一天夜里，鬼使神差的，竟一个人溜到外白渡桥头去看野眼了。看到每当有车子过桥，总有几个流浪儿帮着去推车子，就可以赚得几只铜板，就他坐着这工夫，就听见桥面上不断有哗啦啦铜板落地的声音。一次，前面刚刚过去一辆黄鱼车，后面又是一辆黄包车上桥了。那车夫看见他一人呆坐在一边没举动，就朝他喊道："小阿弟，要吃饭，就上！"景臣心里感到很不好受。

从此以后，他再也不敢去看热闹了。只顾潜心苦读练字，一心要扫掉那怕苦的意识。

随着"砰"一声砸香槟酒声，在雄壮的军乐声中，奠基仪式开始了。仪式由华行董事长李老先生主持。

按例，基石置下之前，先要放一密封小铁箱于基石下面。铁箱里，是一份该年中华银行全体人员的名册，几份当日主要中英文报纸。随后，全体董事会绕基一周，依次放入一样纪念物。景臣随手将自己那只杜邦打火机置入里面，在这一瞬间，他瞥见报上一行醒目标题：德国进军波兰，欧战爆发……

那天是1939年9月1日，欧战因着希特勒侵犯波兰而触发了，西方各国仓皇应战，战况十分不利。日本人是早已公开站在德国一边。从此，东洋人更显嚣张，即便在租界地，也专横得很。

一天，钟太太神色紧张地走进祝景臣写字间："来了两个日本正金银行的人。一定要见总经理。"

好哇，闯到行里来了，算准又是那两个多次上门吃闭门羹的家伙。

祝景臣踱进会客室，两个头发梳得溜光的东洋人，即刻从沙发上起立，与他恭恭敬敬行了个九十度礼。景臣做了个请坐的手势，自己却依旧站立着，表示出并没有长谈的意思。

两个东洋人递上名片，果然，就是那两位：小野和影佐。影佐反客为主，对景臣也做了个请坐的姿势。

"我那边忙着呢，有什么就请讲吧！"景臣依然站立着。

那影佐操着流利的国语说明来意，转弯抹角的，景臣也听懂了。无非是因为闸北南市一带自东洋人占据后，市面一直繁荣不起来，因此正金银行希望与中华小东门分理处联营合作。拆穿讲，是想借中华银行这块牌子活跃一下南市的金融市场和商业市场。

“华行是老牌的商业银行了，近日来更是财运亨通，还开始营造行员宿舍了。华行小东门分理处，占着个好市口，理应更繁华发达才是。正金与中华，大家同行同业，我们也想尽一臂之力，共创沪南市面。所以这次以私人资格请见，愿尽微力。”

这个东洋人中文实在好，讲得头头是道的，看上去不像是做银行的，倒像个政客。

“这个嘛，”祝景臣双手往裤兜一插，堆着笑说：“现在，勿要讲南市，整个租界地外都是你们的世界了，你们要怎么着，就怎么着就可以了，何必还特地跑这一趟呢？我意思也不用联营合作了，横竖你们说了算就是了，招牌挂你们正金银行的，只怕还更管用。”

一番话说得两个东洋人脸上红一阵白一阵的，不及他们缓过神来，他就打铃叫送客了。

下午，召开了紧急董事会议，几位董事先生当即大惊失色，纷纷指责他。

“哎呀，你怎么可以这样对他们不客气！这些东洋人，本来就应当佛一样地敬他们，贼样地防他们嘛！”

“别以为你人在租界地就太平了，东洋赤佬，样样穷凶极恶的事都做得出的，沪江大学的刘湛恩校长，不是照样在静安寺路大华路上，给日本人暗杀了？今朝他们碰了一鼻子灰走了，他们不会就此罢休的。看着吧，牵丝攀藤的事有得多了。你真要当心点，最好不要回家住。”

董事先生们七嘴八舌的，最后，大家一致认为他应暂时避一下风头，恰巧董事长李老先生在法租界泰山公寓有一套空关的房间，他把钥匙塞给了祝景臣。

景臣接过钥匙，呷了口冰冷的残茶，陡地心里一沉。这一来，那小东门分理处前途凶多吉少，干脆结束掉算了。本来，自上海沦陷后，在敌占区的华行业务一直惨淡不振，不过做做聋子的耳朵——摆摆样的，现在看来，连样子都不能摆了。

“我看，只有把那边的行务结束掉，把房子三钱不值两钿地卖掉，华行拍拍屁股跑路了——溜。只是……分理处那百来个行员，无处安插呀！”景臣低沉着喉咙说。

四周一片沉默，鸦雀无声，半天，方有人冷冷地说：“这也没有办法了，阿拉是银行，不是慈善机构。”这句话听是不大中听，实在却是实在的。

于是一致决定，除主任级以上外，所有办事员都发遣散费另谋出路。同时，让文牍处先起草个告客户书，声明此次停办小东门分理处，不影响客户的利益，一切业务可到位于租界的中华其他分理处及总行来办。并一再相约，在安民告示出来以前，停办的消息万万不能漏出去。否则，只怕又会令客户人心不安。

待会议结束，天已暗了，只因正好是周末，营业大厅照例是延长服务时间的。只听柜台内一片噼啪算盘声，行员写字台上亮着的绿台灯，老远望去，如一片浅绿色的灯海，好一派群星灿烂的气势！“顾客永远是正确的”、“顾客是衣食父母”的白底蓝字条款，墙上到处可见。行员的写字台一只挨一只，再无空隙可安插了。大门右侧那个夜金库，还是“七七”事变那年增设的，如是店家可将夜间营业收入的货款封包投入，银行翌晨入账，即可解决商家夜间保存大量现款的不便之处。唉，为着中华银行，祝景臣真可谓费煞心机了。

厅堂一角，设着矮柜台小沙发等像个小人国。这是景臣在一次看到孩子玩小银行游戏时得到的启发，办了这么个中华贝贝银行，一块洋钿就可开户，吸引孩子们把糖果钱压岁钱都存到他这里生息。刚兴办时生意是不错的，中华银行像接待成人存户一样接待他们，孩子们都乐意来，只是现今货币贬值，人们将现钞都变成棉、油、肥皂等实物囤积起来，哪还有给孩子们玩存银行游戏的闲钱？

两位闲着无事的职员小姐在空旷旷的矮柜台内对他笑了笑，她们原是金陵女大教育系的，并不是学银行业务，但为着贝贝银行的客户对象要与儿童打交道，所以中华特地把她们觅来，岂知现在已成多余的职员了。华行已关照账房间开给她们3个月的工资，请她们下个月跑路了，只是现今她们还不知道呢。

景臣多少有点歉意地对她们点点头。不多几天她们就要骂他了。不过有啥办法呢？正像那位董事先生说的，企业不是慈善机构。这年头，一碗饭要匀给三四个人吃之事不稀奇，男人家都不容易保住饭碗头。女人，就更少不得要让个道了。

离圣诞节还有一个多月光景，大马路两侧贴出的圣诞大减价的彩条，在瑟瑟秋风中飞舞着，看着虽然热闹，但那让寒风撕成不像样的条条须须，却又带着几分败造相。景臣不禁心里嘀咕着，这店家也太精怪了，何不扯几幅绸料子拉出去，要比这种五颜六色的蜡光纸登样多了。不过话讲回来，如今大家都抱着做一日和尚撞一日钟的心情过日子，没人有啥长久之计，也没办法作长久之计。虽说租界地上还是灯红酒绿，市面繁华，但景臣这种吃金融饭的，一下就估出，这是一种犹如升虚火的现象，别看脸庞上红晕晕的，其实只是一种虚热，有病呢！

百代唱片公司店堂大门口，正播着那千古不朽的《平安夜》：

“平安夜、圣安夜，万暗中、光华射……”

那企求平和安宁的歌声，在行人匆匆，秋叶飞扬的大街上飘浮着，显得苍白又无奈。

唉，和平，和平，谁知和平何日会来呢？

看，他给小东门分理处的行员们准备了一份多好的圣诞礼物！这年头，丢了份生意，真个会米缸见底的！华行别墅刚刚开始建造，他祝景臣的好处已让人忘记了。反正要不了多久，他祝景臣3个字颠来倒去的，有得让人骂了。骂吧！骂吧！

果然，小东门分理处停业的告示一宣布，犹如一颗炸弹落下来，祝景臣岂但被行员唾骂，行员还一致向总行交了份签呈，非要祝景臣与大家面对面谈清楚，解决行员们今后的生计不可。

“有种，把事件摊在台面上一一讲清，不要扔出一张告示，就死人不管了。”他们怒气冲冲地一只电话打到总行总经理室。

“好吧，我这就来登门请罪！”景臣赌气把电话一扔，也不跟钟太太打个招呼，就溜出了写字间。

刚刚跨进电梯，迎面碰到电梯间里站着席振绪。他一直在香港华行分行管外汇，难得半年三月回沪一次。景臣早已风闻儿子就是与他的小姐在轧朋友。席小姐，凭良心讲，自那日来拉广告时，他就对她印象极好。还是这句话：美而惠。门户虽然不为显赫之家，也属体面的人家。照景臣的心思，讨进那些千娇万贵的大户小姐，好比家里请进一尊观音娘娘，实在没有意思。惟一不妥的是同事的千金，少不得要避点嫌疑。亏得席副理生性为人的角四方，最讨厌拍马奉承，也最怕让人疑心他在奉承拍马，因此两人只是一味故意疏远着，再加席副理长年在港，平时倒也是难得打照面的。不料，在这上不及天、下不着地的小方世界里，两个未来的亲家，却面对面站着。

“祝总，这次香港警察制服，裕盛厂的元宝牌棉纱中标了，那位年轻工程师蔡立仁很能干呀！”席振绪没话找话地说。

但此刻，景臣对这一切既不兴奋，也不关心，只见他疲惫地往电梯壁上一靠，振绪看他神色不对，猛地想起刚才在写字间里听到的风言风语，好像小东门分理处在闹签呈之事，忽然生了个心，问：“祝总现在外出？当心点呀。现今敌伪在租界绑架人，也是常有的。”

“小东门那边，总得去安抚一番。”景臣说。

“危险呀！那边是敌占区，你不与他们合作，再送上门去……这……”席副理这时真的放心不下了。

“唉，”景臣颓丧地把头一垂，说：“索性在马路上让日本人一枪打死，倒是又爽气又体面，省掉不少夹档气。不像现在，给人家像骂灰孙子般骂！”景臣也明白，小东门那帮行员敲了饭碗，这年头再要去觅一只，真比登天还难！但这百来人的位置，即是神仙，也无法安插他们，除了施苦肉计求得他们的谅解，他祝景臣也别无他法了。

“别这样想，祝总。大家都知道，这次决定小东门分理处停业，也是出于无奈，而且也是董事会决定的。现在非常时期，少不得大家受点委屈。”席振绪向来沉默寡言，不善辞令，但话一出口，却是十分的诚恳实在。

电梯“叮”一声，到底层了，这辆自动电梯，若干年前新装时，在上海滩上还属十分稀罕少见。现今，据说在刘同钧正在营造的新宅里，都装有这种自动电梯呢，上海近年的发展，实在是很快的，要不是这一仗，还会发展呢。那千刀万剐的东洋人！

忽地，景臣不及电梯门打开，又顺势在电钮上按了下，电梯又晃荡晃荡摇上去了。

“席……振绪兄，”景臣哑着嗓子叫了一声，同事20年，还是第一次如此亲昵地称呼他。

席振绪有点惊愕地看看他。

祝景臣清了清喉咙，声音重新变得厚亮了：

“隽人人是老实规矩的，只是大少爷一个。待这次小东门风波平了后，趁你来上海，给他们先订了婚吧。”

“哦……那，我们芷霜高攀了。”席副理客气地说。内心，并不太中意这门亲。他是个不喜欢高攀的人。

“媒人，我想好了。就请裕盛的老板刘同钧吧，他是个热心人。”景臣又说。虽说现今都讲究自由恋爱，但做媒的形式，还是要虚设一下的，否则，就不是上谱人家的做法了。

景臣自己也没料到，在这方方正正、窄窄小小的空间，面对着未来的儿女亲家，那纷乱繁杂的行务人事，竟会无声无息地消遁了。留下的，只是一份对小辈的操心和爱心。那窄窄小小的电梯间，把整个世界都浓缩了。假如人世真能浓缩的话，那么它的精华，也就是对下辈的拳拳之心了。

这工夫，电梯又回下来了，这已是第二个回合了。门一开，眼前复又是个险恶杂沓的世界。像后面有人在追着似的，席副理只来得及对景臣马马虎虎点点头，就匆匆跨出电梯门，只怕让人家怀疑他在电梯里与总经理单独相处时，得了不少好处。

景臣没有乘行里汽车，另外叫了部祥生车，向小东门方向驶去。

远远看去，华行小东门办事处那幢清水红砖墙面楼房门口，平常无异，只是铁门已拉上了，门口贴着那张显眼的告客户书。大门边还是那个报摊，一个戴着破毡帽的老头，正懒懒地守着自己的报摊，景臣再环顾下四周，也看不出有啥可疑的人，反正一切只能听天由命了。

他让车在近段一条小马路上停下，城里的马路，就是大白天光景，也是冷冷清清，杳无人影。对面一条弄堂的过街楼下，一个半大不小的少年，正守着只烘山芋炉子，将双手贴在炉面上取暖，一边无聊地看街景。虽然生着一张让野风吹得黑黝黝红彤彤的乡下脸孔，但一对眼睛却是滴溜溜、活灵灵的。这个少年，不禁让他想起当年自己一人掮着铺盖到上海来闯天下的情景，也是这样一副对啥都感兴趣，却又是土头土脑的憨相。弹指之间，30 年的光阴已过去了。自己总算也成为上海滩上一人物，只是这样一来，肩头上的责任也重了。

想到这里，他不禁又多瞟了那少年一眼。那个少年也回看了他一眼，景臣猛地生了个心，七七事变后，在法租界东新桥民国路租界铁门口，从三个卖棒冰的 13 岁男孩身上，竟搜出大量日本银元，后来方知这些男孩是东洋人从内地招来的，计有五十来人，在虹口经过专门培训后，就派往南市、闸北、浦东等中国军队驻地搜集情报。眼前这个卖烘山芋的少年，会不会也是……

一个老太抱着个小孩来买烘山芋，景臣趁这工夫忙穿过马路，心里不免也十分紧张，真正有点杯弓蛇影之感了。

景臣噔噔踩上石台阶，“哗”一下拉开铁闸，只听一声“真的来了”，柜台里的人们都紧张地盯着他，四下鸦雀无声。

“总经理来了，”范仰之特地给他端来一张有扶手的椅子。“本来，我们打算过来的，您来这里，很不安全呢。”

景臣一惊，他像是这次行动的头脑？他早就觉得范仰之与共产党那边有联系。从那日他带来那位去老四区慰问过的汤先生，景臣就这样想了。好呀，今天他是准备来共产他祝景臣了？反正，他是准备铤而走险了。让这批行员到总行来请愿谈判，还不如他自己上门了。总行共有员工好几百人，一旦被他们鼓动起来一起作对，那事情可就要闹大了。他也吃准，索性亲临小东门，这些行员到底也不敢怎样他。不过，这次行动要真有共产党在里面，那会不会闹出什么风潮？罢工？请愿？静坐？那就讨厌了。

景臣强作镇定，往椅子上一坐：

“叫我来，我就来了。停业决定是我批核的，有啥话，就现在摊出来吧。”

行员们此时反而畏怯地沉默着，全然失却当初在电话里那强硬的气势了。终于，一位四十上下的行员开口了：“总经理，我们都是上有老、下有小的。这样一来，往后的日子怎么过？”

祝景臣呼了口烟，略略沉思了一下，那对因睡眠不足而出现的黑眼圈，令人看上去老了好几岁。

“一切在告示中已讲清了，每人发一笔遣散费，这是董事会上决定的……”

“但是……”那位到了五十几岁还只在总务处混个发放簿笔的老宁波，抖抖索索地开口了：“我们的生计怎么办呢？我内人在生病，两个孩子在读高中，学费还是借来的……我自 16 岁进了中华银行，一直是巴巴结结，这……你祝总也是看到的，我现在这把年纪，再寻事谋职，也是不容易的。”

有人开了个头，行员们也开始窸窸窣窣地发牢骚了。

“是呀，讲是讲发一笔遣散费，又不是用不光的。用光了，让我们吃西北风呀！”谁胖着喉咙嚷开了。

“这句话是谁说的？”景臣脸一板，目光炯炯地在场内一扫：“谁讲的？”他的声音恼怒威严，场内空气顿时紧张起来了。“谁讲过这笔遣散费是吃不光的？金山银山都吃得光哩。谁讲过这笔遣散费是养你们一世的？亏你还是个男人呢！”那最后一句，景臣是从牙齿缝里挤出来的。“你自己去想法子、去闯、去拼、去寻机会，你是小毛头还是怎么的？行里给大家发了这笔遣散费，已是很不容易了。你们把责任向行里推，叫行里往哪推？算算你们都是读书人，难道没听说过‘国家兴亡，匹夫有责’这句话？你们堂堂七尺之躯，就一点责任都挑不起吗？”

劈头盖脸一番话，早把那人说得脸上灰蒙蒙的，只有吸气的份，没有出气的胆了。

“你们大人物一句‘去寻机会’容易，但现今哪还有我们小百姓的机会？这次裁员，主任级以上不裁，不是明摆着吃吃我们小八腊子！”还有人不服气地说。

“小百姓，大人物，”景臣做了个比哭还难看的笑脸。“都有各自的难处。我把这里分理处停业了，房子卖出去了，日本人不会放我过门。董事会替我把去港的船票都买好了，但天下没这个道理：我一走了之，华行还有千把个行员怎么办？当然，如果我早在‘八一三’一开战就一走了之，今天这恶人，也轮不上我来做了。”四下顿时没有声音了。

他的声音并不高，但他相信，此时此刻，这一局，他已打赢了他们。

“自然，留沪的、去港的，都是为了维护中华银行，”景臣趁势再滔滔往下说：“一出好戏，要大家搭档得好，才唱得下去，只不过……”他抖抖烟灰：“同样是唱戏，做正角总归讨好点，演反角就有点吃力不讨好了。这次，我是地地道道扮了只白脸孔呀！”说毕，他站起身，向周围欠欠身子，说：“这次各位是为华行分担患难，祝某我会永远记住诸位的，将来和平到来了，小东门分理处还要重新开张的。那时，我一个个再将诸位请回来。”

“你祝总不去香港、不去重庆，总难不倒你的。啥牺牲呀，维护行益呀，确实十分动人。但我们薪水阶层，饭碗都没了，就没得活路了。华行这样做，简直是慕尼黑会议，存心牺牲我们小职员，来保你们华行的好名声，呒没价便当！”那个中年行员横竖横了，蓬蓬然的眉毛下，小小的眼睛充满着敌意和仇视，连景臣看了，不禁也有点懦懦然。

立即，全场是一瞬紧张的沉默。

“各位同仁们，”范仰之站起身，景臣很专心地听着他往下说：“我们都是受过教育的，不是讲不通道理的。祝总在这非常时期，为了维护华行的节气和利益，对付东洋人的恶势做，不得已才将小东门分理处停业的。今天，难得祝总讲了这句话，我们是为华行分担患难的，只要行方有这个数，我们也有安慰了。好吧，当今民族危难之际，我们豁出去了，大家帮祝总唱好这出戏。只是，要肚皮吃饱，才唱得动戏呀！”

那最末一句，说到众人心里了，这是关键所在之处。

华行向来是没有闹过啥劳资纠纷，景臣只想这件事能妥善解决。自江浙安徽相继沦陷后，油粮都被日本人截至南翔运不进，亏得尚有海路运来暹罗米，可还让米蛀虫们居奇囤积。现在，华行自己也加入了囤积居奇的行列，早已把银行业务作副业了。虽说华行的资金积累还在日涨夜大，景臣心中也有数，这是歪门邪道，没有根底的。好在自己库存了充裕的油米粮，可不时按平价卖给行员，虽是杯水车薪，要紧之时，也可缓解一下燃眉之急。

“对，”景臣说，“我这就吩咐钟太太，给各位先送上一包米一桶油。华行以后，人走茶不凉，在福利上处处会想到小东门众同仁的。”

他的讲话给电话铃打断了，原来是总行行员派代表来干涉了，责令他们要顾全祝景臣的安全。

“祝总还有大梁挑在肩上呢！”范仰之对众人说。这时，大家也有点心慌，这里敌占区，万一祝总出了事，从道义上讲，他们也讲不过去。

景臣走到大门口铁栅栏前张望了一下，门前无异样。

“走后门吧。”有人提议。

“偏偏大模大样走前门。”景臣狡黠地一笑，“对付东洋人，就要像打沙蟹一样，假假真真，真真假假，让他们吃不准。”说着将大衣翻了个面穿，这件一面是方格薄呢，一面是防雨卡的两面都能穿的大衣，是他特意找出来应付意外而穿的。

“总经理抵达后，请即挂个电话来关照一下。”范仰之替他拉开了铁门。景臣对他深深地点了点头，还有那位头发一片花白了的老宁波行员，正无限幽暗地盯着他看，景臣隐忍着内心一股郁闷内疚之气，跨出大门，一边反复在心里叨念着："毫无办法，只因为想保全华行，除此而外，还有别的办法吗？"

他前脚刚跨出，那位中年行员又骂开了："这只老滑头，就这样溜啦！"有人马上接口道：

"他自己花园洋房住着，信口开河讲了一大套轻飘飘的话：啥将来一个个再将我们请回来，将来再去寻他，他买账哦？"

"算啦，"范仰之说："俗话讲，不能逼人太甚，我看祝景臣这个人，还是讲信用的，我们不能为了小东门而耽搁了整个华行。"说着，他长长地嘘了口气，徐智勇交代他的任务——重点放在达到生活救济，就可以了，他总算还是把住了。

"你是勿要紧的，单身汉一个。我们可是上有老，下有小呀！"那中年行员顶了他一句。

范仰之也没睬他。其实，他担子真重；一个重病在床的老母，一个守寡的姐姐，还有两个弟妹，这边饭碗一丢，真是尴尬。

"喂，这里啥时候可以出空了？我们来收房子了。"一个俗不可耐、穿一身织锦缎丝棉旗袍的、标准亭子间嫂嫂打扮的半老女人在后门口叫开了，那是新房东了吧。

"请问太太，这里将来作啥用场？"那中年行员赔着笑脸向她打听。只见女人那双套满金货的双手抬起理理头发，那十根手指就像卤食店吊着的小红肠，红红粗粗的，说："伲男人吃进准备做栈房的。"

看来，也是个做囤积的暴发户。

"呃，你们需要个抄抄写写算算账的人工吗？工钿随你们开，我是复旦商科毕业的，有文凭的……"中年行员满怀希望地说。

"哎呀！"那个亭子间嫂嫂大惊小怪地叫了起来："伲小本经营，向大房东租来的，一层楼面，做点小生意，大学生是用不着的，伲男人自家会上账，力气大点的乡下人倒是要觅几个搬搬货色。"

快是真快，一个转手，业主换了，连房子都已租出去了，真叫是一分钟都是不落空的。所谓辰光就是钞票嘛。这年头，样样都在升值：房子、米、油、布……惟独人工，越来越贱。范仰之随着大家闷闷地走出大门，回头看看那张白底蓝字的通告：

“……迫于时局，华行定于×月×日停办小东门分理处，一切有关行务事宜，请至总行办理……此停办不影响储户一切利益……”通告后半截，不知让谁撕去了。

景臣一路上调了好几辆三轮车，兜兜转转地总算安然回到总行，写字间门一开，董事长李老先生，已坐在沙发上了。娟琳红肿着眼坐在一边。

“你总算回来了，你太太差点要跟我拼命了。怎么？摆平了？”

景臣走进盥洗室边洗手，边摆出一副不以为然的表情：“这点先生们好对付，所谓秀才造反，十年不成。不过要钟太太关照下总务科，给他们每人送一包米、一桶油去，眼看要过圣诞节了。”

“这种洋冬至呒没道理，索性到过年一并送，否则过年，还得救济一趟。”李老板说。

景臣看看他，没吭声，擦擦手就走出浴室。

“不过，景臣，现今东洋人和汉奸，都当租界是假的，你不能一身扑在小东门这几十个行员身上。要不，你还是去香港避避？”李澄鹏说。

“不去，”景臣干脆地说：“只要华行存在一日，我就不离开。”

李董事长走后，景臣即刻给钟太太挂了个电话，吩咐行里给解雇的小东门行员送米送油去。“账记在我头上，在我户头里扣。”他特地关照着。

娟琳在一边看着他，叹了口气。虽说隽人隽颖都做事了，赚来的铜钿也是只够自己零用，隽敏还在读大学，隽玮已进育秀了，光侍候她们的行头和学费，已是可观的一笔了。还有老太太、景文的花烛娘子带着四个子女也要景臣养，这个开销，每天算次账就心里一惊！菜金算得太苛，背后又要让“晚娘长，晚娘短”地骂了。这边，景臣又大方地“算在我账上”。不过，她也不敢吭声。

二十一

隽颖与蔡立仁坐在下面客厅沙发上聊天，蔡立仁送给她一只精致的手提包，黑漆皮、方方长长的，可以放得下琴谱、簿记、大开本的书，确实十分合适隽颖这种职业女子。他很会讨人欢喜。

这一阵，蔡立仁已公开对隽颖发动攻势了，外表不露声色，却是步步逼近。说句实话，蔡立仁也可谓年轻英俊、一表人才，高高的身子，一身毛哔叽长衫配着笔挺的西装裤，擦得锃亮的皮鞋，另有一种潇洒之气。

这时，正是夕阳斜照时分，西边玻璃窗上，映上火烧一样的一层橘红色。

“蔡先生常年这样沪港两头来回走，也太累人了。”隽颖对他总是如此想到自己，也是十分感激的，因此每次他来访，也总是陪他坐坐讲讲。

“我反正一个人，来来去去也方便。我们刘老板是把厂子里事一塌刮子都交给我，所以我担子也重得很。只是近来总也觉得，这有点像在为他人做嫁衣裳。比方讲，这次，我就为我们刘老板争回一笔保险金。‘八一三’前几个月，我们厂向荷兰买了设备，并向英商保险公司投报了，合约规定保险费分四期付，我厂在第一、二期均按时付了款，后因战事动乱没有付第三期，而所购之货也一直迟迟未到，后来证实这艘船遇险沉没了。我们老板也一直不去保险公司交涉，自以为因四期保险费只付了两期，脚骨不硬。我就不服帖，逐条推敲合约条文，认为我们完全可以去索赔。船只沉没恰是在第三期未及缴付时沉没的，我就抓住这点据理力争，合约一经签订，便具合法效力，任何情况下都没有推诿的理由，至于逾期缴费，则是另一码，不能混为一谈……对不起，我的话很让你乏味吗？”

“一点没有，听听长长见识也好。”隽颖总是十分顾及对方面子的，何况人有时也奇怪，与一个人接触多了，只要这个人确实不卑俗，渐渐地总会越看越顺眼，会看出他许多好处。隽颖对蔡立仁，就是这样。她觉得他能干，吃得起苦，办事稳扎稳当，这对一个男人来说，确是不可多得的美德。

“我可能，今年想回常州老家过年了，已有好几年没能回去过年，老是忙……忙起来，人家合家吃年夜饭，我只到饭铺叫碗面在写字间里吃吃……”蔡立仁说着，神态不禁露出几分惨然。

“老人都好吧？”隽颖挺同情地问。

“父亲尚健，母亲有青光眼，眼睛看不出，就有点木木了。从前年轻时，母亲是蛮能干的，我对父亲倒不大怕，就怕母亲……”说着，他忽地扑哧一下笑了出来；“我小时候可调皮了，一次让私塾先生用戒尺打了几下手心，气得在晚上爬到先生烟囱管上撒了一泡尿……”

隽颖忍俊不禁，纵声笑了起来。岂料他们的沙发背后，也是一阵格格笑声，隽颖往后面一张，原来老四隽思躲在后面。

“啥人叫你躲在这里？”隽颖又好气又好笑。

“大姐叫我躲在这里，听听蔡先生有没有向你求婚……”隽思哭丧着脸说。一句话让蔡立仁和隽颖俩满脸通红。

“还不快出去。”隽颖对着四妹屁股上一巴掌，隽思一溜烟逃了。“看……小孩子讲话呒轻呒重的……”隽颖一边尴尬地解释着。

“不过……祝小姐，”蔡立仁一边转动着手中的呢帽，一边轻声说：“这一阵，我们相处得也蛮熟了，对我这个人，想你也有所了解的。我这个人，学生意出身，大学也算毕业的，只是……”他幽默地将长衫下摆一掀：“有点俗气吧？”

“呵……”隽颖感到接下来他就要向她求婚了，虽然对此早有准备，但还是有些失措。

仿佛是留给她以稍事考虑的时间，蔡立仁将帽子端端正正戴上，再穿上大衣，依旧用安详的口吻说：“可能我的话令你太突然了，不过，祝小姐，我希望你可以考虑一下，再会！”

他走了，虽然穿着中装长衫，看上去比实际年纪要长一点，神态上也显得有点守旧，但那利落干脆的步子，却透着坚毅和自信，这样的男人，总会成功的。

晚餐桌上，因为父亲有应酬、蒲娟琳说头疼没有下来吃饭，餐桌上就几个小辈。顿时，空气活跃多了。

“听着，大哥答应，礼拜六请我们去曼德逊俱乐部玩，大哥将正式把未来的大嫂介绍给我们。听爸讲，要准备替大哥订婚了。”隽敏在饭桌上宣布。

“你与席小姐都同学六年了，还需要大哥介绍。”隽颖说。

“那不一样，身份两样了。再讲……一直不走动了，再要交往，相隔时间久了，总归还得要个人拉拉线。”隽敏想着当初，自己气量也太小一点，拆穿了讲就因为席小姐比自己早找到意中人，出于一种女孩子莫名其妙的嫉妒，就与席小姐疏远了。现在自己有了封静肖，一个曾令育秀全体高3女学生赞绝的真正的绅士，当初对席芷霜的那点嫉妒和酸劲，也早已烟消云散了，实在也很想让席芷霜分享一下她的幸福。有心想那天把封静肖也拉去，又有点难为情——到底还未曾向家里人确定关系，所以，她就问隽颖：

“阿颖，把蔡立仁也带去好吗？热闹点。”

“这……算啥呢？”隽颖拂拂手说。

“是呀，蔡先生还未向颖姐求婚呢，一个劲讲啥保险公司的事，还有往烟囱管里撒尿……”一直在低头吃饭的隽思，认真地插嘴说，把个隽颖又弄得满脸通红。

“我看，蔡先生蛮不错，实实惠惠的，”隽敏却一本正经对隽颖说，“再讲……”她本想说“你也不算漂亮”，但话出口却成为：“再讲，你也不小了。”

听这位漂亮姐姐的口气，仿佛她隽颖惟一只有这个机会了。当然，隽颖是不如姐姐拥有这么多追求者。但是，她有人爱的。这种爱不像蔡立仁这种，她敢肯定，如果爱也是有刻度的话。那么，对蔡立仁是喜欢；而对范仰之，则是爱。因为他从来不流露，甚或是故意压抑着的，这就使得这种爱更别具魅力了。

“再讲了，说不定那时他已回常州了。他讲过他要回常州过年去。”她只能暂时搪塞着。

晚饭后，隽颖穿上大衣，往范仰之家走去。晚上，去造访一个单身男子，或许很不合适，但隽颖是个职业女子，对这些陈腐的见解倒也不在乎了。而且，她已替失业了的仰之觅了个位置，在救济总署上海一个办事处里，这种慈善机构工钿是不会大的，但总要好过闲在家里。另外……今天，她十分想能见见他，有些事想问问他。他对她，那么亲近，那么可信。没认识他以前，她觉得亲近可信的惟有上帝，认识他以后，她觉得亲近可信的惟有范仰之了。

她有他的住址，却从没去过他那儿。那一排排密集拥挤的红砖石库门弄堂，那种一头是皮匠摊，一头或是卖宽紧带丝线或是卖香烟牌子话梅橄榄之小摊的过街楼，那种三三两两簇在弄堂后门口嚼舌头的女佣，这种种一切都带给隽颖一种遥远温暖的童年记忆。尽管她的装束是普通不起眼的，但那上等社会里熏陶出来的高雅气质，依然招来那帮闲聊的女佣的注目。她们目送着她进入范家的后门。后门天井里一个在洗碗的女人，又盯着她敲响范家前客堂的门。

“唷，祝小姐。”范仰之穿着件高领毛衣，多了几分大学生的气韵。对隽颖的来访，他觉得有点突然。

“我给你找了个位置，在救济总署……”她说，昏暗的灯光下，横一只竖一只共三张床。床上一个病病歪歪的老太，八仙桌边，团团坐着三个做功课的学生和一个做针线的女人——是他那个寡居的姐姐吧？她意料到范仰之家的寒苦，却不料竟是如此彻底的清和贫。他姐姐让出自己那只骨牌凳让隽颖坐，仰之则坐在床沿上。

仰之姐姐送上一碗热气腾腾的风挠片，那是一种用糯米粥衣糊在大灶锅底上烘焙而成，再用沸水冲滚即可食用。

“乡下点心，你尝尝。”仰之说。他并没因隽颖的突然撞入而为自己寒酸的家境觉得尴尬，也并没因为极度的自卑而装成一副脆弱的傲气，这种不卑不亢的气度令他更显几分风采，从某种程度上讲，他有点与蔡立仁相像，那种能干，那种机灵，而隽颖了解他是有所信仰、有所追求的，因此总觉得他比蔡立仁要更崇高，更清高。

“以前，我婶母在乡下时，常托人带风挠片来。现在，他们一家都来上海，我们也吃不上了。”隽颖不怎么推辞，就把那碗风挠片吃了。这正是她的可爱之处，只见她很随便地坐在没有靠背的骨牌凳上，一点没有那种屈尊俯就的气势，不像她几个姐妹，惟恐显不出那种名媛淑女的气度似的拿腔拿调。或许，这得之于她那“上帝面前人人平等”的信仰吧？

难得家里来了个陌生人，老太太免不了要老调重弹：“……那时的范家，这种红漆骨牌凳平时都堆在栈房里，惟办喜事大请客时，才拿出来充充数的……我们乡间的房子一进一进共有五进。厅里房里置的家具，可都是‘老虎脚爪’①呀！”

在方桌上正做功课的仰之的弟弟看不过母亲这种样子，恶作剧地问：“现在那五进的房子呢？”

“卖脱了。”老太太沮丧地轻声说。

“那么多老虎脚爪呢？”

“卖脱了。”更轻的回答。

“那这些再有啥多提……”

隽颖忙用眼色止住他，她是做惯教会事宜的，特别善解人意，只见她轻声宽慰着仰之母亲：“人生一世，天灾人祸，不知要经历

---

① 老虎脚爪，指红木家具的脚。

多少，伯母能熬过来，也真不容易……”

这是个水晶般纯洁的姑娘，对人人都充满爱心，只是在这个危机四伏的世界里，水晶显得太脆弱了！

仰之看看家里人太多，也无法跟她好好谈，看隽颖眉眼之际，又像郁结着啥心思。

“我们出去走走吧。”他套上大衣说。

冬夜的天空，特别清湛、透澈，虽然没有风，但空气却如冰镇过似的，只觉得双颊寒丝丝的。这种时光，去第第斯或沙利文这种好情调的地方坐坐，是最好不过了。但仰之失业在家，两杯咖啡钱对他也是要核算一下的。他第一次体会到当年麒麟的一句话：“对我们，爱情也属一种奢侈。”

他们漫无目的地走着。

“噢，我哥哥要订婚了。”她说。“女朋友是阿敏的同学，现在在大学读书，蛮漂亮的。”

是的，祝总经理的公子，自然可以尽挑尽选了。

“你……看看，蔡立仁这个人怎样？”似乎是屏着一股气，隽颖瞅着自己鞋尖，紧张地发问。

“蛮能干，蛮角色的……问这个做啥？”

“刚刚他向我求婚了，太突然……”她努力做出个无所谓的笑容，但显出的却是个惨淡的笑容。

“……”她如此向自己敞开心扉，他却无言以答。

两人又默默地走了一阵，隽颖终于先打破沉默：

“我舅舅死了。记得吗？我讲过的那个沦为乞丐的舅舅，在一个大雨天死了。他终于解脱了。”

“真可悲，为什么穷人惟有在离开人世后才能有所解脱呢？你们所谓的天国，难道不能搬到地面上来吗？”范仰之慨然地说。

“谁说穷人惟离开人世后才能有所解脱？事实上我们大家都是如此。人世只不过是个旅程，惟有天国才是我们的终点。旅程，总是充满艰难万险的。”隽颖摇了摇头说。

“但在俄国，布尔什维克执政的俄国，一切正在改变……”

“你去过啦？”她目光炯炯，甚至有点讥诮地扫了他一眼：“我文叔那年去欧洲时路过俄国。贫困，混乱，没有规章。苡小姐身上那件紫貂大衣，差点被他们硬用卢布强买去。文叔的派克钢笔、劳莱克斯手表，在那里成为稀世之物……”

“问题是没有劳莱克斯和派克没关系，只要有饭吃，有工做，那是最主要的！”范仰之几乎有点生气地打断了她。

“但是如果整个社会人人都只满足于有饭吃、有工做，那么，谁来向社会提供职业和发放薪水呢？谁来发掘和开采蕴藏在社会中的财富呢？又不是远古时期的围猎，大家共同狩一头野兽，然后共同享受。”隽颖也不甘示弱，她向来不与人争辩，但惟独与仰之是例外。

“照你这么说，穷人只有永远忍气吞声，熬到离开人世，企求那个十分遥远渺茫的解脱，才是惟一的出路？”仰之尽量压低声调，生硬地问。

“我没这么说。世间一切都是会改变的，正如我父亲从前是个穷孩子，而现在成为个银行家，你祖父从前是个乡间豪富，而现在……”她想了想接着说：“成为个薪水阶层。穷人只要有机会受教育，寻找机会，不会一辈子永远是穷人的。”

“隽颖，你平时极聪明，现在却不会解一道有如 1+1=2 一般简单的算术。穷人正因为是穷人，所以没法受教育。”仰之耸耸肩膀，说。

隽颖伫立住，因为冷，她用戴手套的手捂住自己嘴鼻，一边毫不含糊地说：“这就需要靠公众的热心肠：办贫民学校、贫民医院，我们教会所致力的，就是这一事业，我也在为之努力。”

“你一个人又有多少力量？你改变得了这整个社会？”范仰之直盯着她的眼睛，紧逼不放。

“那你呢？你认为你又有多大力量可以改变得了这整个社会，实现人人平等呢？”她同样逼视着他。

“当然，不会只我一个人在努力的。”

“当然，我也不是只我一个人在努力的。”她说着忽然垂下眼睛。“呵，我们做啥要这样争个不完呢？我并不是来找你吵架的。”

“是的。”仰之不自在地微微一笑，说。

他们肩并肩地又默默走了一段，一条弄堂过街楼里，两个互相偎依着取暖的小叫花子在渗人的寒气中发抖。隽颖下意识地往手提包里掏了一阵，但她的零钱已散尽了。她无奈地啪一下合上手提包，抱歉地对他们笑笑。仰之却默默地在他们的洋铁罐里扔上一张钞票，方正的脸庞上，一对眼睛湿乎乎的。

前面横马路上，一辆有轨电车哐啷哐啷地开过。

“前面就是车站，我回去了。”她抬头温柔地微笑着说。一缕柔和的街灯照射在她脸上，令她头顶那根盘着的辫子，犹如顶着一个幽幽的光环。

“太晚了，叫辆车吧。”

“没关系，我有 Season（月票）。”

“再见！”他握着她的手。“我并非想贬低你的理想……可是我把不住自己的情绪。事实上，这些话也只能跟你说说……”

“我根本没在意。我们又不是第一次这样争执。”她让她的手继续放在他手里，那双光滑柔嫩、没经历过任何人生创伤的手，手指细长而有力，那是钢琴训练的效果。光溜溜的手指，既没有装饰的宝石戒指，也没有订婚戒指！仰之只觉得内心波涛翻滚，从心里觉得她对他是极其珍贵重要的，有她在一起，一切都抹上一层温暖亲切的思触。

电车又隆隆来了，她挣脱了他的手上去了。车窗后琥珀色的灯光下，隽颖的脸庞显得分外苍白，电车开走了，那张苍白的脸庞也走得越来越远了。

“我能有什么办法呢？”他扪心自问，找不出一条有可能得到她的理由：她是总经理的小姐，他目前还是个失业者。他前不久已正式加入了地下党，是组织里的人了。她愿不愿跟随他过这种毫无保障的生涯？即便她愿意，他也不忍。她那样善良那样富有爱心，但终究是块脆弱的水晶。水晶，就该躺在丝绒盒里。

他茫然地盯着前面在路灯下闪着寒光的两根电车轨道，觉得命中注定，他和她两条生命的航线，永远只能是两条平行线，哪怕已靠得那么拢了。

几天后的晚上，在曼德逊俱乐部。

隽颖一个人去的，正好蔡立仁也去常州了。隽敏与静肖一起来。静肖这阵与个德籍犹太医生合伙开诊所，他这个人，只要搭上个外国人合作，自信心就会足了。芷霜作为娇客，稍稍迟了几分钟，在隽人的陪伴下翩然而至。她穿着件宽宽大大、纯白的开司米大衣，下摆呈大幅度的波浪形，配着条灰白底黑细横条的羊毛薄围巾，灰白的紧裹着手指的小羊皮手套，灰白提包灰白细高跟鞋，典雅高贵，仪态万方，很够个祝家少奶奶的资格了。她很主动地与隽敏打了招呼，然后匆匆拉起朱蓓蓓、刘彩珍等老同学的趣事往事，为了填平近年来与隽敏间日益疏远的距离。因为不久，她们要变成亲戚了。亲戚是一种最会捆绑人的人际关系，一旦落入这个关系里，直到死才能摆脱掉。

“听说刘彩珍生了个儿子。”隽敏说。

“是哦？”芷霜扬了扬眉毛。同代人中已有人跨入了母亲行列，但作为还在大学里求学的芷霜，总觉得那个行列对自己来说，毕竟还是有一段日子的。

“她的婆家阔气着呢，房子足足占了一条马路。汤饼饭上，足足唱了三日堂会。”隽敏不无贬义地说，还有几分奚落的意思。

“这家人家这般老法？”芷霜奇怪地说。

“所以会看得中刘彩珍这样的媳妇，这就叫一块糕上一块糖——都是搭好的。”在隽敏眼里，一切婚姻都是十分荒唐的交易，惟她自己的恋爱是最高尚的。“朱蓓蓓碰到哦？她现在是小有名气的交际花了，知道现在轧着的户头是谁？是刘彩珍的父亲呢！”

“哎呀，看上个老头子！”芷霜及时作出了反应，并做出一种十分惊奇的样子，其实心里也明白这种事并不属少见。但她知道隽敏的脾气，总喜欢自己的举止能让人作出相应的反应。

“这有啥，人家有钱嘛！”隽敏接着说。两人你一句我一句谈了很多，常常一句话音刚落另一句又起了，互相间以此来调和一下两人间的那种微妙的不协调。这下子，似除她俩外，谁都无法介入她们的谈话。

隽人小心地替芷霜挂好大衣，殷勤地递上菜单替她挑选饮料和甜点，诚惶诚恐地侍奉在漂亮的女朋友左右。隽敏心里多少有点看不起哥哥。她就讨厌那种围着女人诚惶诚恐的男人。要不，她在那堆追求者中随便捞一个出来就得了，一个个都是会对她俯首帖耳的豪门之后，但她偏不，她连选块料子都不愿有人与她重复的，更何况挑选男友。

她悄悄凝睇下身边的封静肖，他是从来不会对她献殷勤，简直连哄都不会哄她一下的，他身上有着许多她从前绝对无法容忍的脾气：讲究打扮，用钱不当，高傲，欢喜谈论女人……但恰巧就是这些，反而在他身上反映出一种不同隽敏其他追求者的气质，令他别具一种魅力。隽敏觉得自己就像个驯兽师，驯服一头执拗不伏的野兽，其中也有着独特的乐趣呢。

爱美之心，人皆有之。芷霜猛一看到学生时代的偶像就在自己对面，且依旧光彩四溢，洋气十足，浑身焕发出那股引人自傲的牛津风，对他现出一副欣赏不已的神色，这大大满足了隽敏的虚荣。

隽颖则支着下巴颏静静地坐着，想象着无论是范仰之来还是蔡立仁来，都会觉得与这张桌子上的气氛格格不入的。

用鲜花、烛光点缀出来的曼德逊属那种没有舞女的高尚俱乐部，中央舞池里，一个白俄舞娘正在跳那种肚皮舞。白净净的身子看上去浑圆有致，极富诱惑力，不断变幻出种种令人不可思议的造型，姿态固然优美，但看着那扭曲成不像样的身子，总让人心里有种不舒畅的感觉。

“隽敏，还记得凡尔登花园那个卖棉花糖的白俄吗？”芷霜问隽敏。

“这种罗宋瘪三，”静肖蔑视地拂拂手，“男盗女娼，没一个是干净的。”

“马思南路有个罗宋裁缝，西装做得蛮好的。”隽人信口说。

“好啥，”芷霜打断他，“这个罗宋裁缝落起料作来吓煞人。”

“西摩路一个神经病，罗宋老太你们看见过哦？听讲她从海参崴逃过来时，带了满满两袋卢布，结果变成废纸一堆，就此疯了……”隽敏呷着咖啡说。

隽颖一声不吭。她总是不忍心以这种无所谓的消遣的口吻来谈论另一个活生生的人的不幸，特别对方就活生生地与你近在咫尺。如果你爱莫能助，就索性保持沉默。

随着一阵铿然的节奏，那舞娘完成了一串满地翻滚的动作后，就结束了她的表演。乐队奏起了《静静的湖泊》，静肖抢先邀了芷霜，隽人邀了隽敏纷纷下了舞池，魅艳的灯色，不断忽蓝忽紫地变幻，隽颖想到，这个，正是范仰之致力要改变的世界。

“要改变这个不平等的社会。”这是范仰之的追求。但是，可能吗？人人平等！尘世是这么复杂，人的追求、好恶、性情、脾气，又是千种万样的，怎么可能实现人人划齐，一律平等呢？

她曾告诉他，这种现象惟有在天国、在上帝那儿才会实现。到那一日，不管贫富贵贱，人人都要往那条路去，实现真正的永恒的平等！英明的上帝！亏得权力和金钱尚无法买通死神，否则，这个世界还要更不择手段，钩心斗角！

侍者俯身送来一张纸条，原来五号桌上一位先生想邀她跳舞。她抬眼看看，那是一位修长体面的先生，她点点头应诺了。

今天，她穿着件墨绿色用黑长珠子串出朵朵梅花图案的呢旗袍，那是父亲结婚时特地做的，显得妩媚动人又端庄矜持，连她本人都觉得，自己像朵迟开的花苞，日益变得动人漂亮了。以前的她，自卑、呆板，平淡无味，从来没有男孩子送花写信给她，在风流活泼的姐姐隽敏面前，她总觉得自己一无是处，是范仰之第一个发现了她，自那在难童学校的雨夜，她的脚被烫伤了，他送她去医院，再送她回家。在张着雨布的黄包车里，她倾听着滴滴答答的雨珠打着油布的声音，听到隔吱隔吱的车轮声，知道是他在边上，陪着她。后来，在她生活中又来了个蔡立仁。他是前天回乡下的，临行前还特地来跟她讲一声，好像他们间真的已达成某种默契似的。他现今自己也积了不少铜钿，用这笔铜钿再放出去做生意，一来一去的，已经要回去替父母造房子了。细细算来，加上过年的日子，他起码要在乡下呆上个把月，她觉得，自己竟有点想他了。

“小姐，你是在福恩堂唱诗班的？”那位先生很有礼貌地问。

“呵，你也去福恩堂听福音的？”自己居然也会被人注意？

“只是偶尔去去。”他笑笑，说。

他们配合得很默契，在舞池中轻盈飞旋着。尽管近来她心神不定，闷闷不乐，但对一个富有又年轻的小姐来说，痛苦不可能会长时期纠缠着的，她很开心地笑了，觉得自己终于从自卑、无能中走出来了。

二十二

旧历年一过好，祝家已送来上好的金边并蒂莲花茶壶一百只，镂刻着订婚志喜的字样，让女家好分送亲友。还有一只比绿豆大点的白金火油钻戒作为送盘物。

这几天，席家那用玻璃拉门隔开的客厅后半间，支起个裁缝铺板，请来个女裁缝替芷霜做起嫁衣来了。芷霜是新式人，进出的都是马丹格纳逊、格林好斯①这种外国人店铺，对女裁缝的活是根本看不上的，但那种夹的单的旗袍小袄，忒是再新式的新娘，嫁妆里也是不可少的。且那裁缝摊一搭，红的花的绸缎呢料往铺板上一堆，华丽热闹，自有一种和祥吉利的喜气。这年头值得庆贺的事实在不多。芷霜的订婚，连带着让左邻右舍都感到沾上了几分喜气，不时踅过来翻翻看看那花花绿绿的成衣，给席师母讲上几句庆贺的好话。都知道席家攀上一门高亲，邻里们顿时都对席师母分外客气尊重了。

这日，隔壁曹师母过来送贺礼了，那是两幅苏湘绣被面，起码得 20 块一幅。

“太重了，”席师母客气着：“现今订婚也是过过场的事，

---

① 马丹格纳逊：建国前上海一家有名的上等时装店。格林好斯：建国前上海一家专做女西服的上等时装店。

不敢当的，太破费你们了。”

“芷霜我也是看着她长大的，按理原应再送厚一些，只是现今我们曹先生老犯气喘，行里常常告假，好一阵没得加薪了，现今这年头，钞票一年不值一年，再没得加工钿，等于是减薪了，少不得手头捏捏紧，我连佣人都回掉了。”曹师母这几年可是老多了，两道眉毛间深深的皱纹，令人觉得她的双眉是永远地皱结着。

近年来因着时局的突变，华行的经营方法也作了相应的变化，像曹久馨这种老法行员，又不识英文，渐渐地派不了啥用场，中华银行本就是个人事复杂，人人竞相逐利之场所，向来是有事有人、无事无人的，更何况这个素有老背晦之称的曹久馨。这一来，不免处处遭冷落排挤，心里一郁闷，那多时不犯的老气喘又犯上了。

“曹先生的病，我看还是得中医调理才是，一点也不能心急，身体养好了，留得青山在，不怕没柴烧呀！”席师母安慰着她。

“唉，哪能不心急！这阵华行一个劲在裁人呢。小东门分理处裁了一批，前几日行里又来了个人对阿拉当家人讲：身子一时半日好不了，不如告老静静养着！这哪成？我还有两个小的没有出道呢。所以讲……”她凑着席师母耳边，轻轻说：“托席先生给祝大班讲几句好话，好坏让我们老头再等一阵，现在是一点推扳不起的，能在中华银行赖着，先不先，平价米平价油总归有份了，要能熬到中华别业房子造好，那就更加笃定了。拜托，拜托了！”

此时席师母方知那份贺礼实在受不下！为难地说：“哎呀，我们席先生的脾气你是晓得的，要他开口求人真是难上难呀！”

“现在你们是儿女亲家了，总归好讲话。”曹师母听得前门钥匙咯嗒一声，料想是席先生回来了，自知席先生也看不大顺眼自己，忙悄悄从后门出去了。

俗话说，能者多劳。自席先生调华行香港分行任副理工作后，在沪的时间理应享受休假的。偏巧这几日逢华行地库保险品大审核。席振绪曾在地库做过，且办事的认真小心是有口皆碑的。因此只得劳他加班帮忙。工作量是不大，只是每日需默坐那里坐监查核，连上厕所都不大能保证，只怕在走开的一瞬间出事。因此一日下来，已是筋疲力尽了。回来看到平时窗明几净的后客厅，凌乱地堆满各种花花绿绿衣料，再加一个终日欢喜说东家、道西家的女裁缝长驻家里，天天门板一样竖在眼前，心中就积郁着一股无名火。

“这只摊子啥辰光可以收场？”回到二楼房里，他没好气地对太太说。

“收场？”席师母还颇有点嗔怪的意思。“早着呢，祝家是大人家，不弄得体面光彩点，过门要让人看不起的。”

“我们去跟人家攀比点啥？这是没有底的，还有三年，承祖要进大学了，铜钿算着点用！”

席太太知道丈夫这是生气了，更不敢提曹太太所托之事。猛听到下面女裁缝在叫：

“席师母，来客人了。”

“我们经理给席先生请安了，呒没啥事，交个朋友，以后万事还请席先生多多关照。”一个听差模样的人呈上张名片，随即手往后面一挥，只见两个短打扛进两包 50 斤左右的米、另外 4 加仑装生油 4 听，然后不等已闻声下楼的席先生走到门口，就急急走了。

“唷！这么多的粮油，笃定有得用了！”女裁缝盯着那地上一大堆的东西，眼睛瞪得老大！

席先生从太太手里接过名片一看，吓得魂飞魄散，“不得了！”原来，还是正金银行的那位影佐。怎么盯上他席振绪了？一定已听说他的女儿与祝家公子定亲之说了，这真叫树大招风，这不，祸事就来了！振绪忙打电话叫了部祥生车，连夜把米和油送到行里，一一与行里交代个一清二楚，征得行方同意后，即买了机票逃一样地离沪赴港了。

这个 40 年代的第一个春天，一开始就充满了绝望和万物萧条之景。自从德、意、日与英、美、法两大敌对阵营逐日明朗后，公共租界形成种“同舟敌国”的奇特局面，一切变得更加复杂错综，英美法三国侨民与德意侨民间已互相断绝通商往来。这种局面一直维持到秋天，罗斯福开始下令撤退美国驻华的海军和侨民，于是突然一下子，在沪的英美籍商人纷纷离沪回国，草草结束他们在上海的产业和业务。在这种情况下，作为沪上知名人士的祝景臣的公子祝隽人，依旧在德商洋行供职，似不大合适。但在目前这种险恶的局势下，要重新觅得一个相当于德商洋行福利的位置，实不容易。因着待遇好一点的位置，向来为众权贵逐鹿之的，祝景臣不愿意与他们挤在一起争夺。而隽人自己，也不想离开德商洋行，认为中德又没有交战，再讲，豪福洋行不过是商界业务，他做他的西药业务，治病救人嘛，又有什么不对之处呢？说穿了，平民百姓到哪儿，都是混口饭吃，为啥偏要用外交家的要求来苛刻百姓呢？

这日，景臣一人闷闷地关在书房里抽着烟，一边听着无线电的新闻广播：黄金黑市价跌下来了，一条大黄鱼由22 000余元落到14 000元；大米黑市价，每石也回落到170元。从黑市牌价的上落，可测出投机商人对上海局势的估计。对上海前途一千个人有一千种估计。也不知谁的观察最准确！这时，隽敏轻轻推门进来了：

“爸爸，”隽敏对景臣说：“我要去重庆。”

景臣一惊，疑惑地看看女儿。

“静肖所服务的万国商团美国队将调至重庆，我要跟他一起去。”隽敏安逸地说。

这个任性的小姐！这一着是景臣猝不及防的。虽然他也看见静肖三日两头来这儿，但他从来没想到隽敏这一次是动了真情。自从隽敏长成一窈窕淑女后，换男朋友就像换新衣服样。他只当这个长相虽然俊美，实质上毫无经济实力的封静肖，过不久也会让隽敏腻烦的。因此景臣也不怎么在意封静肖与她接触。他也实在太忙，根本无暇顾及这些儿女们的事。

景臣“嗒”一下再点起支烟，踱到女儿跟前：“等大学毕业了再决定，不是更好吗？”

“那还有一年，一年之后，也不知是怎样一番局势。趁着现在水路还通航，我就想跟静肖一起走了。”

“静肖！他自己为啥不来跟我说？”景臣简直有点迁怒于封静肖了，觉得他简直像是在拐走他的女儿。

“他根本不要我跟他去，”隽敏说：“他不肯来讲。但我—

定要跟他去。”

“为啥？”景臣目不转睛地盯着爱女轻声问：“难道这个家，你呆着不称心不舒服？为啥非走不可？这一走……”

“这只是你的家，你和蒲小姐的家。爸爸成天只关心银行放款，收款，投资放债……你何时关心过我？在这个家里，各人忙各人的，谁都不需要我，但静肖需要我，他几乎不会照料自己。再讲，我已不是个小孩子了，我应该有自己的生活、完全彻底属于我自己的生活！”她讲得很激动，却并不伤感，看来，她已迫不及待地要扬起自己生命的风帆，在自己的航道上起程。

正在吸烟的景臣，听了她这番话，抬起头，脸色怅然愠怒地说：“我这个做父亲的，原来竟是这么糟糕吗？你就这样讨厌我？”

“爸！”隽敏一下投到父亲怀里。

“当心，香烟！”景臣将手里的烟放下，轻轻抚着隽敏的头发。“爸爸真想再把你抱起来，但爸爸老了，抱不动你了！”

隽敏这才觉得，爸爸的衣服里，空荡荡的、松垮垮的，爸本是一个壮实魁梧的人。现在，怎么竟一下子瘦削下来了，耳边也开始长出参差不齐的白发了。

“原谅我，爸！”隽敏哽咽了。

房里一片沉静，景臣一边摸着女儿头发，一边想起21年前她刚来到人世的那一天。她生下来没有哭，任接生婆怎么打她屁股都哭不出，接生婆几乎要放弃努力了。

“再试试，再试试看。”他苦苦地求着接生婆，虽然在隽敏上面他已有一个儿子了，但他还是十分疼惜这个新来乍到的小生命。为着心中焦虑，他也伸出巴掌在女儿红扑扑的屁股上拍一下，岂知这一巴掌下去，女儿就“哇”一声哭出来了。现在，女儿大了，他的巴掌已没有用了。女大不中留，真的留不住了。

“内地不比上海，你能够过得惯吗？”景臣握住女儿的手，注视着她的眼睛神情严肃地问。

隽敏把头一歪，笑笑说：“我知道。”

“嫁给封静肖，你要牺牲很多，值得吗？”景臣用力清一下嗓子。

“我知道。”隽敏摸着父亲的手背。那里，已出现了一块淡淡的黄褐色的寿斑。

“慎重一点吧！再挑挑看嘛。”

“爸爸，你不是答应过我，不会干涉我的婚事吗？”她说道，声音低得几乎听不见。

“嫁给一个没有资产的男人，你要有充分的估计。需知婚后，你要面对许多现实……手头拮据的生活，会令你幸福吗？”

“但是，文叔和苡小姐俩，他们过得多幸福！我没见过比他们更要好的夫妻了。”隽敏咬着指甲，羞怯又一往情深地说。

“呃……”景臣笑吟吟地把手一摊：“我还能说什么呢？”嗓子又喑哑了。

“哦，爸。”隽敏又扑倒在父亲怀里：“隽颖、隽玮、隽思会照顾你的，你不会寂寞的。”

“我不知道。”景臣耸耸肩，叹口气说。随后站起身，“我要送你们一件礼物。”

他把隽敏带到书房里，亲自开了保险箱，取出那块色泽纯正的鸡血石，就是当年，静肖作为对当年祝景臣表示谢意所赠的那方祖传宝物。

“现在，该物归原主了。不过，要叫封静肖自己来我处取，他总归应该有句话给我。比如，保证不会欺侮你……”

“才不会呢，爸！”隽敏娇羞地说。

“一定要去重庆吗？要不，我替静肖觅个职位？”他迟疑了一下，终于开口问。

“但是，爸，静肖是十分自尊的……”

景臣觉得确实没有什么可说了。他拉开抽斗，开了张大票面的支票给她。

“谢谢爸！”隽敏做得很超脱地接过支票。她其实实在也需要一笔钱。要建立一个小家庭，样样都得着手添置。而静肖，是几乎没有积蓄的。景臣用宠爱的目光看着她走出去，偏西的太阳透过窗玻璃投在他脸庞上，昏暗的光线，使他好像骤然老了十岁！

隽敏穿过杳无人影的幽暗的过道，踩着松软的地毯，回到自己房里。隽颖上班还未回来，两个小妹妹还未放学，夕阳投下的桔红色光线，洒在白色的法式家具上。北墙下一溜四张铺着汕头抽绣床罩的单人铜床，她们四姊妹十年来，一直同卧一室。她的那张床最靠门口，那是因为有一度，她与静肖约会经常要很晚才能回来，为了不惊动三个妹妹，她与隽颖换了张床铺，隽颖总是很好讲话的。不久，她将与这里告别了。她知道父亲所说的“面对现实”将意味着什么！没有跳舞会，没有私家车，没有到期会自动上门的男裁缝和珠宝商人……不过，她会有一个真正属于她自己的、她得时刻为她操心的家，这个家，少她一分钟都不成！

那天，静肖一边呷着咖啡，一边信口似的说：“我要去重庆了。”那语气仿佛说“我要跑一次静安寺”。

“为什么？”隽敏一惊。

“罗斯福下令撤退一部分在华海军陆战部队，我要跟着一起走。”静肖现在在美军部队里服务。

穿着一身可体的绿呢美式制服、扎着浅草色领带的封静肖，越发显得修长匀称，优渥潇洒。他叼着只三 B 牌烟斗踱到墙角去点火，火光一闪，那道连接鼻隆和上唇的呈锲形的线条，坚毅中透着万种情思，显出一种韵味无穷的魅力。

“那我呢？我怎么办？”她脱口叫起来了。

他俯身向着她，拿起她的手捏了捏，说：“我会常常写信给你，一切等你大学毕业了再定。”

“你是说，把我一个人扔在上海？”隽敏局促不安地盯着他。

“那怎么能叫一个人扔在上海？你在上海有家，有爸爸，那么多兄弟姐妹……”静肖将双手往衣兜一插，不耐烦地说。

“可是，你不在！”她像个任性的女孩似的大叫了一声打断了他。

他低头吸了阵烟，似在努力寻找适当的话，随后，抬起头说：

“隽敏，这不是发脾气的时候。老实讲，像我这样的人，真叫少爷的脾气叫花子的命，我简直不敢立下任何保证让你幸福的诺言……我常常想，或许对我最合适的，是找一个从小由外国教会培养大的孤女，清心寡欲，长相平平，又吃得起苦的女人，就像简·爱那样的……”

“你去找，我让你去找！”

不待他说完，隽敏即拿起自己面前的半杯咖啡，往静肖脸上泼去。

“你疯了。”静肖冷不防给吓了一跳，隽敏抬起灰白的脸抬头直视着他。他像给雷击过一样震撼了一下，随后跪在她跟前将头埋在她胸前；喃喃地说：“你知道，我有时候真恨，恨你为什么要这样漂亮，这样高贵，对我又这样地好……”

“为什么？”她明知故问。确实，静肖经常故意显出一种冷漠、傲然和自暴自弃的神气，似乎处处在提防着，不让他自己在这场爱情中陷得太深，但恰恰是因为这种傲然孤独和桀骜不驯，才令隽敏如痴如醉地迷着他。

“因为，有钱人要逞英雄是很容易的。可我……其实我很自卑，我畏惧你的姓氏，你的家族，你的被我们封家捧为救世主的父亲！”

“到了重庆，这一切都不存在了。人家只知道我是……封太太。”隽敏闭上双眼依偎着他。

“隽敏，我是多么地喜欢你！我要让你幸福。”

“仅仅是喜欢？”她委委屈屈地说。

“呵，是 love！”他用英语回答。

“还有呢？”

“难道，你还要听我重复那些电影中的傻话吗？”他柔声地说。

“但是，还从来没有人跟我讲过这些傻话。哄哄我吧，你从来不哄我、也不宠我……”她附在他肩头说。

“傻女孩！我亲爱的，我会珍爱你的，你对我是那样重要……”他像哄孩子入睡般轻轻摇晃着她，一边用英语轻轻地倾吐着，一种她过去梦想不到的幸福感把她彻底淹没了！

那动人的一幕从此永远在隽敏记忆中定格了，她在自己那张睡了十年的床上翻了个身，俯卧在挑花的浆烫得笔挺的床罩上，将手伸插在枕头与床单之间。从此，她不大再有机会回到这张少女时代夜夜拥她入睡的小床上了。她将头埋在枕头里摇了摇头，只感到百感交集。

两个月后，她跟着静肖取道香港赴内地去了。静肖那套公寓，转手顶给蔡立仁。近年来，蔡立仁频频来往滇缅路上，做纸张洋货的投机生意。实实在在地赚了几笔，他就在静肖这套公寓里，为自己安了个舒适实惠的家。如今，自英军撤走租界后，租界上仅剩的那些美国防军，实在也是孤掌难鸣了，但出于市民对既富且强的美国的信任，租界人口依旧在直线上升，房费也以惊人的速度升值，特别像封静肖这套在美军防区内又靠近万国商会驻军处的公寓，房租更是昂贵得令人咋舌，致使蔡立仁的身价，顿时又陡增了几倍。

局势日益恶劣逼人，连已开工的华行别业工程，迫于战时运输不正常而导致建筑原料的缺乏，资金的不足，不得不中途辍工了。

景臣越来越觉得，自己置身在一个逼良为娼的环境中，要想洁身自爱，简直是不可能的。1941 年 1 月 6 日，伪中央储备银行在南京宣布成立，1 月 20 日，在外滩 15 号原中央银行原址，伪中央储备银行成立了上海分行。开幕那天，一张请帖发到祝景臣写字间里，签着分行经理钱大樾的名字。

“这个钱大樾是个什么东西！”景臣把请帖往字纸篓里一扔，就骂开了；“早先小脚色一个，从前在大连金城银行里混差事的，做投机做得在抗战前已亏空行款十余万，在大连混不下去了。后来，靠着个交际花一样的太太起家的，专门拍东洋人马屁，抱上了土肥原的大脚胖，钻了这只门路。后来听说周佛海在筹组伪中储行，就此混了个经理！这种人，臭得要命了，与他打交道，惹得一身膻呢！”

“不过祝总，小不忍则乱大谋。这等人，敷衍一下总归要的。”其他几位副理劝着他。

“哼，这种赤佬，是喂不饱的。得寸进尺呢，只有不睬他们，当他们呒介事最凶！”景臣说。

但他们实在是十分“有介事”的。

不久，伪储备银行便开始发行推广伪储备券，并千方百计想将储备券推入租界。那天，行里又来了几个日伪分子，景臣托病未见他们，由一位留日的副理应付他们。那几个人，软中夹硬地，就是要华行与之签订收兑储备券的契约，并暗示他们：储备银行已向几家官办银行提出了各10万元的伪储备券开户往来要求了。

事后，那位副理在临时召开的紧急行务会议上说：“听讲，私人汇源银行已与他们签订了收兑契约了。我看阿拉是不是随大流，签个小数目先敷衍他们一下？”

“东洋人，我们对他们了解得还不够？”祝景臣用钢笔笃笃敲着桌子，“我们国家吃亏就吃在，对东洋赤佬一而再，再而三的容让，他们的最后目的，是要把中国连骨头带肉都吞下去。敷衍不过他们的。中华银行就是中国人的银行，东洋人勿要想轧一脚！”他毫无还价地说。

次日清晨，即传来汇源银行那位李经理，即与日伪签订收兑契约的那位，让人击毙在弄堂口的消息。这肯定是重庆方面的地下分子做的，把他作汉奸处置了。景臣正在暗自庆幸自己头脑清晰，判断准确。不多日，又传来中央银行内，吃了只定时炸弹之事。这时，中央银行已被迫迁往英租界的白克路了。这自然也是因为中央银行拒绝收兑伪储备券而引起的，让日伪分子给炸了一下。

这种在夹缝中煎熬的日子，令景臣心力交瘁，不过几天，一头头发全灰白了。他几乎想结束掉华行业务，自己关起门吃老米饭算了，蔡立仁的奉告真有道理：万一尴尬，干脆关在家里吃老米饭，渡过这阵难关再说。好在，粗茶淡饭也经得起几年吃。只是，这不比当年结束小东门分理处，这有好几百个行员了，一旦触了公怒，可不是开玩笑的事。想当初，景文弟触怒了几个工人，至今都缩在香港不敢回上海，更何况华行的几百位，都是写字间先生，一旦冒犯了他们，他祝家老小有好几口人呢。

不少中华同仁劝他离开上海去香港。

“祝总，你是我们的头呀，一旦你有个三长两短，我们就变成群龙无首了。不如趁现在去香港避一阵，我们每天可以保持电话联系。这里行务可由董事会集体主持。”

“不，”景臣回答：“华行存在一天，我就不离开华行。再讲，前途未必如各位所测那般悲观，上海租界毕竟具有一百年的悠久历史，日本一国岂敢贸然入侵，就此独占？我估计，即若英美退出租界，可能日后租界会让瑞士等中立国代管。依我看，上海的危机，主要还恐怕是经济性的。再讲，黄金黑市价上，大黄鱼已由22 000元锐落到14 000、大米市价也回落到170元，由此看来，租界地还是比较安全的。”

尽管景臣自己对这套论调也是将信将疑，但为了稳定人心，也只能如此这般地说了。

但很快，他以自身的遭遇，打掉了自己发给同仁们的定心丸。

那日，下班后，由车夫阿义驾车送他回去，前面亮起了红灯，阿义将车子刹住静静地候着，此时，车窗边慢车道上，一辆三轮车也同时刹在边上，车窗外，映显出一张端庄的大理石塑像般的女人侧脸。

哎呀！那是魏太太，不，现今应称为龚太太了。她依旧风姿迷人，一身串刀紫貂皮大衣领子翻起，遮着大半张脸，膝头上放着只大包裹，一双戴着麂皮手套的手，牢牢地捧着那只包裹。不久，绿灯亮了，景臣的车又徐徐启动了。不久，就将龚太太抛在后面了。

早就听说龚副理随行迁至重庆了。像龚副理的级别，应该是可以携眷一起撤退的，怎么她不跟着一起去？

三轮车在汽车反光镜上的映影渐渐拉远了，景臣还是恋恋地盯着。蓦地，正应着那第六感应这句话，发现反光镜里，映出另一辆汽车，正不紧不慢地跟着自己。

他拍拍阿义的座背，嘴巴朝反光镜里唠了下。

“早看见了。”阿义冷静地说。

“我们再试试看。往前面横马路上大转弯，兜个圈子再回过来。”景臣说。

果然，那辆车也跟着大转弯。

汽车转了个弯，又回到原先行驶着的那条大马路上。这时，景臣发现龚太太那辆三轮车，在他前面不远一商家前停下，龚太太推门进去了。

“我就在这里下车，你别管我，把车子开回行里去。”他吩咐着阿义，就迅速跳下车，径自朝龚太太进去的那家店铺走去，在推门的一刹那，他从橱窗反光镜中看见，那辆车也远远煞住了。

踏进店堂，方发现这是一家寄售店。老远就看见，在估价处，龚太太正在和伙计讨价还价：“……你看这毛色，现今哪有这样好的水獭皮？还是那年去捧梅兰芳的场，上过一次身，总共不过两个钟头的辰光。要不因着式样过时了，我也不会卖的。”

那位伙计只是客气又尖刻地劝着她：“那我说龚太太，你真犯不着去卖脱它，放着自己出出风头嘛。反正现在的时装也无一定格局，长的过了就是短的，短的行过又是长的，如是长长短短轮着来。箱子里藏它几年，又变时髦了。要卖脱，总归是大大不上算。老实讲，穿得起这般考究皮大衣的，是不要穿旧货的；穿不起的，横竖新旧都不要的。说穿了，这里不过是让手头兜不转的人来匀点钞票的。”这不冷不热的几句话，把龚太太噎得满脸通红。

“龚太太，”祝景臣上去拍拍她肩头，也不管她窘迫得满脸通红。“这里有后门吗？日本人在后面盯我。”

不等龚太太搭腔，那伙计将柜台板一揭，招手让他进去，“陪我走一段。”他挽起龚太太，顺着黑黝黝的堆满货架的通道摸到后门，后门通一条窄窄的暗弄堂。弄堂穿出，是一条冷落的小马路。高楼之下，冷风萧瑟，人讲“春冷冻死牛秧”，这话一点不过分。

前面横弄堂口歇着一辆三轮车，他拉着龚太太一起登上去了。看看后面没人跟，他说：

“先把你送回去吧。你还住在老地方？”他问着。不及回答，目光落在龚太太膝头上那只包袱里。原来，她是来卖皮大衣的，给景臣冷不丁一下闯入，这笔交易没做成。看来，龚太太的日子过得不宽裕，要靠变卖家产来维持了。记得当初魏先生留给她那笔遗产是十分可观的，怎么她会落得如此狼狈？

“龚经理好哦？”他试探着问。“时有信吗？”

“有。”她简单地说。

“大毛二毛都好吗？”他又问及魏经理留下的两个孩子。

“一个在高中，一个也快初中毕业了。”说起孩子，她总算绽出一丝欣慰的微笑；“读书都很好，大毛在圣约翰中学，二毛在育秀女中。”

她的子女，自然应该在第一流的学府，只是……他看了看小心地捧着那件皮大衣的龚太太。在远处，虽然在夜色下，也能看出她眼角的皱纹和下垂的眼肚了。一个女人家带两个孩子，毫无分文的收入，不简单！

龚太太家在法租界一条幽静宽敞的弄堂里，原先魏经理是特地为了安置这位罗玛丽小姐，置了这里的房子的。

她下了车，不大着实地邀请着：“祝先生，要不，进来坐一会喝杯茶。”一边手里还托着只包袱，这包袱分量其实很轻，但看她托着，却像是不胜重负。

“下次再来坐了，谢谢。”景臣婉转地谢绝了。在车子悠悠驶出弄堂时，他仰头看看那幢当年他常来常往的房子。这是中西结合的三开间三层楼住宅，也搞不懂，这工夫怎么还没点灯，三层窗洞里都是一片漆黑。魏经理在时，这里哪天不是高朋满座？不是搓麻将就是唱戏，或商讨行务，夜夜灯火通明的。才不过几年工夫，另一个男人不费甚吹灰之力，就俨然做起这里的男主人了。这种男人不要脸孔！要是魏公九泉有知，真要哭绝了。有时想想，人生一世，实在是十分空的，活着时辛辛苦苦，为他人作嫁衣裳，到两脚一伸的时候，谁知人家会怎么糟蹋你的事业产业呢。可惜祝景臣见了这么多，偏偏又是想不穿。既然他还活在这个世界上，总还得认认真真再斗几个回合，不致让人笑话好看呀。

看看天色更黑了，他细细忖了一下，觉得自己家里，是绝对回不去了，不如去蔡立仁那边躲几天吧。他的公寓大楼靠近美军驻地，比较安全。

从此，景臣一直托病长期不去行里，就住在蔡立仁处，天天用电话指令行务。

这一年的冬天真长，清明时分，还是阴丝丝的，因为煤不够烧，公寓大楼的水汀早就停了。为此，景臣那身丝绵长袍，越发脱不下了，这更令他生出“老之将至”的郁闷之心。

那天早上，他照例在浴间里用毛蚶壳稀里哗啦地汰着夜壶，一只白底蓝边的搪瓷夜壶，给汰得雪白光亮，一点垢积都没有。这是景臣过去学徒生涯中仅存不多的痕迹了：学生意期间，几十只师兄的夜壶，都是他包下来的。另一习惯，站着吃饭，也是学徒生涯时养成的。景臣似是有意保存这两个习惯，除了以此不时警戒自身外，不时回忆下不发达前的种种困苦之处，也是一种颇能自足的快乐。

“祝总，”下去取日报的蔡立仁开门进来说：“报上登着，伪储备银行有一名日本人给人暗杀了。”

“喔？”景臣接过报纸就着标题细细看起来。这时，客厅的电话也响了。

“您的电话。”蔡立仁接罢对景臣说。他这里一套三间公寓，没有佣人也没有听差，一切却又都让他自己收拾得舒舒齐齐，他是不欢喜在自己私人生活中，多一个不相干的外人，宁可辛苦点。

待景臣接罢电话出来，脸色煞白煞白。

原来，因着储备银行一名日籍职员的被杀，而这个日本人恰巧是从华行办事回去途中遭杀的，日方扬言要一命抵三命，即派了76号的人，冲到家居越界筑路及华界处的华行职员家中，一下子逮捕了12个行员，其中，包括那位已病歪歪的曹久馨，也给一把从床上拖起拉走了。

祝景臣匆忙穿戴起来。

“祝总！不成，太危险了。这明摆着，是日伪对中华银行的挑衅。现今租界已一点也没有威势了，您不能去。”蔡立仁拖着他。

“现在，12个行员家属都在行里哭诉，我作为一行之长，总得去安抚一下，怎可熟视无睹呢？还总得要设法营救才是！”

“营救……”蔡立仁紧蹙着双眉，问：“要营救的话，先得看看，华行方面有无与伪南京政府或储备银行上层人士私交较深的，托他们去讲讲情。”

“怎么会找得出呢？我们华行行员，个个都是清清白白的。”景臣绝望地摊摊手。

“不过，以后……”蔡立仁沉默了片刻后，说：“祝总您不能一直躲在家里与日伪避而不见。应该物色一个与伪南京政府有往来和私交的人，请他至少在华行要挂个空头衔，这样，诸事就要方便多了。”

景臣只觉得脊梁处阵阵发冷。难道，非得与之同流合污吗？

“否则，你们就耳不聪、目不明，要吃大亏的！”蔡立仁自顾稳稳地说。

景臣不说话，只是长长地叹了口气。

“我陪你一起去吧。”蔡立仁说着，从口袋里拿出汽车钥匙。自发达后，他置了辆福特。

一连几天，景臣也顾不上自家有被绑的危险，亲自出马，揣着张名片，奔波于公共租界、法租界各巡捕行、商会社团及外商洋行之间，呼吁求救，终因此事牵涉到76号，均无人敢出面营救。连太太也出动了，去造访青年会里的欧美头面人物，也以无用而告终。

一次偶然走过龚太太弄堂，忽地想起，那位大中银行的龚副理，似跟一日本陆军士官学校出身的商会董事关系甚好，是不是请龚太太出面疏通一下？龚副理不在上海，龚太太出面只怕更容易办好，有些事，太太出面交涉更有效。

龚太太家这种上等弄堂里，照例每家门前都有个小花园，栽着绿绒毯般的草皮，单在小铁门与屋内台阶前，留出一道乌黑的沙砾道。整条弄堂里，颇有一种外国气派。特别从前魏先生家那只花园，让当年的魏太太，现今的龚太太收拾得郁郁葱葱，沁人心脾。而今不对了，离上次仅几个月工夫，龚太太家那院落，已是杂草丛生的院子里，堆着木箱，用油布罩盖得严严实实的。刚要抬手打铃，才发现大门口赫然贴着“请走后门”的字条，顿时心中，起了一种不祥之感。

兜兜转转到了后门，只见龚太太背对着窗，正在一口四眼煤气灶上忙碌，景臣敲敲窗，她回过头来，没经过化妆修饰的脸庞，竟已是十分憔悴苍老了。

“啊，祝先生！”她匆匆开了门，又回到那口煤气灶上。灶上正煮着一锅面疙瘩，她一边用只长勺子不断搅着那黏稠稠的面疙瘩，一边抱歉地说：“这面疙瘩，像牛奶一样，一潽起来就无法收拾了。”空气中，弥漫着一股面糊气，令景臣想起家里老妈子们糊硬衬时散发出的那股糨糊味。

因着米价及菜市的日涨夜大，上海不少市民都以青菜下面疙瘩当饭食，景臣万万没料到，龚太太，竟然也以此为食！她能咽得下？

“祝先生是无事不登三宝殿的，怎么？东洋人又盯你的梢了？”龚太太一边吝惜地往面疙瘩里滴了几滴油花，一边问。

“我刚刚走前门，没走通，心想你会不会搬走，或许让龚先生接到香港或重庆去了。”景臣小心地寻觅着开场白。

“接我去？”龚太太凄惨地一笑；“自他去了重庆后，勠讲带铜钿，信都只来过头两封。我那点铜钿，一塌刮子被他捞到重庆去，只讲国统区里金融市面稳定可靠、保险，我也太相信他了。本来，男人的事就靠不住，不是讲重庆政府有闲话的，啥打仗人口损失太多，太太不在身边两年的，就可以再讨。现今也不叫小老婆，叫抗战夫人了……”讲得怨怼，她不禁用勺子狠心地敲着锅子，气喘吁吁地说。

景臣向她敬了支烟，她表示已戒了。

“那你现在拖着两个孩子生活，也实在不容易呀！”景臣感慨地说着，同时注意到她现在那双手，已全然不是当年麻将台上那双雪白粉嫩的手了。

“就是呀！起先碍着老朋友的面子，多多少少还可以通融到一点，后来……那些老熟人都像避瘟神样避着我……也难怪，人都是这样。反正现在我过一日是一日，先将房子顶出去，顶给一个搞囤积的暴发户，自己带着两个孩子挤在三楼前间，再不成，就卖家产，钢琴、冰箱、皮沙发都给我吃脱了，能卖就卖，三钿不值二钿的，活命要紧！”她冷笑着说，忽想起什么，扭头又问道：“你有啥事吗？”

“没有啥，顺道走过来看看你，这阵行里的事弄得焦头烂额的，也一直没来看你。”说着，他从西装口袋里掏出一沓钞票交到龚太太手里。“这点铜钿你先用起来吧，也解决不了啥，不过表表我的心。”

她倒也不客气，一把接过来就麻利地数起来了：“以后等阿拉龚先生回来了，叫他还给你，他总要回来一次的。亲兄弟，明算账，钞票来去要清爽的。”

景臣只觉得一阵心酸，一把拉住她正在数钱的手说：“一点点，再讲了！”

“不，”龚太太矜持地说：“一定要叫他还给你的。”

“我走了，你保重。”景臣几乎要夺门而出了。

“走好，我也不请你上去坐了，不瞒你讲，我现在一塌刮子只剩一间房间了，坐也呒处坐。”

走出龚太太的后门，景臣只觉得一阵昏眩，这才想起，岂但午饭已误了，早饭也没吃过。看来，龚太太的路已断了。

一个礼拜过去了，但营救方面，仍无消息，那天，景臣从汇丰银行求助出来，几个洋大班也只能一声“sorry”（遗憾），一副爱莫能助的表示。

景臣迈着疲乏不堪的步子，穿过汇丰的大厅，悲忿交织；在中国人自己土地上办交涉，却还要求助这些外国人，向他们讲好话、磨舌头，最后还是一事无成！中国的法律、警察、政府都去哪儿了？国家力弱不抵抗，以至落得让小小东洋人横行不法，但这个责任，到头来，却要让他这个不问政治、拨了半世算盘的半老头子来承担，这不公平，不公平呀！

“祝总经理！”廊厅里，一个正在看报的，帽檐直压到眉毛上的先生叫住了他。景臣警觉地抬眼一看，竟呆住了；那压得低低的帽檐下是一张四方国字脸，眉宇间，闪烁着几分机灵气。

“范仰之！”自小东门分理处停业后，景臣再也没有遇见过范仰之，只见他而今穿着套笔挺的灰白细条子西装，腋下夹着只德国纹皮公文包，看上去，境况远要好过在中华银行之时。可见只要人聪明，年轻，则此处不留人，自有留人处呀！人云“士别三日，要刮目相待”不假呢。

“范先生，你很发达呀！现今在哪供职？还是钱银界？”景臣向他问着好。现今的新贵，不是做投机就是做汉奸，也不知范仰之是哪一路的。

范仰之向他报了个公司的名字，这是个汉奸贸易公司，专为日本人做生意。

“呵……怪不得！”景臣讥诮地说。

“我也没办法，”范仰之一边转动着自家手里一顶大呢帽，一边说：“人总要吃饭呀，我还有个老娘一个寡妇阿姐要养，少不得哪有饭吃往哪走，不过，我这里跳的，还是中国人的良心。”他回答得镇静又轻松，一对聪明的小眼睛，直溜溜地盯着祝景臣。“祝总，如果有啥用得上我之处，我总归是义不容辞的。”

“谢谢！”祝景臣冷冷地对他点点头，心里却骂着；“谢二百谢啦！寻上你，倒霉了。”

“这是我的名片。电话、地址都在上面。”范仰之又递上一张名片。

“哦……！”景臣猛地想到什么，接过名片嗫嚅地问：“范先生有空吗？去近处喝杯咖啡吧，有件事想托你。”

总算，一切有了个了结。真谓踏破铁鞋无觅处，得来全不费工夫。范仰之供职那公司的老板，与 76 号吴四宝相熟。而吴四宝，又是见杜月笙服帖的。于是来了个双管齐下，一边请范仰之的汉奸老板向吴四宝说情，一边请香港的杜月笙发电令上海的门徒高兰生，去吴四宝那儿略施压力，76 号总算答应放人，但一定要祝景臣本人与那位汉奸老板亲自作保。

交保那天，范仰之陪着自家那汉奸老板及祝景臣，还有华行的李董事长，一起来到极司非尔路 76 号。祝景臣也可谓是个老上海了，但 76 号这种地方，还是头次见识。只见大门洞开着，荷枪实弹的守卫，一律草绿色的制服，只缺没有帽徽。二道门内砌了个牌楼，竟还有这只脸孔挂了个“天下为公”的横匾。在迈步进去时，景臣看见李董事长双脚已在弹琵琶了。

交保手续就在二道门内东首一间平房里办理，一敌伪办事员拿出一沓 12 张保单，要他们逐个敲上自己印鉴作保。

12 张保单，似乎敲了半天也没个完，真恨不得快快了结离开这个魔窟之地。

人人都提着一颗心，办公室里寂然无声，只听得“笃笃”的敲印鉴声。

“这批瘪三，现在寿世已满了，”忽地一个女人声音直冲耳膜，把大家吓了一跳。只见一个脸上涂得红红白白，头发烫得曲曲弯弯的女人，撞进来。只见她白相人嫂嫂般，把旗袍下摆两端往大腿上一扯，一只脚掌往只骨牌凳横档上一踏，爱理不理地往他们一瞟，自管自不清不爽地骂起来了：“阿拉可是丑话说前头，再有人与老娘为难，老娘一个个打死他们，往黄浦江里一掷，任他们变成氽江浮尸一只只，叫他们收尸都无法收！”说罢又用手甩甩两下，将旗袍下摆抖下来前后掖掖挺，眼睛也不朝他们几个人横横，即扬长而去。原来，她就是吴四宝老婆佘爱珍。

景臣、李董事长他们，长年来一直是让人众星托月般簇拥着，哪里受过这等无礼的奚落？更何况是出自这样一个白相人嫂嫂似的女人，但仗着她是吴四宝的太太，抱了只东洋人的大腿，也只好咽下这口闷气。

挨到黄昏边上，12 位行员总算放出来了，个个噤若寒蝉，在宪兵押解下，唧唧喳喳地排成一字行出来，可怜曹久馨，是其中最年长的一位，又犯有哮喘，连惊带怕的，路都走不动了。景臣也不敢上去一一慰抚，只求快点结束这噩梦一般的场景。

"等一等，"一伪办事员一抬手，景臣心里咯噔一下，紧张地注视着他，担心日伪方面变卦。"这位曹老先生不行呀，得派辆车送一送。"那日伪办事员说。

曹久馨一边哆嗦着，一边打着手势想表示不麻烦了，无奈确是虚弱得话也讲不出了，只得斜倚在墙上喘着。

到底还是中国人，良心还未完全让狗吃脱。景臣感激地对他们点点头，悄声对曹久馨说："久馨兄，恭敬不如从命了，快点回去吧，嫂夫人等急了。"

曹久馨一对眼睛好像蒙上一层云翳似的，显得迟钝又茫然，这一个来礼拜的囚禁，令原本已病恹恹的他，完全变成一个漠然恍惚的老头了。"回去后，他已无法再胜任华行的工作了。"景臣惋惜地在心里想。

一辆乌黑锃亮的汽车在他们跟前煞住，还没有熄火，那引擎还在一个劲地颠着响着。一个敌伪人员就打开车门，对曹久馨说："请！"

景臣刚要扶起曹久馨，另一个敌伪人员抢先一步挟扶着曹久馨上了车，曹久馨那件肮脏不堪的长衫，显得分外宽大，晃荡晃荡的，十分碍事。在跨上车的一刹那，他回头对景臣点点头笑了一笑，他原本是想以此表示一下感激之情的。不料，当那笑容在那张灰白无血色的脸庞上呈现出来时，竟是一股凄惨之情。他那如同鸡爪般瘦小枯削的手指，紧紧抓着司机座的椅背，借此力量将自己撑进坐椅上。那扶挟他的敌伪人员也趁势跟上在他身边坐下，他给夹在他们中间。那架势，令景臣顿起一股不祥之感。而那嗡嗡的引擎声，简直令人有一种恐怖之感。不及他悟过来，只见那敌伪人员在车窗上一挥手："其他几位，只能抱歉了。"车屁股后冒出一股夹杂着黑烟和尘土的热气，就"嗖"一下驶走了。他们一行几个，等不到他话落音，即匆匆头也不敢回地走出76号大门。

外边马路上，因为这个鬼门关驻在这里，本来就行人稀少，这工夫，更显得杳无人踪。空荡荡的马路上一片漆黑，寂然无声，简直不是平时形容的宁静，而是一片死寂。惟沿街几盏路灯苍凉地照着。景臣抬眼望了一下灰蒙蒙的天穹，深深呼出了一口气。

但是，他错了。

当天晚上，他就被尖锐的电话声惊醒，是曹久馨的女儿打来的。原来敌伪在福禄新村门口放回曹久馨后，即在他背后连开三枪，将他击毙在弄堂口。这年头，不是火烧到自己眉毛头上，大家也都是不肯管闲账的，三声枪声响过后，也没人敢出来问。所以，任着他们扬长而去。还是曹家因为一直在等人，总感到这三声枪声有不祥之感，才赶到弄堂口去看个究竟，此时的曹久馨，早已气绝身亡了。

这批混账，不讲信用！怪道祝景臣还诧异这批衣冠之兽怎么一下子这般周到，特地还要用车将曹久馨送回家！想想自己吃了四十来年的饭，三教九流的人也见识多了，竟会在这班人手中上当的！气愤之余，他拎起电话，再让范仰之通过他的老板去与76号交涉，得到的回答，竟是："本来要一命抵三命的，现在不过一命抵一命，已经是十分给面子了。再讲，是吴四宝老婆佘爱珍特地关照的：其他几位先生都年富力壮，惟曹久馨既老且病，说起来，好像还得谢谢她一片好心了！"

"强盗，一群拆白党！"祝景臣气得上气不接下气，却又无可奈何！"还是隽敏两口子好，去国统区，不用受这份鼠氲气！"他连连对蔡立仁说。

人既已去，只有对活着的死者家属倍加照顾安抚了。当即行中董事会决定，曹久馨是为行殉职，除每月他名下的薪水照拿外，一切福利优惠都照旧，曹久馨还有三个尚不能自立的求学子女一切教育费，也都由华行负担。消息传出后，也有人暗中羡慕曹久馨的。当年小东门分理处的总务处专管颁发文具簿记的宁波老童生，自小东门分理处结束后，再也找不到一份差事了，贫病交迫中，听到曹久馨遇害后华行赐给的厚遇，竟连连捶着床沿哀号：“不如76号把我拉了去吃花生米，我一家老小好坏倒有靠了。”

反正，惋惜也好，庆幸也好，羡慕也好……一场惨案，总算有个了结，从此，华行更有一种人人自危之感。

不久，华行董事会出面，聘请范仰之的老板、留日的吕祖耀，任华行名誉经理，以便日后，多多为之在日伪前周旋联络。

二十三

1941 年的冬，特别冷。才交 12 月，寒流倒又来了。隽颖从唱诗班里练唱后出来，推开虚掩着的礼拜堂大门，迎面就是一股阴冷的风，仿佛浑身的血液都给它凝住了。她翻起大衣衣领埋住自己的口鼻急步走着。

因为冷，马路上人影稀少，只有远远的大马路上，隐约传来电车的叮咣声。前边拐角上，一对恋人模样的男女正在依依惜别。不知为什么，隽颖的目光，老离不开那个先生。他戴着顶宽边呢帽，穿着件深色长衫，令他的身影更显得颀长倜傥，此刻，他正一手撩起长衫开叉处，将手插在西装裤兜里，俯身与那位小姐在讲话。朦胧夜色之中，与其说她看出，不如说她是感觉到，这个身影是她认识的，那是范仰之。

自从范仰之失业后，她给他介绍了个清苦低薪的职务，但他做了一阵后，辞掉了。也难怪，这种职务本是给挣了钱买花戴的小姐做才合适。后来，听说他办了个公司，讲要自己做生意了。这年头，阿狗阿猫都讲要做投机生意，惟独范仰之讲要做投机生意，却十分让隽颖觉得意外，她心目中，仰之是个有抱负、有社会责任感的青年。

“我现在退隐市井，脱离政治了，吃饭要紧。”范仰之曾对她这般说。

她也去过他的写字间。说是公司，不过在一个大楼里，与其他几个皮包公司并租了一间写字间，他也置了一张写字台作公司。整个写字间里烟雾腾腾，电话不断，他挤在里面忙得个不亦乐乎。老实讲，以隽颖的门第及容貌来比，仰之确实毫无可取之处，但他身上有着一种当今世俗十分缺乏的闪光点——为事业的献身精神，这令隽颖觉得，与他自有一种相知的感情交流。但现今，范仰之也沦为一个投机囤积、唯利是图的商人，他的一切魅力，都已不复存在了。

自然，现今做囤积生意的有的是，蔡立仁做生意都赚得翻倒，也没人见怪，为什么惟独范仰之做生意，她会如此失望呢？

后来偶然听蔡立仁说起，范仰之现今在一汉奸的企业里谋差，且还有相当地位，她感到十分震惊。但或许，他是离她越来越远了，震惊之后，她很快又平静下来了： 人，是会变的。

此刻，当她目睹他亲热地与另一位小姐恋恋告别时，她意外地发现，自己竟还会嫉妒。为了怕让他撞见，她想闪到对面马路去，但他一转身，已经看见她了。

邂逅与她相遇，看得出他是由衷地高兴。但他只是沉沉地唤了她一声：“隽颖，”然后恍惚地一笑：“好久没见了。”

“是呀，如今你忙了。”隽颖一改往日的大度和体贴，多少有点冷然地说。他只是略略笑了一下，毫不理会她的挑衅。

因为冷，隽颖将双手笼在大衣袖里，把琴谱捧在胸前，遮掩着自己大半张脸庞。她本来可以一走了事的，但不知为什么，她在寒气中，在他跟前伫立着，好像要等着什么……

“去那边坐坐吧，街上太冷了。”他指指马路对面一家咖啡室说。到底时过境迁，现今，他手头也活络些了。

那是个小小开间的白俄人开的咖啡室。他依旧是节省的，买了两杯大壶煮的咖啡，咖啡渣都没滤清爽，呷在嘴里有点沙沙之感，而且味道有点发酸。

隽颖只是抬头探询似的看看他，她不知该对他怎么说，她只是对他失望，很失望。

“隽颖，”范仰之将手伸过去伏在隽颖搁在桌面的手上，轻轻地按了一下，低沉地说：“人世间不像你们教会所说的，要么是天堂，要么是地狱，它就像你手中这杯咖啡，既有咖啡的苦，又有方糖的甜，还有一股酸，我们都在其中生活，不过你很难保持自己的纯度，就像水在咖啡中一样。但要相信我，我不是三岁的小孩子，我懂得自爱。”他戛然住了口，漾起一股无奈的苦笑。

他指的是在这公司里谋差的事。奇怪，跟她讲这些做啥？谁都有权安排自己的生活。只是，他这样的选择，她觉得是不值的，这令隽颖觉得，一个人的堕落实在是快得很。

他默默看着她，她也看着他，只觉得一种疏远陌生的感觉开始在两人间滋生。

“再见了，保重！”他站起身对她说，好像宣布一种什么的结束。她明白，她伫立在寒气逼人的街头等待的，就是这个。隽颖的学习成绩虽然一直不佳，但她却是个用功的好学生，一道习题非得等到最后的答案出来了，她才罢休，才会转向另一道习题。就是因为如此，她考卷老是来不及在规定时间里做完。但她永远是认真的。

他走了，还是一手撩起长衫下摆将手插在裤兜里，另一手挟着一包书什么的。这种手势是在校园里养成的，大学里的男同学，都习惯一手兜着裤袋，一手挟着几本书，上课堂，上实验室，上礼拜堂……

结束就结束吧。本来，她还有一种幻想，妄图说服他摆脱这个不光彩的公司，她把自己估计得过高了。今天，答案已经正式出来了，这是不可能的。

她又想起“八一三”后那个雨夜，他俩挤在难童收容所那小小的办公室里，她拖着一条让开水烫伤的腿，委屈地说：“我总是一个人的。”“但今天我在，就不放心让你一个人回家。”当时他这样回答她。黄豆般的雨点滴滴敲打着车上的油布篷。那一晚，真有点小夜曲的韵味。那年她才 18 岁，但已经觉得自己很老很老，老得引不起男人们的兴趣了，转眼间，四年过去了。现在，她真的很老了。在爱情上，她永远不像姐姐隽敏这般顺利又勇敢。虽然她表现得很冷淡。其实，她的爱恋之心发动得很早。当然，这永远只是一个秘密。

早在高一时，16 岁的隽颖，就恋上了自己教会里一名新近受过按礼的年轻牧师。他毕业于燕京神学院，又在美国留学两年，讲着一口标准的京片子，他的嗓音很动听，柔和深沉。听他布道，隽颖有时会觉得，如同在聆听上帝本身的声音：宽容、挚爱和深邃。

他曾经十分自傲地说过："我是自费留学专攻神学的。"留学神学多半是由教会出资深造的，而他却是自费出洋深造神学，可见信仰的坚定。他还是个富家出身，传闻他父亲是一华侨糖商，但他放弃这一切，把自己献给教会了。是从他身上，隽颖才认识了"牺牲"这两字。

他年轻的身子，披着庄重的黑圣衣，颈上横搭着一条鲜红的阔缎带，那象征着"轭"，牛拖在脖子上的沉重的轭，他心甘情愿，将那沉重的人世间的轭，套在自己年轻结实的颈脖上。不做礼拜的时候，他通常穿一套深色西装，里面永远是表示牧师身份的洁白耀眼的一截白硬直领的黑衬衣。他也是喜欢一手揣着口袋，另一手挟着几本书，用功的大学生出身的男士，总有这个习惯手势。她信仰的坚定，很大程度上是因为这位仪态不凡的牧者，他自己是永远也不会知道的。

到她升高三时，他结婚了。太太就是教会里的司琴。再过不久，他们夫妻双双调到昆明教会去了。他永远也不会知道，一个羞怯的、不出众的女孩子在深深恋着他。她没有隽敏的勇气，这主要因为，她老自卑，觉得自己长得很丑，又不活泼……这是她的第一次失恋。

至于这次，她也说不上这算不算失恋。在与范仰之交往的四年中，虽然她在教会里，他却是个无神论者，但他们共同相处得很好，配合得很默契。她觉得他与那位年轻的牧师很像，在范仰之颈脖上，似也自愿地套上了一个沉重艰辛的"轭"，只是，没有华丽的标记把它勾出来而已。他们之间似乎多为平静投机的交谈，好像范仰之始终在努力调整着，令他俩一直保持这种平静的关系，但有时，他又总会流露出一种灼热的目光……反正，这已结束了。这一切，都将成为她的一个记忆，就像那位年轻的牧师一样。

刚跨进自家花园大门，老常就告诉她，蔡立仁来了。他好像是专门在等她似的。

她推开沉重的客厅大门，因为煤短缺，今年客厅里的火炉也省却了，穿着丝绵袍子的蔡立仁，正背着手在窗前眺望着。

“蔡先生。”她招呼了他一声，不知为什么，泪如雨下。

“怎么啦，怎么啦？”他温存地在她边上坐下。

“我觉得很累，我太累了，我们结婚吧！”她绞着手帕，惊异自己怎么竟会主动提出“结婚”的要求，而且那语气就像“我饿了，我们吃饭吧”一样无所谓。

他倒一点不吃惊，也不计较她的无所谓，好像对这幕早已料到似的。

“好吧，我先去跟祝先生提出来，我们先订婚，待时局平定一点，祝先生住回这里了，我们再举行婚礼。”他说。大约通常在这种时刻，男女双方总应有所表示的，他带点试探地将手围着她腰际，笑笑，说：“希望这次沙发后面没有人会躲着。”见她没有拒绝的表示，他就在她脸颊上吻了吻。这是第一个吻她的男人。想想真奇怪，一直以为爱情、婚姻是一件最奇妙最不可测之事，不料，它竟是在客厅里乖乖地等着自己。

“蔡先生，蔡先生，”发根老伯在外边敲门。也不知何时起，家中遇到什么不可决定的事，总要找上蔡立仁。“范仰之先生打电话来，一定要与老爷通话，讲有要紧事。”祝景臣的电话，为了防万一，是连佣人都不让知道的。蔡立仁出去接电话，隽颖正在思忖这不早不晚的，范仰之怎么一个电话过来，刚才碰到他时，他好像没什么特别的事要她转告给爸爸嘛。正在奇怪，蔡立仁神色严肃地进来，穿戴好大衣就要出去。

“出啥事了？马上要开饭了，吃了饭再去嘛！”隽颖担心地问。

“范仰之现在的老板是有来头的，他的消息，说不准是很有点道理的呢。他讲今晚可能要大事临头了，让中华银行要有个准备。今天恰巧是礼拜六，这工夫人都下班了，怎么准备？真伤脑筋！反正我现在去祝经理处兜一圈，顺便，把我们的事也跟祝经理讲一声。”说罢，他用手拍拍隽颖脸颊，就急匆匆走了。

“范仰之的老板是有来头的，他的消息说不准是很有点道理的”，蔡立仁的话在她耳里又回响了一下，莫非范仰之是……？不过这念头只闪了一下就过去了，他与她之间已经结束了。

蔡立仁匆匆赶回自己公寓里，祝景臣正在一个人用牌九玩拆乌龟解闷。蔡立仁将所听到的如此这般一说，景臣忙挂电话至董事长李澄鹏先生处。电话筒那边，只听到一片稀里哗啦的麻将声。两人在话筒里商量一下，觉得除了立即派人将库门钥匙及密码本携至妥善之处外，也无从有其他准备。放下电话后，景臣想想还是不放心，再打电话去其他几个钱业界友人处托他们去打听。不久他们回电说：“已给工部局某董事打过电话去询问过了，讲没有听到啥特别的消息嘛。”

“宁可把细点好，今夜不睏觉了。”景臣说着，脱去丝绵浴衣，穿戴整齐，遂自熬了两杯浓浓的咖啡。

“家里都好吧？隽人横竖是不会在家的，今晚是周末，又陪着席小姐出去了。”

“听讲，今晚黄浦江上英驻海军在夜总会有个舞会，隽人带着席小姐也去轧闹猛了。”蔡立仁说着。

“哦？英军还在岸上夜总会开跳舞会？这样看来，不会出啥大事的。有事，总归他们要先晓得。”景臣长长地舒了口气。

“还有一件，也算是喜事吧，”蔡立仁盯着自己手中的咖啡，笑了笑，说。

“这年头，喜事倒是属稀奇的。”

“我和隽颖，准备订婚了。”他有点羞赧地说。

"好，"景臣点点头，他是早就盼着这一天。但想想，又一个女儿将离自己而去，多少有点伤感。"小孩大了，一个个都飞去了。隽敏去了大后方，你总不会将隽颖再带去老远了吧？"

"你放心吧，祝经理。"蔡立仁说。

景臣冷眼打量一下他，觉得他倒真有一股锲而不舍的精神。在他的先代祖宗中，没有一个富有、杰出、高贵的人物，说白一点，他没有门第。现在好了，他齐全了。这门亲事会招来社交界不少闲话的，他们会众口一词地说蔡立仁委实不错，能干精明，但祝家小姐是降格而求了。上海人就这点怪：破落败下的封家，其显赫的声势有如臭豆腐干，虽臭犹香；而方兴未艾的蔡立仁的蔡姓，就永远是上不了台面。虽然一度他自己也是十分出力促成这门姻亲，但一旦成为事实，他忽地，对蔡立仁有种"上当"的感觉。他的两个女儿，一个嫁给个破落大户之后，一个又嫁给暴发户，好像总有点不顺心。好在，未来的媳妇，无论是门第还是品貌，总算还称心。这时局，老也安定不下来，席振绪这阵又老不回上海，是该拣个黄道吉日，把隽人的事给办了。

夜深了，景臣到底打熬不住，和衣倚在沙发上睡着了。迷糊中，他给阵阵密集的炸弹飞机声惊醒，景臣看看表，才4点左右。会不会是东洋兵又在举行拂晓演习了？

整幢公寓的住户，好像都已惊醒了，只听见纷纷启窗的声音，互相不安的询问声。窗外，正下着蒙蒙细雨。

"到底出事了，日本人进租界了。"

蔡立仁淋得湿漉漉地进来，慌里慌张地说。手中握着一张也是湿漉漉的传单，上面印有"皇军进驻租界"字样。原来，他下楼去探个究竟，正好飞机上撒下传单，此时景臣方才明白，范仰之那边的消息原来竟这般灵，租界方面却原来又是这般麻木！这一天终于来了，上海，再没有安全岛了！除了一小块法租界。

与之同时，李董事长打电话来告之："停泊在黄浦江的英军炮舰'彼得列尔'号已被击沉，美国炮舰'威克'号，也升起白旗投降了，日本已向英美宣战了。"

这时，天已大亮，景臣梳洗完毕，给娟琳通了个互报平安的电话后，穿上大衣就要出去。

“祝经理，今天还要出门？”蔡立仁惊讶地问。

“去行里，越是这种情况，我越应该坐镇在行里。反正现在无所谓租界地了，总归一笔账。”他说着拍拍自家额头：“一切全靠碰额角头了。”

为了实地看看到底怎么回事，他没有坐车，冒雨在马路上走了一段，发现每一道街口，这时都有日军哨兵横枪而立，只见他们一个个毫无表情地站立着，就像木雕泥塑似的。

景臣叫了辆黄包车，向中华银行驶去。驶了一段，才知道苏州河各桥梁都给封锁了。而且，法商的电车和公共汽车，也已停驶了。街头上注目之处，已贴上了“上海方面大日本陆海军最高指挥官”具名的大幅布告，布告给雨水淋得墨汁四溢，但那方硕大的印章，给雨水一浇，反显得分外醒目，强硬地占据着人的视野，让人觉得窒息压抑。沿街商号都上着排门，整个市面都瘫痪了。

车驶过爱多亚路时，只看见法租界出动了大批安南巡捕，在通往公共租界的路口，堆满了沙包铁丝网等路障。

景臣抵达华行时，10 点已过了，华行的大铁门也是紧闭着，景臣从边门进入大楼内，发现营业大厅里，虽然是礼拜天，行员们都静悄悄地坐在那里。看见景臣进来，大家都悄然起身向他打招呼，那副情景，竟令他想起在殡仪馆里为曹久馨大殓的气氛。景臣只能默默对大家点点头，在这局势突变之日，各位同仁依然能各就各位，准时到职，足以说明华行已拥有一支忠诚尽职的行员队伍了，这令景臣在一片凄然中，也觉得一丝安慰。

景臣在自己办公室坐定，实在也已是无公可办了。透过玻璃窗上的点点雨花，看见对面一座英国洋行所在的建筑物顶端，已飘着一面太阳旗。

“祝总经理，”钟太太进来轻声说：“日本宪兵本部大队长国口大佐派人来电话，即刻在国际饭店召见各公私银行头脑。”

这个难捱的时刻终于来了！反正，景臣自问自己这 20 来年，对中华银行，可谓“仁至义尽”了。

景臣以一种无可奈何的表情看看她，说：“只好去了。”说着从椅子起来，透过被雨水淋得斑斑点点的玻璃窗，盯着对面英国洋行顶端那面太阳旗，又缓缓说道：“钟太太，请你替我把这段记到今日行志去：1941 年 12 月 8 日凌晨，日本人进租界了……”

“好了，还有呢？”钟太太麻利地在拍字本上刷刷记下，再抬眼专注等着他的下文。

景臣轻轻叹了口气。“这就够了。日本人进租界了，底下的事，同仁们会谅解我的。这不是我一行之长的过失！”说着他摇摇头，惨然一笑，示意钟太太可以退了。

钟太太低头整理着膝上的拍纸本，动作缓慢，心事重重的样子，好像有啥话要说。果然，她开口了。“祝总，上星期我过了我的 50 岁生日了。”

吓，钟太太已经 50 岁了？景臣惊讶地转过身子，发现钟太太头顶心上，一撮头发已稀疏得隐隐窥到头皮了。

“呵，抱歉，原本我应送你一份生日礼物，但这阵我心绪老不安宁。”他抱歉地对她说。

“这份礼物还是来得及补送的，”钟太太抬眼看看自己手上捧着的一大堆等着签发的信件，还有两厚叠景臣天天要查看的当日股票行情，沉默了一下，终于开口道：“我想退休了。”

景臣露出困惑不解的神色：“怎么了？你身体不好？还是华行同事有什么地方不尊重你？”

“当然没有。”

“那为什么突然要辞职？你跟了我和魏经理那么多年，因为你出色的秘书工作，我要省好多事呢。我十分需要你……”

钟太太缓缓说：“说实话吧，祝总。我任华行总经理秘书有好久了……现今日本人进租界了，对面的英国洋行，已挂上了太阳旗，华行的前途，看来凶多吉少。我已连任两任华行总经理秘书，我不愿意再做日本经理的秘书。我活了 50 岁，我不愿意在我晚年再沾上什么不洁之物，你明白我的意思吗，祝总？”

景臣当然明白。一定程度上，钟太太可以说是华行总经理办公室的灵魂，对什么都了解得一清二楚。这是个出色的秘书，一旦日本人要接收华行的话，准保会连她一起接收过去。

电话响了，钟太太熟稔地拿起话筒，习惯地拔出铅笔，一时室内鸦雀无声，只听她清晰利落地重复着："……知道了，3日上午，9点3刻，在……"然后她在景臣台历上做好了记录，顺手把写字台上签好的文件垛齐。

"你讲得很对。谢谢你为华行服务多年了，"景臣终于开口说。"希望战争结束后，你能再回来，你一定要回来。"他的嗓子哽住了。

景臣目送着钟太太迈着无声的步子离开写字间，自己兀然跌坐在椅子上。

直到下午4点钟，景臣才被从国际饭店的会议中放出来，与其说是去开会，不如说去听东洋人的训。那个日本宪兵大队长国口大佐，把他们像灰孙子般骂了一通，骂他们倚仗租界的势力，支持重庆政府的法币，而不用汪伪的"中储券"云云。最后，他以一种最后通牒之口气，说："以前一切误会，都为双方隔膜而起，以后经常见面，就没有什么不能谅解的问题了。因此各爿银行，都应提前复业……"

看到总经理本身脸色都这么沮丧绝望，行员们不禁更是人人自危，觉得前途渺茫！

景臣在自己写字台前坐下，双手拍拍空空然的台面。看来，这经两代人苦心经营的中华银行日子已到头了。他掀起玻璃台板，从中取出那枚印着外圆内方钱币的中华银行行徽，华行创始人魏久熙那遒劲的字迹："事闲勿荒，事繁勿慌，为人处世，取像于钱，外圆内方。"刺得他双目生疼，他忙用双手抵住自己太阳穴两侧，两行热泪兀自流了下来。想当初，为了不让华行落入官办手中，他真是煞费心机，动足脑筋，岂知最后，却落入日本人手中，早知今日，不如当初索性让华行让官办吃掉，那如今，这个把银行双手奉给日本人的差使，也轮不到他祝景臣了。

“祝经理，有三位日本先生来访。”钟太太的电话又来了。她真是个优秀的秘书，哪怕明天要离开华行，今天的事仍旧不马虎。

好吧，来吧。景臣停了停神，用小梳子梳了梳已稀疏得不像样的头发。

三个日本人进来了，其中一个全身戎装，而且十分脸善。原来，他就是当初来要与分理处合营的那讲得一口流利国语的影佐。

“总经理先生，”这位影佐说：“你们中国有句古话，叫‘早知今日，何必当初’。看，我们不是终于坐在一起了？”

这次不待景臣邀请，三个日本人就各自随意坐下了。

影佐开口说：“金融，是直接影响市面的关键，我们不愿这场战争影响上海市面太久，上海市面能否早日恢复正常，祝经理，这全在你手中了。”

奇怪！真是蛮理十八条，怎么这个责任竟还要他祝景臣来承担？他连连摇手说：

“影佐先生，这个责任，我可担当不起。”

影佐叹了口气，说：“世界上往往有两种势力，一种是破坏性的，另一种是建设性的，我们，则是属于后者。”

“真正叫鸭屎臭！”景臣心里暗暗骂了一句。便要打铃叫钟太太，让她关照各部将一切账册准备好，以备日本人来接收。

“呵，别性急，”影佐却将手一拦，说：“我们并不是来接收中华银行的。相反，我们是把中华银行仍然还给你们。不过，我，还有小野先生和关屋先生，都在你手下帮忙，大家一起为大东亚共荣出力，还上海‘国际都市’的面目。”说着，他那又冷又锐的目光直盯着景臣。

原来，日本人的意思，是强行要中华银行改组复业！要么索性接收，这大家都知道，是迫于暴力，讲粗点，是强奸。至于改组复业，那就多少有点暧昧了，至少是和奸了，这……从此以后，祝景臣的脸孔往何处搁呢？

“这……是大事，我一个人作不了主，得董事会开过会后方能决定。”景臣搪塞着。

“那好，我们可以给总经理三天时间。请记住这句中国老话：早知今日，何必当初！”影佐说毕，就带着那两个日本人耀武扬威地走了，马靴踩得噔噔响。

景臣将身子向后靠在椅背上，写字台侧的大玻璃窗外，暮色，已渐渐逼掩过来了，景臣瞅着自己映在玻璃窗上的影子，仿佛是飘浮着的一个空洞的幽灵。他缓缓拉开抽斗，拿出张信笺，开始起草一份给董事会的辞职信。

算算，已快交五十了。三十六着，走为上着。亏得与蔡立仁搭伙做了点生意，——这后生家眼光极准——凭着自己手头这些积蓄，马马虎虎，饭总有一口吃的，何必要战战兢兢走这根钢丝，丢人现眼呢？钟太太的办法，是个好办法。

辞职信写好，他锁上自己抽斗，再习惯地往外拉了拉，再把窗台上娟琳的小照，玻璃板下那枚华行行徽，一一收进自己的公事包里，然后在黑头里，点亮了一支烟，闷闷地吸着。

有人敲敲门，他忙将辞职信翻了个身。

“进来！”声音依旧是威严的。

进来的是范仰之。自从他的老板出任华行名誉董事后，范仰之倒也常常来华行走走。这当口，华行倒急需要一个可在日本人前周旋一番的人呢。

“怎么不开灯？”仰之看看坐在一团漆黑里的祝景臣问。

景臣扭亮了台灯，疲倦地说：“影佐他们来过了。国口对我们训话也训过了，‘何去何从’，简直是最后通牒的口气……反正，我也不管了，我要告老了。”

范仰之一愣。

“我近年已是力不从心了，老了！表演了二三十年的走钢丝，表演不动了！”景臣惨然地说。

“总经理，这关口上，你不能逃遁，华行还有数百个同仁，你一走，群龙无头，这可不是小事呵！”范仰之英俊的国字脸里，显出从未有过的严肃，双眸显得深不可测。

景臣一动不动地坐着，十指紧紧地交叉在一起，低首注视着地板。

他们沉默了几分钟，范仰之又问：“祝总经理，你真舍得离开华行？忍心让它在东洋人蹂躏之下自生自灭？”

景臣猛地感到，这个范仰之，好像管得太多了，不管怎么说，他祝景臣还是中华一行之长，轮得上他来老三老四？他抬起头眉头一皱，生气地瞪了他一眼。但话一出口，却是如堤缺口，泻了个痛快：“这我顾不及了，我只觉得近几年过得氤氲不快，不死不活，这番再要在日本人鼻尖下做事，我吃不下这口气。想想我也活了快五十年了，只图下半世留得一身清白……”

“但是，祝经理，”范仰之拖过一把椅子，在景臣身边坐下，“你为啥不想一想，东洋人既然声称要我们复业，而不是讲没收华行，那说明至少，我们华行还有一丁点主动权，既然如此，我们为啥要白白放弃这点主动权呢？我们至少可利用这丁点权力，尽可能为华行同仁做点好事，帮助大家一起等到天亮。如果真能这样，我想，祝总真是为华行立下一页千秋不朽之功绩了。”他的声调不高，却是稳健、铿锵、深沉。

景臣几乎是觉察不出地点点头。

“再说，这次华行被迫改组复业，其实也是实同强奸，同业会谅解的。”

范仰之今日短短几番话，情真意切,把个祝景臣听呆了，他不禁像刚刚认得他似的，细细将他从头到脚，从脚到头地看了几个来回。这小子，近年来越发显得聪明精干了，看看他似稀里糊涂地进了个汉奸企业，但处事察人，倒又像肚皮里吃进萤火虫似的，煞清煞清。

仰之那张方正的国字脸，在灯光下越发显得轮廓清晰，线条刚毅。景臣从仰之目光里，察出一种重托和希望的神情。

“但是，在日本人监视下复业，我还能做点什么呢？”他疑惑地问。

“总经理向来以能干聪明著称，反正，您继续发挥您的所长，随机应变，尽量利用复业，做些有利同仁和民族的事，积极地促进天亮，而不是消极地等待天亮。可以做的事很多了，比方讲，眼前因为通货膨胀，同仁生活都很艰难，特别是，两年前小东门停业时失业的那批同仁，不少依旧没能谋到事，已苦苦挣扎了有两年光景，也有些同仁为了糊口，不得已上了贼船，进了伪储备银行，要能从改组后的华行，在日本人眼皮下，拨一笔款补助给这批同仁，那总经理真是功德无量了。”

“这……”景臣用拇指和食指托着腮巴。

“祝总经理，记得我老家乡间有这样一只老掉牙的故事，叫老太婆晒霉干菜，不知您有无听说？一个晒霉干菜的老太婆家闯进了强盗，她虽年迈，却也不肯就范，另外，还有不少小朋友在暗中帮忙；刺猬躲在水缸里刺强盗，板栗躲在灶火里炸强盗，蜜蜂藏在柴堆里赶强盗。就这样，大家齐心合力把强盗赶出去了。我们华行，就是这个老太婆的家。而我相信，华行里这样的小朋友也是不少的。总经理，今后对付日本人，可以通过我们的吕老板来应付，吕老板早年留学日本，现今又是华行名誉董事，您还是主要主持行务，您看……祝总，再维持一段时间看看。”

“在我看来，复业改组这件事实在是臭不可闻的，不过现在，听了你这番话后，我算领会了陶渊明的《桃花源记》中‘豁然开朗’这句子了。我自身名气臭点，只要问心无愧，就像范先生这样，他人总有明白的一天的。”景臣说。

二十四

厨房灶上亮着一盏幽暗的灯泡，席师母正在灶上炒菜，她那只油瓶，就像装咳嗽药水的瓶，用橡皮膏给划上等量相同的刻度。她吝啬地往菜锅里倒了几滴油，人说巧媳妇难为无米之炊。热锅快炒这个诀窍，做了几十年主妇的席太太哪有不懂的道理？但现今平价油煤无一不要排长龙，少不得手中捏紧点过日子，一盆青菜因为火不旺，油又少，给炒得黄渣渣的。唉，席太太活了四五十岁，这种日子还是头一次过着。

自从东洋人进租界后，上海海运完全中断了，洋米再无法进来，米每人一次限购3升，3升以上不许搬运，而且价钿还涨了四五元。3升米哪够吃？承祖已长成大小伙子了，正是会吃的时候。

后门口有人笃笃敲门，是邻人领来了米贩子，席师母捞了把米看看，里面掺有不少碎米和稗子，便发问道：

“啥价钿？”

“500元1石。”那米贩子是个三十来岁的女人，倒长得细皮白肉的，要不是那身过分大的蓝布棉袍，再头发一烫，皮大衣一穿，也是一位登登样样的上海太太呢。

“这等米都要500元1石？良心太黑了。”席太太拍拍手中的米屑，摇摇头说。

“太太，你也不要嫌弃了。这点米，是我们拼着性命从日本人眼皮底下换来的，今朝又有三个人让日本人刺刀捅死。作孽呀，有一个是真正的大肚子，但日本人硬讲她是米贩子，用刺刀把胎儿都挑出来，罪过呀……那胎儿手脚还在动呢！”

一番话讲得席太太头皮发麻，忙打断了她，对她还了个价：“500元太贵一点，我当家人也不在，一个女人家带了两个孩子讨生活过，不容易呀。490吧！”

“唷，太太，”那女人也长长地叹了口气：“不瞒你讲，我早先原也是好人家的太太，先生也是坐写字间的，岂知‘八一三’战事一起，先生生意落脱，家里坐吃山空，先生又犯了TB（肺结核），没有办法，才出来冒这个险的。”

唉，讲来讲去，都是天涯沦落人，都怪这千刀万剐的东洋人！但自从香港沦陷后，席先生与家里已信息中断了，沦陷18天后，香港政府举白旗。听说有一艘船自港至沪，但捷足先登上轮者，自然是轮不上席先生的。裕盛纱厂的刘同钧先生，倒搭上船回来了，还带来了席先生安然无恙的口讯，讲席振绪跟着几个朋友，搭机去内地了。席太太是安分守旧的妇道人家，觉得丈夫去这去那的，总归是自有他的道理，只是钱钞都断了，靠着上海行里这份菲薄的津贴，她一家三口实在难维持。席家是薪水阶层，席先生薪水虽高，到底比不得做生意的人，可以赚一笔的，因此积蓄并不厚。这几年物价飞涨，女儿订婚再读大学，早已贴了不少老底了，现在再又撞上这样的当口，日子真叫难捱呀！

两个女人讨价还价了半天，好容易讲定495元1石，席太太也不敢多买，只买了2石，已经近1 000元去掉了。这还是不久前，席太太卖掉几枚翡翠首饰所进的。其中有一枚碧绿的成色极好的翡翠戒指，现在哪有这样好的货了？她卖给34号里一个米蛀虫太太了。这家人家，近年来，自从米粮进不了租界后，就靠着囤积的那些大米，掺碎石，以次充好，反正昧着良心尽着做，就此火火腾腾地发起来了。这就叫，六十年风水轮流转吧？

快吃饭了，芷霜打了个电话讲不回来吃了。今年夏天，她就要大学毕业，现在这局势，毕业即意味着失业。虽然母校育秀女中的校长早就有意待她毕业后发聘书给她。但此一时，彼一时，现今育秀园内的美国旗已给换上了东洋旗，即是徐校长，也无能为力。为了解决毕业后的出路，席芷霜天天在外边奔波托人。这天，忒巧会在大街上撞见朱蓓蓓，给朱蓓蓓拉去吃西餐了。

朱蓓蓓还是打扮得那样光彩艳丽。枣红的獐绒旗袍外，配着灰鼠皮大衣，雍容华丽。战事与她，似边也沾不上一点，依旧一脸春风。

“芷霜，啥时候请我吃喜酒？隽敏有信吗？她与她的白马王子可有小天使出世？”当她听说芷霜还在为毕业后的出路奔波时，显得十分惊讶：

“哎呀，我的席小姐，你放着现成的少奶奶不做，还要兜七兜八地找什么差事？难道祝家还养不起你这张嘴巴？”

这话怎么说呢？席芷霜是从小骄傲自持惯的，她可不愿将来，自己哪怕剪一段旗袍料，都要向祝隽人伸手。从前老听娘姨阿周讲：“爷娘该（有），不如男人该（有），男人该（有）不如自家该（有）。”这话极有道理。再说，父亲那边的汇款已断了好几个月了，家里的经济，立时就觉得紧张起来，姆妈是连娘姨都省掉了，只雇了个洗衣服的老妈子。她自己，甚至也尝过与平民百姓一起轧户口米的味道，那真不是滋味。

“不过，你密司席，向来是主张女子自立的。”朱蓓蓓将一只白嫩嫩的，指甲修得艳丽锃亮的手从皮手筒里伸出来，调皮地对芷霜行了个举手礼：“我是佩服又佩服！”

芷霜也懒得与她辩，她们两人本身是两条路子的人，难得相遇客客气气算了。不料朱蓓蓓倒挺热心地说：“你不是要找差事吗？我这里倒有一个好差事，对你再合适也没有了。还记得电影明星洪枫吗？她现今嫁人了，嫁给一个大老板做填房，前边的留下姐弟俩，需要一个小姐做家庭教师，觅了多日也没合适的，我看你芷霜是再合适也没有了。”

见芷霜还在迟疑，她又加了一句：“虽说洪枫是电影明星出身，嫁的那家人家，倒也是规规矩矩的人家，这你尽可以放心。”

当下，朱蓓蓓就带着她去了那家人家。这家住在忆庭盘路上一幢小小巧巧的独立花园洋房里，蓓蓓与洪枫相熟得很，因此就将芷霜直接带到楼上洪枫卧室里。在现今一般上海人煤球都是一只一只数着烧的日子里，她房间里一只北京炉子可是烧得旺旺的。上次还是“八一三”前，芷霜跟着隽敏去玫瑰公寓洪枫寓所见过她一次，转眼间四年过去了，她席芷霜觉得自身有了很大的变化，至少那种无忧无虑，看什么都觉得稀奇新鲜的学生脾气早已荡然无存了。如今的洪枫在她眼里，已不是什么大明星了，其实她也有好久不拍戏了，不过是个阔人的太太罢了。

洪枫在卧室里也依旧浓妆艳抹，因此芷霜也看不出她究竟老了多少。室内一套新样式的红木家具，上面镶着的几面车边镜子锃亮光生，很考究的一套家具，但床头柜梳妆台上四处堆着各种杂物，这位大明星还是改不了那股当年的邋遢腔。芷霜真为这套上好的家具和舒适的房间可惜了。要她有这么个上等讲究的房间，她一定会将这一切摆弄得舒舒齐齐的。这种电影明星，就是不懂得珍惜，或许对她们来讲，生活银幕都差不多，真真假假都是一台戏。

洪枫披着件丝绵拷花织锦缎晨衣，脚上搭拉着一双闪闪发亮的珠花半高跟拖鞋，即使成为阔太太了，还是一副活脱脱的交际花明星腔。看来，战事对她毫无影响，她日子过得蛮舒服，这种女人就是有办法，怎么样都难不倒她。

“这位席小姐，记得吗？当年特地去玫瑰公寓来拜望过你这位大明星呢。她已与中华银行祝总经理的少爷订婚了，却想体会一下职业女性的生活，所以，我把她介绍来了。”

洪枫装出一副迷茫记不起的样子，表示“贵人多忘事”，芷霜就感觉到她这是在装假。

洪枫挺矜持地点着一支烟，有点故意冷落芷霜地把头一歪，对着朱蓓蓓说：“这有啥多体验的？横是十分辛苦的，特别做这种孩子头。”随后即皱起眉做出一副蔑视的样子，啧啧咂着舌头摇摇头说：“那先头的那个，本是个乡下黄脸婆，根本不懂规矩，因此两个小囝弄得像野小鬼样，一点也没有家教。刘妈，把两个小囝带给小姐看看。”

然后，洪枫将双腿往床沿上一搁，从晨袍中，裸出一对漂亮的裹着深色玻璃丝袜的大腿，袜跟上的深黑色宝塔形，画龙点睛地申明它的名牌身份。

女人对这种饰品向来就敏感，特别自太平洋战事后，美国法国等来路货已在上海市面上绝迹了，更何况这种刚问世不久的，薄如蝉翅的玻璃丝袜，就愈加稀贵。连芷霜，都熬不住多打量了它们几眼。朱蓓蓓却老实不客气地“哇”一声，叫了出来：

“唷，来路货，啥地方觅来的？”

洪枫得意地欣赏一下脚上的袜子，以一种故作淡泊的口气说：

“我是黑市买来的，二两金子一双呢！我买了两双替换替换。此间市面上那种袜子，啧啧，只有亭子间嫂嫂才会有胃口穿！”洪枫将一双漂亮弧线起伏的腿，搁在床沿上说。

芷霜下意识地注视了一下自己脚上那双日本人造丝的肉色长筒袜，相比之下，显得木呼呼、厚孜孜不着体的，顿时只觉得耳朵里嗡一下。本来父亲在太平洋战事之前，给她捎来过几双上好的玻璃丝袜，她怕在电车上或行走时钩破抽丝了。现今这些外国装饰物都成为奢侈品了，芷霜向来十分爱惜东西，更何况自己欢喜的衣物装饰品。今天因为事先毫无准备，竟让这个暴发户太太魁劲摆足了。讲到底她算啥？不过因为嫁个该了几个臭铜钿的男人，也不知是第几房老婆，自己则要学问无学问，要门第无门第的，而席芷霜自问是堂堂育秀出来，第一流大学毕业的大学生，轮得上让她来摆阔气？

这时门开了，一个头发梳得溜光的娘姨，死拖活拽地拉了两个十岁左右的孩子进来。

“喏，这是你们的先生，”这位太太依旧两脚搁在床沿上，对两个孩子说，也不介绍一下席芷霜的尊姓大名，就这样懒懒地说了一声。

“你们过来，”席芷霜开始和颜悦色地摆起先生的样子：“把你们的名字写给我看好吗？”

岂知这两个孩子真的是毫无家教，也不懂得叫人，只是一味拉着门框撒赖皮。席芷霜不禁倒抽了一口冷气。

“两个小人是调皮了一点，否则，也不会另请家庭教师了，”那个洪枫在一边又开口了：“薪水反正随你开好了，只是你烂污可拆不得，要教好他们……”

芷霜再也受不住她这种居高临下的口吻，“霍”一下站起身，说：“对不起，请另请高明。”径自开了房门走了。

“何必呢，她这票电影明星出身的，就只这点水平……”朱蓓蓓一直把她追到下面大门口。

“这种暴发户，让她再花几两黄金去请别人，我反正没有胃口了。”芷霜余怒未息地说。

朱蓓蓓只好连声抱歉。她是聪明人，十分知道芷霜的身价，今后是只会升值不会贬值的。且像芷霜这般貌美又有高等程度的少奶奶，将来在社交界准会十分有市面，出于未雨绸缪，她想先讨好一下芷霜，因此热心为她介绍职业，没料到今日的洪枫竟如此骄妄，倒也弄得朱蓓蓓十分尴尬，猝不及防。

这天中午，隽人原与芷霜早约好，在金门酒家吃中饭的。

芷霜憋着一肚子委屈匆匆跨进金门酒家，远远一眼就瞥见隽人正坐在一张卡座上看报，西装头梳得纹丝不乱，穿着一身可体合适的粗呢便西装，雪白的衬衫上配着条黑领带，嘴上叼着支香烟，因为袅袅的烟雾，他不禁略略眯缝起双眼，无意中呈出一股骄矜高雅的神态。这是她的未婚夫。虽然不是什么暴发户，也不是老板，至少是上等的、有修养的，是名门之后。决不会让她在人前羞于承认那是她未婚夫。一想到这里，她鼻子一酸，竟落下眼泪了。

隽人以一种心满意足的样子，听完她抽抽搭搭的有关“求职记”的哭诉，说他在倾听，不如说是欣赏。芷霜给人的印象是漂亮、俊俏、聪敏，却缺乏一点娇嫩。今天，他总算看到她的“娇嫩”了。

“这个臭明星，自己的生辰八字忘记了，那么持钱欺人……”她委屈地咬着自己的手指关节，涕泪滂沱地，就像考了个 D 的中学生。

隽人温柔地拍拍她脸颊，莞尔一笑："当年，你和隽敏，却是怀着怎样虔诚的心情去朝拜她的！"

"不许再提这件事！那时我还年轻不懂事呢！"芷霜把头一偏，娇嗔地说。

"当然，"隽人伸过手去触摸一下她套在无名指上那枚订婚戒指，"你现在已经长大了，大得足以可以做祝太太了。你也用不着再去找事寻气了。毕业后，我们就结婚吧，做我们自己孩子的家庭教师……唔？"

"不，"她把嘴巴一撅，表示着不悦。"我早跟你讲过，我要做职业女子，哪怕结婚了，我也要出去做事。我不愿像我姆妈那样，做件旗袍也要向我爸讨铜钿。再讲……就是要举行婚礼，也要等爸回来呀！"

"好吧，就依你的。我还能说什么呢？"他笑吟吟地说着，看看四周没人，就隔着桌子吻了下她脸颊。

"哎呀，给人家看见了！"她轻声嗔怪着。坐在开着暖气的房间里，由自己上乘的未婚夫陪着，她已完全平静下来了，犹如一个嬉水的孩子，冷不防给灌了口又苦又涩的海水，然后在大人的慰抚下终于渐渐安静下来了。

下午，她又去学校里听了两堂课。回到家里，席太太已把晚饭开好等着她了。

"隔壁人家告诉我一个节约煤球的好办法，"饭桌上，席师母喜滋滋地说："隔夜把米淘净灌在热水瓶里，再用沸水一冲，盖上塞头，第二天就成稠稠的米粥了，我们也试试看。"

芷霜刚刚端起饭碗，就听见曹师母在后门口叫："米店到米了，明朝9点钟开门卖，快点去烧头香。"自曹先生遇难后，虽然作殉职人员优待，然而毕竟有事有人，无事无人，当家人不在，曹师母日子要艰难多了。

席师母忙忙地应着，将筷子笃笃地敲着碗底，急急地划了几口就要去排通宵班了。

“妈，”承祖在一边阻住她：“今天不是刚买来黑市米，忒冷的天，算了。”

“憨小囝，米是餐餐少不了，一石米有几天能吃？”席师母说着，用一条绒线披肩，将自己严严实实地裹住。

“妈，我去吧。”承祖站起来拦着妈。

“还是我去吧，你明天要读书的。”芷霜站起身，说。

“你……？”席师母迟疑着。

“我去吧，今夜有寒流，妈冻坏就讨厌了。”芷霜拿起米袋就出去了。后门一开，迎面一股冷风，噎得芷霜眼泪都迸出来。

米店上着排门板的门口，早已排出一字蛇形了，队伍在隔壁弄堂一个过街楼里转弯再延伸着，尖利的穿堂风，像刀子样穿过大衣和丝绵袍，割在身上阵阵生疼。人讲“冷在风里，穷在债里”，一点不假。

芷霜这是第一次轧户口米，也是第一次与这些娘姨主妇为伍，有几个住在近头的或许平时对她进进出出十分注意的，这工夫看见她也排进来，都十分意外地打量着她。骄傲的芷霜，平时是不屑与这些人为伍的，这时也只好硬硬头皮与她们挤在一起。她们是惯于排长龙的了，都随身带着硬纸板、小板凳等，芷霜起先还硬撑着笔直地站在那里，但毕竟平时是舒服惯的，过不多久，就觉得两条腿发僵发硬，冷风再一吹，更觉得麻木不能挪了。看看表，还只有半夜3点，也顾不得墙面肮脏不堪，就将身子靠倚着墙壁，一面再将羊毛头巾拉起来蒙住头面，只露出两只眼睛。

旁边有人拉拉她大衣，原来排在她前边的一个老太，好心地递给她一张申报纸，好铺在地面上坐一下。芷霜此时已顾不得体面礼仪，把报纸一摊，一屁股就坐了下来。

“听讲，这次一人只限购1升洋米。”队伍里有人忧忧地说。

芷霜心里咯噔一下：这样辛辛苦苦地排上一个通宵，才得1升？

“1升？1升米给谁吃？”马上有人叫起来。“三个礼拜前一人还可以购3升，一个月不到，就跌到1升？怎么可以？”

“现在还有啥不可以的事？什么都是可以，又什么都是不可以，全靠东洋人两张嘴皮翻……”一声警惕的“嘘”，把队伍里这个胖喉咙拉断了。

坐在芷霜边上那个老太，扳着几只给蓝墨水染得黑糊糊的手指说：“这价钿也是不对了，上个月才买1元6角1升的平价米，现在跳到5元1升半，听讲还要跳到6元3角1升……乖乖，这日子无法过。”

“你的手指怎么了？”芷霜看看她手指，奇怪地发问。

老太太笑了：“你这位小姐不大出来轧户口米的？喏，这是为了怕一人一户多购。所以，喏，礼拜一买过米的，就用墨水涂大拇指，礼拜二这只食指，礼拜三没有买，所以中指清清爽爽，礼拜四，再挨下去，今天礼拜五，轮上这只无名指……”

怪不得，姆妈近来手上老套着一副旧绒线手套！这么说，今天，也要在她芷霜手上涂一层颜色？不……不！芷霜看看自己粉白的、中指结着一层笔茧的手指，忙捏成一个拳头把它塞进大衣袋里。“这怎么可以，这怎么可以！”她喃喃说着，十分生气。

“这不是蛮好，”老太太咧开无牙的嘴嘻嘻笑着：“省得缠不清到底啥人买过几次，啥人连一次都没轮上……”

芷霜怔怔地看着她那黑洞洞一样的嘴巴，再配着一头蓬乱的白发，只觉得一阵深切的悲哀——饥饿，会令人把人的尊严降低到冰点！

芷霜改变了一下坐的姿势，以放松一下麻木了的双腿，一边将双手深深插入大衣兜内，想起上午在洪枫家，那炉火烧得融融的房间，二两黄金一双的玻璃丝袜，这一切与在这沉沉黑夜中一支耐心又饥寒交迫的队伍，简直不像存在于同一城市之中。

芷霜的身子里面已让寒风吹得冰冰冷，她连自己都觉得，那触着牙龈的舌尖，也是凉丝丝的。亏得出门前，让母亲逼着喝了碗姜糖茶。唉，她有点后悔，上午不该意气用事，回掉洪枫家那份家庭教师。至少，有了这份额外差事，可以用这钱来买黑市米，不用在这里吃冷风，还要像揿手印那般被迫将手指染上墨水……

又是一股寒风呼啸而过，砭入骨髓，令两腮阵阵生疼。这工夫和刚才中午，在金门酒家，连她自己都不相信，都出自她一个人。坐在金门酒家那位席小姐，那般优雅、举止高贵，伴着一个同样是体面优雅的男朋友，而此刻坐在这过街楼长龙里轧户口米的席小姐，披着一件母亲的旧海虎绒大衣，裹着一块老太太常用的绒线披肩，一副小家女的腔调。要是此刻让隽人撞见，他一定会认不出她的。

芷霜将头搁在自己膝头上，抬头望望由两幢红砖石库门房子勾出的矩形的苍穹，半轮残月，散发出一种冷冰冰的寒光，与屋面上熠熠的霜晶遥遥相映。

要不……结婚吧？这是帮助她从这种拮据尴尬的困境中解脱的最好办法，也是最省力的一个途径。但是，在家境如此拮据之时，她嫁到祝家去，这对她今后在祝家的地位，是十分不利的。她的自尊也决不会容许她这样做！

天快亮了吧？怎么夜色反而重了？连那轮黯淡的月光都消遁了。这茫茫长夜，究竟尽头在哪？

二十五

“这是我们最后的一笔财产了。”景文将一叠美金放在桌子上，“原来我想用这笔钱去美国订购一套耐酸离心机的。”

他是在香港停战后，与苡小姐一起挤上一艘班轮回上海的。自“八一三”后，他与苡小姐俩逃到香港，又重整旗鼓，趁九龙葵涌标卖土地之际，标得一块地皮，造了十余间木屋权充简陋厂房。正好广州沦陷后，盐酸断档，于是，他就与苡小姐伙同几个友人，办了个盐酸工场维持着。香港当局对环境污染又是十分重视的，因为氯气溢出和酸气迷漫，厂子里也不知被港局罚去了多少铜钿。因为资金短缺，分解用的搪玻璃高压分解罐，就用油灶代替，耐酸真空蒸发器，就用水灶替代……反正辛辛苦苦，兢兢业业地维持着厂业，但求能不亏本就是好了。岂知珍珠港事件突发，厂房又遭炮击，木屋结构霎时就成一片火海。不得已停业资散职工。这一下，耗尽了他们全部积蓄，景文两口子在港根本无以赖生，落得个两手空空回上海。

“这辈子，再也不想办实业了。”景文双手托着斑白的两鬓，赌咒似的对哥哥说。他看着，比哥哥景臣还要老十岁。

他和苡小姐回上海后，苡小姐只得暂时借居在友人家，他在景臣处寄居，却坚决不愿与英共处一室。老太太近年来体力已大不如前，也自知说服不了他，只得装作糊涂，眼开眼闭算了。但如此终究不是长远之计，自己几个孩子也都已到了入大学的年纪，总不成就此一直靠兄长靠下去。而且他也深知，景臣的手头也不甚宽裕，因他大量美币和有价证券，都存放在美商银行。现在，这些都成为“敌产”被他们冻结了。再背上他这一大家口，担子太重了。

“现在看来，只有做投机这条出路了，”景文用手压压那叠美钞，自嘲地一笑：“六十岁开始学吹打。我这个博士，真正成为一个牛博士了，一事无成，只会吹牛皮。办实业叫得震天响，结果弄得身败名裂。现在，我要开始学做投机。否则，饭要没有吃了。”这叠美钞，已是苡小姐最后的一笔私房钱了。想想自己这个男人家，真正太糟糕了，苡小姐跟着他，没过上一天舒心惬意的日子。

“慢点吧，景文，”景臣劝着他。“这种证券交易，哪里是你这等读书人能弄得过的？不如先静养几天，觅个相当的能糊口的差使再讲了。”说着，硬把那叠美钞塞进景文手里。“反正我们是自家人，有饭吃饭，有粥吃粥，你不用挂在心上。”说着，像是怕弟弟会追上来似的，拉上房门就走了。

自从华行改组复业后，东洋人派了三个日本人在坐镇监督行务，其中就有影佐。他们审视了行楼蓝图，核对清查了库房、债权和债务。又规定，凡存户来取钱，每提取一笔款子，都要由一个坐镇在营业厅的东洋人签了字才可付给。银行哪有这样办的？这不是变成骗子了？骗人家把钱存进来，到头又限着人家支取。但现今是日本人的天下，他这个堂堂总经理，也是泥菩萨过江，自身难保。因此行内人人只能消极怠工，行务反而清闲了。景臣常常早早回家，反不如以前那般总是忙忙碌碌的了。

回到自己房里，娟琳正在对镜梳妆。景臣坐在沙发上看着她打扮。婚后难得有这样一段两人悠闲相处的时光。

细细算来，结婚也有好几年了，娟琳总也不见老，只是因为知道景臣不大欢喜她去参加青年会等一些太太社交活动——无非是怕让他出资捐赠，她也就渐渐疏远了社交。活动少了，身子日益富态发福了，整日在家里伴着老太太摸牌九、通五关。今晚难得听说有一次应酬，早早便开始打扮了。只见她细细地用假发卷塞在额前发卷下，顿时，额上出现两个饱满、高松的发髻，衬托出那张脸庞越发显得端丽雍容。人说夫荣妻贵，尽管丈夫与她有约在先，不得干涉他任何事务，但外人仍当她是祝太太，再加景臣又总欢喜扮出一副“惧内”的样子，所以这几年的祝太太身份，也把她娇惯成一个矜持傲然的夫人了。

“这件旗袍太小吗？”看见丈夫进来，她起身在他跟前原地转了一圈，那是一件五彩丝绒马夹袖旗袍，十分可身合体。“今年我人胖了，让周裁缝放了一放，不知还充得过吗。”说着，又不放心地对镜子瞄了一眼。

女人就是这样，永远以为自己会成为社交的中心，永远以为别人会细细注意到她的发丝、鞋尖乃至腮红。

“大就大点，小就小点，有啥呢！”景臣随口说了一句。到底是女人，这年头，还有心思顾到旗袍的长短。

“哎呀，哪能可以这般马虎！这种戏子，一对眼睛最势利了。当年我们女青年会的刘太太去捧那个唱小生的名角的场，为了穿了件格子呢大衣而没穿皮大衣，差点给后台人挡了回去，让人家牵头皮牵了好久。”

“你不要瞎比喻，人家梅博士，不一样的。”景臣说。

娟琳对着镜子做了个蔑视的表情，到底不敢开口申辩。

原来梅兰芳自被日本人从香港威迫返沪后，即蓄须明志，托病婉拒登台。但一个剧团的人，总得吃饭呀。为此，沪上银钱业特别举办一次梅兰芳书画义卖展览。今晚梅兰芳特别设家宴向各位致谢意。唉，人人都在明哲保身、守身如玉。只是，整个社会都成一盆浊水，要想洁身自好，已越来越难了。

梅公馆，在马斯南路一幢半旧古典式洋楼里。二楼靠左的厢房为大餐间，右边则是起坐间，后面划出一块为门厅走道，正中客堂楼，布置得清雅，呈横阔形，除了沙发是西洋式外，案头摆饰、壁上联轴，都是古典中国式。

梅兰芳一身英国直纹呢西装，配着理得纹丝不乱的西装头，明目皓齿，左唇上角一颗小黑痣，丰采四溢。台上虽为婀娜淑女，台下，则是一伟岸的大丈夫气概。

“梅先生，你总也不见老。”景臣握着梅兰芳的手，越发觉得自己这几年已老朽了一大截了。

“我们大家都不老，还顶牛顶得动。”梅兰芳绵软的手握着景臣的手，用甜而润的，台上台下没有大区别的嗓子含蓄双关地说。

刘同钧因着华行董事的关系，也应邀出席了这次家宴。

祝景臣已多时不见刘同钧，只见他瘦了一圈，有如大病一场过似的。

“同钧兄，怎瘦成这样？生过啥病了？”景臣关切地询问着。

“他这病不是别的，是大出血！”边上有人调侃着。

原来，裕盛厂的天宝牌纱布在香港，经蔡立仁周旋努力，在香港警察制服招标时，以比对方低廉的价格得以夺标，警察制服所需的卡其布匹是一宗大批量的买卖，当时刘同钧真是欣喜若狂，在内地裕盛厂遭战事而颇觉困难时，能这么快就有了个改变的机会，真叫额角头碰到天花板上了。谁知待棉纱织成卡其交货之时，太平洋战事突发，棉纱又变成奇货可居之物，而所得的钞票，则因连日物价的暴涨，贬得让人折算都来不及。对方原因棉纱出不了笼，不期却成了奇货可居赚了大钱，那副得意之极的神情，把刘同钧气得，眼看着体重一天天往下跌，现在瘦得两只脚杆插在皮鞋里，四处都显得空荡荡的，边上鞋帮可塞得下两只手指头。

“下一世，瘟生再来办实业。”刘同钧铁板着张脸孔说。

“现在这当口，不要讲办实业，反正样样都难。现在连写好订单的交易，交款取货时也要追加三成，否则定单作废，哪还讲啥商业信用。反正，连油条都‘形销骨立’。这种样子下，惟一的出路只能做囤积投机。你无情，我也只能不义了。所以讲，同钧兄，还是去做投机吧。你放着个能人蔡立仁先生笃定好了，他这阵在做交易所的生意，赚得肉团团呢。这世道，真是个逼良为娼的世道。”有人劝着他。

不提蔡立仁倒算了，一提他，刘同钧的脸色就不大好看了。只见他瞟了一眼祝景臣，阴阳怪气地说："现在，蔡立仁也成了奇货，我做了个空头。做多头的人，赚了！"

原来此时的蔡立仁早已辞去裕盛厂的事务，脱出身子专心做自己的生意，一心准备做祝家的乘龙快婿了。

景臣为人向来气量极大，或许跟他处境一直高于他人有关。因此刘同钧那番话他也只当没听懂，当即把话题一转，对着梅兰芳说："外边谣言实在多，一度盛传梅先生将割须弃袍，在黄金荣大寿上唱'麻姑献寿'，这传得有声有色，真正是舌头压得死人呀！"

"所以，我也不去与他们辩。这点写小报的记者，也像在做投机，抓住一点传言就大做文章，做多头抛出，"梅兰芳豁达地一笑："也难，大家都要吃饭呀！所以我只写了两句诗在报上：纵教桃李婀娜甚，自有梅花作主张。这就够了，没有什么戏可唱了。"

"真的没有什么戏可以唱了。"有人深深地叹了口气："保甲连户制已来了，你们那边开始了吗？快啦，逃不脱了。无线电的短波也要割掉，美国之音不许听。马路巡捕拦在路口收买路钱，经济警察走进店堂拿孝敬费。战前上好白米10块1石，现在跳得上千，我做了半世人，大上海给糟蹋得这样腔调，还是头遭见识呢。"

窗外洒着淋漓的急雨，笃笃地敲着窗玻璃，令人生出一种忧郁苍凉的气氛。

触景生情，席上谁人不禁轻轻哼唱起来："收拾起大地山河一担装……日暮途穷，人间何世……"

沉郁苍凉的老生唱腔伴着沥沥的雨点："……不提防，余年值乱离……"声声字字，浸饱着万般沧桑，满含着风尘凄凉。

如今，借故托病不上班，在景臣是家常便饭了。这天，景臣又懒懒地赖着在床上闭目养神，让娟琳给他打电话去行里告了个假。

从前他从来不是这样的。现在在三个日本人监视下做事，他这个总经理一踏进华行就头晕，真恨不得生一场重病告长假才好呢。

他懒懒地躺在床上，对着天花板吐着烟泡泡，忽地对太太说："娟琳，你的那些陪嫁银器呢？"娟琳也属名门闺秀，嫁妆里，银盾银果盘银台面等，实实足足有好几箱。

"怎地？"娟琳警惕地扭头看着他。

"我看，这时局一下子好不过来，市面只有更糟！不如，把阿颖的婚事办了，家里也可借此热闹热闹，这几天家中晦气十足。我想你那点银器，堆着也没用，且再下去式样怕也要老式了，不如选一些给阿颖做嫁妆，省得这边还要花钱去买，留着做啥？"

娟琳默默地用头刷刷着头发，她明白丈夫的下半句话为——留着也没用，你自己又没孩子！结婚几年，或许因为她已过了女人最佳生育年龄，也或许因为景臣正值动乱之时，难免顾此失彼。反正，她这里一直纹丝不动。有什么办法呢？在这个庞杂的大家庭中，她惟一的依靠，只有景臣，她勉勉强强地点点头。

景臣觉得她的不悦了，但并不介意。他双手仰搁在脑后，似随口说出："上几天你不是讲在西伯利亚皮货店看中一件皮大衣？要多少铜钿？去买一件吧，我送你。"一件皮大衣的钱，总要比置一套银器嫁妆便宜。而太太，这几天又是恋着一件皮大衣，这一来，不是各得其所吗？

娟琳眼圈一红，强忍着眼泪不让它掉下来。

她决不是小气。说实话，她实在愿意像苡小姐那样，为丈夫奉献出自己的一切。只是景臣，总喜欢"六月债，还得快"，好像这样一来一去，他就不欠她什么了。这是他的脾气，他从来不欢喜欠人家什么。但对太太，也这样的话，那可真太伤人心了。为了景臣，娟琳放弃了自己的社交和在女青年会的社会工作，乖乖地做她的祝太太，那这一切又顶几件皮大衣呢？

"怎么走了？谢也不谢我一声就走了？"景臣待她走出房门时叫住她。她只得折回身坐在他床沿边。四十好几的娟琳，依旧肩圆肌丰，鲜艳诱人。景臣拥着她轻声说："什么都是假的。女儿要嫁人，钞票要贬值。只有你，才是不会变的，永远是我的。”那对一向精干刚强，足以叱咤风云的眼睛，此刻却在寻觅尽情地陶醉。

床头的电话却不适时地响了。是范仰之打来的，说有要事求见。景臣忙起身抓紧梳洗。在对镜涂抹肥皂刮须时，他对镜中目浮眼肿的自己盯着打量了半天。不成，他决不能让年轻轻的范仰之看出自己这副颓唐不振的样子。

他细细地将下巴刮得一片生青，抹上清香高雅的“雅得来”发蜡，端端正正结上领带。尽管这几天天气燥热，还是在腕上搭上一件西装上装，然后驱车去与范仰之约定的一家广东茶楼。

改组后的中华银行，祝景臣成了个无实权的董事长，但仰之仍称他为祝总。

“祝总，我得到一个消息，听说现在中交两行都各向汪伪储备银行透支巨款，借此帮助同仁们运营熬过长夜，这可以说是一笔没本钱生意。我们为啥也不去透支一笔？”

这倒也是。现今钞票耽搁一天，就烂脱几成，借了钱囤物是最合算了。景臣眼睛一亮。不过，这又要与三个日本人打交道，真叫热脸孔去焐他们冷屁股，没有劲哦！

“祝总，我们不应消极等待天亮。华行别墅造了一半，现在因为资金、时局种种原因，只得停了下来，为啥不用汪伪货款把这宿舍造好完工？房子造在上海地皮上，日本人也搬不动运不走，他们将来完蛋了，这房子还是中华银行的产业。就是要透支他们银行的钱，来造自己的房子，这笔无本生意不做就傻了。这是在为中国人撑家当呢！自从同盟军在北非登陆成功后，德国人的军事优势已不复存在，斯大林格勒一战，自军长鲍罗斯元帅以下的，全部被苏俘获呢！日本人看在眼里，士气怎会不慌？我们这边，也要抓紧这有利时机。”

“你哪得来这些消息？现在无线电短波电路都给切断了，”景臣狐疑地看看他：“当心点！”

仰之却诡秘地一笑：“你要看斯大林格勒保卫战的实况吗？全

是真实的实地拍摄镜头。在亚尔培路霞飞路附近一条弄堂里，有得放该片的露天电影，是苏联领事馆招待的。祝总要有兴趣，我替你去领招待券来。”

“所以祝总，”范仰之话题一转，再接着说：“国际战场上如此，汪伪内部又有互相倾轧，党同伐异的派系之争，日伪的日子，长不了，我们不如早作准备，多为中国人保下一点财物。”

短短一席话，语重心长，颇有道理。如果真的能从汪伪储备银行中取得低利的透支，将华行别业完工，确是在沦陷不景气中为华行作了一件善事了。

“好，我去争一争。”景臣点头答应道，心中又有了一股跃跃欲试的劲头。已有好久没有动脑筋去开财路了。现今华行因着日本人限量提款，再加上法币折军票，军票再折成伪币，七折八扣的，把储户的铜钿都折得三钿不值两钿。但行里，无形中却因此减少了一笔大数目的原以老法币结算的提款，从这角度讲，银行反而赚了。但这些赚进的铜钿让它们搁在一边，不经周转，不是白白地蚀了？现今搞房地产最赚，实物投机比金钞证券投机具有更有利条件。可以先集中一笔资金购进地皮，一边造房子，一边就用分期付款，分幢出售的办法，用别人付的款来支付造房子需要的款，这样投资不大，获利却可观。另外，还可以把公司股票投入证交市场，双管齐下。真的，华行放着这么多资金，让它们搁死在一边有啥好？

只短短几秒钟，景臣心上，倏然曲曲折折地出现了许多联想，就像电影镜头一样：到处都矗立着钢筋水泥的房子，法国式、英国式、中西结合式的房子、弄堂、公寓……静穆又是有分量地矗在那里，你日本人有本事，就一幢一幢拔起来运到日本去好了！

“祝隽颖小姐这阵可好？”似是随便想起，范仰之将一口茶含在嘴里含含糊糊地发问。

“有啥好不好，女孩子年龄一到，总要往这条路走去——结婚！”景臣漫不经心地回答着，一边还在心里琢磨着：“这次投资房产，也是一场赌输赢的押宝，搏一记！”

“新郎是谁？”仰之又盯着问。

“还有谁？蔡立仁。这个后生家这几年发得火腾腾的，这个贼门槛①。”景臣又疼又怨地说。

“婚后，祝小姐还出去做事吗？”景臣越是心不在焉，仰之越是盯着问个不止。

“还做啥事！她那个机关早已关门了，外国主子都关进集中营了。所以现在，她才想到出嫁了——无路可走了。”他用玩笑的口吻说，但仰之听了，总觉得有些落寞和惋惜。

“好，说做就做，我这就去找影佐，让他帮忙给储备银行疏通一下。”景臣抓起半杯残茶仰脖一饮而尽，在范仰之肩头拍了拍作再见之说，就走了。仰之一人闷闷地坐着，想起那天晚上，他们在街角上对面站着，隽颖那匀称婀娜的身躯，在空荡荡的街上，很有点孱弱无告的味道。他知道，隽颖对自己很失望，他让她心里怀着深痛巨创，但他却一丁点都不能向她解释。他凝视着记忆中隽颖那张惨白俏丽的脸，他多么想跟她解释一下，他并不是她想像的那样无耻的经济汉奸，他不求与她白头偕老，但只要两人保持真诚的信任，心心相印，推心置腹，赤诚相见……当然，那是办不到的。

两个月后，他听说隽颖结婚了。

---

① 贼门槛，上海方言，这里不是贬，有嗔怪、疼爱的意思。

二十六

“芷霜，阿敏已做妈妈了，阿颖也结婚了。我这个大哥，却一直吊到现在。我们什么时候结婚呢？上次爸爸也跟我说起，老太太年纪大了，急着要抱曾孙了。”

在芷霜家的小客厅里，隽人幽幽地问她。转眼间又是隆冬将至，寒流来势汹汹的。芷霜家现今不要讲北京火炉，连炭墼缸都免了。除了像祝家刘家这种大户人家，一般人家里都把火炉取暖的习惯看作奢侈，省掉了。实在冷得吃不消，芷霜就捧着只热水袋御寒。热水袋外边，是芷霜自己用旧的绸料边角做的套子，捏上去绵软暖和，常会令她忆起孩提时抱洋囡囡的情景。

“不管怎样，总归要等到我爸爸回上海。”芷霜望着自己一双玫瑰红的毡鞋鞋尖，轻声又固执地说。

“可是这样等下去，要等到什么时候呢？我是等不及的。”隽人说着，也将自己一双手凑到芷霜的热水袋上焐着，一边用手指去触摸着芷霜一双手。

芷霜听了“嗤”一笑：“等不及就随你另找女朋友。”

“你坏！”隽人抓着她手就吻，她的手上涂着百雀灵冷霜，一股俗气的香味十分刺鼻。芷霜怏怏地叹了口气：“来路货都断档了，夏士莲、喷滋这种外国货现在比金子还贵。”

“对啦，送你一样小礼物。”隽人似刚刚想起，小心地从西装里面口袋掏出一个小包。

“呵，蜜丝弗陀！”芷霜快乐地叫起来，接过那管小小的美国货唇膏。

“快试试看。”隽人催着她。

“不，我要等以后用……”

“等到做新娘子吗？”

“你又来了。对啦，我也要送你一样东西，”芷霜调皮地对他睒睒眼睛，就转身上楼了。

近来，芷霜的开小百货的舅舅，发财了。这年头，做囤货的商人都发财。这种生意既不需要本钱，又不需要商业经验，稳可获得暴利。舅舅念着从前芷霜妈是十分照顾他们一家，现在发财了，倒也反过来十分照顾席家，给席师母在银行里开个户头，由着席师母自己去银行支取。这样一来，席师母终于可以雇个小大姐。至少，自己不用下冷水洗洗涮涮了。而且，席家再也不用去轧户口米、平价油了。

新雇的小大姐小琏子吃力地捧着一只大盒子下来了。

“本来，我打算给你一个 suprise（吃惊），但我终究熬不住，”她偏侧着头娇憨可爱地笑了笑，又轻轻加了一句：“这是用我自己的工钿买的。”

原来，因着育秀女塾大批英美籍教师进集中营，育秀教师一下子严重短缺了，芷霜正好趁此机会在育秀觅到一份教员的职业，任初中一年级英文教师。

她小心地打开纸盒上的绸结，里面是一套十件的银台面。

“呵，这……你积了不少时间的铜钿了？”隽人拿起一只银碟看了看，又小心地放下去。

“我要自己给自己办嫁妆。”芷霜不无自豪地说。

“这又何必呢，有就办一点，少一点也没关系，谁还会计较这些？”隽人知道芷霜向来心气就高，无奈这几年父亲又不在上海，经济收入一定也不宽，他不愿她为此觉得是个沉重的包袱。

“但是我计较的！”芷霜认真地说。是呀，她怎能与祝家的几位小姐比？她总归要显出自己有点与她们不同之处吧？至少，她要显出，自己是有能力为自己置办一部分嫁妆的。决心是下了，但自豪之中，又总有一丝凄凉的感觉。

因芷霜第二天要早早出门教书，因此隽人吃了晚饭就走了。

自席先生走了后，席宅常时除了芷霜的舅舅来坐坐外，现今连寡居的曹师母也不大来串门子，因此席家的市面很早就收场了。

晚上，承祖要做功课，芷霜要备课。天实在冷，席师母令小琏子在楼上大房间里生起一只炭盆，一家三口都挤在一间里，以充分利用这盆炭火。寥寥几块煤炭，红荧荧的炭火窝着白灰，发出吝啬的火光，为了解炭气，火盆边搁着几块橘子皮，发着阵阵金橘味的甜香。不管怎么说，隆冬中一盆火，合家团团围火而坐，在这茫茫黑夜之中，应当也属人间天堂了。怪不得此番席师母要记挂离家的丈夫。

席师母在床头灯下一边做着棉鞋，一边说："你们父亲一人在外，此刻也不知如何？这样冷的天，内地一定更加了。听说现在重庆也吃紧了，他人到底在何方？"

"你放心吧，妈。爸人头熟，又能干，要撤退，总不会扔下他一人不管的。"芷霜安慰着她。

"唉，等天亮了，你爸也回来了，你的亲事也了了。承祖再进大学，那我也放心了。"席师母说着，沉沉地叹了口气。天茫茫，夜沉沉，从来就有"几家欢乐几家愁"之说。这阵子，上海滩上的大户人家都在说，祝家的屋脊头在冒紫气呢。

景臣的华行别墅，已即将完工。第二期房产永业大楼，也在越界筑路上，三片四楼的英式公寓大楼，也开始竣工了，房子还未成形，都已经有了户头。现今发财的新贵不少，因此房子也成为十分抢手的筹码，要好过日益贬值的钞票。为此，景臣自己也趁势置了几幢，近水楼台先得月，总归要便宜点。俗话讲，蚤多不痒。景臣自中华银行被日本人复业改组后，先也是消极得很，不过勉强做些一般行务，以保守态度维持着华行。不期那日经范仰之一提醒，再加上目睹投机市场、证交市场如此兴隆，人人都在趁这乱世之际饱捞一票，他又何苦死死守节呢？自太平洋战事后，由于原料供应困难和货币的不断贬值，正常的银行行务根本无法进行，但行员的生活又清苦得很，不如也做点生意，于行，于行员，于自己都有好处。自然，根据伪组织的财政金融条例，银行钱庄还是不准兼营其他业务。于是，中华银行另外开设了个中华企业公司，景臣请范仰之兼任经理，由中华银行向他们提款，照样可以过关。

起先，景臣碍着三个日本人，泰山镇顶般镇在行务之上，少不得要对他们赔着笑脸打些烟幕，特别那个影佐。他一改以往那种风高亮节的民族气概，大丈夫要能屈能伸嘛！他也开始讨好巴结起他了。

“现在，整个上海都在你们掌握之中，华行自然也不例外，何必将华行款账扣得这么死？自己捆住自己手脚？”他对影佐如此这般游说一番，影佐觉得他说得有理，也就放宽了对行务的垄断。

太平洋战事后这两年，真是日子难过。物价一日数跳，一大堆钞票买不到东西，全靠景臣设法使人将钞票折成纸张、黄金或美钞等另外搁开。同仁的工资半年一起发，免得物价暴涨同仁的薪水都蚀光。然后再过一段看看大家又闹钱荒了，就再卖掉几块黄金美钞，再发几个月薪水。总算，华行职员的日子要好过其他行业的，祝景臣爱护行员之举，一时也在钱业界引为美谈。

至于行里那三位日方经理，反正景臣使着法子让他们一点点交还一些行务的权利。这是一件最让他头疼不快的事。好在那三个日本人自己，也因着连年的战争有厌战之情绪，气焰早已不如刚接管中华银行时那般嚣张，咄咄逼人了。

那天，景臣正想怂恿影佐再投资一批房地产业，刚走进影佐办公室，却发现他一个人在喝闷酒，耷拉着个脑袋。一看见景臣进来，他就烦躁地连连挥手叫他出去，一边咕哝着：“你不要再来烦我了，我也没有心厢来管你们这些事。我的太太和两个儿子，三个月前就从日本动身来中国了，到今天还没有音讯，一定已葬身鱼腹送掉性命了。我实在不想再在上海待下去，我要回日本去……”哭哭啼啼地，说得景臣倒有点为他难过了。

从此，影佐似真的不再认真做凶神了。影佐既如此，还有两个日本人也就更乐得不管事了。这样一来，景臣没有了压力，可以自由调动资金证券，市面越做越旺。

要做生意、做投机，少不得三教九流都要结交，因此祝家的客厅里，夜夜高朋满座，麻将台起码开四只。此刻，客厅正中一只北京炉子，大块大块乌黑晶亮的鸿基煤烧得旺旺的。蒲娟琳单穿着一身枣红的獐绒旗袍，赤露着两截鲜藕般粉白的臂膀，在景臣后面坐着相帮看牌。

景文现今也一改往日的穷酸相；穿一件象牙色羊毛背心，衬着雪白的衬衫，袖口直拖到腕背上，闪烁着一对白金纽扣。

他竟然也发财了。像他们这样一对书呆子也会发财，可见发财又是十分容易的。

说起他的发财，也属偶然。自香港战乱后，他与苡小姐落荒而归，家里除了一大堆陈旧不堪的化学仪器及各种颜色的化学原料外，真可谓身无分文。也叫绝处逢生，正巧上海英美人开设的医院，好多被日本人作为敌侨产业或改组，或挪作他用，市民们看病例还容易解决，可以找私人医生，惟独要有化验项目就难煞了；一般私人诊所都没有化验设备。目睹这种种不方便，书呆子景文竟心生一计，借了个亭子间，买了只旧冰箱，利用家里储存着的那点药水仪器，挂了个求是化验所招牌，就以举手之劳，解决了千万病家燃眉之急。财路，也就这样开了。真叫有意栽花花不活，无意插柳柳成荫。

景文眼见得哥哥一局打完后，便向他使了个眼色，景臣即起身让娟琳接着他打，自己与景文踱到落地窗边上。两兄弟也算得上多年来风雨共济了，因此景文向来十分信得过哥哥。

“臣哥，”景文轻声对哥哥说：“她……苡小姐有喜了。你看，这孩子……要还是不要？”因为从前一直不安定，既无钱又无精力，因此苡小姐暗自流产过几胎，现在好容易生活安定了，他的求是化验所生意很好，钱雪片似的向他飘来。或许，他可以再添个孩子，只是这一下，苡小姐的身份，似摆明是个小老婆了。否则，横竖也没孩子。尽管此地无银三百两，终不致太令苡小姐难堪。现在要让这孩子生下来，到底算正出还是庶出？

“除非你决定与英嫂离婚。”景臣嘴唇不动地说。

“这是不可能的。这样我对不起她。”景文摇了摇头。“她除了不识字，有哪点对不起我？我在外边留学那几年，孩子全靠她照看。”

“那就一切照旧。”景臣沉默了一会，说。

“但苡小姐已经34岁了。而且……她很想有个孩子。这几年她与我可谓同甘共苦了，好容易现在事业稳定了……”

景臣眉头一蹙：“哦，苡小姐才34岁？”

“是，比我小一折。怎么了？”景文颇有戒心地问。虽说发了财，他依然还是思虑重重，疲惫不振的样子。

“记得我们华行的前任总经理魏久熙吗？讨了个年纪轻轻的填房太太，魏经理一故，家当一五一十全落在她手中，由着她糟蹋倒贴小白脸。懂吗？”说罢，他意味深长地对景文点点头。

景文几乎是难以觉察地点点头。

“你的老大隽丰今年大学毕业了？足以能帮助你维持求是化验所，接替苡小姐了。苡小姐够辛苦了，回家享福吧。”景臣说罢利索地把身边一张椅子一推，转身就走了。

景文耷拉着两只胳膊，茫然若失地站在那里。他再是书呆子，哥哥的意思，他自然是明白的。这样做，如何对得起苡小姐？他有5个孩子，苦苦奋斗了半世的景文，一旦争得了些许产业，自然要想起自己的孩子，尽管孩子们对他冷淡又隔膜，这就是人说的，三十爱妻四十爱子吧？他也实在希望，这爿如今十分发达的求是化验所，能子子孙孙传下去。苡小姐是他的合资者，问题是她妾不像妾，妻不像妻，又年轻，哪一日她都有离开他的可能。就是说，都有带走一半产业的可能……那么，让她生个孩子拴住她？那……他堂堂化学博士祝景文，孜孜致力于实业救国的祝景文，不就成了名正言顺的纳妾者了？现今民国时代，纳妾者名声已不佳了，至少在知识学术界。唉，一个人索性无钱无名，像从前办那个赔钱的化工厂，倒也不用考虑那么多。现今求是化验所在上海日益令人注目起来了，令景文烦心的事，竟也会越来越多了。

“阿文，一个人站在这里做啥？你不去打牌了？”一只手轻轻碰碰他肘部，苡小姐什么时候悄然来到他身边，她披着一件黑开司米披肩，体贴关切地问他。

景文看看表，抓住她手说他想回家了。他想今晚就劝她别把孩子生下来。他的手指触着她光溜溜的手指，在她这样年纪，早该在无名指上套上一只结婚戒指了。

景文替英氏和孩子们已经置了一幢两开间三层楼的宅第。他自己和苡小姐另租了一套公寓。他明白这不是个长久之计。

二十七

芷霜笨手笨脚地咬住根棉纱线，一头把线绕在手指上，艰难地割着只皮蛋。平时见母亲做得干脆利落，但自己一上手，一只皮蛋却给割得黏糊糊，且一瓣一瓣大小不一，手指上黏满了黑乎乎的蛋黄。

洗澡间里，隽人正在漱洗，一声一声地清着喉咙。芷霜暗暗看了下床头上的钟：该马上服侍隽人吃早饭了，但看看碟子里横七竖八的皮蛋，真有点一筹莫展。

这边，隽人已梳洗完毕，快乐地哼着“洋基杜德尔”出来了。他披着一件咖啡格子的粗绒浴衣，虽然不近视，也配着副金丝边平光眼镜。因为公务轻松，万事如意，近来他已显然发福了，少了几分当年倜傥飘逸之气，却多了点稳健成熟之风，是一个标准的上等先生。

他一边扣着袖扣，一边说：“今天我结那条咖啡圆点领带。”说着，就伸长脖子等着。

“来了。”芷霜一边舔着满手的皮蛋黄，一边要赶去洗手，隽人却一把拉住她搂在怀里，芷霜张着一双黏糊糊的手，娇羞地对他说：“看，你娶进一个多能干的太太！”

芷霜是在春天成为祝家的新少奶的。一来，因为祝家老太太催得紧；二来，在这乱世之中，职业妇女实在难做。因此，她不得不屈从旧俗，乖乖地走上主妇之路。

虽说席先生仍然无法回来操办她的婚事，但因着席家自知是高攀祝家的，因此对芷霜的嫁妆是早有准备。而且席芷霜的娘舅近年来发得一塌糊涂，也大大地为外甥女撑了份嫁妆。芷霜也可算是体体面面地嫁过去的。

祝景臣讨媳妇，这在金融界也算一件大事了。虽然景臣的脾气向来是不欢喜铺张张扬，但平时社交广，为人又热心慷慨，有求必应，人们或为了了却一份人情，也有为了巴结他，也有要与他联络感情……反正贺礼纷至沓来，其盛况竟超过当年他自己与娟琳结婚的排场。离婚期还有一个月，请帖已发出头两千张，还有贺礼不断送来。于是，又得补请帖，打发送礼的佣人赏钱，下面朝北一间小客厅，干脆开出来专门堆贺礼：各色银盾、茶具、车料器皿乃至吊灯台灯……堆得像百货公司的栈房，把个登记贺礼的发根伯，忙得个上厕所的时间都没有。岂止发根伯，反正祝家几个佣人，上上下下都忙得人仰马翻。老太太更是喜得天天要去三楼新房看一看。自从景文自己置了房子，将英嫂和孩子们接出去后，再加隽敏远嫁，隽颖又出阁，祝公馆的房子，一下子空出很多。于是三楼一层，就统统给隽人做小家庭之用。房间家具是毛全泰合着房间尺寸格式定做的。隽人嫌红木家具太艳俗，暴发户一样，宁可要现在这套栗壳式的，是上好的柚木质料，配着德国车边镜子，暗铰链，派头却也十分好。另外起坐间和小客厅，也布置得十分典雅洋派。老太太一喜，精神也一振，腰酸背疼的毛病竟也去了。

自然祝公馆里也不是人人一片喜气的，至少蒲娟琳，另一个比她年轻，自然也要比她漂亮的新一代祝太太的出现，总归是一件令她不甚愉快的事，而且她不会像那几位祝小姐一样在这个家里的日子是屈指可数的，她会无限制地待下去。但面子上，她做得比祝府任何一个人都忙碌。还有一个不高兴的，是已渐解人意的隽玮。如今，她已是一个18岁的小姐了，今年夏天也要进大学了。前边两个姐姐都已出嫁，她正是家里最得宠的做小公主的时候，不料现今全家的中心，却变成围绕着新娘子转了。隽玮很多地方都自小模仿大姐隽敏。因此不觉也变得与隽敏一样任性骄横，一旦发现自己成不了全家的中心，就很有一股酸气，只得借着阿哥的喜事拼命给自己置行头，做了乔其纱还要做烂花丝绒的，做了旗袍还要做西式晚礼服，添了开司米大衣，又加了件银鼠皮大衣。她是吃准在这喜庆夹忙日子里，父亲也无暇与她计较。

锦江十一楼宴会大厅，通层给包了下来，因为宾客太多，只得以茶点待客，另外再在晚上定几十桌酒席，招待些近亲至友。那日的宾客总不下上千之多，络绎不断，不少不过签个到就走的。如是前客让后客的，就这样，临时还添加了近百客茶点。3点正新娘出场时，宾客中好多连席位都无法安置，好在都是些场面上的人，不会在乎送了多少礼吃了多少食的。

那天，景臣一身黑缎领燕尾礼服，端坐在首席，陪着一帮社会名流贤达。这礼服还是他自己做新郎时定制的，后来一直没有上过身，倒不是没有上身的机会，而是自持久抗战后，人事难于应付适从。他整个人，一下子就瘦得落了形，这件礼服穿着晃荡晃荡的，没有样子。本来想再做一件，岂知办事前将它翻出来试着穿一下，却恰恰可体正好，这一阵，他万事亨达，可谓心宽体胖，竟发福复原了。

他美滋滋地坐在首席上，近来他真是绝处逢生；华行别墅完工，第一批行员同仁已欢天喜地搬进去了。二期的华行别墅也已开工。另外，中华银行新大楼的图样也已设计定稿，不日即可奠基开工……现在，他又迎进一个新的家庭成员——新媳妇了。

席家虽不是大户，但芷霜打从她那天来他写字间里拉广告，调皮地把一粒奶油糖给他吃之时，他就喜欢上了她。说漂亮，景臣自家几个女儿也不差，但芷霜身上，女孩子应有的娇憨之气和一个高尚仕女应有的矜持端庄，都糅合得恰如其分，半点不多，也半点不缺。饱览人世的景臣是十分明白，非有一定的聪明才智和良好的家庭教育，是显示不出这点修养的，哪怕是装假也装不像的。特别这次听说，新娘子的一套银台面是自己积薪置办时，景臣对这位小姐更是看重赞赏。随着钢琴奏出婚礼进行曲那辉煌、灿烂的前奏，新嫁娘在她舅舅的搀扶下，款款而来，长长的头纱由四个童男童女珍重地托捧着，在一片无垠的纯白之中，她就像一件给小心地包裹好的礼物，由上苍双手托赠给祝家。她将为祝家繁衍后代，延续香火。

宴会厅响起一阵赞美的掌声。

儿子隽人，也是一身深色燕尾服，英俊潇洒，气度不凡。虽不怎么聪明过人，毕竟也不辜负为父一片苦心，不赌不嫖，为人负责正派，在德商洋行也做到主任了，天天还有一辆乌黑锃亮的小包车来上下班接送，一个月也有一笔足以可以养活老婆孩子的薪金，纵使成不了才，总算也成了人。儿子从新嫁娘的舅舅手里接过新娘——这意味着，新娘的家长，就此把女儿托付给你了——景臣心里不禁咯噔一下，虽说他做过两次新郎了，但哪一次都不及这次那样，令他深切体会到，在世界上身为一个男人，无论是对社会还是对家庭，其责任之沉重。儿子呵，你要对这位小姐负责到底！由此，他又想到自己两个出嫁女儿：隽敏已是两个孩子的妈妈了，日前有人从内地带信来，小家庭十分融洽安稳，现今两口子都在美军服务处供职。爱情真会改变人，自小娇生惯养的隽敏竟变成一个能干的服务股股长和家庭主妇了。隽颖快分娩了，挺着个大肚子坐那里，虽是快要做妈妈的人了，还是坚守着教会里不剪发的传统，在脑后挽了个扁扁大大的发髻，插着一只滴绿的翡翠发插，自然是夫婿蔡立仁孝敬她的。相比之下，她福气比姐姐隽敏要好多了，蔡立仁很赚得动。以前因着隽颖老实巴结的，又不漂亮，又不会撒娇，连景臣自己，都有点不觉冷淡她。大家庭本来就是势利眼得很。这样一来，连带着发根老伯、陆妈等老佣人，都对这位大小姐有点讪讪的。现今姑爷如此阔，自然一切又当别论，隽颖回一次娘家，声声“姑奶奶”叫得像拌过蜂蜜似的，连蒲娟琳都特地关照厨房，要厨房里多添几道菜。

作为隽人的长辈，他的舅妈苏太太，也来参加大外甥的婚礼了。这一晃，又有几年没有打照面了。那次，还是阿舅死在马路上，景臣为他料理后事时，他们见的面。

或许因为丈夫终于有了归宿，她看上去胖了一点，头发往上拢着压成个发髻，别着只琥珀色的发夹，再配着一身宽大的深咖啡软缎旗袍，典雅端庄。惟有景臣从中读出她的寂寞孤独。她将一直在这片荒漠的咖啡色中度过余生，独自一人吃饭睡觉，毫无乐趣地捱下去。

景臣远远地注视着她。一度对他来说，她是那么宝贵，不可缺少。但成了名后的他，自己已身不由己了。他只得眼看着自己的感情世界千疮百孔，甚至捣得她的内心世界也是痛楚万分，却无法阻止这一切。毕竟，什么都得付出代价！他甚至连停下来怜惜一下自己的时间都没有，他还得往前赶路，好像一台已经发动了的机器，由着惯性一味地转动着。即使在儿子的喜典上，他也要不断地在宾客中鉴貌辨色，他要了解各种行情，他要搞清谁个如今实力雄厚，谁个已外强中干……

在他端起酒杯去向各位熟人敬酒时，借着厅堂内摇曳着的烛光，他用眼睛关切地向她询问着：“好久不见了，过得还可以吧？”

她把头一歪，目光凄惨地微笑着：“我只要你过得好。”然后就转过自己的头，让它消失在其他宾客的颈脖后面。景臣再也找不到她了。

他发现，龚罗玛丽没有来。发请帖时，他是想过要不要请她，知道近年来她境况不好。送了请帖去，反叫她破费几个礼钱。但不送去，祝景臣娶媳妇这样一件大事，总归传得到她耳朵里，她免不了会生气。一个落魄潦倒的人的自尊，是最敏感最脆弱了。思来量去的，还是让人送了份帖子去。果然，她差女儿送了一对银子牙缸来，体体面面的，喜宴到底没有见来。景臣觉得很对她不起。

台下密密集集的贺客，有恭维他的、妒忌他的、有求于他的、要利用他的，也有要吃掉他的、爱他的、怨他的……形形色色，构成了他置身的世界，几十年来，他就是在其中周旋施展，寻找发展的空间。

芷霜那身礼服，是花了大价钱专门从马丹·加纳特时装公司定做的。一般人家的新嫁娘，这种一生一世只穿几个钟头的礼服，都去时装店里租一下，才得几十块洋钿的事。但芷霜心气向来骄傲，长这么大，从来不借穿别人的衣服，更不要讲结婚礼服。一件礼服你也穿我也穿，恶心死了。她宁可其他衣服少添几件，结婚礼服一定要专门定制。这是她告别青春的标记。那怎么可以穿别人穿过的旧衣服呢？

就这样，她踏着高亢灿烂的婚礼进行曲，披着一身一肩的缤纷的彩纸屑，伴着阵阵络绎不断的掌声，向她的青春道别了。在隽人温软的手掌的包握下，她和他一起操起结着绸带的银刀，在结婚蛋糕上切下第一刀，蛋糕包着糖衣的外壳很硬，初切上去要略施点腕力，待这层糖衣破后，里面则是松软的一层了。在这一眨间，芷霜觉得这挺像自己的这场婚姻，她与隽人的爱情就像这层糖包衣，甜口的、光滑的，没有一丁点坑坑凹凹，坚硬却脆弱。她相信真正的爱情不应当是这样的。它应当像酒，不应是单一的甜，而应当是醇，但她的意识又清晰地告诉她，她必须放弃这一切，为了那以后的永久的舒适和安宁……现在，她终于冲破那坚硬的一层触到松软香甜的内质了。当婚礼仪式结束，在她好不容易脱下那身白纱礼服时，她几乎有点倦怠了。硬扎的罗纱触着铺着地毯的地板，发出“嚓”的一声，令芷霜觉得一种决彻的苍凉。

也不知怎么形成的这条惯例，隽人小家庭一切开支都自然由总家里包了，惟独一顿早餐，得小家庭自己负担。负担也是有限的，隽人现今收入颇丰，只是料理一顿早餐实在也很费神，特别对从来不染指家务琐事的芷霜，或许，祝家就是故意要以此来督促新嫁娘尽一点太太的职责吧。好容易送走了丈夫，她便觉得有点无事可做了。虽说祝宅偌大一幢房子大小有十几间房间，但她能自由不拘地活动的空间，就只有这三楼。

她空虚地打了个哈欠，踱到窗台边，窗帘是金色毛葛料的，实在有点俗气，但为了喜庆气，她只得让了步，要芷霜让步实在不是件容易事，但到了祝家，就少不得处处留意，步步当心了。花园里台阶上，几个穿着蓝衫黑裤的女佣：陆妈、孙妈还有个什么妈，反正她也记不住这种装束大同小异的老妈子的称呼，正在把一圆匾一圆匾的米抬出来晒。黄霉天快到了，米蛀虫都要出来了。上面望下去，那一圆匾一圆匾的白花花的米，十分耀眼夺目，像一朵朵盛开的莲花。这令芷霜想起那一个寒风刺骨的晚上，她挤在一群轧户口米的小市民之中，身子下衬着一张申报纸，就地坐在冰冷梆硬的上阶沿上，坐了整整一个通宵，就为了可以用平价买到3升米！贫困真是一件十分可怕的事，其实它仅仅是不在意地轻轻触了一下芷霜，却已让芷霜感到给撞得鼻青眼肿了。当然，从此以后，贫困连边都不会再来擦她一下了。

她瞥了一下钟，才8点半。往常这个时候，她早已端坐在教员室。职业女性的生涯毕竟不轻松。刮风下雨，天天要上班下班，来回奔波，但其中自有一股自食其力的骄傲。在她还是大五生之时，除一般大五生忙着应付毕业论文、考试、级刊和话别会及男学生的绵绵别情外，她还得应付“毕业即失业”的局面。太平洋战争后，父亲的钱汇不进了，她似一下子长大了。先是在一公司里做女秘书，位置就在经理室门外一高柜台里，颇有点像劳工医院的挂号间，头顶上高高竖起一块“非请莫入”的牌子。她的职责是起草信函、英文打字，再兼接电话。就这点事务，其实她这五年家政系不读，也是足以应付的。在社会上做事，长相甜美的女子总归合算点，经理对她很客气。隽人却对她这份差事不满意，他自己在公司里都有一个女秘书，怎么自己的未婚妻反倒去做人家女秘书？嘴上是没有说什么，但他脸上是摆出不开心的表情了。芷霜没去理会他。她十分知道什么时候该让步，什么时候不能让。但最后，她还是辞掉这份差事。倒并不是因为隽人的不悦，而是经理太太打来的电话让她受不了。那种居高临下，防备存戒的口气真让人觉得，女秘书这只位子针毡般难熬。几次一来，芷霜就辞掉不做了。后来终于被母校聘回育秀任教。那一学期的教员生活她想永远也是忘不了的。岂知乱世之中，风云突变之事是常有的。不久，因着育秀是美国教会所属的，日本军队就强占了育秀校舍做医院，育秀被迫迁到一弄堂洋房里勉强维持着。在不得已中，校长商量请芷霜让出她的职业，给需要养家糊口的教员赖以生计，芷霜也就答应了。就这样，大学毕了业，在社会上又失了业，只好把婚事办了。再讲，24 岁的小姐，再不结婚，也不像话了。

送走丈夫后，再在自家房里看看报，磨蹭一下，看看已 11 点了，这是该“亮相”的时候了。否则要让佣人耻笑这个新少奶，怎么如此不“出趟”。芷霜懒散地从沙发上站起身子，挑了件黑底金团寿的夹旗袍，披着一件蜜黄的羊毛衫，下楼到老太太房里去请安。

老太太这阵因着两个儿子都得发了，又娶进孙媳妇，心里一舒坦，脸色也日渐红润精神了。这天，景文的英媳妇也过来，正陪着老太太讲话解闷。虽说现今男人发了，但英氏还是老样子：一身半旧的阴丹士林罩袍，罩着里面那件毛葛面夹旗袍，下面开岔里露出一截厚墩墩的肉色线袜，脚下一双也是半旧的绣花鞋，只是手腕上，多了一只碧绿生清的翡翠镯头。对于丈夫公开地与另外一个女人过夫妻生活，她已习惯了，也认命了，这样的女人，只要承认她在夫家的先来后到的身份，其他一切都是可以商量的。自从丈夫替她另外置了一幢三上三下的宽敞宅第而搬出去后，她反觉得十分寂寞闷气，因此几乎日隔日要到大西路来走一遭，反正现在她也有了自家车夫，早上送来，吃好夜饭再接回去，就这样一天复一天地过着。

芷霜进去时，觉得房里气氛很有点不一样，老太太在抹眼泪，英婶母在俯身安慰着她，脸上却又分明呈出一副喜气。

“少奶奶，”一看见她进来，英氏忙招手叫她过来：“大喜事呀！祝家这几年真是运道好呀！”

原来，景文化验公司里，偶然机会，苡小姐接到一化验单，发现该病人名字叫祝隽民，因着中国人向来有个排行的习惯，回去就随便问了声景文，景文又随便与英氏讲起，英氏再讲给老太太听。老太太因为大儿子景廉早年投军，至今信息全无，死活不明，一直是一块心病。特别现在日子一天好过似一天，两个儿子都发达生辉，夜深人静之时更想到那一天福都不曾享过的大儿子。猛一听见这等巧事，就盯着英媳要景文去打听个明白。景文再打发人凭着病家化验单去打听，果然籍贯排行一丝不错，其病家父亲大号就是祝景廉，可惜景廉境况一直不振，当了一阵兵，出生人死为军阀几次差点送命，队伍又成天调防开走，军饷也时有时断，弄得根本无法与家里人写信。反正一直颠颠簸簸，再加连年战乱，就此音讯全断了。谁知他最后也流落到上海，就在南市安了家，做了个酱油店老板的招女婿。这十几年大家都在上海，竟会一点都不知晓。说起来现今祝景臣大名谁人不知？可惜他们属小家小户，与银行钱业边都沾不上，自然也不会听到什么了。景廉在抗战开始就吐血亡故了，留下两个儿子，来验痰的就是小儿子。前不久他也发现吐血了。因着父亲是这个病里去的，心里十分紧张，就至祝景文化验所来化验了。祝景文到底是读书人出身，觉得现今兄弟俩都成为社会名人，免不了会有行骗欺诈之辈，认为决不可贸然相认，希望通过验血的科学方法来鉴定。老太太却已等不及骂开了。英氏为此特地亲自去南市走了一遭，一看那两兄弟，血也不用验了，活脱活一张祝家门脸孔——高鼻隆，宽额头，那神态举止，几乎就是年轻的景文景臣的翻版，这下就赶来向老太太报这个信了。

芷霜也只是有一搭呒一搭地听着。她对这个家还是十分生分，因此一时也无法分享她们的喜哀。只是感慨一母之出的亲兄弟，运道福气竟有这样天大的区分，真可谓，人算算不过天算！一时，只觉得对莫测的天地有种敬畏之感。

不一会，太太娟琳也来向老太太请安了。她披着件灰紫色勾花开司米披肩，身穿浅灰麦浪绸面子的夹旗袍，配着银白底绣花鞋，即若在家里闲坐，她的穿着打扮也是一丁点都不肯马虎的。她对芷霜十分客气，客气得芷霜最好能躲着她，却又偏偏早晚两次见面是逃不脱的。自成为祝太太后，娟琳在丈夫的示意下，几乎推掉了女青年会所有的差事，只留下一个有名无实的董事。从此，她把她那份精明能干，就全部扑在持家和服侍丈夫这两件事上。

老太太和英氏又将那千里寻亲记对娟琳重复了一遍，她听了也没有表示欣喜，也不冷淡。完了，她把披肩两头一抽紧，淡淡地说："好吧，什么时候请他们弟兄俩，再加上那位嫂嫂，来吃顿夜饭。"

芷霜惶惑地偷偷扫了婆婆一眼，觉得她至少应当再说点什么表示点什么，但她已经把一盒牌九倒出来，开始通起五关来。事实上，娟琳与自己婆婆及这位妯娌，也是无啥话可讲，只不过碍着礼节，天天来应个卯，泡上两个钟头，这令芷霜心里发毛：这意味着她也要这样天天泡上两个钟头，要泡到何年何月？

幸好，同样的故事两遍一讲，消磨了不少时光，转眼间就吃中饭了。中饭吃罢，芷霜有如解脱了一般轻松，晚上虽然还要去老太太房里坐，但丈夫、公公等都回来了，气氛就不一样了。

芷霜没有午睡的习惯。午饭吃罢，觉得要打发这漫长的下午时光，又是一件烦人的事。看看镜子，觉得头发该做一做了，顺便也可以上街去溜一溜，当下就跳上一辆三轮车，直奔静安寺路的白玫瑰美发厅。那里的三号师傅，她是他的老主顾了。刚刚在高高的理发椅上坐定，就听到有人在"芷霜、芷霜"地叫她，扭头一看，那边铁帽子下面在烘发的一位太太，正冲着她不住点头，只见她一张满月膛的阔脸，把个铁帽子塞得铺铺满满的。那张脸膛似曾相识，却一下子又记不起是谁。只见那位太太费力地把头从铁帽子里拔出来，笑吟吟地拉下头上裹着的毛巾，说："芷霜，我真老得让你不认得了？我是刘彩珍呀！"

呵，刘彩珍！自那天她让娘姨匆匆接走后，一晃已有六七年时光过去了，刘彩珍倒不是变老了，以至芷霜一下子认不出她，而是反比做女孩子时漂亮了。或者说，气度雍容了。

"芷霜，听蓓蓓说，你大喜呀！酒也不请我吃。"她挟着只漆皮皮包，无名指上闪烁着一只昂贵的白金方钻戒，俨然一派阔太太的打扮。她似对生活很满足。夫家为赫赫大户李家，宅第足足占了半个街口，她的孩子已进幼儿园了。因为是个儿子，长房长孙，令她在李家的位置一下子就拔高了不少。现今的刘彩珍，再也不像在育秀时那般木讷自嫌。

她还是当年那副坦诚老实的神情，抢着替芷霜付了理发费不算，还非要坐在芷霜边上一张空椅子上等她，一边滔滔讲着旧日育秀园种种往事。待芷霜也做完头发出来，已是黄昏时分了。一个下午，就这样消磨过去。

近来，因着日本人管制限量汽油，出租车、私家车都少了。她俩叫了部三轮车，芷霜十分惊讶地发现：刘彩珍的家离她现在的新家，只隔一条横马路。

“你常常过来白相呀！大家可以解解厌气，这么近的路。”刘彩珍临下车时，依依地拉住芷霜手说。她也很觉得寂寞无聊吗？

她的夫家，李家的宅第，属那种森严谨慎的老式花园洋房。一扇包着铁皮的沉重的黑漆大门，嵌在一排赭红砖砌成的围墙里，围墙上端，嵌着狼牙般的碎玻璃，再一排浓浓密密的树丛，显得围墙里边特别昏暗。听刘彩珍说，20 年代，她的公公曾遭歹徒绑架，因此家里门户十分谨慎小心。她在车上，看着刘彩珍揿了揿铃，铁门上开了个小洞，然后，门开启一丝缝，不及她看清楚里面的景致，刘彩珍已经闪进去，门咣啲一声关上了。

回到祝宅，已是掌灯时分了。自从实行了控制用电，违者罚款的规定后，餐厅大吊灯上的灯泡都摘除了，独留一支 40 支光的，偌大的大餐间显得一袭苍黄。

隽人今晚有应酬不回家吃夜饭，芷霜只能拘拘谨谨地坐在餐桌边，小心地挟着眼前的小菜。难得公公景臣倒回来吃夜饭。

景廉的儿子有着落的故事，成了今晚餐桌上的重要话题。由此又引申出种种有关祝家旧事的趣谈。这一切对芷霜是生疏的，她插不上嘴，只是闷闷地扒着饭，脸上还得堆起一团恰到好处的笑意，免得徒然引起“新少奶脸孔铁板”之类的闲话。

“芷霜，”景臣忽然停止了闲谈，关心地询问道：“在此间觉得怎样？还喜欢吗？”

芷霜猝不及防，略略怔了一下，然后极大方地一笑，答道：“蛮好。”

不管怎样，她挺感激公公这种细微的关照。

9 点过了，隽人还未回来。芷霜拿起本英文小说倚在床上胡乱翻弄着。刘彩珍打电话来，约她明天下午去她家搓麻将，她一口答应，否则她明天下午又做何消遣呢？

唉，记得在育秀的那天，正在灯下复习英国历史的刘彩珍，给家里的几个老娘姨接走了，待听说她要回去结婚时，芷霜是以一种怎样同情惋惜的目光注视着她的。不过那么七八年工夫，她自己，除了多了一张大学文凭外，又与刘彩珍有什么区别呢？

她放下手中的书，只觉得一个字也看不下去。想到她的余生就得这样过下去……余生！太怕人了。她才25岁，但确实，是“余生”了，她还能渴望什么，憧憬什么呢？泪水涌出来，从她脸庞两侧淌入鬓发之中。

一天，她终于对隽人说：“隽人，我们搬出去过小家庭生活吧，租一套公寓，两间一套就足够了。”

隽人惊讶地看了她一眼：“租一套公寓？我又没有蔡立仁如此赚得动，另外过小家庭啥开销！”

“我可以再出去做事。”芷霜说。

“别开玩笑了，堂堂祝家少奶奶出去做事，传出去倒好像祝家连个新少奶都养不起。”

芷霜不再吭声了。她是心甘情愿走进这样的生活圈子的，除了自己以外，没有任何人可以怪罪。

“觉得白天很无聊是吗？不过我们不会总是两个人的，有你忙的日子了。”隽人捏捏她的鼻子，说。或许，只要有了孩子，一切就会不一样了。

二十八

鉴于市场上投机倒把之风实在太猖狂，而且直接影响到敌伪的战时经济统制，“中储”开始着手加紧收回放款。同时压缩同业放款，一时市面银根紧俏，囤积之物大量出笼。特别自日伪商业统制总会开始实施强制收买棉纱、棉布的命令后，不少投机商人慑于“违者处一至五年徒刑，并科以5万元以下的罚金”之令，只得忍痛低价强制卖出囤货，因此而破产自杀的大有人在。这股风自然也影响到做投机的蔡立仁了。

那天晚上，隽颖挺着个大肚子，冒雨乘了部三轮卜楞登卜楞登地赶来。原来，蔡立仁想将囤积的纱布走私运往内地，如是出清存货，可避免强制收购。但这种走私，没有日本军人敌伪人员保镖护送，是走不出的。

“立仁讲，爸行里总有票券物资要运往内地，能否夹带着一起过去。”隽颖焦虑地问。

人也奇怪，尽管本来隽颖对嫁给立仁，不过出于一种寻求归宿之意，但一旦成为他的太太，也就死心塌地将一颗心全放在丈夫身上，讲话总是一口一声“立仁说”。

景臣虽然扒钱是内行，但凡可以钻的空子，都不会溜过他的眼皮，但这都是为行里积财，天地良心，假公肥私的事，他倒是有点怯懦。蔡立仁是吃准他的脾气，所以特地让大着肚子的太太来为他说情，以此打动老丈人。

景臣皱了皱眉头。隽颖却笑了："我们立仁讲，爸爸就是太拘谨一点。说实话，人讲贾府里除了一对石狮子，没有个干净的人。老实讲现今生意场上，何不如此？人家都说，全上海生意场上，除了汇丰银行门口一对铜狮子外，再也找不到干净之物了。爸爸又何必这般小心呢？"

她虽然还是个虔诚的基督教徒，但自从做了主妇后，眼见得米由战前的11元1石涨到现在的5万元1石，白煤由块把钱1担涨到上千元1担，少不得也要像世俗之辈一样捏紧手中那几张钞票了。再讲，肚子里已有小孩了，小孩一出世又要花大宗钱。现在租居的公寓，因原先是英国人的产业，因此现在被划为"军管理"，这几天日方正勒令住户分五期迁出，公寓要另作他用。这年头要找房子，顶费加租费，不一锹头将你敲昏，是办不成事的。在这样的经济压力下，她已无暇再去教会服务了。再讲，她原先一直做义工的那座教堂，外国牧师被关进集中营，大堂也改成日本驻军地了。无私的奉献是那样不现实。因为，首先她是属于自己丈夫和未来的小生命。

与父亲谈妥后，她穿过暗嚓嚓的楼道找老太太说话去。同样因为控制用电，门厅到楼梯一路上壁灯的灯泡都给故意摘掉了，免得忘记了，又犯了"随手开灯"的习惯，祝家佣人多，一时你也忘了他也忘了，用电度又要上去了。她顺着从小就走熟的楼梯摸上去，只觉得整幢房子死寂死寂，失却了她记忆中那种温馨静谧的气息。如今隽敏远嫁了，她本是这幢房子的灵魂，她一走，就再也热闹不起来了，她自己又出嫁了，两个妹妹都在学校寄宿，英婶和几个堂兄妹又搬走了，如此一算，这个家里真个没啥人了。因此隽颖也不大回娘家。一来她自己的家有不少要她操心的事；二来，家里越来越无趣了，且又复杂。后娘蒲娟琳乃一家之主，不能得罪。新嫂嫂又是客气的，是祝家二世太太，当然也不可冷淡。老太太更是人人佛一样敬她，又小孩一般逗她，再加老太太向来又是最疼她的，更不能怠慢。难得回一次娘家，三处地方都要去坐坐讲讲，免得有厚此薄彼之疑。

二楼过道口，就瞥见老太太敞开的房门里洒出一片淡黄的光，却是鸦雀无声，没有声语。她走进去一看，只见老太太仍旧坐在她那张旧藤椅上，老年人说打盹就打盹了，头一冲一耷的。前边红木小茶几上，分别坐着新嫂嫂芷霜和专门侍候老太太的沈妈，及隽敏的奶娘陆娘娘，四个人正在陪老太太搓小麻将，头顶上油葫芦里拉下一盏白瓷小花灯罩，15 支光的灯泡有气无力地照着。可怜芷霜，因正轮上老太太出牌，不意老太太又打瞌睆了，又不敢惊醒她，只得蹑手蹑足从老太太牌堆里抽出一只牌替她打出来。下家陆娘娘，在这昏昏晕晕的灯光下，也有点睡意朦胧，只见她随手扔出一张牌出来，又把头一歪，闭目养着神。

隽颖看在眼里，顿时对这位漂亮的新嫂嫂充满同情，那边听到脚步声，芷霜已转过身子了："唷，阿颖来了。"同时老太太眼睛也睁开了：

"阿颖来了，忒巧。陆娘娘，那位小姐照片拿来给二小姐看看。"

"谁的照片？"隽颖有点摸不着头脑，芷霜只对她苦笑了一下。

原来，老太太自认了失踪的大儿子两个孙子后——少不得又是景臣景文兄弟俩破费点，替他们在爱文义路上一条蛮整齐的弄堂里顶了一幢石库门房子，要好过他们原先在南市的白鸽笼房子。景廉的小儿子因家境拮困，大学半途而辍，则由景臣兄弟俩资助再进大学继续深造。大儿子隽光，据说幼年时发高烧，智能有点影响，读书老也读不好，小学也读不出。平时看着待人接物虽还不至于痴呆，却总也有点木木。这样的人外边找事是不容易的，只有景文吃进了。好在如今他自己做老板：求是化验公司的牌子到处可见，就让他在近静安寺的求是化验公司分所挂个名，相帮洗洗瓶子管子，做多做少也随他，每月支一笔薪水给他。如是，也算对早年为家舍身的大哥一番报答了。这倒也罢了，无奈老太太有心一手包到底，偏巧英婶也是个菩萨心肠又闲得发慌的人，竟商议着要替隽光做媒。

“但是……隽光有点呆呆的，”隽颖还不识相地说。一边拿起那肖照端详，只见那是照相馆内搭出的布景：一树桃花边上，身穿花旗袍的小姐一手捏着假桃花，对着镜头含眸浅笑，虽然一派典型的小家碧玉之气，却也长相端正清秀。“这小姐长得眉清目秀的，人家可肯答应？”

“叫你们爷老头亲自出去求媒，还有人不答应？飞过来都来不及！”老太太呵呵笑着说，来了隽颖，她的瞌睡全冲走了。

“也好，试试讲讲看吧！”隽颖只是敷衍着打了个哈哈，心里却觉得这样做太缺德，老太太年时高上去，做出来的事越来越背时背德了。爸和文叔怎可为了讨好她，竟一味顺着她？无奈自己是出嫁女儿，也不便多嘴。天南地北瞎扯了一通，芷霜邀她上三楼自己房里坐坐，老太太想着或许新少奶有许多事要讨教将做母亲的隽颖，也不留隽颖了。

隽人现在职务上去，应酬也多了，这晚又不在家，姑嫂俩就在外边起坐间坐下。芷霜给她浓浓地酌了一杯咖啡。这罐老头牌咖啡还是太平洋战事前留下的剩货，好容易房里来了个可以讲讲话的人，芷霜总要招待得特别道地。

“你都看见了。”芷霜一开口，声音就哽咽了。

“大家庭嘛，这也是没有办法的事。”隽颖只得宽慰着她，同时暗暗庆幸蔡立仁这边没有长辈在一起过，真是自己一大福气。

“阿颖，现在你们这样在外边租套公寓，再请个佣人，多少开销？”她试探着问。

不提倒罢，一提，隽颖也一肚皮的痼瘟气：“这房子当初是立仁6根大条子顶下来的，跟外国房东讲好的。现在来了日本人，全部推翻，再要出顶费也算了，这几天却要赶房客搬场呢，讲日本人另外要派用场。现在外边再去顶房子，不得了的贵……我讲嫂嫂，你何苦呢？这里有得白住白吃，何乐而不为？”

“天下哪有白吃白住的事！”芷霜揭开一只玻璃缸，里面是冠生园买来的奶油话梅，白呼呼的一层，让隽颖光瞅一眼就牙根发酸，她却是眼睛眨也不眨一下地一口一口啃着。“我想再回育秀教书去，前几天我与徐校长通过电话了，她讲可以给我安排一个位置。”

“隽人会肯？”

“管他呢。否则，我非闷死不可……”芷霜吐出话梅核，又拣出一只白呼呼的话梅往嘴里送。隽颖疑惑地发问了：“嫂嫂，你莫非有喜了？”

芷霜一怔，方才茫然地点点头。

“看你，都要做妈妈了，还在胡思乱想。小孩子一出来，你再去过小家庭生活，隽人赚来这点铜钿全花在孩子身上都不够……”隽颖嗔薄着她。大肚子坐久了也累，她起身踱了几步，扭头一看，芷霜还怔怔地坐着，眼有泪光。

“得了，嫂嫂，我们都过了那段时光了：啥为社会谋福，为新女性增光……现今，该隽玮隽思的事了。说穿了，做女人，就是这样一回事！”隽颖拍拍双手，无奈地一摊，说。看看时光不早，想着丈夫还在家里等回音，就匆匆告辞了。走出房门口，想到蒲娟琳那边也没去坐坐，就想弯过去多少敷衍两句，难也真难，怨不得芷霜吵着要搬出去做小家庭。看见她房门虚掩着，就一下推进去，不料，只听父亲厉声一问：“啥人？”接着门像被肩膀顶住了，隽颖倒吓出一身汗，结结巴巴地说：“爸，我要回去了，回你们一声。”

父亲这才将门略微开大一点，透过门缝，隽颖瞥见房里沙发上坐着两个先生，其中一个，就是范仰之。与其说她是认出，不如说她是感觉出的。有一阵，她与他是十分熟悉的，他连同他置身四周的空气，她都辨别得出。现在时过境迁，据说他也混得不错，早已搬出那条小弄堂了，听说还成了家。也正常得很，他们之间本就没有山盟海誓。

“好，路上当心点，妈在下面小客厅里。”景臣也不让她进来，就在房门口与她打了招呼。隽颖好生奇怪，本来来客，除非文叔苡小姐这等自己人，一般从不上楼直至父亲卧室的，今天范仰之和那位先生究竟怎么回事？

楼下小客厅里，蒲娟琳正在灯下剥莲心，看得出是让景臣借故支开的。

“姆妈，房间里两位先生是谁？”隽颖狐疑地问了一下。“怎么这般神秘。”

“与爸商量做生意的事呢。现今往内地做生意管得紧了，不如把细谨慎点，免得鞋子没做成，样倒给落了下来。”娟琳不经心地说，隽颖想想也是，就自顾叫了车回去了。一路上不禁又想起范仰之，不过这种茫然所失之感对她，恰如汤里的胡椒粉恰到好处地点缀了她平淡安静的生活。

这时楼上房间里，景臣正在对仰之说：“不要紧，是隽颖，她从来不会多嘴的。我们刚才讲到哪里了？对，我知道指着我的脊梁臭骂我的人大有人在，但我向储备银行透支1.5亿元在行中运营，以此款华行别业几批楼都造好了，这总归是事实吧？这1.5亿元，总可以讲，是我为华行争得了一笔无本生意吧？反正现在的事，多做多错，少做少错，躲在家里死人不管，就一点也不错了。”

仰之边上一位先生穿一套白纺绸单衫裤，也有四十出头，他正是华行总行的徐智勇。消瘦的脸庞上，一对眼睛却炯炯有神，颇像一个精明的生意人。

他静静地听完了景臣的抱怨，开口说：“从华行范围讲，这或许是一笔无本钱生意，但强盗闯进了门，哪有带着本钱来抢劫的？所以从整个民族来讲，强盗总归是既谋财又害命的。祝先生受华行全体同仁所嘱托，身在曹营心在汉地应付这个局面，大家都是有目共睹的。只是，除了维护华行财力不受亏外，祝总经理还是要留心，不要在不意中帮了日伪组织战时经济的忙。这阵，日伪正在拼死命搜刮物资，以实行他们的‘以战养战’，华行还得警惕谨慎，不要以小失大。比方讲，我们有消息，日方拟请祝总经理出任商统会理事，取代久卧病床的永发银行董事长，这祝总就要留心了。”

景臣听了，莞尔一笑，说：“这点你们两位尽可放心，商统会是代日军搜刮物资的机构，我自问还有一点良心，决不会做这事的。”

徐智勇脸上掠过一股意味深长的神色，说：“祝总是举足轻重之人物，当然以不出任为佳，但你可以向他们推荐一个人，”说着，他把头朝范仰之偏一下，“他！”

“范先生？出任该商统会理事，不怕别人会对他误会？他今后怎么做人？”景臣在惶恐中，感到有点不可思议。

那位先生与范仰之两人相视一笑，仰之开口了：“正如祝总讲过，同样是演戏，需要人唱正角，也需要演反角，否则，就不成为一台戏。演反角在台上要被人唾骂，也只好没有办法了。好在下了台，卸了装，人们就会赞赏他的演艺。”

最后，徐智勇从怀里拿出三根黄澄澄的大条子，说：“我们苏北地区现在最最缺乏的，还是西药及绷带消毒棉之类，我们曾与祝总合作过几次，希望祝总能继续支持我们，祝总为人民做过的种种好事，我们都会记住的。”

景臣此时也动了感情，把三条大黄鱼往那徐智勇跟前死命一推，说：“这三根条子我不能收，你们在这样缺医少药情况下与日本人打，更有范先生这等优秀后生，为抗日真可谓忍垢受辱，一点都不考虑自身的得失，我祝某如果还有你们用得着的地方，是你们信任我，看得起我。钞票条子，是绝对不能收。”他说到后来，都有点结结巴巴的，声音也有点喑哑了。最后，他清了清嗓子，颤抖着说：“收不下手的！”说来，连景臣自己也不相信，因为他是从生活底层一级级爬上来的，因此他觉得自己似生来就不会对任何事深信不疑，但面对着眼前两位先生，特别范仰之，他算真正体会到，“信仰”的伟大。以前他总以为，隽颖这样虔诚的基督徒，可谓十分了不起。但眼见得她因时局，因自身境况的改变，渐渐地那份热情也冷却下来了。惟范仰之，他是冷眼看着他日益稳扎成熟、坚忍不移，这真不容易。

“唉，我们能多一些你们这样的人，抗战也不会拖这么久了！”想到这里，景臣又感慨地说。

“其实像我们这样的人很多，在上海、在北面都有，我们也需要许多像祝总这样的社会贤达朋友，否则孤掌难鸣，也是成不了大事的。”徐智勇紧紧握着景臣的手，这决不是交际场合上景臣所习惯的那种敷衍了事的握手，也不是阿谀奉承、惟恐捏痛他的那种软绵绵、浮而不实的握手。这样充满信任、感谢的握手，在景臣记忆中惟有一次。就是那年，受魏久熙之托，只身一人领着一个会计一个文书，身持100万日金巨款，赴日本神户筹设华行日本经理处之际。魏久熙一路把他送上船码头，临行时紧紧握着他的手，既无千叮万嘱，也无任何勉励祝福之语，只是默默地紧握着他的手。一晃已是近二十年的事了，魏总已作古多年，留下的爱妻正在备受煎熬。他祝景臣自己，也由一个年少志高的青年后生变成一个千疮百孔、历经人世沧桑的中年人。虽然身为一行之长，但那发自心腑的信任，诚挚的叮咛，他是再也听不到了。岂料今日，一个与他素不相识的先生，竟把如此重要之事托付给他。景臣只觉得眼圈辣辣的。

徐智勇从小本子上撕下一张纸片，嚓嚓写了几个字，对景臣说：“这是我们给祝总的收条。你为我们做过的一切，我们会记住的。”

景臣接过条子一看，他的签名却让他头皮一麻，这位先生正是二十几年前，巡捕行悬赏600大洋通缉的一位“匪首”。然而他却安安稳稳在他的中华银行做了十来年，这哪像一个“匪”。

“对不起，刚才介绍我时，范先生用了我另一个名字。”他洒脱地一笑，神情倜傥豪放得很。

“其实要真论起辈分来，我与祝总还有点亲戚关系呢。景文先生的太太苡小姐，是我的表妹，只是她早年出洋，我也很早去北京读书了，她对我不会有印象了。我是辅仁大学肄业的。”

世界真小!

这样看来，这位徐智勇原来也是世家子弟。人讲，穷则反，他不穷不苦，怎么竟也会走上这条路的？似已猜到他心中想的，这位先生一边站起身一边说："我想，我们的世界，需要许多热心肠来改造它、完美它。人不能只顾自己。事实上祝总也是个热心肠人，否则，你尽可以躲在家里吃老米饭，何苦挤在这夹档里？我们俩只是选择的形式不同而已，这样一想，你就会理解我的选择了。"

当下讲妥：五天后，由景臣设法将徐智勇连同一批西药送到苏北去。

他们离开后，景臣重番端详一下这位徐智勇留给他的那张条子，或者说收条，或者称为凭据……终于按亮了打火机，把它烧了。尽管那位徐智勇刚才说过，他和祝景臣只是选择的形式不同，但景臣自忖，他们才是真正了不起的无私者，他祝景臣，远远及不上他们。他是软弱的、自私的。

娟琳推门进来了，一边捂着鼻子："怎么一股焦冒味。他们来做啥？谈这么久。"

"谈点生意经。"景臣恬淡地说。

"那个范仰之，外边名声不大好，都讲他是经济汉奸，这样的人，少往来为好。"娟琳踌躇了一下，说。

"你懂什么！"景臣生硬地说了一声，就吩咐她把套房内浴室的水龙头打开，在哗哗的水柱声中，他打开床头那台"西屋"收音机，把耳朵紧贴着机子，一边调准着频率。自日本人宣布所有的收音机都要割断短波后，他悄悄留下一台，没有割去短波电台。他是搞金融的，弄得目不灵耳不敏，怎么做事呢？

"……盟军在太平洋的跳岛作战步步进展，自吕宋岛登陆成功后，盟军继续向马尼拉挺进……在日本濑户内海海战中，日本舰队又受到一次毁灭性打击……"

看来，东洋人吹嘘的太平洋上的"全歼美军"的神话，已不堪一击了。

娟琳看看时间，深夜11点已过，忙忙拉下灯罩上的红黑防空灯罩，再放下窗帘前的黑布幔，这里常有日本宪兵巡逻队经过，万一给他们发现没有遵守灯光管制，有麻烦了。

浓浓夜幕中，只听见空中又掠过阵阵隆隆的机声，这是飞越上海上空的美国飞机，是从重庆起飞往日本九州轰炸的。近几个月来，常有美国机群来回飞越上海上空。虽市民中都有“投鼠忌器”之说，以自我安慰希望上海能免于日美空战的灾难，但毕竟是战时，炮弹是不生眼睛的，和平市民终为其牺牲品。那次轰炸中，南市就死伤有百人左右。

“我去看看老太太。”景臣披着晨衣起身说。

“我陪你一起去。”娟琳点亮一支蜡烛，也起身说。

景臣这才觉得刚才对她太生硬了，便伸手握着她因紧张而汗湿、显得冰凉的手，轻声问：“怕吗？”

“有你在，我就不怕了。”娟琳紧挨着他说。

“对，有我在，你什么都不用怕。”他轻轻捏捏她的手，觉得在这个时刻有她伴着，心里十分安慰。

楼上隽人房里，芷霜却赤脚站在窗前，透过窗帘的隙缝往黑沉沉的夜空张望着。

“炸吧，把东洋人早点炸死炸光！”一边回过头对隽人说：“隽人，你眼睛好，你估计估计，这次机群约有几架飞机？”

“你要着凉了。”隽人心疼地替她披上衣服。

“希望我们的孩子运气好，待他来到这个世界上之时，和平已经降临。”芷霜对着黑漆漆的夜空，在隆隆机声中，对隽人说。“到那时，时局平稳了，一切都趋正常，我们到外边租套公寓，雇个奶妈，雇个佣人，我再回育秀执教，按战前的消费，我们完全可以支撑一个小家庭的开销。好吗，隽人？”她执著地仰头对隽人说。她想她的需求并不苛刻，要一个自己的家。但为什么对她来说，这是那么的难求。

“再说，再说了。”隽人哄孩子般地说：“快上床吧，你要着凉了。”

这一晚飞越上海上空的美国飞机好多，在这沉沉的黑夜，全上海的人，都提着一颗惶恐又充满期待之情的心，不安地等待着……

二十九

希望归希望，但上海的现状，更严酷了。自 1945 年新年一过，日本关东军大批开到上海，这种戴着皮帽子的丘八，就像瘟神一样，所到之处人们躲逃都来不及。冈村宁次公开在报端表示："宁为玉碎，不为瓦全，决不放弃上海。"看来，上海早晚要大打一场，一时不少有乡可回或能远走高飞之辈，都在设法逃离这个危巢。不少人纷纷思迁，上海滩房屋顶费倒开始下跌了。

但不管怎样，上海这个城市，自然有一股诱人的吸引力，就像磁铁之于铁屑。至少有那么一部分人，是死死抱定"以不变应万变"的宗旨的。比方讲，席太太，她是打定主意不搬的。

自席太太把女儿风风光光地嫁出去，自己也觉得肩头一松，舒了口气。

少了一个人，家里冷清不少，再加近日芷霜又在犯喜病，懒懒的门也不大出，娘家也少回了。承祖今年高中毕业准备考大学。席太太一个人独当一面，总算把个家也撑下来了。她平时本来就不善交际，自从丈夫去内地，隔壁曹家又搬走后，越发没有人来客往的闲事了。如是也好，铜钿可省些，有时实在闲得无聊，至多去哥哥处坐坐，来几圈卫生麻将，天黑之前必定回来。近来，一阵灯火管制，一阵又是戒严，弄得人心惶惶，一近黄昏边，席太太就往家里躲，生怕出意外。

哥哥处近来日子是过得阔了，但恪守着“由俭入奢易，由奢入俭难”的古老训律，依旧住着原先那幢石库门里，只是里面上上下下粉刷了一番，添置了几套红木家具。

因着芷霜攀了个大户，席太太上哥哥家，自然又是光彩了几分了。

“我们姑奶奶，现今是中华银行祝家的亲家母了。本事大呀，男人不在上海，她硬是靠自己，风风光光地把女儿的婚事办掉了。”嫂嫂总爱在牌桌上，如此把自己姑奶奶介绍给新的牌友。于是在一片啧啧声中，席太太觉得自己所受的一切委屈和磨难，终于有了安慰。

也有不识相，或涵养不深的牌友会小心地发问：“唷，席先生在内地？去了多久了？时有音讯来吗？”言下之意，在那边有人了吗？也难怪，现在时行“抗战夫人”嘛，再者经这几年折腾，席太太也见老了不少。

“你们不晓得，我们娘舅席先生，是天字第一号的好好先生，向来‘言必信，行必果’……”嫂嫂忙忙地为姑奶奶辩解着，席太太也只做出一个豁达的微笑，相信丈夫不是这等男人。无奈时间长了，讲的人多了，耳边听到某人娶了抗战夫人的传言也烦了，难免上了心事，只是这话是不能跟人说的，因此心绪也不大好。

这天，席太太刚在嫂嫂家的麻将台上坐定，只听后门口铃声大作，是保甲长又在通知什么新花头。

“收防空费。”保甲长走进来说。

原来，席太太哥哥那边弄堂，又出了新花头，规定每条弄堂口都要挖防空壕，每一道十字路口都要挖，费用按户强派捐款。

“又要收铜钿了，”席太太的嫂嫂忿忿地扔出一只白饼，说：“现在领身份证要手续费，登门抄表的水电收费员也要捞手续费，再要付这种防空洞费，钞票没有这么多。我不付，将来炸弹来起来，我也不去钻这种短命的防空洞，炸死也不去！”

那保甲长为难地笑笑，可怜巴巴地牵拉着一对倒挂眉毛，说：“全靠各位帮衬帮衬了，收不齐捐派，又是我倒霉。当初不是讲定，出面由我出面，大家帮着我应付的？”这位保甲长是这弄堂一住户，开五金小店铺，向来为人谨慎老实，不料会让日伪中头彩中着，当上这触霉头的保甲长。开初他只是百般推辞，无奈这有如儿童那甩手绢游戏，甩在何人身后，其他人就得以一次解脱的机会。于是众邻人纷纷游说让他接纳下来，一来也是对各人是种解脱，二来素知这小老板厚道老实，与其让一个为虎作伥的促狭鬼上去，不如还是让他上去，大家都可以安宁点。

席太太的嫂嫂自然是明白人，不过心中积郁着一股怨气无处发而已。当下拉开钱包，如数点出这短命的防空费交给他，一边小心地打听着："前一阵拆铁门、拆路牌，讲东洋人打仗打得钢铁都打光了，现在又要挖防空壕，不是讲日本人在南洋吃败仗吃得一塌糊涂，怎么还是这般蛮？"

那小老板将手中的铃铛一捏，压低喉咙讲："看光景东洋人日子是不长了，但人讲狗急要跳墙。据讲，这防空壕，是东洋人准备巷战之用的。"

"哎唷，东洋人真的准备死拼到底呀？"席太太心一寒，手里的牌都"啪啦"一声掉了下来。要再来一次"八一三"，如今没有租界了，逃也呒处逃。再讲她一个孤老婆子带着个承祖，如今脚劲也没有了，逃也逃不动呢。

"还有更吓人的消息，"那小老板保甲长把声音压得更低，"听讲，日伪还要抽壮丁呢。东洋人打仗打得人都死光了，要到中国来抽壮丁，抽去不一定打仗，却要筑路、挖壕……"

这一说别人不知怎样，席太太先跳了起来："上海会来吗？"顿时脸色煞白。

保甲长知道她吓坏了，又安慰她："恐怕是谣言。现在反正各式各样的谣言都有，是真是假也弄不清。"

席太太却是再也坐不定了。"我们承祖刚满 18 岁，要真有个三长两短，我怎么向席先生交代！"心里一急，连带这几年中她一人忍受的万种辛酸，都变成眼泪涌出来。

"哎呀，这小老板的话也是东听西听凑来的，未必是真的。”嫂嫂安慰着她。

“不过，东洋人的诡计，要防的。就怕他们突然一来，准备也不及准备。”一直在边上默默无言的哥哥，在一边开腔了。

“干脆，承祖为什么不去内地找振绪？儿子放在父亲身边，最最放心了。让他去内地读大学。”

“去内地？”席太太又连连摇着头，“我不放心，承祖才得18岁，从来没有离开过家，去内地怎么放心！”

“18岁，不小了。当年我16岁就出来学生意了，”席太太的兄弟摇摇头，说。

一阵令人不安的沉默后，席太太的兄弟一拍膝头，说：“托托你亲家公。银行走私内地，是不成秘密的秘密了，托托他。凡有去内地做生意的，带着承祖一起走。他们反正一路上买路费都打通了，笃定好了。”

席太太一时也决定不了，事情来得太突然。当下麻将也不搓了，匆匆赶回家里。承祖正好在家。18岁的承祖与芷霜眉眼十分相像，却又分明是一个英姿勃发的青年了。席太太与他随便聊起，他倒坚决愿意去国统区，哪怕没有抽壮丁之说，有这个机会，他也愿意去。

“在沦陷区憋着，气也没有了。”承祖说：“本来，我已与同学们在商量，去投考西南联大。”

他的声音低沉浑厚，儿子已长成一个男人了。

“再和姐姐姐夫商量一下吧？”席太太试探着问。

“也好，”承祖不以为然地说，“不过，主意可是我自己定的。”

就这样，承祖走了。也好，让他去找父亲。

与此同时，祝公馆里，在老太太张罗下，祝景臣那故去的大哥的弱智儿子隽光娶媳妇了。正如老太太说：“打仗归打仗，人总要活下去。”喜宴订在康乐酒家，因着是祝景臣祝景文侄子娶亲，来道喜吃酒的人也不少。景臣一房，除了景臣夫妇外，因毕竟隔了一代，再讲人多少有点势利眼。对这个天上掉下来的不起眼的堂兄弟，总热络不起来。所以新郎平辈中，只去了个隽人做代表，蔡立仁则推托太太坐月子，也没来。

新娘子娘家是开南货店的，虽然粗俗了点，也是个规矩人家的小姐。只见她头戴大红绢花，一身绣花大红旗袍，艳俗之中透出几分俏丽。相比之下，一身新西装的隽光，呆头呆脑的，活脱一副乡下新郎官的样子。景臣作为证婚人冷眼看着，十分为新娘可惜，也不知这门亲事，怎样让媒人撮合成的。

老太太今晚兴致十分好，灰白的发际边也插着朵红绒花。自问十分对得起死去的儿子了。新郎看着是痴呆了点，不过只要新娘的娘家人没有闲话，她也顾不得这么多了。善良的人，有时不经心之中，也会伤害别人的。

因为饭店被日伪限定最迟11时要打烊的，路上还要戒严。因此喜宴早早就结束了。现今汽油也属控制物资，景臣早就改汽车为三轮车了。

“这新娘子倒蛮不错的，怎肯嫁给那木头木脑的隽光！”三轮车上，娟琳说。“还不是打着你与隽文的招牌，所以女方答应了。作孽了，连说媒到结婚，前后不过几个月，就是怕穿绷，所以这样快就完事了，不作兴的。”说到后来，娟琳颇有愤愤不平之意。

“你管它呢，只要女方肯。”景臣打着呵欠说。

往日死寂的街道，今日似有点异样。特别在三轮车驶过霞飞路金神父路时，发现不少外国人——现今未圈进集中营的外国人，似只有白俄——三个一簇，五个一组地挽臂而聚，大声笑着，用俄语在交谈着什么，个个笑逐颜开，像是过节似的。奇怪的是，也不见日本宪兵出来干涉。

“今天是俄国啥节日？”景臣问娟琳，娟琳也莫名其妙耸耸肩。

马路上，甚至有人拉起手风琴。

“爸，”景臣一跨进门厅，先他而到的隽人告诉他：“苏联攻克柏林，希特勒自杀了。美国之音报告了。”

噢！景臣一怔，随即三步两步奔上卧室，不及打开浴室的水龙头，就打开收音机。这时，隽人，还有大着肚子的芷霜，都挤进来听。

“好了，历时六年的欧洲大战终于以德国失败而告终。我们这历时八年的抗战，大约也该有个出头了……”景臣忽地觉得十分疲惫，一下跌坐在沙发上。

“爸，你没什么吧？”隽人担心地问。

“我太累了。”景臣依旧闭着双眼说。泪水从脸上簌簌淌下。他掏出手帕擦擦眼，一眼就瞥见芷霜那十分显然的隆起的肚子。

“孩子出来，不管男女，就取名‘胜利’，好吗？我看这孩子好福气，出世之日，定是我们和平之时。快了，快了！”景臣祈祷般喃喃说着，又闭上眼睛。

第二天，全上海一片狂欢。南京路、霞飞路，人上堆人，更有俄国人，当街跳起哥萨克民间舞，日本宪兵依旧不加干涉过问。

饭餐桌上，隽人喜滋滋地讲起一件马路新闻。原来霞飞路金神父路口有一爿店面，巴掌大一块地方却设着两爿小店，一爿是白俄开的小小咖啡室，一爿是德人开的小小照相馆。自从欧战以来，德国老板在墙头挂起希特勒，俄国老板也不甘示弱，挂出斯大林，如是钉头碰铁头，针锋相对。在德军侵入斯大林格勒时，德国老板趾高气扬。可今天，那俄国老板竟挺胸凸肚冲进德国老板店面，抓起那幅希特勒像豁朗一声，当街扔了出去。那德国老板不但一声不敢吭，连人影也溜得不见了。

“奇怪的是，那德国老板是被纳粹党逐出的犹太人，俄国老板是革命后流亡在外的白俄！”讲罢这一笑话，隽人忍着笑说：“他们都是这样帮着自己国家。”

“这也不奇怪，”景臣抿了一口特备的强尼瓦格（名牌威士忌），这还是太平洋战前留下的，一直未舍得开启。“这种对故土的依恋情爱，已溶在人们的血液里，好比做爷娘的再嫌弃自己的孩子，孩子总会依恋他们的。”

芷霜忽地想起好久以前，街拐角一个卖棉花糖的白俄。也就是那晚，她与隽人相识的。那梆梆的单调空寂的叫卖声似还在耳边飘荡。八年已过去了，这其中，还夹着一场战争！这时，有电话来找景臣，待他回来时，脸色有点不对，大家以为又是行里啥棘手的事。也没有多问他。待回到房里，他才悄声对娟琳说：“隽光那个新娘子，吊死了。”

娟琳吓出一身汗。“怎么会？”

景臣沉痛地说：“可怜这新娘，成亲这日才发现新郎官有点不对头，当晚就没有让隽光进新房，今天一早支开娘姨，在新房里吊死了。”

“这又何必呢，”娟琳摆出一副不值的神态：“有什么委屈摊出来讲嘛，再不成去告他们骗婚，还可以离婚。这个新娘也真是，心眼忒小……”

“你还责怪她？”景臣斜睨了她一眼，摇摇头说：“她这种小家小户出身的小姐，书也没读几年，怎么还能谈得上离婚，还去法院告？你当她是你们育秀出来的洋小姐？”

娟琳呒趣地撇撇嘴，说：“怪媒人不好，不讲清楚，鬼话媒人嘛！”

“难道祝家就没有一点责任？至少是仗财欺人嘛。”景臣沮丧烦躁地在房里踱了个圈子。他鄙视自己的家，竟也会在不知不觉中沾上这种恶习。虽然对为隽光包媒之事他并不明白其中底细，但他是证婚人，一股悔恨之情紧紧缠住他。一个多好的小姐，戴着红绢花，穿一身红旗袍，悄悄地含冤而去了。

窗外，灯火通明，什么灯火管制、防空控制，现在似都不在上海人眼下了。欧战结束了，日本人也长不了。现在，上海每一家一户，都在尽情庆祝。但是，一个纯洁的小姐，却在今天早上死了，还带去一个洁净的女儿身。眼看要胜利了，苦日子要出头了，她却死了！天亮了，她却睡了。景臣努力将头甩了几下，力图赶走她。由她，景臣又想到自己最疼的女儿隽敏。好几年未见她了，这个娇小姐如今已是两个孩子的母亲。这几年没有背景靠山，也没有财力，不知她是怎么熬过来的。从她不多的几封来信看出，她过得很快乐，字里行间，毫无怨言。人世最讲不准的，就是这婚姻儿女之事了。隽敏在上海，富户豪门之后笃定捞一把可挑挑，如是在上海舒舒服服做太太，像芷霜隽颖一样，却偏偏要挑上这吃外国人饭的封静肖，吃足苦头。好在是她自己情愿，苦也就不苦了。

足足八年了，真不容易呢。

景臣踱到镜前。上海的五月，是潮湿的。镜前凝集着一层雾气，在一片迷茫中隐约勾出他宽阔的肩头。快五十岁了，这几年心力交瘁，他几乎没有勇气照镜子了。他犹豫了一下，伸出手掌在雾气中摸抹了一下，他的形象清晰了：刮得生青的下巴上，嘴唇傲慢地紧闭着，额头上、眼角上，时间已毫不留情地留下它的足迹。但一对眼睛，自感依旧灼然有神。虽然此刻他随随便便披着一件绒呢晨衣，但下面西装裤依旧折缝笔挺，整个人样引人注目，威武精干。

“再做20年，大概没有问题的。”他摸着下巴，欣然地对着镜子中的自己笑了。

三十

8 月 15 日，日军投降了。

那天，驻上海日军中上级军官都集中在霞飞路国泰戏院后的 13 层楼收听天皇的讲话。据说，一中级军官听罢当场剖腹自杀。

隔日，蒋介石在重庆宣告，抗战结束。

中华银行内一片欷歔之声，茫茫长夜，终于天亮了。

中华银行虽为私人银行，却因受敌伪所占，被其改组了。因此重庆方面有命令来，一切账目库存需保持原状，由重庆来人验收核准。这令景臣在胜利喜悦中，感到几分冤屈。在八年中苦苦厮守。到头，似乎还得经过重庆方面甄别。五年前向日本人交账，五年后重庆来人交账，那他祝景臣自己，主持行务的堂堂总经理，究竟算啥？这八年的呕心沥血又算啥呢？

再也没有想到，前来查核的重庆大人，竟是官商大中银行的业务部经理、当年的龚副理。

他来得真快！18 日重庆刚有指令下来“一切待命”，他 18 日下午就飞来了，真像从天而降似的出现在景臣的总经理写字间。他穿着一身灰凡立丁中山装，袋口垂着根亮灿灿的白金表链，一头浓密整齐的西装头略有点花白。较之八年前，在女青年会义卖游园会上见到的龚副理，竟判若两人了。而今的他，沉着，稳健，老练，再加上……阔气。虽然龚经理那时是竭力要挤垮华行的，但今日他的重番出现，在景臣，已剔除了往日种种恩怨龃龉了。留下的，只是对世事无常的感慨及光阴消逝的惋惜。而且，龚罗玛丽终于盼到丈夫回来了。

“龚经理！”景臣走上几步，向他伸出手，一时，竟激动得说不出话。

岂料，这位重庆新贵只是不温不热地捏了捏景臣两根手指，一边东张西望地四下打量着他的写字间。

景臣的手缩了回来，掏出香烟。

“从明日起，本行行员进出一律走边门，以便我们接收甄别。”龚经理傲然地说。

“走边门？”景臣愕然了。即使东洋人来，行员也没有走边门呢。

“让出正门便于输运敌产物资。”龚经理不以为然地说。

输运敌产？这华行有多少属敌产？看来，重庆来人准备开大卡车来装了。天呀，凭良心，华行的一砖一瓦，都是景臣与同仁拼死拼活从敌伪的牙缝中扒回来的，怎么算起敌产了？

“龚经理，你再核对清楚，我们是被迫改组，没有被日伪全盘接受。”景臣舔了舔嘴唇，紧张得讲话都结巴了：“不能划为敌产！”

龚经理高高跷着二郎腿，拿腔作调地操起一口国语，又开腔了：“祝先生，我们虽是多年朋友，但公事公办之理，祝先生在金融界服务多年，其道理也不用我多讲了。抗战八年，为国捐躯之义士，数不胜数。在大后方的‘义民’们，这八年中真可谓是前仆后继，岂是你们留在沦陷区的‘顺民’所能理解？因此还望祝先生识大体、顾大局……”

景臣再也听不见龚经理讲些什么了，只听得他满口“义民”、“顺民”，不禁通身冰彻透凉了。

接收中华银行的工作持续了有个把月。中华银行的房产损失最惨。后来在古柏路、爱文义路等置进的新式弄堂产业，都作敌产没收。连太平洋战前奠基开工，后来完工的华行别业，都给划为敌产！大中银行又从华行库房中提出大宗金条，再由大中银行标卖，如此轻而易举地在中华银行中输入了官僚股份。

“强盗，青天白日闯进来的强盗！”景臣敢怒而不敢言，碍着对方是重庆来的，也只敢关起房门骂山门。但他毕竟还是一行之长，同仁们的不平之声，都冲着他来了，特别那天，总经理室来了个当年被迫解散的小东门分理处职员。

“祝大班，”这位行员先生在这样亢热的夏天，依旧斯斯文文穿着一袭绢丝纺长衫，收拾得体体面面，只是那一脸黯然疲乏的脸色，默默道出他解雇后那段艰难的生涯。尽管中华银行对同仁的照顾和爱护，在沪上钱业界是有口皆碑的，但靠救济的日子总是不好过的。但凡踏入华行，温饱总归是保证的，因此行员们离开华行，会感到在社会上谋生更难熬更艰难。“当初是讲定的，我们小东门分理处的行员，是顾全大局，为华行分担患难，不得已而离开华行的。祝总你应该记得，当年你就站在小东门营业厅里，一字一字讲得十分清楚：‘将来胜利以后，我一个个定规将各位再请回来。’祝大班，我可是靠着你那句话，一日日熬到今朝的。想当年我才得35岁，正是当年。只眼睛一眨，现在已年过不惑，拖不起呀！祝大班，人讲‘言必信，行必果’，更何况你一行之长了。想那长夜茫茫之时，行里倒时常想着我们，不时救济点平价米油给我们，现在天亮了，怎么反倒不提我们复员之事了？”说到这里，这位行员大着胆子抬眼瞟一眼祝景臣，蓦地发现，总经理的脸色惨白，他吓了一跳，踟蹰着止了话。

“是的，我讲过，讲过……”景臣只喃喃地说着，一双颤抖的手机械地将手中一张什么纸折成细细长长的一摺一摺，他向来是轻易不允诺，凡允了诺，他总会排除万难兑现的。今日，这行员一番委委屈屈吞吞吐吐的指责，就像当众抽了景臣一个耳光，他只感到自己脸上辣热热的。但他又能说什么呢？重庆来的龚大人，连留守在行里的行员都要作甄别，一律先办离行手续，再办重新入行手续，更何况早几年停业的小东门行员！

“甄别”、“顺民义民”，讲得这般动听，无非就是要借故为他们这批天上降下来，水上漂过来的接收大员留出位置。或者说，腾出位置而已。

“早知今日，我们还不如像曹久馨那样，让敌伪一枪打死，好歹家人都可以因此过得宽宽绰绰了！”迷茫之中，只听得那同事悲叹一声，他哪知道？连曹久馨这样的关照，已让接收大员龚经理取消了。讲曹久馨不配享有这种义士的关照。唉，这叫什么天亮？索性以前，还有一种巴望，现今，连这巴望都没有了。只觉得眼前一片灰暗，在这批重庆来人面前，景臣再次尝到亡国之民的滋味。

“猪猡！猪猡！”他禁不住猛捶一下桌子。猛然间觉得自己失态了。他定了定神，发现写字台前已是空空如也。那旧日行员已不见影踪，只有茶几上那只摇头风扇还在空空地吹着，这简直有点像是幽魂出没一样。他想起曹久馨，又想起离开小东门分理处不久后就因贫病交迫而去世的老童生老宁波，霎时，他觉得这活像是一个个来向他索债的冤魂，不禁头皮一麻，背脊上一片冰凉。

“没有这样便当！”他拎起电话，就拨了龚罗玛丽家，即现今龚大人的公馆号码。想来，他们不会这么快就另觅新居的。龚经理处一旦还打不通关系，龚太太这边，她总可以帮着讲几句话的。想当年她过得那般艰难，除了他祝景臣照顾她外，还有谁人去睬她？当然景臣决不是那种帮过人家一点忙，就一定要人家回报的人，但与人方便，自己也方便之道，他是笃信不疑的。可怜这位当年的大美人罗玛丽，早年的魏太太，现今的龚太太，总算也盼到丈夫衣锦还归的日子了。她与魏经理生的那个儿子，曾与芷霜的弟弟承祖一起结伴去内地的，也是由他祝景臣助一臂之力而得以成行的。他是帮过龚太太忙的。

电话筒那边，只听见铃声嘎嘎然地一遍一遍地叫着，总也无人答理，让人听得好心焦。半天，一个老妈子粗声粗气地接了电话喝问着：“啥人？寻啥人？……”满嘴浓厚的苏北口音。这个龚经理雇了这么个粗娘姨，客人都要给轰走了。到底暴发户出身，龚经理这种地方，就让人看出根底不深的破绽了。该讲究之处不讲究，可马虎之处却穷讲究。景臣扔下电话，决定下班后，直冲龚家，干脆与这个接受大员当面交涉一番。他处讲不通，再找上边，找孔祥熙、宋子文去。反正不能如此歧视留守在沦陷区的华行全体同仁！为了让这个龚大员来个猝不及防，祝景臣决定不预先打电话去。一旦他不在家，他就坐等在龚家的客厅里，一定要据理力争，不能太欺负留守上海的华行同仁！

他自己驾车直驶往法租界龚家住宅。上一次还是因着伪储备银行一日籍职员被杀，而被日方嫁祸于12个华行职员，为了营救他们，景臣来这儿找过一次龚罗玛丽。当年的龚罗玛丽十分落泊。现今，身为接收大员的夫婿回来了，想来她不致会太骄妄吧？

她那个门前小花园依旧杂乱无章，大门口“请走后门”的字条还贴在那里，墨迹已淡得勉强可辨了。自然，家道门面的恢复，也不是三日两头就可以的。景臣绕到后门口打了铃，一个风姿甚好的小姐来开了门，猜想这是魏经理遗下的女儿。

“龚经理在家吗？”他细细打量着眼前这位小姐，那白皙粉嫩的皮肤及一对顾盼生姿的秀目，俨然就是当年她母亲的翻版。

“你是……”她警戒地打量着他。

“我是祝景臣。”他本想开玩笑拖上一句：当年我还抱过你呢。但这位小姐认真冷漠的神色让他把这句话吞下去了。

“呵，是祝伯伯，姆妈常讲起你。”她活泼点了。

“龚经理在家吗？”景臣复问了一遍。

“姆妈在家。不过……你等一等……”她踌躇着似有点为难，好像在忖度着该不该请他进来似的，景臣却是打定主意扎在门口不转身。

“太太问是哪个？”她身后，一个五大三粗的老妈子粗声粗气地问，想就是接电话的那个了。

“告诉太太，祝景臣先生来了，”那小姐随即对景臣苦恼地一笑，说：“我姆妈身体不好，是这里……”她在自己头部做了个手势。景臣一惊，从没听说过罗玛丽神经方面有啥不对头呀。

“龚经理带她去看过医生吗？”

“这姓龚的？”她不屑地一撇嘴。“从重庆回来后好久，他都不来看姆妈，自己带着个抗战夫人住在18层楼。要不是一个熟人碰巧在马路上碰到他，回来告诉姆妈，姆妈还不知他已回上海呢。他这才来看了次姆妈……”

姓龚的讨抗战夫人，这是意料中之事，但他回来后竟看也不去看望一下罗玛丽，可是景臣没有想到的。这家伙真坏！拆白党！

“那天他来，姆妈用毛巾被兜住自己脸孔不见他，他扔下点铜钿就走了。前几日他又来过了，姆妈还是用被子兜住自己，从此，姆妈头发不做，也不修饰……”

“太太讲，”冷不丁的，那老妈子粗着喉咙打断了她的话，向祝景臣递过一个红纸包，说：“这钱是还给先生的，太太讲谢谢先生了。家里地方小，也不请先生进来坐了。”

那魏小姐抱歉地一笑，说：“送送你吧，祝伯伯。”

夏日的黄昏，总是拉得很长很长，特别在这新开发的西区，虽然7点早已过。暮色中，这条弄堂幢幢西式房顶的剪影，依旧朦胧又寥廓。几只迟归的乌鸦，“呀呀”叫着飞越过屋顶，让人听起来挺凄厉的。景臣看了一眼身边沉静悒郁的魏小姐，只觉得自己十分对不起魏经理、对不起罗玛丽。一开始，当他听说罗玛丽要下嫁小她八岁的龚副理时，他就老大的不赞成……但是，他下意识感到，罗玛丽的这一选择，多少带点对他祝景臣的怨艾和赌气。她曾想嫁他。唉，他不应该对她流露出赞美与好感……但是，他是个男人，那时正当年华又独身鳏居……当然，或许他应当娶她？但他不能，这太复杂了……唉，这辈子，他欠女人们的太多了：苏太太、罗玛丽、包括自己太太娟琳。万分懊悔中，他又感到一丝淡淡的甜津津的滋味。不管怎样，他觉得自己身后并不是一片空白，他是实实在在地做过一番人了。

“再会了，祝伯伯。”魏小姐轻细的声音，提醒他自己已走了神。

“你还有个哥哥还是弟弟？当年跟一帮跑单帮的去内地的，你继父照顾他吗？”他忽然想到魏经理的儿子。

“他先在西南联大读书，现在大概转入辅仁也不定。他不愿回上海，不愿回家。”

“你呢？读书还是已经做事了？”景臣问。

“我还有一年半大学，当时实在付不出学费，就辍学了。几天前几个同学约我去美国深造，姓龚的倒肯出钱，但姆妈怎么办？”魏小姐静静地一笑说。

景臣对这个软弱、早熟的女孩子摇摇头，拍拍她肩头说：“你只有让她去。你还年轻，不要将你的全部青春耗在一个没有希望的地方。听祝伯伯的话。你们很幸运，战争过去了，你们还来得及做许多事，学许多东西。战争留下的一切罪过和灾难，不应再让你们年轻人来赎罪和承担。”景臣说着，努力控制着自己感情。

告别了魏小姐，他跨进自己汽车，突然十分疲惫地扑在方向盘上。真是日日盼天亮，满以为天亮后带来的是无限光明和莫大的快乐，岂知敌人尚未缴械，政府尚未还都，胜利的喜悦已让贪污、横蛮、无耻的现实吹散了。

刚跨进家门，隽人就迎出来，十分兴奋地对景臣说：“爸，阿敏有信了，只要弄到机票或船票，她和封静肖就要带着孩子回上海了，只是苦于弄不到机票船票。爸，你替她想想办法介绍几个大亨，让她好及早弄到票子呀。”

快四年未见到隽敏了，大劫之后一家还能团聚，总归是十分难得呀！尽管景臣孩子多，但人云“手心是肉，手背也是肉”，自己养出来的孩子总是疼爱的，何况隽敏又是他最心疼的。当初隽敏远嫁，走得坚决。他当父亲的，只是不好阻止她而已。她能回来，真是太好了。直到此时，景臣那冰彻的内心，才感到一点温暖。他忙忙打开信纸，只见信开头就是两句：“……八年沦落彩云间，千里江山不得还；两岸义民啼不住，飞机已过万重山……亲爱的爸爸，我们恨不得胁生双翅飞回上海。但现在从重庆到上海，比战前从上海到美国还要难。若是皇亲国戚或军政大员自然不难，笃定腾云驾雾过来就是了，只苦了我们小百姓，只有乘木板船或两脚车……爸，听说龚经理现今职务颇高，在上海很兜得转，你托托他，或者托托龚太太，给重庆有关人士打个电报或电话。爸爸，我要回家……”

景臣长叹一声，将信一搁，说：“现今，你们的爸爸，吃不开了。”就上楼了。

娟琳见到丈夫脸上罩着一层严霜，知道他心境不好，只是一味小心地侍候他，也不敢多嘴。景臣脱下外套，从口袋里摸出一包硬扎扎的信封，抖开一看，是一厚叠绿莹莹的钞票——美金。想是刚才罗玛丽还给他的钱。这个罗玛丽，也算女流中第一号能干要强的了，只可惜时运不好。她也太认真了，对姓龚的，除了指望他供给她点钱，还能有啥太大的奢望呢?

临睡前，他吞了片安眠药。明天睁开眼，又将面临一摊令人头疼的事，晚上不睡好，简直没有精力应付了。

睡意蒙眬中，只听得娟琳惊恐地叫唤着他：“快醒醒，景臣。客厅里来了一批全副美式装备的丘八，你快下去看看。”他看看表，才早上6点多。

由于服了安眠药，景臣只觉得太阳穴两侧突突作疼，他披上睡衣，一边关照娟琳看好老太太，不要让她受惊了，一边自己下了楼。

“你就是祝景臣？”刚走进客厅，一个穿美式军官服的军人，劈头汹汹地发问。

“我就是，啥事？”景臣一看这情形，当下就明白了几分，定又是敲竹杠的。

“有啥事到行里去讲，这里是我的私宅，你们没有权利闯进来。我还有个老母亲，一个将临盆的媳妇，你不要惊吓了她们。”景臣唬地一下打开通花园的大门，一张脸气得通红。待门一打开，他一下怔住了：只见花园里有二三十个全副美式装备的士兵，排成两行，当下明白，是专门来与他作难了。只怪这几年里，华行太赚了一点，肉头一厚，流涎水的人也就多了。

“我要与你单独谈谈。请你将留守华行经过一一如实讲出，不得隐瞒推托。”那军人傲然地说。“我们在前方抗战杀敌，你们这批家伙，横财捞了不少呀！”他又冷冷地笑着，加了一句。

景臣气得脸色惨白，可仍然将头昂然抬着。

“你怎么敢对我说这种话？”他用颤抖的声音说，眼里冒着怒火。

“为什么不敢？你算老几？经济汉奸！”那军人冷酷地说。“有你难堪的日子呢。”

“你们讲话得有证据！”景臣嚷了起来。“这我不能接受。这我不能接受！”突然，他绝望地吼叫起来。

与此同时，整幢房子乱成一团，哭的哭，叫的叫。他平静下来，说：

“我们去书房吧。请关照你的部下不要骚乱我的家。”在他手往浴袍里一插时，他又摸到那包硬扎扎的信封，是罗玛丽还给他的一叠美金，他顺势把它往那军官手里一塞。

那军官将钞票塞进口袋，比较客气地说：“好吧，不过你要好好配合我们。”然后他打开门，到花园里对那二三十个士兵呵斥什么去了。景臣趁此机会，对家人抚慰了一番，特别对隽人悄声关照了几句：“你是长子，好好看顾祖母、母亲和妹妹们。恐怕，我会有麻烦。”

“爸爸！”隽人紧张地叫了一声。

“老练点！都三十了，怎还这样沉不住气。”景臣皱着眉头对他狠盯了一眼，老实不客气地训了他几句。

从此，景臣被软禁在书房，不得出门，也不得接电话。

总经理祝景臣被软禁甄别之情况传出后，华行同仁纷纷书写签呈至地方法院乃至重庆有关方面，详告祝景臣在日伪时期表现。最后，全体行员同仁在华行营业厅集体静坐，停止一切行务营业，要求有关方面实事求是地为祝景臣澄清事实。同时也抗议重庆来人对留守行员同仁的歧视和不公正待遇。静坐持续了三天，一时，成为沪上一大社会新闻。

这期间适逢财政部公布伪币与法币为200兑1的比值。这一公布，犹如当年大世界落下的炸弹一样震动了上海滩。顿时黑市黄金价急起直追，通货贬值，物价上涨。汉口路上的证交大楼口又恢复了人山人海。在这当口中华银行停业静坐，无疑在上海市面上增长了不安定因素，市政府有关方面这才以“祝景臣经理汉奸嫌疑一案因证据不足，不予追究”为名，将监守祝景臣那班丘八撤出了，一桩敲诈勒索案才算就此了结。但景臣经受了这样一场飞来之劫，竟病倒了。住在西区华盛顿医院头等病房内闭门谢客，专心养病，只娟琳侍候在侧。但他床头几上，中英文报纸还是压了厚厚的一叠。

那天隔夜，媳妇芷霜进医院生产了，娟琳也跟着陪她进去为她壮胆，因此整个上午，就景臣一人躺在病房里，他也趁此清静之时，翻阅一下近日的报纸。

一见满纸的“一个民族，一个领袖”，“民族至上，国家至上，领袖至上”他就来气。什么“列为世界四大强之一”的“胜利国的大国民”，连领袖也成为当代国际上“三大伟人”之一，简直是硬捧出来的。实际情况，真叫天晓得。这场抗战胜利，真是叫“惨胜”！

这时护士小姐进来说，有位先生带了一范姓友人之信来看他。

范姓？范仰之？讲起来，好久没有他音讯了。在这“汉奸”黑帽子满天飞之时，祝景臣自己也面临困境，不便与他联系接触，也不知范仰之情况可好。

来人也是一位斯斯文文的读书人。他递上范仰之的信，景臣读罢方知，范仰之已去北边了，而华行这次大规模的签呈静坐运动，也是有人在暗中组织鼓动而成的。要没这次大规模的民众运动，只怕他们是不会轻易放过自己的，轻则重重敲诈一笔，重则怕还要坐牢监呢。

“谢谢大家，”景臣动情地说：“以前我只认为，只有我一个在吃夹档气，不会有人看见的，更不会有人替我讲话……”

“其实一个人在社会上做人，一言一行，皆在众人眼中，为众人做过好事的，大家永远会记住的。”来人一番不紧不慢的话，令景臣觉得十分安慰。

“话是这么说，但总也有人厚着脸皮说瞎话，只当众人是瞎子聋子。”景臣愤愤拍拍那叠报纸说。

“这些自然是没意思之极的东西。喏，这是我们杂志社刊物，不如翻翻这些刊物解闷呢。”来客说着，拿出几本《世界知识》及一本《豪门美国》，原来，他在世界知识社做事。

景臣接过刊物翻了一下，说：“我以前也读过几本《世界知识》，它立论还是比较新，编得不错，不知主编为何人？”

“主编冯宾符，是慈谿冯君木先生的公子。”

“哦，”景臣沉吟着：“君木先生是著名的国学大家，这叫将门无犬子呀。”

“是呀，但现今唯利是图风气甚剧，纸张价格又这样昂贵，像我们这种坚持实事求是、讲真话的刊物，生存是极困难的。还望祝总经理能在适当时机，助一臂之力呢。”

他讲得婉转，景臣已十分明白了。他是想向中华银行透支呢。他又持着范仰之的信，对《世界知识》社的背景，景臣已猜到几分了。古语说：滴水之恩，当涌泉以报，景臣自然是一口应诺了。

那先生走后，景臣又细细拿起那本杂志读了起来。

床头几的电话叫了，是隽人兴奋得不可自制的声音：“爸爸，芷霜生了个儿子。”

“哦，知道了。”景臣机械地回答了一句，声调是平静的、疲倦的。但待话机一搁，他猛一拍额头，隽人生了个儿子，他祝景臣有孙子了。呵，孙子！一个活蹦活跳的小生命，诞生在他们家之中了。孙子，一代、两代、三代，发达了的祝家，如今有了自己的第三代了。人说，一夜之间可以造出一个富翁，但制造一个上等人，却需要三代的努力。现在，祝家有了第一个真正的上等人了。他一定得好好栽培他，将来要送他到西童中学去过寄宿生活，他要成为一个真正的 gentleman（绅士）！

他只觉得喉咙口哽着一块甜甜的辛酸。他踱到窗前，窗外，已是一片秋的景色了。温暖明亮的太阳下，落叶撒了满地，构成一组十分抽象派的图案。目之所及，一片金黄灿烂，配着清澈明洁的蓝天，一幅十分壮观的秋色，既不悲切，也不凋落。

从来不信鬼不信神的景臣，心中竟泛起一股热烈的感激之情，并且至诚至恳地默默祈祷起来。

芷霜躺在床上，生产后又苗条下来的身子，隔着那床薄薄的盖被，看上去就像个小女孩一样。

祝家为她定了头等病房，像小公寓样的套间式。铺着北京地毯，配着浅色碎花法司布窗帘，一点没那种令人生畏的医院气息。她的床头、茶几、外间会客室里都堆满了鲜花花篮，连护士小姐都说，数这间病房的产妇威势最大，天天都有络绎不断的鲜花送来，连阳台上都堆满了。更有那连包都来不及打开的各种精美昂贵的补品食物。月子里，礼物是只送给产妇的。只有满月后，才给新生儿送礼。要不是每天让隽颖隽思带回家一批，只怕这两间房间都会让鲜花礼物给淹没了。芷霜只觉得自己一下子成了世界的中心，被簇拥着珍爱着，就像个考了一百分的 16 岁女孩子。当她在死去活来地挣扎时，一种死的恐惧向她紧紧袭来。她相信自己要死了，但是，她发现自己根本没好好活过，连爱都没有好好爱过。她的恋爱到结婚之路，只是一条现成铺好的轨道，但她向往的，却是原野上的奔驰……那种赤着脚、披头散发的疾跑、追逐、热烈的近乎劫掠的拥抱……迷茫中那男的根本不是隽人，也不是麒麟，却有点像那个卖棉花糖的白俄，慓悍又灼热，她感到自己也浑身灼热了，她要燃烧，要燃烧呀！她叫唤了，不是因为痛，只因为在平时，她是不可以这样任意叫唤的。她声嘶力竭地叫着，呜呜地哭着，哭自己把一切都搞糟了。她忽然发现，自己一点点都不爱隽人，这个软弱、不中用又自以为是的男人，但她却注定要与他生活一辈子……她扯着喉咙哭。

“呵，一个男孩子。”迷糊中，一个很低很温和的声音在说。

她不管，仍是一味号啕着。

“恭喜了，一个男孩子。”又有人轻轻触触她。同时，一块温毛巾揿到她额上了。于是，一切如梦境般退却了，她觉得自己清醒地知道自己从死亡的边缘回来了，正躺在产房里。她甚至知道接生的是负有“南王北林”盛名的妇产科医师王淑贞。她不再号叫了，不是因为不疼了，而是因为她是祝家少奶奶。她受过良好教育，她一定不能像村妇那般大声喊叫。

“长房长孙呀，祝太太，你运气真好！”一位看护小姐羡慕地对她说。当时，芷霜可是一点也没感到自己有啥好运气，只觉得女人一生三件大事：恋爱、结婚、生育，她都经历过了，心里只是一片释下重担后的平静。

但现在，当她日渐复原的身子，躺在这堆满鲜花，陈设讲究的头等病房里，不时接受着来自她认识或不认识的人们的祝贺时，她确实觉得自己很运气。她们大多是些彬彬有礼、衣着高尚入时的太太，都是些沪上名士富商的太太，都是些公公婆婆的挚友亲朋。记得当年在女青年会义卖游园会上时，芷霜正眼都不敢看她们。但现在，她们甚至会亲热地坐在她床沿上，推心置腹地与她讲一些女人的私房话，令芷霜觉得而今，已与这些太太们毫无间然了。

她的确觉得好快乐。

那天，朱蓓蓓来看她。她是外国派头，带了一篓花旗橘子来。她不知祝家貌似洋派，骨子里还是老派，产妇月子里是吃不得生冷物事的。朱蓓蓓一见那满房的花篮鲜花，不禁失声说：

“芷霜，你这份人家，真让你嫁着了。公公是只不倒翁，凡事总能逢凶化吉。丈夫隽人卖相又好、脾气也好，钞票又赚得动，如今你替祝经理孙子养好，笃笃定定做你的少奶奶了。”

朱蓓蓓倒也是的，向来对男人不是一副刻薄相，就是吃豆腐，惟独对祝隽人，才摆出一副正正经经的淑女式派头。芷霜听了她这番话，心里十分得意。她讲得一点不错，隽人真正是个再忠实不过的丈夫，根本不能想象他会和旁的女人有什么瓜瓜葛葛的事情。他原先服务的那爿德商洋行被收为敌产归公了，这并不影响他的发达。仗着他为名门之后及娴熟的工作经验，他依旧留在这个机构里做他的主任，而每天上班接送的三轮车已升格为一辆雪铁龙的四轮汽车了。这原是洋行里洋副理的坐车。

“看你讲的。”嘴上芷霜不得不谦虚一番：“阿拉这等人嘛，庸庸俗俗，不过嫁个男人下半生有靠而已。哪像你，浪漫了那么几年，却越来越年轻，越来越漂亮，一旦钓着的那金龟，必定是已修炼成精的，不同一般的了。”

“得得，啥浪漫，在作死！我自己明白！一转眼，我也二十好几了，真想安定下来，像你这样，生儿育女！”朱蓓蓓说着，眼圈都红了。芷霜倒吓住了，一时想不出啥安慰她的话，只知道一个劲把盒先施巧克力往她眼前塞：“吃颗糖，吃颗糖！”

“我不吃，我怕胖。”朱蓓蓓一把推开糖，扭动着好看的腰肢踱到梳妆台前，顾影自怜地看看自己，说：“还好吧？不算太老吧？洪枫已胖得不像样，像只柏油桶了。”

“洪枫嫁得好阔气呢。心宽体胖了。”芷霜想起中学时代，自己曾经那样那样崇拜这个女明星，巴巴地赶到洪枫家去求她一个签字，现在想起来，那穿一身紫旗袍校服的席芷霜，好像是另一个单纯可爱的中学生，真是又可笑又天真。眼下她已越走越远，再也不会回头了。

“嫁是嫁得阔气了，不过小老婆嘛……”朱蓓蓓耸耸肩，含蓄地一笑，将话题一转，说：“哎，你隽人的文叔这几年发财发得，他待那小老婆倒仍旧十分好，不容易呀。”

“你是讲苡小姐？她与通常的小老婆不一样。她实在是文叔事业上一个好帮手呢。再则她有很好教育，有知识实力……”

不待芷霜讲完，朱蓓蓓就挥挥手打断她：“我知道，知道！要一个女人自以为嫁了男人，就此躺在他身上作靠山，一劳永逸，那才是天字第一号的傻瓜呢。不过，你们隽人不在内，你笃定倚在他身上好了。我可以打包票。”

“你是说，隽人是不会讨小老婆的？”芷霜格格地笑起来。

“小老婆……！”朱蓓蓓喃喃地重复了一句，猛地转过身，对芷霜说：“芷霜，要我做了人家的小老婆，你会看不起我吗？你会依旧与我做朋友吗？”

“蓓蓓，你怎么了？”不大经历世事的芷霜慌了，结结巴巴地说。

“一位先生要收我做姨太太，这个人你知道的。我准备答应他了。”朱蓓蓓倚着梳妆台说。

“但……你为啥不另找一个规规矩矩的丈夫，一份正正经经的人家呢？你这样漂亮……”

“漂亮！讲我漂亮的人真不少，但真正愿意娶我的男人却一个也不见。那些规规矩矩的男人认为我不规矩，比方像你隽人这样的男人……啥办法，只怪我，一步错了，就步步错。我疲倦了。现在，仗也打好了，天下太平了，我想安定下来，像你这样，养个小囝，有了小囝，我就不怕了。”

“你怕什么呢？”

蓓蓓双手一摊，茫然地摇摇头：“不知道。或许是寂寞，是孤独，遭人遗弃……我不知道。不过，这位先生是十分老实的，告诉你也不要紧，他就是刘同钧，刘彩珍的爸爸。”

芷霜吓了一跳。

“年岁是大着点，但从医学角度讲，男人比女人大15岁左右最好。”朱蓓蓓不经心的一句话，却令已做母亲的芷霜满脸通红。蓓蓓只一味往下说：“他也可怜，珍珠港一仗，打得他产业掉了一半，人一不得志，捧他的人也少了。至于家庭生活，他那大太太，要我做男人，也看不上她，成日价只知道摸着几张牌，根本不懂得体贴男人，只要想想刘彩珍那模样好了。整日价守着这么个乏味的太太，也亏他在熬呀。”

“你应先让刘同钧与他太太离婚。”芷霜颇感不平地说。

“人家是明媒正娶来的，又是堂堂苏州名门闺秀，平白无故的，刘同钧怎下得了这个手？”蓓蓓说。芷霜倒想不到，蓓蓓挺会替他人着想。

“那你们另外弄房子住？”芷霜问。

“不，我住进去。”蓓蓓几乎是赌气地说。“我就是要住进刘公馆去！讲定了，逢一、三、五，他去大太太那边，二、四、六，”她诡秘地一笑：“再搭个礼拜天，就在我这边……”一番话又把芷霜说得满脸通红。

“要我也像你这样头胎就生个儿子，”朱蓓蓓祈祷般地又重复了一句：“那……我就不怕了。”

儿子，儿子真那么重要吗？

当看护小姐把小毛头抱来让芷霜喂奶时，芷霜一直看着他那红彤彤的紧闭着双眼的小脸庞，直到他愤怒地号哭了，才将奶头塞进他贪婪的嘴里。他努力地吮着，细嫩敏感的奶头给他吮得生疼，疼得芷霜鼻尖上都渗出汗了。做母亲，真不容易！

隽人那边一下班，就直奔太太医院，天天如此，风雨无阻。他已过早地呈出一派福相，微微凸起一点肚子，配着笔挺讲究的西装，一副标准丈夫的气派。在他俯身亲吻芷霜和儿子时，刮得干干净净的下巴上，散发出阵阵好闻的剃须膏的余香。这时，芷霜又一次想起自己曾陷入的那个荒唐的幻觉，不禁暗暗庆幸那只是一场幻觉。谢谢上帝，为她的生活安排了一条现成、通畅的轨道，她紧紧地偎着隽人。

“告诉你一个好消息，”丈夫爱怜地搔搔她颈后的小头发，说：“你爸爸明天到，隽敏静肖一家也与他同机而到。”

哦，爸爸要回来了！芷霜看看怀中的新生儿，突然觉得自己好没出息，除了怀中的儿子，她似再也拿不出什么向父亲交代了。但父亲向来对她是寄有很重的期望的。

三十一

中国向来是一个大人物一句话，就足可以改变一个人的命运的。

政府管财政的那位头号人物，不意中读到那份华行全体同仁列举景臣在困难时期，对行中同仁种种照顾爱护，及对敌伪人员周旋智斗的签呈后，朱笔一批，特请景臣去京都报告留守经过，以待嘉奖。还特地派了汤恩伯专机，将景臣一行几个“孤岛英雄”护送去重庆。真个从汉奸到英雄，不过两个礼拜之多的辰光，连景臣自己都觉得不自然之极。

临行之前，娟琳为他整理着行装，忽然想起：“再过一阵，是毛毛头满月之日，你这一去，可赶得着回来吃满月酒？”

这倒又难讲了。景臣踌躇了一下，说：“我看，干脆推在我人不在上海，满月酒就不摆了。摆酒，也实在是件难事，总不成请了这个不请那个，要都请到家，只怕又要上百桌，太招摇奢华了，犯不着让人家讲孬话。”

“那……收了人家那么多礼，怎么还呢？”娟琳犯难地说：“再讲，亲家席家处也难交代。”

“再讲了。”景臣摆摆手，准备去老太太房里坐坐。走过隽敏房间，发现他们房门虚掩着，正想推门进去坐坐。猛听见隽敏在发脾气：“……你倒去问问他们呀，在重庆为他们这样死做活做的几年，难道就一笔勾销了？没介便当的……”

回答她的，却是静肖贼忒嘻嘻的声音：“笃定笃定，天无绝人之路。呃，这里有一首我们老祖宗写的求爱诗，一点不肉麻，不像外国人那般我爱你你爱我。听，这是陶潜的《闲情赋》：愿在衣而为领，承华首之余芳……愿在裳而为带，束窈窕之纤腰……这样穷思极想地‘愿’下去，真个是缠绵隽永，意犹未尽，美人哪有不为此动心的……中国诗就是有味道。”

“得了得了，谁还有心思听你讲诗。早知今日，我们根本就不应去重庆，吃了那么多苦，到头来又有谁买我们的账？人家虽待在沦陷区，照样过得快快乐乐，看隽人的肚子，人家养得多好，雪白滚壮的！到头来，还是四只轮子滚来滚去。连隽颖现在也因着蔡立仁发财而身价百倍了。今天晚饭桌上听她讲哦？花了9 000美金买下一幢占地一亩半大的英国洋房，看她得意的。”隽敏悻悻地打断他的话，自管往下说：“我那嫂子芷霜，现今也被捧得成了个观音娘娘了，为祝家生了个孙子，就了不得了。想当年，在育秀她也是个口口声声主张女性自立自强的理论家，结果还是把自己卖了，牺牲了自己十几年的教育和梦想，成了家庭的俘虏……”已有两个孩子的隽敏，依旧窈窕俏丽，披着一件黑底撒金花的缅甸绸晨衣，这是她刚到上海时收到的礼物，多年职业妇女的生涯已令她对这种奢侈品十分生疏了。但心里潜伏着的对这种美好用品的欲望一下子又唤醒了，且强烈得几乎不能自持。好多年了，当她在重庆那高高的铺着石板的街上，曲曲折折地走下江边，看着穿过街头笃悠悠地作散步状的大老鼠时，她总会忆起自己十分熟悉的，视之为与生同来的繁华的霞飞路、别具一格的曼德逊俱乐部、绿屋时装厅……这里无休无止的石台阶路，犹如一条望不到尽头的乏味的路。一下雨，整个山城就变成一片泥浆。连那些吆号着的滑竿挑夫们，也一点不像上海街道一律穿黄马夹的黄包车夫。黄包车夫们在粗俗中至少还有点“先生小姐走好”的礼貌，多给他几个车钱，还一个劲谢个不止，哪像这种赤膊的挑夫，简直似还未开化呢。

在重庆，她与静肖都在一美军招待所工作，专门为那些美国飞行员大爷服务。静肖这辈子，注定要吃外国人饭才长肉的。当初，夫妇双双换上橄榄色的卡其美式军装，感觉既新鲜又自豪。特别隽敏，黄卡其衬衫配着草绿色的羊毛领带，烫得鬈鬈曲曲的头发上，再歪扣着顶船形帽子，俏丽之中自有一股英气。走在街上，惹得那些美国飞行员不时要回头看看。那时，只感到自己心理和身体，都有一种极大的满足。觉得自己没有虚度青春。

重庆的“心心”，即DDS咖啡馆，是她与静肖常去的地方。有牛奶、柠檬茶，竟然也有白脱，但限量供应。白脱只有一寸厚、十四五方寸小小的一片。在她与静肖已有了两个小孩后，他们还常常像恋人样去“心心”小坐，重温一下轻柔蜜爱的恋人之情。

但这一切情趣，都随着重返上海的现实而消逝了。隽敏一边在嘴上狠狠地数落着芷霜“把自己卖掉”了，讥刺她平时最看不起的隽颖阔了，事实上是在抱怨自己的既穷又酸。

上海还是上海：掼派头，讲排场，比行头，只要你袋袋里有铜钿，就是大亨，就被捧得老高。至于她和静肖这批当年不甘为亡国民而努力去大后方发展自己的，谁也没有慰问过他们一下，反倒显出一股内地人的土气和穷酸。现在上海的他们办事处，正在大批裁员，并有传说要结束了，他俩可能会落得个连领薪水处都没有。隽敏是个女人还好办，但叫静肖怎么办呢？总不能常年吃住在娘家？偏偏他静肖做的事又是另一路的，爸爸要帮忙都无处插手。

她那番对隽颖和芷霜的贬词与其说是她看不惯她们，不如说是嫉妒她们，大有狐狸吃不着葡萄反怪葡萄酸之意。

“真的，连文叔都发了。苡小姐手上那只钻戒看见哦？道地的虎皮钻。想不到，这个书呆子文叔也会发财的。苡小姐总算也等到了。”隽敏还在絮絮地唠叨着。

静肖怒了。“张三发财李四发财，讲到后来，就是怪我封静肖不会发财啰？当初，我与你讲明白的，封静肖是一个铜钿也没有的，是你硬要跟我的。”

隽敏脚一顿，带着哭声委屈地说：“我又没怪你……只是现在，你又不出去想想办法，这样荡下去，哪里还有出人头地之日！”

她怨艾地瞥一眼静肖。他那颀长的身姿依旧潇洒倜傥。男人，本不会有太大改变的。但是，男人的真正魅力，还是在于他的能力，他所处的优雅环境之中某些无法形容的反衬：如一尘不染的单人写字间，漂亮的秘书小姐……所有这一切，会使一个男人充满活力，聪明才智具有一种超自然的威力。而抽去这一切，一个男人再潇洒帅气，也会失却光彩的。比方讲，封静肖。唉，年轻的自己，既无抵御浪漫的诱惑，也无猜度幸福的经验，整天过得快快乐乐还不满足，偏偏还要编造出许多无用的幻梦！岂知梦一醒，一切都是空的。

“我就不信，凭我这一手好英文，会在上海找不到工作。”静肖伸手轻轻抚着她抽搐的脊背，安慰着自己太太。

“职业是不难找到，只是大经理无人请你做，小职员你又不甘心。”隽敏冷冷地刺着他。顿时他铁青张脸，喉咙也粗了：“要我还是单身一人，还怕找不到好差使？喏，一艘美商邮船上正在觅一个医师，福利酬劳都以美金结算，我真给你们拖死了……！”

接着“砰”一声，似打碎了什么家什。景臣轻轻踮着脚尖回到自己房里。唉，这叫什么“胜利”？留在上海的人一肚皮闷气，重庆归来的人，也一肚皮怨气。

这时，隽人推门进来了。

“爸爸，你这几日就要出门了，阿拉小毛头还未起名呢，你先给取个名字吧。”

论排行，这辈该是“永”字辈，小毛头运气很好，在和平之后来到人世，迎来了八年抗战的胜利。不管怎样，总算胜利了。为了这一日的到来，许多人死了，小毛头应当永远记住这来之不易的胜利。景臣倒想破一下祖遗了。

“就叫胜利吧。祝胜利，一个多么叫得响的名字。”景臣欣赏地唤了几遍。

“太俗气了，今年出生的小毛头，有大半叫胜利或和平呢。”娟琳在边上插嘴道。

“不管了。老法讲，小囝名字取得粗俗点，反倒容易养。”景臣坚持己见。

“对了，”景臣猛地一拍沙发把手，说：“战事一停，按自然规律，小毛头必定增多。我想，胜利的满月酒不办了，隽人，你在华行附近去物色一相当的带花园的小房子，我打算送华行同仁一个幼儿园，就叫胜利幼儿园，免费供华行同仁的孩子入园，也算还了胜利受人家的礼了。”

“爸爸对社会真有爱心。”隽人感动地说。

“爱心是谈不上，”景臣悠然地扳着自己指关节说：“拆穿讲，我这也是私心。看光景，国民党贪污腐化已到了绝顶；共产党，倒还能结党营公。我看将来坐天下的，定是共产党了，你们看着吧。”

隽人只是茫然地一笑，觉得父亲提及了一个十分遥远和不现实的话题。景臣闷闷地叹了口气。下棋，就要虑及三步四步之后的棋局，可惜隽人，还没有这点本事呢！

“小毛头睡了吗？看看他去。”景臣说。

“刚刚奶婶婶哄他入了睡。这个奶妈奶水好，毛头一下子就胖鼓起来了，晚上也不吵了。老太太关照大司务再弄点红糖茭麦面给她吃，讲这样还要发奶。”

“吃甜的面条？”娟琳只觉得自己马上要吐了。

隽人领着景臣来到三楼东面房间，一个眉清目秀的奶娘正在灯下做针线，小胜利躺在漆着白雪公主和七矮人的小铁床里，甜甜地睡着，安详又柔和。快满月的小毛头，已很显出一点轮廓了，高高的前额与景臣的就像一套板刻下来一样。

这个胜利还是那般幼弱稚小，还只是一棵嫩嫩的幼芽，让人操心的事多着呢。但不管怎样，小胜利本身，孕育着无限的希望，尽管现实是那么令人沮丧失望。

东窗外，因着这里沿马路，幽幽小夹弄中，传来卖桂花糖粥小贩苍劲哑然的叫卖声，悠悠的回声，在茫茫黑幕中涤荡。

后　记

我一直以为,上海的每一个有老人的家庭,其实都是一个历史资料问讯处,老人本身,就是讲解员。

记得中学时代,我就是从各种家庭所藏的照相册中,有幸见识了诸如张学良和赵四小姐,甚至赛金花、司徒雷登和杜月笙等的庐山真面目。当时最令我惊讶的是,照片上的杜月笙很有点儒雅的风度,似与我印象中,手托鸟笼和敞胸凸肚的流氓不一样。

从小,外公外婆,祖父祖母,父母叔伯,再加上弄堂口的老皮匠,串街走户的女裁缝等,以他们所见所闻,向我讲述的历史,这些从社会上学到的历史知识,要比我后来从教科书上学到的都要丰富和深刻。

后来,我与文字结了不解之缘。对历史,尤其上海的历史,更感兴趣。我所谓的历史,其实是上海人的家史。家庭是社会的窗口。纵观一个家庭上下四代的变迁,就可测出在某段历史时期中中国的社会和文化的风云变幻。文体纵横地剖解这一切,我以为,就是研究历史。家史,是最真实的历史。

很早就起了这个念头,欲写一部三代人的家族史。不为什么,只因为觉得从1937年抗战起到80年代的50年间,从中国传统的宗族观,50年正好造就三代人。再从中国的现代史来看,从1937年抗战到改革开放的今天半世纪中,中国经历了两场大战——抗战和解放战争，还有一件几百年间才会遇上的头等史事——政权的归属，人民掌握了国家政权。这两件大事：战争和政权归属，犹如掷入水面的两块大石头，激起阵阵漩涡，要等漩涡完全平息下来是需要时间的。因此注定这半个世纪乃至更长的时间中，我们的社会将有坎坷，动荡和波折。这种不稳定，势必影响到作为社会窗口的家庭，作为社会细胞的家庭成员的命运。从文学角度来说，这为我们作家，提供一个很广阔的表演空间。遗憾的是，在苏联，我们能读到以差不多背景谱写的《苦难的历程》，还有《日瓦戈医生》。而我们中国呢？似还不见有一部如此气势浑厚，以这么个动荡的大时代作背景的史诗性的小说。

我跃跃欲试。最后到底算不算史诗，我不去考虑，但反正我着手要写起来。写一部“申城三部曲”。起码，我要奉给读者的，是一本剪贴精细的真实的照相册。

第一部《金融家》（发表时名为《望尽天涯路》），早在1986年就开始着手准备了。1986年春去美国，见到早年赴台后去美定居的二姑妈，又去从没见过面的舅舅和表姐处住了几天，多少对这一代已归化为美国公民的上海人生态心态、饮食起居和生活文化，有了些感性的认识。后来又去香港住了三个月，侍奉90高龄的老祖父，天天晚上听他讲“老话”，特别对敌伪时期一般企业家的生态心态，有了深刻的了解。

总觉得一般读者，包括我自己，读小说或看电影，对大的史实性上的失误或失真，不一定十分注意或感觉到，但对细小的生活小节上的失真失实，则一下子就感觉到了。上几天看某部电视连续剧，50年代初竟出现80年代式样的“奔驰”，更无法接受的是，50年代的资本家竟还仍能以自备车代步，车窗上还挂着车帘……霎时，就无法进入观赏的角色了。因此我自己在动手写这部以我出世前为背景的作品时，是很费了一番调查研究的功夫。连当时人物的语言和服装流[illegible]样，都作了番揣摩。

[illegible]的梅兰芳、杜月笙等等历史人物，我都以当年目击者的[illegible]谢我的一些忘年之交的朋友们，特别是诸尚一先生、王[illegible]博泉先生，没有他们的指点、帮助和指导，我对写这段

敌伪时期的金融界和企业界生活，根本无法把握驾驭。

经过两年的资料准备，我从 1988 年初春节过后开始执笔，1989 年年初完稿，足足写了一年，将第一部完成了。关于“申城三部曲”第二部，即家族第二代故事正在资料准备中，希望不久可与读者见面。

图书在版编目(CIP)数据

金融家/程乃珊著. —上海：东方出版中心，2008.1
(白玉兰文学丛书/王安忆,孙颙主编)
ISBN 978-7-80186-765-0

Ⅰ. 金…　Ⅱ. 程…　Ⅲ. 长篇小说—中国—当代
Ⅳ. I247.5

中国版本图书馆 CIP 数据核字(2007)第 187626 号

白玉兰文学丛书

主　　编：王安忆　孙　颙

出 品 人：祝君波
总 策 划：新　刚
艺术总监：陶雪华
印制总监：孙东平
装帧设计：张国梁
责任编辑：唐丽芳
责任印制：尚小平

金融家

出版发行：东方出版中心
地　　址：上海市仙霞路 345 号
电　　话：021-62417400
邮政编码：200336
经　　销：全国新华书店经销
印　　刷：昆山亭林印刷责任有限公司
开　　本：890×1240 毫米　1/32
字　　数：351 千字
印　　张：12.75
插　　页：2
印　　数：0,001—4,100
版　　次：2008 年 1 月第 1 版第 1 次印刷
ISBN　978-7-80186-765-0
定　　价：33.50 元
